BASTEI
LÜBBE
TASCHENBUCH

Weitere Titel der Autorin:

Teuflisch verführt
Gefährlich zärtlich
Verboten sündig

Über die Autorin:

Lorraine Heath hat schon immer davon geträumt, Schriftstellerin zu werden. Nach ihrem Abschluss in Psychologie an der University of Texas schrieb sie im Rahmen ihrer Arbeit zunächst Handbücher und Pressemitteilungen. Als ihr 1990 ein Liebesroman in die Hände fiel, erkannte sie, dass sie ihre Zeit nicht weiter mit langweiligen Fakten, sondern mit Abenteuern, Leidenschaft und Romantik füllen wollte. Seitdem hat sie zahlreiche Romane veröffentlicht, wurde mehrmals für ihr Werk ausgezeichnet und erschien auf der Bestsellerliste der NEW YORK TIMES.

Lorraine Heath

Verzweifelt begehrt

Roman

Aus dem amerikanischen Englisch von
Ulrike Moreno

BASTEI
LÜBBE
TASCHENBUCH

BASTEI LÜBBE TASCHENBUCH
Band 17 653

Dieser Titel ist auch als E-Book erschienen

MIX
Papier aus verantwortungsvollen Quellen
FSC® C083411

Vollständige Taschenbuchausgabe

Deutsche Erstausgabe

Titel der Originalausgabe: »Midnight Pleasures with a Scoundrel«
Originalverlag: Avon Books
Published by arrangement with Avon,
an imprint of HarperCollins Publishers, LLC

Textredaktion: Anita Hirtreiter, München
Titelillustration: Guter Punkt, München | www.guter-punkt.de unter
Verwendung von Motiven von © Hot Damn Stock und shutterstock/riekephotos
Umschlaggestaltung: Guter Punkt, München | www.guter-punkt.de
Satz: Urban SatzKonzept, Düsseldorf
Gesetzt aus der Palatino
Druck und Verarbeitung: CPI books GmbH, Leck – Germany
Printed in Germany
ISBN 978-3-404-17653-3

5 4 3 2 1

Sie finden uns im Internet unter
www.luebbe.de
Bitte beachten Sie auch: www.lesejury.de

Für die Füchse
Alice, Franny, Jane, Jo, Julie,
Kay, Sandy, Suzanne und Tracy –
Das Leben ist viel lustiger, meine Damen,
wenn ihr den Wein einschenkt.

Prolog

Aus dem Tagebuch von James Swindler

Ich trage eine Finsternis in mir, die nicht mehr von mir weichen will. Sie ist an dem Tag entstanden, an dem ich mitansehen musste, wie mein Vater erhängt wurde. Bei der öffentlichen Hinrichtung herrschte auf den Straßen eine festliche Atmosphäre, aber in mir drinnen wurde es ganz dunkel. Als mir mein Vater genommen wurde, war auch mein Leben zerstört.

Ich war gerade mal acht Jahre zuvor geboren, und mit meiner Niederkunft war der Abschied meiner Mutter von dieser Welt gekommen. Deshalb wurde ich mit dem Tod meines Vaters zu einem Waisenkind, das kein Zuhause und auch sonst niemanden mehr hatte, der mich aufgenommen hätte.

In der jubelnden Menge neugieriger Zuschauer befanden sich zwei Jungen, die meine Notlage erkannten – immerhin strömten Tränen über mein schmutziges Gesicht, während andere johlten, lachten und sich zweifellos meine Geschichte erzählten. Mein Vater hatte mich gebeten, stark zu sein. Er hatte mir sogar noch zugezwinkert, bevor sie ihm die schwarze Kapuze überzogen, als wäre es nur ein Schabernack, dass er auf dem Galgen stand, ein harmloser Scherz, über den wir später lachen würden.

Aber es war bitterer Ernst, und wenn mein Vater heute lacht, dann ist es nur der Teufel, der ihn hört.

Ich war an jenem Tag nicht stark – doch seither war ich immer hart im Nehmen.

Die anderen Knaben trösteten mich, wie Jungs es eben zu tun pflegen: mit einem Schlag auf den Arm und einem »Halt die Ohren steif, Mann!«. Sie boten mir an, mich ihnen anzuschließen. Jack war der Ältere, dessen Gang und Haltung voller Selbstvertrauen waren. Luke dagegen blickte aus großen, arglosen Augen in die Welt, und ich vermutete, dass dies die erste Hinrichtung durch Erhängen war, die er je mitangesehen hatte. Während wir uns durch die Menge drängten, stibitzten sie mit geschickten Fingern so manch eine Geldbörse und ein Taschentuch.

Als die Dunkelheit hereinbrach, führten sie mich durch das Gewirr von engen Straßen zu der Tür eines Mannes namens Feagan. Er konnte jedoch mit jemandem wie mir wenig anfangen, bis er die kostbare Beute von seinen Arbeitern eingesammelt hatte. Sie waren alle Kinder, und nur ein Mädchen war darunter. Ihr Name war Frannie, und sie hatte leuchtend rotes Haar und sanfte grüne Augen. Sobald mir klar wurde, dass Jack und Luke mich zu einer Räuberhöhle gebracht hatten, verlor ich jegliches Interesse daran, an diesem Ort zu bleiben. Ich wollte keiner Diebesbande angehören, deren Tun mich mit Sicherheit geradewegs zum Galgen führen würde. Aber da der Wunsch, das junge Mädchen nicht aus den Augen zu verlieren, stärker war, blieb ich am Ende doch.

Ich wurde sehr geschickt darin, Informationen zu beschaffen und bei der Planung von Schwindeleien zu helfen. Was Stehlen anbelangte, war ich nicht so talentiert. Mehr als einmal wurde ich erwischt und ließ meine Bestrafung über mich ergehen, wie mein Vater es mich gelehrt hatte – ganz gelassen und mit einem Augenzwinkern.

Dies wiederum führte dazu, dass mir nur zu gut bewusst wurde, wie ungerecht das Rechtssystem war und wie oft es

Unschuldige waren, die in die Mühlen der Justiz gerieten. Deshalb begann ich besser aufzupassen, wenn Recht gesprochen wurde. Warum bekam ein Junge zehn Peitschenhiebe für das Stehlen eines seidenen Taschentuchs, während ein anderer zu einer Sträflingskolonie in Neuseeland geschickt wurde? Wie wurden die Beweise erlangt? Wie wurde über Schuld entschieden? Oder, was noch wichtiger war, wie bewies man seine Unschuld?

Mit der Zeit begann ich heimlich für die Metropolitan Police zu arbeiten. Ich fürchtete die zwielichtigen Viertel und dunkleren Seiten Londons nicht. Selbst als ich schon ganz offiziell bei Scotland Yard beschäftigt war, hatte ich kein Problem mit Orten, die andere nicht betreten wollten.

Ich tröstete mich mit dem Wissen, dass ich nie einen Unschuldigen verhaftete. Je nach Schwere des Vergehens ließ ich den Schuldigen oft mit einem kurzen Klaps aufs Handgelenk und der Warnung gehen, dass ich ihn im Auge behalten würde. Was bedeutete schon ein gestohlenes Seidentüchlein, wenn ein Mensch sein Leben auf der Straße verloren haben könnte? Mich beschäftigten – und faszinierten – weitaus mehr die grausigen Verbrechen.

Sie sprachen die beharrliche Finsternis in meinem tiefsten Innern an, und so kam es, dass sie mein leidenschaftliches Interesse weckten …

Und mich schließlich zu *ihr* führten.

Kapitel eins

London
1852

Rache war nichts für die Mutlosen. Es hätte Eleanor Watkins vielleicht zu denken gegeben, dass sie schier verzehrt wurde von dem überwältigenden Verlangen, sie zu stillen, wenn sie sich einen Moment Zeit genommen hätte, um darüber nachzudenken. Aber seitdem sie das Tagebuch ihrer Schwester gefunden, es gelesen und von den Gräueln erfahren hatte, die Elisabeth widerfahren waren, als sie in der vergangenen Ballsaison nach London gereist war, blieb ihr kaum Zeit für etwas anderes als ihre Überlegungen, wie sie ihre Schwester am besten rächen konnte. Eleanor war fest entschlossen, dafür zu sorgen, dass der Schurke, der ihre noch unschuldige Schwester auf brutalste Weise in die Fleischeslust eingeführt hatte, genauso teuer für seine Sünden bezahlen würde, wie Elisabeth es für ihre Naivität getan hatte.

Eleanors Streben nach Vergeltung beherrschte all ihre Handlungen und jeden ihrer Gedanken – von dem Moment an, in dem sie von dem Gesang einer Lerche erwachte, bis sie ihren Kopf abends wieder auf das Kissen legte, zu einer weiteren unruhigen Nacht voller abscheulicher Albträume, die Nahrung fanden durch jeden Buchstaben ihrer Schwester, mit dem sie die Schande und die Scham beschrieb, die sie in den Händen des Marquess von Rockberry erlitten hatte.

Eleanors schon zwanghafter Vergeltungsdrang war der Grund dafür, dass sie heute Abend und viel später schon, als eine anständige Frau sich hier noch sehen ließe, durch Cremorne Gardens, eine Art Vergnügungspark, spazierte. Selbst seriöse Gentlemen hatten sich schon nach Hause begeben, doch der Mann, den sie verfolgte, konnte ja wohl auch kaum derartig bezeichnet werden, auch wenn er eine ganz gute Imitation davon zustande brachte. Sie hatte gehört, dass das Feuerwerk, das jeden Abend in diesem Park stattfand, fantastisch war. Aber natürlich war er nicht mal rechtzeitig gekommen, um sich an einem so harmlosen Vergnügen zu erfreuen, wie farbenfrohe Lichtstreifen den Nachthimmel erhellen zu sehen. Nein, er tendierte zu Vergnügungen einer sehr viel dunkleren und unheilvolleren Natur.

Und deshalb hatte Lord Rockberry abgewartet, bis die achtbaren Leute den Park verlassen hatten und die lasterhaften, die nichts Gutes im Schilde führten, eingetroffen waren, bevor auch er auf einmal in Erscheinung trat. Sein unheimliches Lachen schallte durch den Park, wenn er hin und wieder stehen blieb, um mit dem einen oder anderen Ganoven zu sprechen. Mit seiner großen, schlanken Gestalt kam er gut voran, als er sich mit schnellen Schritten durch den Pöbel drängte, und sein wallendes Cape verstärkte noch den Eindruck, dass er sich den Schurken gegenüber für einen König hielt. Doch sogar bei seiner Größe und dem Zylinder, den er trug, musste Eleanor um Grüppchen von Menschen herumeilen, um ihn im Auge zu behalten – und es darüber hinaus auch so zu tun, dass er sie nicht bemerkte. Sie würde seinen unbestreitbaren Reizen ganz sicher nicht zum Opfer fallen, wie es ihrer Schwester passiert war. Falls einer von ihnen sich verlieben sollte, war es für sie beschlossene Sache, dass er es sein würde.

Sie hatte eigentlich vorgehabt, ihm heute Nacht den Dolch ins Herz zu stoßen, damit alle Welt sehen konnte, wie schwarz und verdorben es war. Aber sie wusste auch, dass dies weder der richtige Ort noch der richtige Zeitpunkt dafür war. Sie musste vorsichtig sein und ihren sorgfältig durchdachten Plan genau so ausführen, wie er war – wenn sie nicht am Galgen enden wollte. Sosehr sie ihre Schwester auch liebte, war sie jedoch noch nicht bereit, ihr schon zu folgen – auch wenn sie, falls ihr Leben der Preis für ihre Rache sein sollte, ihn gern bezahlen würde. Von dem Moment an, in dem sie diesen Weg beschritten hatte, war ihr klar gewesen, dass er sie irgendwann nach Newgate führen könnte. Doch nicht einmal das würde sie bereuen, solange es auch Lord Rockberry in die Hölle führte.

»Möchten Sie Gesellschaft?«

Der blonde junge Mann, der mit der Frage vor sie hintrat, schenkte ihr ein charmantes Lächeln. Seine offensichtlich maßgeschneiderte Kleidung saß perfekt, und Eleanor dachte, dass sie an einem anderen Abend auf einem Ball vermutlich sogar mit ihm tanzen würde – wenn sie nur jemanden hätte, um sie auf gebührende Art und Weise in die Gesellschaft einzuführen. »Nein, danke. Ich bin verabredet«, sagte sie.

»Der Glückliche! Aber wenn er nicht erscheint ...«

»Das wird er«, log sie und eilte an ihm und dem plätschernden Springbrunnen vorbei, während sie wünschte, sie hätte wenigstens ein paar Minuten Zeit, um die Schönheit dieser Parkanlage zu bewundern.

Verdammt! Wie sollte sie jetzt Lord Rockberry wiederfinden? Eleanor beschleunigte ihre Schritte und seufzte vor Erleichterung, als sie ihn mit einer vollbusigen Frau sprechen sah, deren Kleid einen schamlos tiefen Ausschnitt hatte, der allen Anwesenden einen Blick auf das erlaubte, was sie anzubieten hatte. Anscheinend war sie jedoch nicht das, was Lord Rockberry suchte, denn er ließ sie stehen und ging weiter, ohne sich noch einmal umzuschauen. Was nicht verwunderlich war, da er ja

Damen mit einem unschuldigeren Naturell vorzog. Eleanor konnte beim besten Willen nicht verstehen, warum er hierhergekommen war, wo schlechtes Benehmen nicht nur hingenommen, sondern sogar erwartet wurde. Lord Rockberry dagegen hatte einen Hang zum Intolerablen und ihre Schwester gezwungen, verkommene, sündhafte und lasterhafte Ausschweifungen zu erdulden.

Vor fast einer Woche hatte Eleanor damit begonnen, seine Angewohnheiten und Rituale aufzulisten, um sich ein Bild von seiner Manier zu machen und dann zu überlegen, wie sie diesem Leben am besten ein Ende setzte, ohne ihr eigenes dafür zu opfern.

Leider hatte ihr Dasein in einem kleinen Dorf an der Küste ihr weder das Wissen noch die Erfahrung für Katz-und-Maus-Spiele mit auf den Weg gegeben, und oft genug befürchtete sie, dass sie die Beute und nicht das Raubtier in diesem tödlichen Spiel war. Besonders, da sie das stetig zunehmende Gefühl hatte, selbst von jemandem beobachtet zu werden, während sie Lord Rockberry verfolgte.

Während die Lavendelsträucher mit ihrem angenehmen Duft die Luft um sie herum erfüllten, kämpfte Eleanor mit sich, um nicht zurückzublicken und sich durch nichts anmerken zu lassen, dass sie sich ihres Verfolgers bewusst war. Das erste Mal hatte sie zwei Abende zuvor einen großen Mann bemerkt, der ihr gefolgt war, nachdem Lord Rockberry Scotland Yard einen Besuch abgestattet hatte. Sie hätte mit ihren Plänen für den Marquess diskreter vorgehen sollen. Vielleicht hatte sie ihn ja tatsächlich erschreckt mit ihrer Kühnheit, ihn auf sie aufmerksam zu machen, damit er dann womöglich an seinem eigenen Verstand zu zweifeln beginnen würde. Und falls ihn das wahnsinnig machte und er sich das Leben nahm, umso besser. Das würde es ihr ersparen, sich die Hände an ihm schmutzig machen zu müssen. Aber natürlich war es auch möglich, dass er bei seinem Besuch bei Scotland Yard Anzeige gegen sie erstattet hatte.

Ihren eigenen Verfolger hatte sie heute Nacht noch nicht gesehen, doch sie war sich sicher, dass er da sein musste, weil sich ihr plötzlich die Nackenhaare sträubten und ein eisiges Prickeln sie durchlief.

Es war auch keine Hilfe, dass bei dieser geringen Entfernung von der Themse bereits ein dichter Nebel vom Fluss hereinkam und allem, was sie umgab, die Farbe nahm. Das Licht der Gaslaternen wurde zu schwachen Dunstschleiern, die sich bemühten zu erhellen, was viele zu verbergen vorzogen. Aus den Schatten hinter den Ulmen und Pappeln kam das Gemurmel von Männern und verführerisches Frauenlachen.

Eleanor war sich nicht mehr sicher, was sie zu erreichen hoffte, indem sie Lord Rockberry zu einem so fragwürdigen Ort folgte, aber sie musste wissen, was er tat und wen er traf, um den Moment bestimmen zu können, an dem sie am besten zuschlug. Doch sie musste vorsichtig sein.

Er durchstreifte die Nacht wie ein hungriges Raubtier, Eleanor wusste allerdings, dass es nicht Nahrung war, was er suchte, sondern äußerst dekadente Sinnesfreuden. Das Tagebuch ihrer Schwester hatte ihr in allen intimen und herzzerreißenden Einzelheiten offenbart, wie er sie verführt hatte – und nicht nur zur Befriedigung seiner eigenen Triebe, sondern auch zu dem Vergnügen anderer. Als ob Elisabeths eigene Wünsche belanglos und ihre Träume nur dazu da waren, zerstört zu werden. Und vernichtet hatte Lord Rockberry Elisabeth schon lange, bevor sie sich von den Klippen in die aufgewühlte See gestürzt hatte.

Eleanor kämpfte gegen ihre Tränen an, weil dies nicht der richtige Augenblick war, ihrem Kummer zu erliegen, und bestärkte sich in ihrem Vorsatz, dafür zu sorgen, dass es Lord Rockberry teuer zu stehen kam, für den Tod ihrer Schwester verantwortlich zu sein, die nur neunzehn Jahre alt geworden war.

Dieser abscheuliche Mensch verschwand gerade hinter einer Wegbiegung. Verflucht noch mal! Er war zu sehr mit sich selbst beschäftigt, um zu bemerken, dass ihm jemand folgte, also musste er wohl auf dem Weg zu irgendeinem Rendezvous sein. Eleanor fragte sich, ob er sein nächstes Opfer schon erwählt haben mochte. Wenn dem so war, könnte sie das Spiel eigentlich auch heute Abend schon beenden, weil sie nicht untätig dabeistehen und eine andere Frau so leiden lassen konnte, wie Elisabeth gelitten hatte.

Sie huschte um die Bäume herum – und verhielt abrupt den Schritt, als drei lüstern grinsende junge Herren ihr den Weg verstellten.

»Hallo, Süße«, sagte der in der Mitte, der auf sie den Eindruck machte, der Wortführer der drei zu sein.

Das Licht der Gaslaternen war in diesem Bereich des Parks besonders schwach, und der dichte graue Nebel verbesserte die Lage nicht. Eleanor konnte nicht viel über den Mann sagen, außer dass er blond war und sie ihn ohne sein widerliches Grinsen vielleicht sogar für gut aussehend gehalten hätte. Seine Freunde waren dunkelhaarig und nur durch die hässliche Knollennase des einen und das fliehende Kinn des anderen zu unterscheiden. Die Art und Weise, wie sie sie begierig anstarrten, verursachte ihr eine Gänsehaut, und sie musste ihre ganze Kraft zusammennehmen, um nicht vor ihnen zurückzuweichen. Gekleidet waren sie wie Dandys, alles nur vom Feinsten, und alle drei schienen für heute Nacht die größten Erwartungen zu hegen, sich zu amüsieren und ihre Jugend zu genießen, solange sie sie noch besaßen.

Was Eleanor selbst anging, so war sie durch Elisabeths Selbstmord so gealtert, dass sie um einiges älter wirkte als ihre zwanzig Jahre.

»Bitte entschuldigen Sie«, sagte sie und wollte um die Dandys herumgehen, aber sie verstellten ihr erneut den Weg. Ihr Herz geriet ins Stolpern und schien den Rhythmus des Zuges zu imitieren, der sie klappernd und ratternd nach London gebracht und jeden Moment zu entgleisen gedroht hatte. Sie trat einen Schritt zurück, und der Mann mit dem fliehenden Kinn wich zur Seite aus, um sie am Entkommen zu hindern. Plötzlich merkte sie, dass sie regelrecht umzingelt war. Für die Männer würde es ein Leichtes sein, sie in die dunkelsten Winkel des Parks zu ziehen, wo es keine Hoffnung gäbe, ihre Würde zu bewahren.

Sie versuchte, ihr Retikül zu öffnen, um den Dolch hervorzuholen, der ihre einzige Waffe war, aber der Kinnlose riss ihr die kleine Tasche aus der Hand und verrenkte ihr fast den Arm dabei. »Nein!«, rief sie entsetzt.

»Na komm schon, sei ein braves Mädchen«, sagte der Blonde, während er einen Arm um ihre Taille schlang und sie anhob, bis sie nur noch auf den Zehenspitzen stand.

Panische Angst erfasste sie, als sie einen markerschütternden Schrei ausstieß, aber nichts als das Gelächter der Männer hörte, die sie noch tiefer in die Dunkelheit hineinschleppten. Doch so leicht würde sie sich nicht gefallen lassen, was sie mit ihr vorhatten. Sie würde kämpfen, kratzen, beißen ...

»Moment, meine Herren! Die Dame gehört zu mir.«

Offensichtlich waren die Männer, die sie von dem Hauptweg wegzerrten, nicht weniger verblüfft über die tiefe, selbstbewusste Stimme, die sie ansprach, als Eleanor es war. Sie rückten ein wenig auseinander, woraufhin sie durch die entstandene Lücke die dunkle Silhouette eines großen, breitschultrigen Mannes sehen konnte, der größer war als jeder andere, dem sie bisher begegnet war.

Mit einer entschiedenen Bewegung bahnte er sich mit der Schulter einen Weg zu ihr, schlang einen Arm um ihre Taille und befreite sie aus dem Griff des Mannes, der sie festhielt, während er mit seinem freien Arm einen der anderen Männer wegstieß.

»Ich will Ihnen nichts Böses«, flüsterte er ihr schnell mit leiser, beruhigender Stimme zu. »Wenn Sie diese Nacht unbeschadet überstehen wollen, rate ich Ihnen, mit mir mitzukommen.«

So ziemlich alles von ihm verlor sich in den trüben Schatten, die den immer weiter vordringenden Nebel begleiteten. Sein Haar war dunkel, aber seine genaue Farbe konnte Eleanor nicht bestimmen. Sie spürte jedoch die Kraft in seinem Griff, und die Stärke und das Selbstvertrauen, das er besaß. Ihr Instinkt sagte ihr, dass er kein Mann war, der Frauen zu etwas zwang. Das hatte er nicht nötig. Er strahlte etwas Beschützendes aus, und Eleanor wurde plötzlich klar, dass er aller Wahrscheinlichkeit nach der Mann war, der ihr gefolgt war, der Mann von Scotland Yard. Sie hatte den Eindruck, dass er jemand war, der weder Tod noch Teufel fürchtete, und plötzlich kam ihr der verrückte Gedanke, dass er ihr vielleicht sogar bei der Sache mit Lord Rockberry helfen könnte. Aber noch während sie das dachte, begriff sie, dass sie sich einem Fremden genauso wenig anvertrauen konnte wie einem Freund. Nicht in dieser Sache, nicht, wenn so viel – oder besser gesagt, alles – auf dem Spiel stand.

Er wandte den Blick von ihr ab, und erst da erinnerte sie sich wieder, dass sie Zuschauer hatten. Die drei jungen Dandys starrten sie verärgert an.

»So geht das aber nicht, Alter!«, sagte ihr Anführer. »Wir haben sie zuerst gehabt.«

»Wie ich bereits erklärte, gehört sie zu mir.«

»Uns wurde aber gesagt, sie sei zu haben.«

»Dann hat man euch belogen.« Mit Eleanor im Arm begann er sich mit großen Schritten zu entfernen. Sie musste fast doppelt so schnell gehen wie er, um mit ihm Schritt zu halten. Bevor sie jedoch den Hauptweg erreichten, tauchten die drei Männer wieder vor ihnen auf, um ihnen einen Strich durch die Rechnung zu machen. Eleanor hörte das müde Seufzen ihres Retters.

»Sind Sie wirklich auf einen Kampf aus, meine Herren, obwohl Sie wissen, dass Sie ihn unmöglich gewinnen können?«

»Wir sind zu dritt und Sie allein. Also stehen unsere Chancen gar nicht schlecht.«

»Aber meine sind besser. Ich bin auf der Straße groß geworden und habe viel schlimmere Kämpfe ausgetragen als Sie.«

»Sie klingen wie ein Gentleman ...«

»Aber ich kämpfe wie der Teufel selbst.« Eine unüberhörbare Drohung schwang in seiner Stimme mit.

Doch die Männer, die sie belästigt hatten, waren anscheinend nicht nur bösartig, sondern auch dumm. Der mit der Knollennase holte aus ...

Eleanor wurde blitzschnell hinter ihren Beschützer gezogen, wie sie ihn insgeheim schon nannte, als er den Schlag abwehrte und Knollennase niederschlug. Nun griffen ihn auch die beiden anderen an. Während ihr Retter den Kinnlosen mit der Schulter so hart zurückstieß, dass er ihn ins Taumeln brachte, versetzte er dem Blonden einen Fausthieb in den Magen. Dann fuhr er zu Knollennase herum, als dieser wieder auf die Beine kam. Der dumpfe Zusammenprall von Fleisch mit Fleisch ertönte, als ihr Beschützer den Mann mit der Faust unter dem Kinn erwischte. Hilflos mit den Armen rudernd, taumelte Knollennase zurück, ehe er wie ein Stein zu Boden fiel und sich fortan nicht mehr rührte. Als seine Freunde versuchten, sich wieder aufzurappeln, machte Eleanors Beschützer kurzen Prozess mit ihnen und schickte sie mit zwei schnellen Boxhieben wieder zu Boden.

»Rührt euch nicht vom Fleck, bevor wir gehen«, befahl er den jungen Männern und reichte dann Eleanor eine Hand. »Und das sollten wir nun besser tun, nicht wahr?«

Wenn er mir etwas antun wollte, hätte er keinen Grund, mich von hier fortzubringen, dachte sie. Und obwohl das nur ein fadenscheiniges Argument war, nickte sie ganz unwillkürlich. Sie hatte genug von diesem Ort und war sich auch sehr wohl im Klaren darüber, dass es ihre bescheidenen detektivischen Fähigkeiten überstieg, Lord Rockberry jetzt noch irgendwo zu finden. Und so trat sie einen Schritt auf ihren Retter zu, aber dann fiel ihr plötzlich etwas ein …

»Mein Retikül! Einer von ihnen hat es mir weggenommen.«

Kommentarlos drehte ihr Retter Knollennase mit den Füßen um, zog ihr Retikül aus seiner Jackentasche und hielt inne, um den Griff des Dolches anzustarren, der aus dem Beutel herausragte.

»Zu meinem Schutz«, murmelte sie, während sie ihm das Retikül schnell abnahm und die Schnur über dem Dolch zusammenzog.

»Viel genützt hat er Ihnen ja nicht. Kommen Sie – und bleiben Sie dicht neben mir. Ich werde eine Droschke mieten und Sie sicher heimbringen.«

Ihr blieb nichts anderes übrig, als sich von ihm mitziehen und aufrecht halten zu lassen, weil sie merkte, dass sie jetzt, wo das unschöne Erlebnis überstanden war, am ganzen Körper zitterte. Wie hatte sie nur so dumm sein können zu glauben, sie könnte sich an diesem Ort beschützen, indem sie einfach nicht auf die Avancen einging, die ihr vielleicht gemacht würden?

»Haben Sie auch einen Namen?«, fragte er schließlich leise.

»Eleanor Watkins«, erwiderte sie, ohne nachzudenken, und fragte sich dann, ob sie ihm nicht besser einen falschen Namen angegeben hätte. Ihre Pläne waren so gut durchdacht gewesen, und nun wurden sie trotz allem nach und nach entschlüsselt!

»Und was haben Sie so spät am Abend noch im Park gemacht, Miss Watkins?«

»Ich hatte mich verlaufen, fürchte ich.« Sie warf ihm einen raschen Blick zu, doch dummerweise war ihm nicht anzusehen, ob er ihr glaubte oder nicht. »Aber finden Sie nicht auch, Sir, dass ich den Namen des Mannes kennen sollte, der mich gerettet hat?«

»James Swindler.«

Auf der King's Road fanden sie eine Droschke, die auf Passagiere wartend am Bordstein stand. Swindler beugte sich vor, um die Tür zu öffnen, und half Eleanor hinauf.

»Welche Adresse soll ich dem Kutscher angeben?«, fragte er dann.

Nur widerstrebend gab sie ihm die Anschrift ihrer Pension. Er rief sie dem Fahrer zu und reichte ihm dann ein paar Geldstücke.

»Seien Sie in Zukunft vorsichtiger, Miss Watkins. London

kann ein sehr gefährlicher Ort für eine Frau ohne Begleitung sein.«

Bevor sie etwas erwidern konnte, setzte das Gefährt sich in Bewegung. Mit einem Blick zurück sah sie Mr. Swindler noch auf der Straße stehen, aber nach und nach verlor sich seine große, einschüchternde Gestalt im Dunkeln, ganz wie die des Mannes, von dem sie sich verfolgt gefühlt hatte.

Sollte ihr Retter also Lord Rockberrys Komplize sein, warum hatte er sie dann gehen lassen? Und falls er es nicht war, warum verfolgte er sie dann?

* * *

»Ihr Name war Eleanor Watkins.«

»Elisabeths Schwester. Das hätte ich mir auch denken können bei der verblüffenden Ähnlichkeit der beiden.«

James Swindler drehte sich nicht um nach dem Gemurmel, das aus einer dunklen Ecke kam, als er den Namen der Frau nannte, der er in Cremorne Gardens begegnet war – nachdem er sie vorher schon zwei Tage lang beschattet hatte.

Sein Vorgesetzter, Sir David Mitchum, saß hinter dem Schreibtisch, vor dem er stand. Da die kleine Flamme in der Lampe nicht genügend Licht abgab, um auch die Ecken des Raumes zu erhellen, nahm Swindler an, dass er so tun sollte, als sei er sich der Anwesenheit einer weiteren Person im Raum nicht einmal bewusst. Dass der Mann nach Sandelholz, gutem Tabak und Angstschweiß roch, erschwerte es ihm ein wenig, sich in die Umgebung einzufügen. Und die Tatsache, dass er gesprochen hatte – offenbar überrascht von Swindlers Informationen –, verstärkte noch die Absurdität seines Versuchs, so zu tun, als ob Swindler und Sir David allein im Raum wären.

Im Gegensatz zu dem Mann in der Ecke besaß Swindler das schon fast unheimliche Talent, buchstäblich mit seiner Umgebung zu verschmelzen, wo immer es auch nötig war. Auch jetzt noch ließ er sich durch nichts anmerken, dass er sich der Gegenwart des anderen bewusst war. Er konnte den Besten von ihnen noch etwas vormachen. Allerdings fand er es unbegreiflich, dass dieser Lord Rockberry sich einbildete, seine Identität sei ein Geheimnis, zumal Swindler seine Ermittlungen gegen die mysteriöse Fremde auf dem Wohnsitz seiner Lordschaft begonnen hatte. Wahrscheinlich war der Marquess of Rockberry nichts als ein aufgeblasener, wichtigtuerischer Geck.

»Was haben Sie sonst noch über die Frau in Erfahrung bringen können?«, wollte nun Sir David wissen.

Nachdem Swindler Miss Watkins heimgeschickt hatte, war auch er in eine Droschke gestiegen, um sie in diskretem Abstand zu verfolgen, und hatte den Fahrer gebeten, ihn auf einer Straße nicht weit von ihrer Pension aussteigen zu lassen. Den Rest des Weges hatte er schnell zu Fuß zurückgelegt und das Haus im selben Moment erreicht, in dem Miss Watkins es durch die Vordertür betreten hatte. Dann hatte er gewartet, bis ein sanftes Licht in einem Eckfenster erschienen war, um sich dem Haus zu nähern. Wie gut, dass Miss Watkins' Zimmer zur Straße hinausging! Indem er der Vermieterin, die ihm die Tür geöffnet hatte, ein paar Geldstücke in die feiste Hand gedrückt hatte, hatte er durch sie noch ein paar Einzelheiten mehr in Erfahrung bringen können. »Sie hat ein Zimmer gemietet, es aber nur für diesen Monat bezahlt. Sie ist erst seit einer Woche in London und laut ihrer Vermieterin eine ungewöhnlich stille junge Dame, die keinen Ärger macht, nicht mit den anderen Mietern verkehrt und auch keinen Besuch bekommt. Oft nimmt sie ihr Essen sogar in ihrem Zimmer ein.«

Für eine Weile herrschte Schweigen in dem Raum, bevor Sir David fragte: »Hat sie sonst noch was gesagt?«

»Mehr habe ich nicht hinzuzufügen, fürchte ich. Meine Anweisungen waren, sie zu observieren, aber sie nicht anzusprechen. Da jedoch ein paar junge Herren offenbar die Absicht hatten, mehr zu tun, als sie nur ein bisschen zu belästigen, hielt ich es für ratsamer, den zweiten Teil meiner Anweisungen zu ignorieren. Diese jungen Dandys behaupteten, jemand habe ihnen gesagt, sie sei ›zu haben‹. Ich glaube nicht, dass wir eine Ahnung haben, wer dieser Jemand gewesen sein könnte.«

»Seien Sie nicht albern«, ertönte eine Stimme aus der Ecke, was Swindlers Verdacht bestätigte, dass Lord Rockberry höchstpersönlich den jungen Männern geraten hatte, kurzen Prozess mit ihr zu machen. Geduld war anscheinend nicht seine Stärke.

»Eine Dame, die spätabends – und allein – noch durch die Cremorne Gardens spaziert, muss ja in Schwierigkeiten geraten«, sagte Sir David. »Sie kann froh sein, dass Sie sie gerade observierten. Allerdings gehe ich davon aus, dass sie trotz allem nicht klüger ist als zuvor, was Ihre Aufgabe anbelangt.« Falls er Swindlers Verdacht bezüglich Lord Rockberry teilte, ließ er es sich durch nichts anmerken.

»Sie weiß nichts über meine wahren Absichten. Ich habe Ihnen alles erzählt, was ihre Vermieterin mir über sie sagen konnte. Na ja, bis auf die Tatsache, dass Miss Watkins mit einer großen Reisetruhe ankam und eine Vorliebe für Rosa zu haben scheint. Falls ich hier ganz aufrichtig sein darf, kann ich Ihnen aufgrund meiner anfänglichen Beobachtungen nur sagen, dass ich Miss Watkins keineswegs als eine Gefahr für irgendjemanden betrachte.«

»Seine Lordschaft ist da anderer Meinung.«

Was der Grund war, dass Swindler eingeschaltet worden war, um in Erfahrung zu bringen, was die junge Dame vorhatte. Bisher war sie Lord Rockberry durch den Zoologischen Garten und den Hyde Park gefolgt. Gestern Nacht hatte sie ihn sogar zu seinem Club verfolgt – dem *Dodger's Drawing Room*, kurz *Dodger's*, einem der exklusivsten Treffpunkte reicher Müßiggänger, die dort ihren Lastern frönten. Wenn es ein Verbrechen wäre, jemandem zu folgen, würde Swindler längst im Pentonville Prison verrotten.

»Bei allem gebotenen Respekt, Sir, aber ich glaube, ich kann woanders nützlicher sein. Wie ich hörte, hat heute Abend jemand einen Mord in Whitechapel gemeldet, und ...«

»Ich weiß, dass Sie lieber Verbrechen aufklären, die schon begangen wurden, Swindler, aber unsere allererste und vorrangigste Pflicht ist das Verhindern von Verbrechen.«

Prävention war das Motto eines Polizisten, seine Überzeugung und der Grund dafür, dass so viele von ihnen auf den Straßen der Stadt auf Streife waren. Aber Swindlers Ansicht nach würde sich jemand, der fest entschlossen war, eine Straftat zu begehen, durch nichts aufhalten lassen. Deshalb war ihm sehr viel mehr daran gelegen, die Täter vor Gericht zu bringen und sicherzustellen, dass die richtige Person den Preis für das begangene Verbrechen zahlte. Er hatte keine Lust, sich mit einem verwöhnten Lord befassen zu müssen, der sich wegen einer zierlichen Frau ängstigte, deren Kopf Swindler kaum bis zur Mitte seiner Brust reichte und neben der er sich wie ein tapsiger Riese vorgekommen war.

»Es würde helfen, Sir, wenn wir wüssten, was für eine Straftat wir von ihr erwarten«, sagte Swindler.

»Ich glaube, sie hat vor, mich umzubringen«, antwortete eine leise Stimme aus der Ecke.

Sir David zog nur eine seiner dunklen Augenbrauen hoch, als er Swindler ansah, der Mühe hatte, sich seine Verärgerung über die Situation nicht anmerken zu lassen. Es fehlte nicht mehr viel, und er würde den nervigen Lord mit eigenen Händen erwürgen wollen. »Wissen wir, warum Seine Lordschaft glaubt, dass Miss Watkins ihm etwas antun will?«

Sein Vorgesetzter blickte zu der dunklen Ecke hinüber, und Swindler hörte den ungeduldigen Seufzer dort, bevor die Stimme knurrte: »Elisabeth Watkins ist in der vergangenen Ballsaison in die Gesellschaft eingeführt worden. Wir haben ab und zu miteinander getanzt. Mehr kann ich dazu nicht sagen.«

Es gibt immer etwas mehr zu sagen.

»Darf ich dann davon ausgehen, dass wir hier von *Lady* Elisabeth und *Lady* Eleanor sprechen?«, fragte Swindler.

»Nein, denn ihr Vater ist bloß ein Viscount, und daher ist sie auch nur *Miss* Eleanor Watkins.«

Bloß ein Viscount? Also war der Mann in der Ecke mit seinem höheren Rang auch noch ganz schön arrogant.

Des Spielchens überdrüssig, drehte Swindler sich ganz unerwartet um. Er konnte ein ausgestrecktes Bein und einen maßgefertigten, auf Hochglanz polierten Stiefel sehen, der kaum ins Licht hinausreichte. Der Rest des Mannes verlor sich in der Dunkelheit, aber Swindler wusste trotzdem, wie er aussah, da die Spur am Wohnsitz Seiner Lordschaft angefangen hatte. Er war nicht sehr alt, aber ausgesprochen gut aussehend mit seinen ebenmäßigen Gesichtszügen, die Dichter dazu veranlassten, zu Feder und Papier zu greifen und Gedichte über das Wunder der Liebe zu verfassen. Swindler war verdammt versucht, ihn mit seinem Namen anzusprechen, doch aus einem ihm unbekannten Grund wurden hier Spielchen gespielt, und Sir David tolerierte sie – was bedeutete, dass der Mann Freunde in sogar noch höheren Positionen als Sir David hatte, oder dass er Sir David etwas hatte tun sehen, das er besser nicht getan hätte. »Wenn es Elisabeth war, die in der vergangenen Saison Ihr Interesse weckte, warum sollte Eleanor Ihnen dann jetzt Böses wollen?«

Seine Frage stieß auf Schweigen.

»Ich kann Ihnen keine große Hilfe sein, Euer Lordschaft, wenn Sie nicht ganz offen zu mir sind. Ich bin kein Schwätzer. Sie könnten mir eine Neigung zu den frivolsten sexuellen Handlungen gestehen ...«

Trotz der Entfernung, die sie trennte, konnte Swindler die plötzliche Anspannung spüren, die nun von der Ecke ausging.

»... die uns bekannt sind, und keine Menschenseele würde es je von mir erfahren.«

Ein lastendes Schweigen breitete sich im Zimmer aus. War es also das, worum es ging? Irgendeine Ausschweifung, die Seiner Lordschaft jetzt keine Ruhe mehr ließ?

Schließlich räusperte sich Lord Rockberry. »Miss Elisabeth Watkins fand ein vorzeitiges Ende, und es ist gut möglich, dass ihre Schwester mich dafür verantwortlich macht. Was natürlich lächerlich ist, da ich nicht einmal in der Nähe dieser dummen Göre war, als sie den Tod fand. Miss Eleanor Watkins hat mich nie darauf angesprochen. Sie spricht überhaupt nicht mit mir, sondern beobachtet mich nur – neben einer Straßenlaterne stehend oder hinter einem Baum im Park verborgen. Ich mache einen Spaziergang, und schon habe ich das Gefühl, bespitzelt zu werden. Ich blicke mich um, und da ist sie und beobachtet mich ... Wenn ich mich ihr zu nähern versuche, um herauszufinden, was sie eigentlich vorhat, geht sie und taucht in der Menge unter – und ich stehe da und kann mich nur noch fragen, ob ich sie überhaupt gesehen habe. Wegen ihrer fast schon unheimlichen Ähnlichkeit mit Elisabeth begann ich schon zu glauben, Elisabeth sei zurückgekehrt, um mich zu quälen. Aber wie ich bereits sagte, haben wir nur miteinander getanzt, und deshalb kann ich mir keinen Grund für dieses ärgerliche Spiel vorstellen.«

Swindler fragte sich, wen Seine Lordschaft mit seinem wiederholten *wir haben nur miteinander getanzt* zu überzeugen versuchte: ihn oder sich selbst.

»Also werden Sie sie weiter observieren, Swindler, um zu sehen, was sie vorhat«, sagte Sir David in einem scharfen Ton, der keine weiteren Einwände in dieser Sache duldete.

Swindler widmete seine Aufmerksamkeit wieder seinem Vorgesetzten. Er mochte und bewunderte Sir David, aber diese Angelegenheit war schlichtweg inakzeptabel. »Da ich mich gezwungen sah, mich ihr zu nähern, um ihr beizustehen, nehme ich an, dass Sie nichts dagegen haben, wenn ich sie erneut anspreche.«

»Verfahren Sie in dieser Sache, wie Sie es für richtig halten.«

Swindler hörte die Gereiztheit und Verärgerung in Sir Davids Stimme. Sein Chef war offenbar nicht glücklicher über die Situation als er. Wenn es nach mir ginge, dachte er, würde ich die Sache schon morgen aus der Welt schaffen.

Kapitel zwei

Am Nachmittag darauf verfolgte Swindler Miss Watkins diskret von ihrer Pension zum Hyde Park. Zu einem blassrosa Kleid und einem farblich passenden Sonnenhäubchen trug sie einen ebenfalls blassrosa Sonnenschirm über ihrer linken Schulter. Ihre Bekleidung verlieh ihr etwas Unschuldiges, weswegen Swindler sich beim besten Willen nicht vorstellen konnte, dass diese Frau Lord Rockberry etwas antun wollte – egal, wie unsympathisch er den Mann auch fand. Und sollte die junge Dame sich seiner eigenen Anwesenheit bewusst sein, wies nichts in ihrem Verhalten darauf hin.

Wie üblich wimmelte es in Cremorne Gardens nur so von Leuten, die die Dame der Gesellschaft und den Gentleman herauskehrten – mit ihren feinen Kleidern, ihrer Überheblichkeit und der unerschütterlichen Überzeugung, etwas Besseres als der Normalbürger zu sein. Swindler hatte nicht viel übrig für die Oberschicht – es sei denn, es handelte sich um seine Freunde, die mit besorgniserregender Regelmäßigkeit in den Adelsstand aufstiegen. Einige Jahre zuvor hatten sie entdeckt, dass es Lucian Langdon von Geburt an bestimmt gewesen war, der nächste Earl of Claybourne zu werden. Jack Dodger hatte im vergangenen Jahr eine verwitwete Herzogin zur Frau genommen. Und Frannie Darling, die einzige Frau, die Swindler je wirklich geliebt hatte, war erst kürzlich mit dem Duke of Greystone vor den Traualtar getreten. Swindler freute sich aufrichtig für sie. Er war immer selbstlos gewesen, was Frannie anbelangte, aber dafür zahlte man immer einen hohen Preis. Diese Lehre hatte sein Vater ihm erteilt, und dass dem wirklich so war, konnte Swindler nur zu gut bestätigen.

Obwohl seine Freunde ihn ihren höheren Stand nie spüren ließen, bewegten sie sich dennoch nicht mehr in den gleichen Kreisen. So war das nun einmal im Leben. Er verübelte ihnen ihren Aufstieg aus der Gosse nicht, aber er war sich auch im Klaren darüber, dass er selbst stets als der Sohn eines Diebs bekannt sein würde.

Er hatte seinen Vater geliebt, wie er – bis auf Frannie – nie wieder jemanden geliebt hatte. Doch sein Vater hatte ihn mit einer unglaublich schwer zu tragenden Last zurückgelassen. Als Junge hatte er in manchen Nächten unter dem Gewicht der Last geweint, während ihn in anderen die Wut beherrschte und er zerstörte, was auch immer ihm in den Weg geriet. Er hatte den Überblick über die vielen Male verloren, bei denen Frannie seine Verletzungen versorgt und behutsam seine blutenden Fingerknöchel verbunden hatte. Seine Hände schmerzten unentwegt von dem Missbrauch, den er mit ihnen trieb. Auch seine Gesichtszüge hatten die Kämpfe zwar überstanden, aber leichte Narben und ein alles andere als vollkommenes Profil zurückbehalten. Er war nicht das, was er als gut aussehend bezeichnen würde, doch er hoffte, dass zumindest Kraft und Charakter in seiner äußeren Erscheinung lagen.

Nicht, dass er erwartete, damit jemals das Interesse einer Frau zu wecken. Frannie war die Einzige, die er je wirklich gewollt hatte. Und obwohl sie Greystone erst kürzlich geheiratet hatte, war es schon über ein Jahr her, dass sie sich in den Duke verliebt hatte. Swindler war auch nicht gewillt, sich eine andere Frau zu suchen. Er hatte Frannie sein Herz geschenkt, und bei ihr würde es bleiben. Alles, was er heutzutage brauchte, war hin und wieder eine weibliche Bekanntschaft, um seine sexuellen Bedürfnisse zu befriedigen. Und da er bekannt dafür war, Frauen seine ungeteilte Aufmerksamkeit zu widmen und ihnen Vergnügen zu verschaffen – selbst jenen, die es noch nie zuvor erfahren hatten –, war es ein Leichtes für ihn, Damen zu finden, die nur allzu gern einen Abend in seiner Gesellschaft verbrachten. Selbst diejenigen, die es gewöhnt waren, Geld dafür zu nehmen, nahmen von ihm nur selten welches an.

In letzter Zeit konnte ihn jedoch keine Frau, mit der er zusammen war, mehr befriedigen, und aus reiner Gewohnheit waren auch seine Handlungen mechanischer geworden. Und immer blieb er mit einem Schmerz in der Brust zurück, der zweifellos darauf zurückzuführen war, dass ihm das Herz herausgerissen wurde. Und möge Gott ihm beistehen, aber er konnte sich nicht einmal erinnern, wann er das letzte Mal mit einer Frau im Bett gewesen war.

Miss Eleanor Watkins rettete ihn vor seinen eigenen Gedanken, als sie neben einem Baum stehen blieb, von dem sie einen guten Ausblick auf die Rotten Row hatte und dort wahrscheinlich die Ankunft ihres Opfers auf seinem rassigen Pferd erwartete. Obwohl Swindler sich eigentlich auf Miss Watkins hätte konzentrieren müssen, hatte er ein paar Nachforschungen über Lord Rockberry angestellt und wusste jetzt ebenso gut wie sie, dass er jeden Nachmittag um Punkt halb sechs einen Ausritt durch den Park begann.

Niemand schien sie zu beachten. Die anderen Damen waren damit beschäftigt, die Aufmerksamkeit der Herren zu gewinnen, und die Herren waren mehr an den Damen interessiert, die gesehen werden wollten, als an der einzigen, bei der das nicht so war. Es war alles Teil des Rituals, nach einem geeigneten Ehemann Ausschau zu halten. Sie anzusprechen könnte ihren Ruf gefährden, aber Swindler war bestrebt, sich wieder an die Arbeit zu machen und Ergebnisse zu erlangen.

Deshalb begann er langsam auf Miss Watkins zuzugehen. Er hatte sich reiflich überlegt, wie er sich ihr nähern sollte. Er würde die Rolle des interessierten Gentlemans spielen, ihr Vertrauen gewinnen und herausbekommen, was sie an Rockberry so faszinierte – und natürlich auch, was genau sie mit dem hochnäsigen Lord vorhatte.

Als Swindler von hinten auf sie zusteuerte, nahm er den Rosenduft wahr, den sie ausströmte. Er erinnerte sich nicht, ihr Parfüm auch in der Nacht zuvor bemerkt zu haben. Vielleicht lag es ja daran, dass es früher am Tag und das Rosenwasser erst vor kurzem aufgetragen worden war. Jedenfalls kitzelte es seine Nase weitaus mehr als der Duft der meisten Frauen.

»Miss Watkins?«

Sie drehte sich um. Ihre Augen – die blau wie ein wolkenloser Himmel waren – wurden größer, und ihre vollen roten Lippen teilten sich ein wenig. Aber sie erlangte ihre Fassung schnell zurück. »Mr. Swindler! Denn so heißen Sie doch, nicht wahr? Was für eine Überraschung. Ich hatte nicht damit gerechnet, Sie wiederzusehen.«

Was auch immer er hatte sagen wollen, um sie zu entwaffnen, wirbelte ihm nun durch den Kopf wie Spielwürfel in einem Becher, der geschüttelt wurde. Bei Tageslicht war sie ein vollkommen anderes Geschöpf als im Dunkel der Nacht, das ihm so viel von ihr verborgen hatte. Ihre Haut war makellos, cremefarben wie Alabaster und mit einem Hauch von Röte über ihren hohen Wangenknochen. Ihre Augen hatten etwas Unschuldiges und Sanftes, das er vorher nicht bemerkt hatte. Ihr Haar, das unter ihrem Häubchen hervorschaute, war hell, ja beinahe weiß wie Mondlicht. Er stand vor derselben Frau, der er gestern

Nacht begegnet war, aber sie war hübscher, als er sich erinnerte. Sie hatte irgendetwas an sich im hellen Tageslicht, das ihm einen harten Schlag gegen die Brust versetzte und ihm das Luftholen erschwerte – was er jedoch unbedingt tun wollte, und wenn auch aus keinem anderen Grund, als noch einmal ihren angenehmen Duft zu riechen.

Sie schenkte ihm ein verspieltes Lächeln. »Sie verfolgen mich doch nicht etwa?«

Er schüttelte schnell den Kopf und räusperte sich, um sich die Zeit nehmen zu können, seine Fassung wiederzugewinnen. Frauen besaßen diese Macht nicht über ihn. Nie. Selbst die geschickteste Verführerin könnte vielleicht seinen Körper gefügig machen, aber nicht seinen Verstand.

»Nein«, erwiderte er schließlich und hoffte, sie mit seinem warmherzigen Lächeln bezaubern zu können. Als Kind hatte er eine Unzahl von Gesichtsausdrücken gesammelt, auf die er jederzeit zurückgreifen konnte, um zu erlangen, was auch immer er gerade brauchte. Traurige Augen, wenn er hungrig war und sich von einem Krämer oder einer Köchin an der Hintertür eines Wohnhauses ein paar Speisereste erhoffte. Tränen, wenn er eine Dame näher an sich heranbringen musste, um ihre versteckten Taschen ausplündern zu können. Frechheit, falls sie nötig war. Bescheidenheit, wenn sie das beste Mittel war, um seine Ziele zu erreichen. Es gab Zeiten, in denen er beschlossen hatte, ein weites Ödland ohne jede Emotion zu sein, mit Ausnahme derjenigen in seinem Arsenal, die er auf Befehl hervorzaubern konnte. »Nun ja, in gewisser Weise tue ich das auch«, antwortete er nun. »Ich habe etwas gefunden, von dem ich dachte, Sie hätten es vielleicht gern. Ich wollte es gerade zu Ihrer Pension bringen, als ich Sie die Straße hinaufgehen sah und beschloss, es Ihnen lieber persönlich zu übergeben, als es bei Ihrer Vermieterin zu lassen.«

Dann griff er in seine Jackentasche, zog eine gefaltete Straßenkarte von London heraus und hielt sie Eleanor hin. »Damit Sie sich nie wieder verlaufen.«

Ein überraschtes Lächeln erhellte ihr Gesicht, und als sie lachte, tat sie es so leichtherzig und melodiös, als wollte sie mit den Vögeln konkurrieren, die in den Bäumen sangen. Als sie die Karte annahm, streiften ihre behandschuhten Finger seine, und Swindlers Magen verkrampfte sich bei dem Gedanken, dass sie etwas völlig anderes streifen könnte ... Er schluckte jedoch hart und bemühte sich, seine Fassung wiederzugewinnen. Sie war schließlich nur eine Frau. Eine Spur. Und seine Fassade war sorgfältig und nur für sie geschaffen worden – aber sie spiegelte sein wahres Ich nicht wider. Das zeigte er nur einigen wenigen Auserwählten.

»Wie aufmerksam von Ihnen.« Ihr Gesichtsausdruck war offen und aufrichtig, als sie ihren Blick zu ihm erhob. Wie, in Gottes Namen, konnte irgendjemand denken, sie würde auch nur einer Fliege etwas zuleide tun, geschweige denn erst einem Menschen? »Sie müssen sich ja große Umstände gemacht haben, um sie zu finden.«

Ganz und gar nicht, dachte er. Die Karte hatte er im vergangenen Jahr gekauft, als Kartografen die ganze Stadt mit ihnen überschwemmt hatten in Erwartung der vielen Besucher, die zur Weltausstellung nach London kommen würden. »Mir die Mühe zu machen war ein Teil des Geschenks«, antwortete er mit einer gewagten Mischung aus Bescheidenheit und Selbstvertrauen.

Er hasste die Unwahrheiten, die er von sich gab, obwohl es ihn früher nie gestört hatte, jemanden zu beschwindeln, um von ihm zu erfahren, was er wissen wollte. Aber bei ihr war das anders, und er befürchtete jetzt schon, dass er mehr von ihr wollte, als möglich war. Er wollte mit ihr Hand in Hand gehen. Er wollte, dass sie sich auf die Zehenspitzen stellte und ihm die Arme um den Nacken schlang, wenn er den Kopf senkte, um ihre Lippen zu einem leidenschaftlichen Kuss zu vereinen. Er wollte, dass sie sein Bett teilte und ihm frivole Worte ins Ohr flüsterte – obwohl er bezweifelte, dass ihr Vokabular die etwas vulgären Worte enthielt, an die er dachte. Doch er konnte sie ihr beibringen. Und er hatte den Eindruck, dass sie jemand war, der sehr schnell lernte.

Aber viel mehr noch wünschte er, sie säße mit ihm an einem Kaminfeuer, hörte ihm zu, wenn er von seinem Tag erzählte, und tröstete ihn, wenn er von der Brutalität und Unmenschlichkeit des Menschen sprach. Es war der letzte dieser Wünsche, der sein Verlangen nach ihr unsinnig machte, weil die Gräuel, mit denen er in Berührung kam, keinen Platz in ihrer sicheren Welt oder in ihrem arglosen Gemüt hatten.

Im Geiste versetzte er sich einen harten Stoß. Was war nur los mit ihm, dass er solch abstruse Gedanken hegte? Es sah ihm gar nicht ähnlich, in solch poetischen Begriffen zu denken. Schließlich war er kein Traumtänzer, sondern Realist. Ein nüchtern und sachlich denkender Realist.

»Ich weiß wirklich nicht, wie ich Ihnen Ihre Liebenswürdigkeit vergelten kann«, sagte sie.

»Vielleicht wären Sie ja so freundlich, einen Spaziergang durch den Park mit mir zu machen?«

Sie blickte sich schnell um, und er fragte sich, ob sie nach Lord Rockberry Ausschau hielt oder sich nur vergewissern wollte, dass niemand, den sie kannte, sie mit Swindler sah. »Ich glaube nicht, dass es meinen Ruf schädigen würde. Schließlich können Sie hier die Situation nicht ausnutzen.«

Wie unschuldig und naiv sie war. Was glaubte sie wohl, wozu

Frauen Anstandsdamen benötigten? Ein Mann würde immer die Situation ausnutzen, wenn sich ihm die Gelegenheit dazu bot. Besonders, wenn die Frau so verführerisch wie Eleanor Watkins war.

Er bot ihr galant seinen Arm. Als sie ihre kleine behandschuhte Hand darauflegte, spürte er die Berührung bis in seine Zehenspitzen. Im Zuge seines Versuchs, ihr Vertrauen zu gewinnen, hatte er sich wie ein Gentleman gekleidet: Handschuhe, Hut und einen gut geschnittenen Überrock mit Weste und Halstuch. Eigentlich bevorzugte er etwas schlichtere Kleidung, aber wenn seine Zielperson eine Frau war, zog er sich grundsätzlich besser an, weil Frauen gut gekleidete Männer sehr zu schätzen schienen. Und er brauchte jeden Vorteil, den er sich zunutze machen konnte, da er sich neben ihr wie ein unbeholfener Trampel vorkam statt wie Scotland Yards fähigster und genialster Kriminalbeamter.

»Sie scheinen sich von Ihrer schweren Prüfung gestern Abend gut erholt zu haben«, bemerkte Swindler, bemüht, mit seinen Gedanken bei seiner Aufgabe zu bleiben, anstatt sich unrealistischen Träumereien hinzugeben.

»Einigermaßen, ja – was ich jedoch ausschließlich Ihren Bemühungen zu verdanken habe.«

»Ohne nachteilige Auswirkungen?«

»Nein, ich habe nicht mal einen blauen Fleck. Es war furchtbar dumm von mir, so spät noch auszugehen. Ich weiß wirklich nicht, was ich mir dabei gedacht habe. Aber in Zukunft werde ich vorsichtiger sein.«

»Das freut mich zu hören. Leben Sie schon lange in London?«, fragte Swindler.

»Wie kommen Sie eigentlich darauf, dass ich nicht hier aufgewachsen bin?«

Er legte den Kopf zur Seite und lächelte etwas ironisch. »Sie hatten sich doch verlaufen, nicht wahr?«

Eine zarte Röte, die sie noch viel hübscher machte, stieg ihr in die Wangen. »Ach ja. Natürlich. Ich bin ja auch erst seit einer Woche in der Stadt.«

»War es etwas Bestimmtes, was Sie nach London führte?«

Sie schüttelte den Kopf. »Ich wollte mir die Stadt ansehen.« Nun blickte sie zum Himmel auf, als suchte sie dort nach Antworten. »Meine Schwester war letztes Jahr in London und so begeistert von den Sehenswürdigkeiten hier, dass ich beschloss, in diesem Sommer herzukommen.«

»Schade, dass sie Sie nicht begleitet hat. Vielleicht hätten Sie sich dann nicht verlaufen.«

Miss Watkins richtete ihren Blick wieder auf ihn. »Sie ist erst vor kurzem gestorben.«

Swindler setzte eine ausdruckslose Miene auf, um sich nicht anmerken zu lassen, dass er Bescheid wusste, und legte seine Hand auf ihre, die immer noch auf seinem Arm lag. Als er ihre Hand drückte, wollte er ihr nur Trost spenden, was möglicherweise seine erste aufrichtige Geste ihr gegenüber war. »Mein herzliches Beileid.«

Er bemerkte ihr Zögern, bevor sie sagte: »Wir leben an der See. Elisabeth war … sie ging zu nahe an den Klippen entlang und stürzte in den Tod.«

Ein vorzeitiges Ende, in der Tat. Bei der Erinnerung an Lord Rockberrys Worte fragte Swindler sich, was für eine Rolle der Mann beim Ableben der jungen Frau gespielt haben mochte. Er war versucht, Miss Watkins alles zu gestehen und sie einfach zu fragen, was sie wirklich hier in London wollte und warum sie Lord Rockberry verfolgte. Stattdessen jedoch fuhr er mit der Täuschung fort, aus Sorge, dass sie vor ihm zurückscheuen könnte, falls ihr der Verdacht kam, dass er nur aus dienstlichen Gründen und Pflichtbewusstsein hier war. »Noch einmal mein aufrichtiges Beileid.«

Sie zog eine ihrer schmalen Schultern hoch. »Mein Vater erkrankte kurz danach und verstarb dann leider auch. Es waren ein paar sehr schwierige Monate.«

»Und so kamen Sie dann nach London.«

Sie lächelte ein wenig. »Meine Schwester hatte mir von all den erstaunlichen Dingen hier erzählt. Sie führte auch Tagebuch, und als ich es nach ihrem Tod las, wurde ich regelrecht neidisch auf alles, was sie gesehen hatte – und hier bin ich!«

»Eine Frau, die allein auf Reisen geht? Sie sind ganz schön mutig.«

»Sie schmeicheln mir, Sir, aber ich hatte keine andere Wahl in dieser Sache. Ich habe keine Tanten, die mich begleiten könnten, und kein Geld, um eine Gesellschafterin zu engagieren. Meine Mutter ist schon lange tot. Elisabeth wurde als Erste geboren und ich als Letzte. Ich war wohl leider zu viel für meine arme Mutter, glaube ich.«

»Dann liegen Sie und Ihre Schwester altersmäßig also nicht weit auseinander?«

Sie schenkte ihm ein warmes Lächeln. »Nur ein paar Minuten.«

Sie waren Zwillinge! Kein Wunder, dass Lord Rockberry so verunsichert gewesen war von der Frau, die ihm gefolgt war, und er sie für ein Gespenst gehalten hatte. »Sie werden mich hoffentlich nicht für zu neugierig halten, aber ich frage mich, warum Sie nicht schon letztes Jahr mit Ihrer Schwester hergekommen sind.«

»Mein Vater konnte sich die Kosten nur für eine von uns leisten. Elisabeth war die Ältere von uns beiden, und wenn auch nur um ein paar Minuten. Sie bekam ihr Debüt. Eine entfernte Cousine war so freundlich, dafür zu sorgen, dass sie in die Gesellschaft eingeführt wurde. Vater hoffte, dass sie dort eine gute Partie machen würde, und dann wäre ich an der Reihe gewesen.«

»Dann sind Sie also anlässlich Ihrer ersten Ballsaison und Ihrer Einführung in die Gesellschaft hier?«

»Nein, ich ... nein. Eine Ballsaison kann ich mir nicht leisten. Ich bin nur nach London gekommen, um die Stadt zu sehen.«

»Und diese Cousine würde Sie nicht unterstützen?«

»Meine Familie hat ihr Schwierigkeiten gemacht, als die Dinge für meine Schwester nicht gut liefen«, antwortete sie und schüttelte den Kopf. »Ich werde meine Cousine nicht erneut ausnutzen. Aber können wir bitte über etwas anderes reden?«

Die plötzliche Gereiztheit in ihrer Stimme warnte ihn, dass er gefährlich nahe daran war, Eleanor zu verhören. Normalerweise ging er subtiler vor, doch bei ihr wollte er plötzlich alles wissen – und das so schnell wie möglich und nicht nur aus Pflichtgefühl heraus. Es war mutig und vielleicht auch ein bisschen leichtsinnig von ihr, allein zu reisen. Trotzdem bewunderte er ihre Entschlossenheit, auf Gesellschaft zu verzichten, um tun und lassen zu können, was sie wollte. »Bitte entschuldigen Sie, dass ich ein solch schmerzliches Thema angesprochen habe.«

Die Anspannung in ihrem Gesicht ließ nach. »Sie konnten es ja nicht wissen.«

Und genauso schnell, wie sie verschwunden war, kehrte die Anspannung zurück. Ihr Körper versteifte sich, ihre Schritte wurden zögernder. Swindler folgte ihrem Blick und sah Lord Rockberry, der ganz in der Nähe auf seinem prachtvollen Rappen dahintrabte. Als Swindler Miss Watkins wieder ansah, war sie blass geworden, und der Glanz in ihren Augen war erloschen und hatte nur noch tiefen Schmerz und Kummer hinterlassen.

»Miss Watkins? Geht es Ihnen nicht gut?«

»Doch, doch … entschuldigen Sie bitte … tut mir leid.«

Er blickte wieder in die Richtung, in die der Marquess geritten war. »Kennen Sie Lord Rockberry?«

Sofort erwachte Argwohn in Miss Watkins' Augen. »Wie gut kennen Sie ihn denn? Ist er ein Freund von Ihnen?«, gab sie zurück.

Swindler wusste, dass er sich seine nächsten Worte sehr gut überlegen musste. »Ich kenne ihn, weil ich Freunde habe, die in seinen Kreisen verkehren, und ab und zu habe ich das Pech, zu ihren Gesellschaften eingeladen zu werden. Aber die Frage, ob er ein Freund ist, kann ich nur mit Nein beantworten. Offen gestanden mag ich ihn nicht mal besonders.«

»Mir ist er auch nicht sympathisch.«

»Dann sollten wir vielleicht weitergehen, bevor er uns bemerkt und herüberkommt. Sie sind äußerst attraktiv, und soweit ich weiß, kann er schönen Frauen nicht widerstehen.« Und obwohl er wusste, dass Lord Rockberry mit ihrer Schwester getanzt hatte oder dass Miss Watkins ihre ganze Zeit damit verbrachte, Lord Rockberry zu beobachten, konnte Swindler nicht durchblicken lassen, darüber unterrichtet zu sein. Er musste sich weiter auf seinen Plan konzentrieren, sie dazu zu verleiten, ihm alles zu offenbaren, ohne sich anmerken zu lassen, dass er auch nur das Geringste darüber wusste, was sie vorhatte.

Wieder stieg ihr eine hübsche zarte Röte in die Wangen, bevor sie nickte. Swindler war nicht sicher, ob er je eine Frau gekannt hatte, die so leicht oder so hinreißend errötete, aber die meisten Frauen aus seinem Bekanntenkreis waren auch abgestumpft vom Leben und hatten schon vor langer Zeit gelernt, sich nicht den kleinsten Hinweis auf ihre Gefühle anmerken zu lassen. Irgendwie kam es ihm so vor, als könnte Miss Watkins der erste aufrichtige Mensch sein, der ihm je begegnet war. Sie war naiv und völlig ohne Arg. Was auch immer für ein Unfug sie dazu bewog, Lord Rockberry zu verfolgen, konnte zu nichts Schlimmerem als Ärger und Belästigung führen. Weil es einfach nicht in ihrer Natur lag, skrupellos oder berechnend zu sein.

Sie heftete sich an die Fersen eines Lords und beobachtete ihn, was den Mann verärgerte und irritierte. Warum konnte Sir David nicht einsehen, dass Miss Watkins harmlos war? Sie würde bald genug davon haben, Lord Rockberry zu plagen. Niemand war hier in Gefahr, und Swindler hatte Wichtigeres, um das er sich kümmern müsste. Dieser Auftrag war kleinkariert und lächerlich.

Trotzdem schlug Swindler eine Richtung ein, die Miss Watkins und ihn von Lord Rockberry fortbringen und dem Marquess höchstens noch einen Blick auf ihre Kehrseiten erlauben würde. Swindler traute Lord Rockberry nicht zu, klug genug zu sein, um sie nicht anzusprechen und Swindlers wahre Absicht preiszugeben. Obwohl ein solches Verhalten Lord Rockberrys seine Aufgabe zu einem schnellen Ende führen würde, wollte Swindler sie doch zu seinen eigenen Bedingungen beenden.

»Wie haben Sie Lord Rockberry eigentlich kennengelernt?«, fragte er nach kurzem Schweigen, als er sich sicher war, dass sie von dem abscheulichen Mann nicht mehr bemerkt werden konnten.

Miss Watkins schüttelte den Kopf. »Ich kenne ihn nicht persönlich. Ich bin ihm nie begegnet.«

»Aber Sie haben von ihm gehört?«

Sie nickte, und er konnte sehen, wie betrübt sie plötzlich war.

»Miss Watkins, falls er Ihnen irgendetwas zuleide getan hat, werde ich …«

»Nein, nein, nicht mir. Meiner Schwester. Er hat mit Elisabeth getändelt, und deshalb war ich neugierig auf ihn. Kurz nachdem ich in London angekommen war, habe ich gleich jemanden gebeten, ihn mir zu zeigen.« Sie hielt für einen Moment lang inne, als wollte sie vorsichtig sein mit ihren Worten und mit dem, was sie enthüllte, und plötzlich kam ihm der Gedanke, dass sie sich vielleicht sogar beide etwas vorspielten. Ihr Pech war, dass er ein Meister darin war und früher oder später herausfinden würde, was sie verbergen wollte, während sie nur sehr wenig über ihn erfahren würde.

Er war sich allerdings ziemlich sicher, dass er die Antwort bereits kannte. Lord Rockberry hatte ihre Schwester zweifelsohne zerstört, und Elisabeth hatte sich lieber von einer Klippe gestürzt, als mit der Schande zu leben. Sie, die sich gut verheiraten und ihrer Schwester zu ihrem eigenen Debüt in der Gesellschaft verhelfen sollte, hatte jämmerlich versagt. Und was Eleanor anging, so versuchte sie vielleicht herauszufinden, ob Lord Rockberry der Zuneigung ihrer Schwester wert gewesen war.

Doch was auch immer ihre Gründe waren, Swindler merkte jedenfalls, wie fasziniert er von der Herausforderung war, die sie für ihn darstellte. Er begann sich schnell zu langweilen mit Frauen, die leicht zu haben waren und klammerten, und obwohl es Miss Watkins' Motive und Pläne waren, die er erfahren wollte, sah er keinen Grund, warum die Suche danach nicht auch für beide angenehm sein konnte.

»Es tut mir leid, Mr. Swindler«, sagte sie schließlich, »aber ich habe genug von dem Park. Ich muss zu meiner Pension zurückkehren. Vielen, vielen Dank für die Karte. Ich werde sehr oft Gebrauch von ihr machen, das versichere ich Ihnen.«

»Würden Sie mir die Ehre erweisen, sich von mir heimbegleiten zu lassen? Ich kann sehen, dass Sie ein wenig durcheinander sind, und möchte sichergehen, dass Sie wohlbehalten ankommen.«

Miss Watkins blinzelte, als ob seine Worte nicht die waren, die sie erwartet hatte – oder vielleicht auch nicht die, die sie hören wollte. Aber nach einer Weile nickte sie.

Als sie schweigend weitergingen, war sie sich Mr. Swindlers Blick, der nicht mehr von ihr wich, sehr stark bewusst. Sie fragte sich, was er wohl dachte und ob er sich vielleicht genauso unvermutet zu ihr hingezogen fühlte wie sie sich zu ihm. Sie war sehr erstaunt darüber gewesen, wie nahe ihr seine Präsenz im Park gegangen war. Er hatte markante Züge, fast schon so schroff wie ihre geliebte zerklüftete Küste, die in einem Moment sehr schön und im nächsten tödlich wirken konnte.

Sie konnte ihn sich gut an Deck eines Schiffes vorstellen, wo er mit leicht gespreizten Beinen stehen würde, um die Balance zu halten. Über seinen Muskeln straffte sich der Stoff seines Jacketts. Trotz seiner Größe hatte er etwas Sanftes, ja beinahe schon Verspieltes an sich. Aber er hatte auch eine dunklere Seite. Hin und wieder bekam sie in seinen Augen kurz etwas davon zu sehen. Eigentlich hätte es ihr Angst machen müssen, doch stattdessen war sie fasziniert davon.

Wenn irgendjemand sie gefragt hätte, selbst vor einem Jahr noch, was sie täte, wenn sie je die Gelegenheit bekäme, London zu sehen, hätte sie unschuldig – und zu naiv vielleicht – geantwortet, dass sie dann an wundervollen Bällen und fabelhaften Diners teilnehmen und hin und wieder auch in die Oper gehen würde. Vielleicht hätte sie sogar erwähnt, dass sie hoffte, sich in

London zu verlieben. Vor zwölf Monaten – nein, nicht mehr als neun Monate zuvor – hatte sie geglaubt, diese Stadt sei der Ort schlechthin, wo die Tochter eines unbedeutenden Viscounts ihr Glück und die Verwirklichung ihrer Träume von einem liebevollen Ehemann, einer guten Ehe und Zufriedenheit erlangen könnte. Sie hatte geglaubt, der Adel sei etwas Bewundernswertes, und nicht bedacht, dass einige seiner Angehörigen sehr gefährlich waren und manche, wie der Marquess of Rockberry, Vergnügen daran finden könnten, junge Frauen in das Verderben zu stürzen.

Nach der Lektüre des Tagebuchs ihrer Schwester hatten ihr Leben und der Anlass für ihre Reise nach London jedoch eine drastische Wendung genommen.

Ihre Pension kam in Sicht. Sie war bescheiden, doch ihre zwei Zimmer waren zwar klein, aber gemütlich.

»Danke, dass Sie mich nach Hause gebracht haben«, sagte sie.

»Es war mir ein Vergnügen«, erwiderte er mit einem Schmunzeln, das als scherzhaft, allerdings auch als warnend aufgefasst werden konnte. »Und ich hoffe wirklich, dass Sie heute nicht wieder allein im Dunkeln auf die Straße gehen. Ich wäre sehr betrübt, wenn Ihnen irgendetwas Böses widerfahren würde.«

»Ich habe ohnehin vor, heute früh zu Bett zu gehen«, versicherte sie ihm.

»Das freut mich. Und ich freue mich auch schon darauf, Sie morgen im Park zu sehen. Vielleicht ein bisschen früher als heute ... Sagen wir, gegen zwei?«

Seine erstaunlich grünen Augen glitten langsam über sie, als böten sie ihm die Möglichkeit, ihr in die Seele zu schauen. Der intensive Farbton erinnerte sie an das Gras im Sommer, über das sie als Kind so oft barfuß gelaufen war. Aber sie sah keine Sanftheit in seinem Blick, nichts, das ihre Fußsohlen zum Kribbeln brachte. Auch deshalb war es für sie von größter Wichtigkeit, sich nicht in diesen Augen verlieren. Unwillkürlich fragte sie sich, wie vielen Frauen das schon passiert sein mochte, denn sie waren sein auffallendstes Merkmal, diese Augen. Durch sie konnte sie schon fast die Schärfe seines Verstandes sehen. Er machte den Eindruck, vollkommen ruhig und entspannt zu sein, und trotzdem glaubte sie, erkennen zu können, wie die Rädchen in seinem Kopf sich drehten.

Ihre Wangen wurden heiß, als sie wünschte, der Zweck ihres Besuchs in London sei ein anderer. Sie versuchte, nicht daran zu denken, dass sie Elisabeths Fehler nicht gemacht hätte, wenn sie als Erste in die Stadt gekommen wäre. Sie hatte Elisabeth diese Fehler sogar vorgeworfen – bevor sie ihr Tagebuch entdeckte und zu verstehen begann, was ihre Schwester alles durchgemacht hatte. Aus ebendiesem Grund dürfte sie die Aufmerksamkeiten eines Mannes jetzt wirklich nicht genießen, aber sie konnte es nicht ändern, wie es schien. »Ein etwas früherer Spaziergang wäre mir sehr lieb. Wahrscheinlich werde ich dort sein, ja.«

»Bis morgen dann«, antwortete er und tippte sich grüßend an den Hut, ehe er ging.

Eleanor eilte die Stufen hinauf und öffnete die Haustür mit dem Schlüssel, den Mrs. Potter, ihre Vermieterin, ihr überlassen hatte. In der Diele begrüßte sie der Duft von Möbelwachs und frischen Blumen.

Mrs. Potter kam aus dem Salon geeilt und wischte sich die Hände an ihrer Schürze ab. Ihr schwarzes Haar war mit silbernen Strähnen durchzogen, und ihr Gesicht hatte die Straffheit der Jugend verloren. Sie hatte eine Vorliebe dafür, aus dem

Fenster zu schauen, und eine sogar noch größere für Klatsch und Tratsch. »Das ist der Mann, von dem ich Ihnen erzählt habe, Miss Watkins! Der Mann, der hier war und Fragen über Sie gestellt hat.«

»Ist er das?« Mrs. Potters Beschreibung nach hatte sie das ohnehin bereits vermutet.

»Er hat mir eine Krone gegeben, damit ich es Ihnen nicht sage, aber meine Loyalität gehört meinen Gästen, zumal Sie auch noch ganz allein hier sind. Ist er ein Verehrer?«

»Wenn ich Glück habe, ja. Sie werden es mich doch wissen lassen, falls Sie ihn wieder hier sehen, nicht wahr?«

»Aber selbstverständlich, Miss Watkins.«

»Danke.« Eleanor stieg die Treppe hinauf. In ihrem Eckzimmer trat sie ans Fenster und spähte zwischen den Vorhängen hindurch. Aber sie sah keinen Mr. Swindler und fragte sich, ob er weitergegangen oder zurückgekommen sein mochte, um aus einem günstigen Blickwinkel ihr Zimmer zu beobachten. Sie war inzwischen schon fast überzeugt davon, dass er für Lord Rockberry arbeitete und von ihm beauftragt worden war, sie im Auge zu behalten. Wenn er Schlimmeres vorhätte als das, hätte er sich bestimmt schon längst darum gekümmert.

Sie nahm die Straßenkarte, die Mr. Swindler ihr geschenkt hatte, aus ihrem Retikül. Wie raffiniert von ihm, sich solch einen reizenden Vorwand auszudenken, um sie anzusprechen! Er war auf jeden Fall ein Mann, den sie nicht unterschätzen durfte – auch jetzt noch nicht.

Im hellen Tageslicht war sie überrascht gewesen, wie groß und breitschultrig er war. Aber es war mehr als seine Größe, was so gefährlich an ihm war. Es war das, was sie in seinem Gesicht gesehen hatte. Er sah aus wie ein Mann, der allein schon dadurch jemanden umbringen könnte, indem er ihm wünschte, er sei tot. Er war jemand, den man nicht täuschen sollte, und dennoch hatte sie genau das vor – ihn zu täuschen und dazu zu bringen, sich mit ihr anzufreunden oder, was noch besser wäre, sie zu begehren, bis er alles tun würde, um sie zu beschützen – ja, sich sogar in sein eigenes Schwert zu stürzen.

Kapitel drei

Ich hasse es, dich behelligen zu müssen.«

»Du liebe Güte, Jim«, sagte Lucian Langdon, der Earl of Claybourne, während er ihnen Whiskey einschenkte. »Ich habe dich auch schon oft genug behelligt.«

»Du bist ein Adliger, die dürfen das«, scherzte Swindler.

Claybourne runzelte die Stirn. Sie waren zusammen auf der Straße aufgewachsen und hatten für Feagan gearbeitet, bis sich irgendwann herausstellte, dass Luke der lang vermisste Erbe eines Grafentitels war. Swindler hatte sich nie sehr wohlgefühlt in Gesellschaft Adliger, doch andererseits fühlte er sich ja auch wirklich nur im Beisein sehr weniger Menschen wohl. Er war bestenfalls ein Skeptiker in Bezug auf irgendjemandes gute Absichten – was zweifellos ein Ergebnis der *guten Absichten* seines Vaters war, die seine Seele so schwer verwundet hatten, dass sie selbst nach all diesen Jahren noch nicht heilen wollte.

Claybourne reichte Catherine, seiner Frau, einen Kelch mit Wein. Sie war sehr hübsch. Ihr blondes Haar erinnerte Swindler ein wenig an das von Eleanor Watkins, auch wenn deren Haar ihm wie miteinander verwobene Mondstrahlen erschien. In seiner Vorstellung hatte sie sehr weiches Haar, das mit Sicherheit an seinen rauen Fingern hängen bleiben würde. Möglicherweise würden dieselben Finger auch ihre zarte Haut wundscheuern, wenn er sie an ihren empfindsamsten Stellen streichelte. Aber um ihr jegliches Unbehagen an ihrer intimsten Stelle zu ersparen, würde er sie mit seiner Zunge und seinem Mund verwöhnen …

»Jim?«

Er riss sich von den Träumen los, die ihn seit seiner Begegnung mit Miss Watkins im Park verfolgten, und nahm dankend das Glas Whiskey, das Claybourne ihm anreichte.

Der Earl saß auf dem Sofa neben seiner Frau und legte einen Arm um ihre Schultern, um mit den Fingerspitzen ihren nackten Arm streicheln zu können. Swindler bezweifelte, dass Claybourne sich so zwanglos gäbe, wenn sein Gast ein Adliger wäre. Oder vielleicht ja doch, wenn ihre Freundschaft im Schmutz der Armenviertel entstanden wäre wie die ihre.

»Du wolltest Catherine ein paar Fragen stellen«, erinnerte ihn Claybourne.

Swindler trank einen Schluck Whiskey und genoss den Geschmack und das leichte Brennen in der Kehle. Er konnte spüren, wie seine Muskeln sich allmählich lockerten. Sie waren angespannt gewesen, seit er Miss Watkins zu ihrer Pension begleitet hatte. Gestern Abend hatte er voller Überraschung festgestellt, dass sie nicht in einem der besseren Viertel Londons abgestiegen war. Da seine eigene Unterkunft nicht weit entfernt von ihrer war, wusste er, was diese Pensionen boten. Sie waren sauber und ordentlich, allerdings nicht gerade luxuriös.

»Ja. Ich würde gern etwas über eine Miss Elisabeth Watkins erfahren. Sie war die Tochter eines Viscounts.«

»Watkins?« Catherine legte ihre zarte Stirn in Falten. »Ich glaube, ich habe schon einmal etwas von einem Viscount Watkins gehört, fürchte aber, dass ich leider nur sehr wenig über ihn weiß. Vielleicht kann dir Sterling weiterhelfen, obwohl ich das für eher unwahrscheinlich halte. Und abgesehen davon, wird er erst in ein paar Tagen in London zurückerwartet.«

Swindler war ihr dankbar für das, was sie nicht sagte – dass der Mann mit seiner frischgebackenen Ehefrau Frannie in den Flitterwochen in Südfrankreich war. Was Swindler jedoch überraschte, war, dass der Gedanke an Frannie mit einem anderen Mann nicht das übliche Verlustgefühl mit sich brachte. Seit seiner Begegnung mit Miss Watkins heute Nachmittag war *sie* es, die seine Gedanken beschäftigte, als spielte niemand anderes noch eine Rolle.

»Ich wäre schon zufrieden mit allem, was du weißt«, versicherte Swindler Catherine, weil er hoffte, bei seinen Nachforschungen über ihren Vater zumindest ein bisschen mehr über Eleanor Watkins zu erfahren.

»Falls Watkins der Mann ist, an den ich denke, kommt er nur selten nach London. Er hat nicht mal einen Wohnsitz in der Stadt.«

Hatte es sich in den oberen Gesellschaftsschichten nicht einmal herumgesprochen, dass der Viscount verstorben war?

»Elisabeth wurde in der vergangenen Saison anscheinend in die Gesellschaft eingeführt«, sagte Swindler zu Catherine.

Sie tätschelte ihrem Mann zerstreut das Knie. »Ich fürchte, ich war in der vergangenen Saison viel zu sehr mit meinen eigenen Angelegenheiten beschäftigt, um auf irgendwelche Debütantinnen zu achten. Tut mir leid, dass ich nicht mehr darüber weiß.«

Claybourne hörte auf, ihren Arm zu streicheln, und schloss seine Hand um ihren Oberarm, um ihr Kraft und Trost zu spenden. Es war die vergangene Saison gewesen, in der ihre Leben unwiderruflich miteinander verflochten worden waren.

»Du könntest auch Jacks Frau fragen«, fuhr Catherine fort. »Bevor Olivia in Trauer war, ist sie Miss Watkins vielleicht zu Beginn der Saison begegnet.«

Die verwitwete Duchess of Lovingdon hatte einen ziemlichen Skandal verursacht, indem sie noch vor Ablauf der angemessenen Trauerzeit wieder geheiratet hatte – und einen sogar noch größeren durch die Auswahl ihres Ehemanns Jack Dodger. Denn so reich der Glückliche auch sein mochte, war er doch auch der Besitzer eines exklusiven Herrenclubs, der fast schon so berüchtigt war wie er.

»Offenbar hatte Elisabeth Lord Rockberrys Interesse erregt«, sagte Swindler, in der Hoffnung, irgendeine Erinnerung auszulösen. Denn auch Catherine und Claybourne waren bestimmt nicht ganz gegen Klatsch gefeit.

Catherine verzog das Gesicht. »Er hält sich für eine sehr gute Partie, aber ich habe noch nie gehört, dass er einer Frau einen Antrag gemacht hat. Hat er sie missbraucht?«

»Wie kommst du denn darauf?«

»Wenn ihr Vater keinen roten Heller hat, wie ich gehört habe, ist es sehr unwahrscheinlich, dass sie mit einer ansehnlichen Mitgift hergekommen ist. Sie könnte also verzweifelt genug gewesen sein, um den Versprechungen eines Schufts zu glauben. Denn leider sind nicht alle Gentlemen auch tatsächlich solche.«

Lord Rockberry fiel definitiv in diese letztere Kategorie. »Elisabeth fand offenbar ein tragisches Ende. Ihre Schwester Eleanor ist in London. Sie hat Lord Rockberry schon durch die halbe Stadt verfolgt. Ich vermute, dass sie ihn in gewisser Weise für den Tod ihrer Schwester verantwortlich macht, und er hat ja auch wirklich das Gebaren eines Mannes, der dunkle Geheimnisse und Schuldgefühle in sich birgt.«

Da Swindler das gleiche Auftreten hatte, erkannte er es sofort, wenn er es bei anderen sah.

»Die armen Mädchen«, sagte Catherine. »Elisabeth und Eleanor, meine ich. Wer tritt als Eleanors Förderer bei ihrer Einführung in die Gesellschaft auf?«

»Sie ist nicht hier, um zu debütieren, sondern wohl eher, um Lord Rockberry zu drangsalieren.«

»Das ist aber sehr gefährlich. Lord Rockberry wird sich das nicht lange gefallen lassen. Vielleicht sollte ich mit ihr reden.«

Swindler hätte nicht überrascht sein dürfen von ihrem Angebot. Ihr großzügiges Naturell und Bedürfnis, all jenen, die in Schwierigkeiten steckten, beizustehen, hatte sie in Claybournes Leben gebracht. Swindler war sich nur nicht ganz sicher, was er erwidern sollte. Er wusste nur, dass er der Mensch sein wollte, der Miss Watkins gab, was immer sie auch brauchte. »Es ist wahrscheinlich zu früh, um dich zu involvieren. Ich habe schon mit ihr gesprochen und glaube nicht, dass sie eine echte Bedrohung ist. Sie mag Lord Rockberry zwar ärgern und belästigen, aber ich kann mir nicht vorstellen, dass sie imstande ist, jemandem ernsten Schaden zuzufügen.«

»Nimm es mir nicht übel, Jim, aber ich glaube, du unterschätzt die Entschlossenheit adliger Damen, wenn sie sich erst einmal dazu entschieden haben, die Dinge selbst in die Hand zu nehmen.«

»Du meinst wohl eher ihre Sturheit«, kommentierte Claybourne, worauf Catherine ihn in die Rippen stieß.

Statt ärgerlich zu werden, warf Claybourne ihr einen glutvollen Blick zu, dem sogar Swindler entnehmen konnte, dass sie später in ihrem Schlafzimmer dafür büßen würde. Er selbst wollte nicht einmal an das Zimmer denken, in dem er heute Nacht allein sein würde. Natürlich könnte er sich Gesellschaft suchen, aber er war überzeugt, dass er keine andere als Miss Watkins wollte. Nicht, dass er etwa vorhätte, sie in sein Bett zu locken. Sie war schließlich eine Dame ... was aber keineswegs bedeutete, dass er nicht schon sehr ausgiebig über die sinnlichen Freuden nachgedacht hatte, die er dort mit ihr erfahren würde. Er konnte sich nur allzu gut vorstellen, wie ihre Hände über seine nackte Brust glitten, während ihr Mund ...

»Also gut«, sagte er und stellte sein Glas weg, um sich zu erheben, solange er noch stehen konnte, ohne sich in Grund und Boden zu blamieren. »Ich werde Miss Watkins von deinem Angebot erzählen, falls ich noch einmal mit ihr zu tun haben sollte.«

»Ja, tu das bitte«, erwiderte Catherine, während Claybourne ihr vom Sofa half.

»Ich begleite dich hinaus«, sagte er nach einem raschen Kuss auf Catherines Wange, der ein weiteres unausgesprochenes Versprechen späterer Freuden war.

Swindler beneidete seinen Freund nicht um das, was er besaß, aber zum ersten Mal bedauerte er, es nicht auch zu haben.

In der Eingangshalle sagte Claybourne: »Falls du glaubst, dass die Sache mit Lord Rockberry nicht ganz ungefährlich ist, wäre ich dir dankbar, wenn du Catherine nicht mit hineinziehen würdest. Meine Frau hat das Herz und den Mut einer Löwin. Aber ich weiß nicht, ob ich es ertragen könnte, sie nochmals in Gefahr zu sehen.«

»Bellende Hunde beißen nicht. So scheint mir das auch bei Lord Rockberry der Fall zu sein, denn sonst hätte er sich selbst um die Angelegenheit gekümmert. Was Miss Watkins angeht... Ich glaube, sie will ihn nur eine Zeit lang ärgern, und dann wird sie nach Hause zurückkehren.«

Er war sich nicht ganz sicher, warum ihn diese Vorstellung bekümmerte. Es war ja nicht so, als ob es zwischen ihnen je zu etwas kommen könnte. Sie war schließlich die Tochter eines Viscounts, Herrgott noch mal, und er der Sohn eines Diebs.

»Wie du weißt, werde ich in Adelskreisen nun endlich akzeptiert«, sagte Claybourne. »Ich könnte also gut einige diskrete Nachforschungen anstellen, um zu sehen, was da läuft.«

»Ich denke, es ist das Beste, wenn ich mich in dieser Sache zunächst einmal so bedeckt wie möglich halte. Ich zweifle nicht an deiner Fähigkeit, Diskretion zu üben, aber da dieser Fall mir zugewiesen wurde, werde ich die Nachforschungen anstellen.«

»Scotland Yard lässt dich die junge Frau beschatten? Da musst du ja vor Ungeduld mit den Hufen scharren, um wieder etwas Wichtigeres als das zu tun.«

Komisch, aber nach der Begegnung im Park war er nicht mehr annähernd so verärgert über seinen Auftrag wie in der Nacht zuvor. »Es ist auch unsere Aufgabe, Verbrechen zu verhindern. Lord Rockberry glaubt, dass sie die Absicht hat, ihn umzubringen.«

Ein Anflug von Bedauern erschien auf Claybournes Zügen. Er hatte einmal einen Mann getötet, der Frannie etwas angetan hatte. »Vielleicht sollte ich mit der jungen Dame reden. Denn selbst wenn ein Mord gerechtfertigt ist, ist es gar nicht leicht, damit zu leben.«

»Wenn du ihn nicht getötet hättest, hätte ich's getan.«

Claybourne schüttelte den Kopf. »Trotzdem sollte deine junge Dame wissen, dass Rache ihren Preis hat. Einen ziemlich hohen.«

»Ich glaube sowieso nicht, dass sie das Zeug dazu hat, ihn zu töten.«

»Hoffentlich behältst du recht. Und da du dich über den Auftrag nicht beklagst, musst du ja Interesse an der jungen Dame haben.«

»Ich hatte sie falsch eingeschätzt, als wir uns das erste Mal begegneten. Das ist kein Fehler, der mir oft passiert.«

»Ich habe noch nie erlebt, dass du jemanden falsch eingeschätzt hast.«

Aber das hatte er getan. Aus welchem Grund auch immer.

Claybourne klopfte ihm fest auf die Schulter. »Vergiss nicht, dass wir für dich da sind, falls du uns brauchst.«

Keine zwei Minuten zuvor hatte Claybourne ihn noch gebeten, sie nicht in die Sache zu verwickeln, und nun schien er seinen Standpunkt doch geändert zu haben. Swindler wusste allerdings so oder so, dass sie ihm helfen würden, wenn es darauf ankam. Feagans Kinder hielten immer zusammen, auch wenn ihre Lebensumstände völlig unterschiedlicher Art waren.

»Tatsächlich muss ich dich sogar jetzt schon um einen Gefallen bitten.«

»Frag, und wenn es in meiner Macht steht, ist die Antwort Ja.«

»Könnte ich mir morgen eine deiner Kutschen borgen? Eine offene, wenn es ein sonniger Tag wird, und eine geschlossene, wenn nicht.«

Claybourne grinste. »Nach dem Motto *Mit Honig fängt man Bienen?*«

Swindler zuckte mit den Schultern. »Wenn ich diesen Auftrag schon ertragen muss, sehe ich keinen Grund, warum ich nicht auch ein bisschen Freude bei der Arbeit haben sollte.«

Swindler war schon fast an der Tür seiner Pension, als er plötzlich umkehrte, um die Straße wieder hinaufzugehen. Er wusste selbst nicht, warum er heute Nacht so rastlos war. Vielleicht, weil er sich trotz Eleanors Versprechen doch nicht ganz darauf verließ, dass sie im Haus bleiben würde? Er wusste, dass er sie nicht vierundzwanzig Stunden am Tag observieren konnte, aber er wollte auch nicht, dass sie Lord Rockberry weiterhin verfolgte. Schon gar nicht, wenn er wusste, dass er dann nicht in der

Nähe sein würde. Er traute dem Mann durchaus zu, die Sache selbst in die Hand zu nehmen und ihr etwas anzutun.

Es war fast halb elf. Als Swindler sich Eleanors Pension näherte, sah er ihre Silhouette in dem gedämpften Licht, das aus ihrem Fenster drang. Erleichterung erfasste ihn, weil sie daheimgeblieben war und keinen Ärger mit Lord Rockberry heraufbeschwor. Er blieb stehen und lehnte sich an einen Baum, der ganz im Dunkeln lag.

Es sah so aus, als bürstete sie ihr Haar. Und wie lang es war! Ihren Bewegungen nach zu urteilen, musste es ihr bis über die Taille reichen. Während sie mit einer Hand mit der Bürste durch das Haar fuhr, strich sie es mit der anderen glatt. Er stellte sich die Bürste in seiner eigenen Hand vor und ihr dichtes Haar auf seinem Schoß, während er hinter ihr saß und es kämmte und glättete, es mit einer Hand zusammennahm und sein Gesicht in seine seidig weiche Fülle tauchte. Er hatte kaum Zärtlichkeit in seinem Leben gekannt, allerdings auch niemals zugegeben, wie sehr er sie sich wünschte.

Die Frauen in seinem Leben blieben nie lange, weil er ihnen nicht geben konnte, was sie brauchten. Er hatte sie gern genug, um ihnen Liebe vorzuspielen, aber nicht genug, um sie wirklich zu lieben.

Auch Miss Watkins würde nicht lange in seinem Leben sein. Er würde langsam ihr Vertrauen gewinnen – langsam, weil er plötzlich keine Eile mehr hatte, sie loszuwerden –, und wenn sie ihm alles anvertraut hatte, würde er sie dazu überreden, Lord Rockberry in Ruhe zu lassen. Oder je nachdem, wie die Dinge lagen, würde er vielleicht die Sache für sie regeln. Doch erst, wenn sie glaubte, dass sie ihm etwas bedeutete, würde sie sich ihm anvertrauen. Deshalb musste er ihr klarmachen, dass ihm etwas an ihr lag. Was nicht einmal gelogen wäre, weil er spüren konnte, dass sich Gefühle für sie in ihm regten, nur eben nicht die starken Emotionen, die eine junge Dame wie Eleanor verdiente …

Jetzt beugte sie den Kopf vor und zog ihr langes Haar nach vorne und darüber, bis es wie ein seidener Vorhang ihr Gesicht bedeckte. Swindler rieb sich den Nacken und konnte seinen Blick nicht mehr von ihrem abwenden. Er konnte ihre Haut dort fast schon unter seinen Lippen spüren, als er sich vorstellte, wie sein Mund an ihrem Rückgrat entlangstrich und er einen Kuss auf die empfindsame Haut unter ihrem Ohr drückte oder wie er mit der Zunge ihr Ohr umkreisen und ihr Ohrläppchen liebkosen würde. Dann würde er sie in seinen Armen umdrehen und die erotische Entdeckungsreise fortsetzen, bis seine Lippen ihren Mund erreichten und zu einem langen, heißen Kuss Besitz von ihm ergriffen, der ihren Körper nachgiebiger und den seinen härter werden ließe …

Nun warf sie den Kopf zurück und begann wieder glatt zu streichen, was sie in Unordnung gebracht hatte. Die Nacht war so ungewöhnlich warm für diese Jahreszeit, dass er versucht war, sein Jackett abzulegen, aber im selben Moment, in dem er daran dachte, merkte er, dass die Luft keineswegs so warm war, wie er glaubte. Dann war es also nicht die Nacht, die ihn zum Schwitzen brachte und ihn schwerer atmen ließ, sondern die Nymphe in dem Fenster. Es wäre ihm nicht schwergefallen zu glauben, dass sie sich seiner Anwesenheit bewusst war und eine private Vorstellung für ihn gab.

Er schaute die Straße hinauf und hinunter. Es war spät, niemand war noch unterwegs. Sein Blick glitt über die Gebäude. Falls sonst noch jemand wach war und ihn beobachtete, konnte er ihn nicht sehen. Und das war auch gut so, da ihn plötzlich ein heftiges, schon absurd besitzergreifendes Bedürfnis überkam, an Türen anzuklopfen und jedem zu drohen, der sie auch nur ansah.

Was zum Teufel war nur los mit ihm? Da sie nichts weiter als der Quälgeist eines müßiggängerischen Lords war, würde sie im Nu wieder aus seinem Leben verschwunden sein.

Wie schaffte sie es bloß, diesen barbarischen Gedanken in ihm hervorzubringen, dass er alles, aber auch wirklich alles tun würde, um sie zu beschützen? Es lag in seiner Natur, den Unschuldigen beizustehen, doch seine Gefühle für sie berührten ihn in tiefster Seele und machten es ihm unmöglich, seine distanzierte Haltung zu bewahren, die es ihm ermöglichte, ohne Emotion zu handeln. Er musste unbedingt einen kühlen Kopf bewahren, damit nichts seine Objektivität beeinträchtigte.

Swindler wandte seine Aufmerksamkeit wieder ihr zu. Da sie aufgehört hatte, ihr Haar zu bürsten, war sie jetzt nur noch teilweise zu sehen. Er hätte jedoch nicht sagen können, wohin sie blickte. Woran sie wohl dachte? Wenn er sie nun besuchen würde ...

Er schüttelte den Kopf über den absurden Einfall. Um diese Zeit konnte er unmöglich an die Haustür klopfen. Doch schon seit seiner Kindheit hatte er ein großes Geschick für das Klettern entwickelt. Es wäre für ihn also durchaus möglich, sich bis zu ihrem Fenster hinaufzuarbeiten ...

Um was zu erreichen?

Du liebe Güte – er glaubte doch wohl nicht wirklich, sie würde das Fenster öffnen, um ihn zu sich hereinzulassen? Oder ihm gar erlauben, ihr die Bürste aus der Hand zu nehmen und sie hundertmal durch ihr wundervolles Haar gleiten zu lassen?

Aber jetzt hob sie die Hände, um die Vorhänge zu schließen. Eigentlich hätte es weniger verwirrend sein müssen, sie nicht mehr sehen zu können, doch nun stellte er sich vor, wie sie zu Bett ging und es sich bequem machte – und sah sich selbst neben ihr zwischen die Laken schlüpfen und sie in die Arme nehmen.

Das Licht in dem Fenster erlosch, und mit ihm schien alle Luft aus seinen Lungen zu entweichen. Schlief sie auf dem Bauch, auf dem Rücken oder zusammengerollt auf der Seite? Würde sie sich an ihn schmiegen, wenn er bei ihr im Bett läge? Wie seltsam, dass ihm gerade jetzt die plötzliche Erkenntnis kann, dass er noch nie mit einer Frau in seinen Armen geschlafen hatte. Wenn die Sache erledigt war …

Die Sache? War das alles, was es je für ihn gewesen war? Hatte er sich wirklich weisgemacht, es sei mehr als nur ein bisschen Spaß oder Zeitvertreib in einer einsamen Nacht gewesen, weil er die Damen anständig behandelt hatte?

Oh Gott, wo kamen bloß diese Gedanken her? Er hatte einen Beweis gewollt, dass sie nicht draußen auf den Straßen unterwegs war. Den hatte er. Sie lag friedlich schlummernd in ihrem Bett. Also wurde es Zeit für ihn, sich ebenfalls zurückzuziehen. Aber er wusste verdammt gut, dass es Stunden dauern würde, bis sein angespannter Körper wieder entspannt genug sein würde, um einschlafen zu können!

* * *

Verführ ihn.

Die beiden Wörter gingen ihr durch den Kopf wie eine endlose Litanei und mit der Beständigkeit der See, die immer auf die Küste zustrebte, um sich dann wieder zurückzuziehen und wiederzukehren.

Verführ ihn.

Eleanor lag im Bett und starrte die Schatten an, die über die Zimmerdecke tanzten.

Verführ ihn.

Was wusste sie schon von Verführung? Sie hatte die Grüße der jungen Herren des Dorfs erwidert, aber sie in ihrem Werben nie ermutigt, weil sie immer gehofft hatte, nach London zu kommen, in die Gesellschaft eingeführt zu werden und dort einen passenden Ehemann zu finden. Sie hatte sich immer vorgenommen, die anderen Damen im Ballsaal zu beobachten und nachzuahmen. Sie hatte immer geglaubt, wenn die Zeit käme, würden ihre weiblichen Instinkte erwachen, und dann würde sie genau wissen, was sie tun musste, um das Interesse eines Manns zu wecken.

Sie war den ganzen Abend unruhig gewesen. Eine Weile hatte sie versucht zu lesen, sich aber nicht auf die Worte konzentrieren können, und als sie sich dann mit ihrer Handarbeit beschäftigt hatte, war sie mit ihren Stichen nicht zufrieden gewesen. Schließlich hatte sie die Karte ausgebreitet, die Mr. Swindler ihr geschenkt hatte, und eine Stunde damit verbracht, mit dem Finger alle möglichen Straßen nachzuziehen. Es war eine Souvenirkarte, die auch die Stelle anzeigte, wo im Hyde Park der Kristallpalast für die große Weltausstellung erbaut worden war. Eleanor fragte sich, ob Swindler sie besucht und all die erstaunlichen Dinge dort gesehen haben mochte. Dann fragte sie sich, was er wohl heute Abend tat. War er mit Freunden zusammen oder allein? Oder in Gesellschaft einer Frau?

Das Unbehagen, das bei dem Gedanken an ihn bei einer anderen Frau in ihr erwachte, gefiel ihr ganz und gar nicht. Es war lächerlich von ihr, so besitzergreifend in Bezug auf einen Mann zu sein, dem sie gerade erst begegnet war.

Irgendwann hatte sie sich bereit gemacht, zu Bett zu gehen,

und beschlossen, ihr Haar am Fenster zu bürsten, um sich so vielleicht ein wenig zu entspannen. Zu Hause saß sie oft am Fenster in ihrem Schlafzimmer, kämmte sich und lauschte dem Tosen der See, die gegen die Klippen schlug. Aber heute Nacht hatte sie keine dröhnende Brandung gehört, sondern nur das Echo von Mr. Swindlers Versprechen, sich morgen mit ihr zu treffen.

Sie fragte sich, ob sich ohne ihren Wunsch nach Rache vielleicht etwas mehr zwischen ihnen entwickeln könnte. Auf eine etwas raue Art war er ein gut aussehender Mann. Und er war liebenswürdig, aber stark. Manchmal hatte sie den Eindruck gehabt, dass er sich eisern im Zaum hielt, sie jedoch gern auf ungehörige Weise berührt hätte. Sie musste die Empfindungen, die sie auch immer in ihm wecken mochte, nutzen. Der Gedanke erregte und beängstigte sie zugleich.

Ob Elisabeth wohl auch so für Lord Rockberry empfunden haben mochte? Sie hatte ihr geschrieben, er habe ihre Leidenschaften erweckt, und dann habe er diese Leidenschaften genutzt, um sie auf denkbar schlimmste Art und Weise zu verraten.

Eleanor drehte sich herum, zog die Knie an und schob ihre Hand unter ihr Kinn. Beim Bürsten ihres Haars hatte sie das Gefühl gehabt, beobachtet zu werden, und sich vorgestellt, dass es James Swindler war, der in diesen Momenten gern bei ihr gewesen wäre. Sie schloss die Augen, obwohl sie wusste, dass der Schlaf noch eine Weile auf sich warten lassen würde. Aber sie hatte es auch nicht eilig, einzuschlafen. Wenn James Swindler nur lange genug ihre Gedanken beschäftigte, würde er ihr vielleicht auch im Traum erscheinen und die Albträume abwenden, die sie regelmäßig heimsuchten.

Vielleicht würde er sie in ihren Träumen sogar küssen …

Das waren gefährliche Gedanken. Selbst wenn sie es gewollt hätte, könnte es nicht zu mehr zwischen ihnen kommen, weil er sie – egal, was zwischen ihnen geschah – am Ende doch verachten würde.

Außerdem hatte sie das ungute Gefühl, dass auch sie selbst sich letztendlich verachten würde.

Kapitel vier

Es war mehr als blödsinnig von ihm, so verflucht nervös zu sein, sagte Swindler sich. Er hatte jeden Winkel der Kutsche untersucht, und sie wies nicht einen Kratzer auf. Der Ledersitz war gut gepolstert und bequem. Der Kutscher und der Lakai, die beide mit der wohlbekannten Claybourne-Livree bekleidet waren, gaben ein fast ebenso prachtvolles Paar ab wie die beiden Grauschimmel, die den Wagen zogen.

Swindler, der vor Miss Watkins' Pension stand, musste sich beherrschen, um nicht ungeduldig auf und ab zu gehen. Er vergewisserte sich, dass sein Halstuch noch richtig saß und all seine Knöpfe geschlossen waren. Er trug denselben Anzug wie am Tag zuvor, nur war seine Weste heute aus dunkelgrünem Brokat und sein Halstuch aus zartgelber Seide. Als er zu Claybourne gegangen war, um die Kutsche abzuholen, hatte er sich die Zeit genommen, sich von Claybournes Kammerdiener Haare und Nägel schneiden und sich rasieren zu lassen. Er war kein Mann, der Unsicherheit kannte, und normalerweise war er auch kein Freund von Eitelkeit, doch beides ließ ihm keine Ruhe mehr, als der Zeitpunkt seiner Verabredung mit Miss Watkins nahte.

Er hatte kurz daran gedacht, im Wohnzimmer der Pension zu warten, aber dann eingesehen, dass er es gar nicht schaffen würde stillzusitzen. Daraufhin hatte er den Dienstboten zum Hintereingang geschickt, um ein paar diskrete Nachforschungen anzustellen, und daher wusste er, dass die Dame noch nicht zu ihrem Spaziergang aufgebrochen war. Zum vielleicht zehnten Mal in ebenso vielen Minuten fragte er den Kutscher nach der Uhrzeit und sich selbst, wann der Nachmittag begonnen hatte, sich so hinzuschleppen.

Miss Watkins müsste jeden Moment ...

Die Tür öffnete sich mit einem geräuschvollen Klicken, und er nahm Haltung an, als ob die Königin vorüberginge.

Mit einem erschrockenen »Oh!« hielt Miss Watkins mitten im Türrahmen inne. Als sie Swindler erkannte, erschien ein strahlendes Lächeln auf ihrem Gesicht, das seine Brust vor Stolz anschwellen ließ. Er hatte noch nie in seinem Leben eine Frau umworben, nicht einmal Frannie, weil er gewusst hatte, dass sie seine Gefühle nie erwidern würde und Claybourne und Jack den Vorzug vor ihm gab. Und obwohl er im Augenblick niemandem den Hof machte, glaubte er jetzt zu verstehen, wie reizvoll es sein konnte, einer Frau eine Freude zu machen.

Er hatte Frannie immer kleine Aufmerksamkeiten erwiesen, über die sie stets erfreut gewesen war, aber er hatte auch die ganze Zeit gewusst, dass er sich noch so sehr bemühen konnte und trotzdem nie ihr Herz gewinnen würde. Bei Miss Watkins dagegen wollte er keineswegs ihr Herz gewinnen und konnte sich deswegen auch nicht die unerwartete Zufriedenheit erklären, die ihn angesichts ihrer offensichtlichen Begeisterung durchflutete. Sie war wieder in Blassrosa gekleidet, trug einen Sonnenschirm in einer Hand, ihr Retikül am Handgelenk und hatte ihre Schute mit einer wunderschönen rosafarbenen Schleife unter ihrem Kinn befestigt. Sie war die Eleganz und Anmut in Person. Ihr Vater mochte zwar nur ein Viscount gewesen sein, aber sie war zweifellos dazu erzogen worden, sich eines Tages auch in höheren Adelskreisen bewegen zu können.

Swindler sagte sich, dass er sich auf seinen Auftrag konzentrieren musste und Miss Watkins ohnehin gesellschaftlich so hoch über ihm stand, dass sie unerreichbar für ihn war ... doch es waren seine eigenen selbstsüchtigen Wünsche, die ihn dazu veranlassten, seine Nachforschungen über sie so angenehm wie möglich für sie beide zu gestalten.

Sie nahm die Kutsche, den livrierten Kutscher und Lakaien und die Pferde wahr, bevor ihr Blick zu Swindler zurückkehrte, um dort zu verweilen, als ob sie ihn gründlich abschätzte und zu dem Schluss gelangte, dass es ihm an nichts ermangelte. Schließlich schloss sie die Tür hinter sich, stieg die Stufen hinunter und blieb mit zurückgelegtem Kopf, um ihm in die Augen sehen zu können, vor ihm stehen. »Was für eine elegante Kutsche Sie haben, Mr. Swindler.«

»Ich muss gestehen, dass ich sie mir nur von einem Freund, dem Earl of Claybourne, ausgeliehen habe. Sie sprachen doch davon, dass Sie gerne London sehen würden.« Er öffnete die Kutschentür. »Darf ich bitten?«

Sie blickte in Richtung Park.

»Er wird auch morgen noch da sein«, sagte er ruhig und etwas enttäuscht über ihr Zögern, obwohl er wusste, dass es ihr vor allem darum ging, Lord Rockberry zu sehen. Swindler konnte nicht bestreiten, dass ein Funke Eifersucht in ihm erwachte, der sich zu einem lodernden Feuer zu entwickeln drohte. Und wenn er ihr Interesse an Lord Rockberry nun missverstanden hatte? Was, wenn sie die Rolle ihrer Schwester in seinem Leben übernehmen wollte – was auch immer diese Rolle war und egal, wie fehlgeleitet sie auch gewesen sein mochte?

Doch dann lächelte sie ihn an, und die Wärme und Aufrichtigkeit dieses Lächelns genügten, um seine eigenen fehlgeleiteten Gefühle zu verdrängen. Für diesen kurzen denkwürdigen Moment hatte er über einen Lord gesiegt. »Natürlich wird er das«, sagte sie. »Wie dumm von mir, auch nur an den Park zu denken, wenn ich eine wunderbare Kutsche zur Verfügung habe.« Sie legte ihre Hand in seine, und er half ihr einzusteigen.

Sowie er neben ihr Platz genommen hatte, drängte er den Kutscher, loszufahren.

»Ich glaube, wenn ich in London jemanden kennen würde, wäre mein Ruf durch diese kleine Spazierfahrt gründlich ruiniert«, sagte sie verlegen.

»Ich habe die Sache mit den Anstandsdamen nie richtig verstanden. In den Vierteln, wo ich aufwuchs, kamen und gingen die Mädchen, wie sie wollten.«

»Und welchen Ruf hatten sie dann?«

Er schenkte ihr ein schiefes Grinsen. »Auch der kam und ging.« Trotz der tausend kleinen Stimmen in seinem Kopf, die ihm davon abrieten, legte er seine behandschuhte Hand um ihre. »Wenn Sie schon in die Gesellschaft eingeführt und bekannt wären, hätte ich eine Anstandsdame mitgebracht. Ich kann Ihnen aber noch eine besorgen, wenn es Ihnen lieber wäre.«

Er hegte kaum einen Zweifel, dass Catherine ihm die Bitte erfüllen würde.

Die zarte Röte, die er von Mal zu Mal reizvoller fand, stieg Miss Watkins wieder in die Wangen. »Danke, aber eigentlich lieber nicht. Außerdem wäre es dann hier drinnen ziemlich eng, nicht wahr?«

»Das wäre es in der Tat. Also entspannen Sie sich und genießen Sie Ihre Besichtigungsfahrt durch London«, riet er ihr, während er sich selbst vornahm, jede einzelne Facette von ihr zu genießen.

Obwohl Swindler den Hyde Park mied, wies er den Kutscher an, sie durch andere Parks zu fahren. Es fiel ihm zunehmend schwerer, den Blick von Miss Watkins abzuwenden, als sie die vielen Eindrücke in sich aufnahm. Ihr Gesicht offenbarte eine solch exquisite Freude, dass ihre Lippen sich immer wieder zu einem Lächeln verzogen und ihre blauen Augen vor Entzücken funkelten.

In der Regel war Swindler nicht gerade der Gesprächigste, aber Miss Watkins war so fasziniert von allem, dass sie ihm natürlich Fragen stellte.

Hatte er schon einmal Madame Tussauds Wachsfigurenkabinett besichtigt?

Hatte er nicht.

War die Westminster Abbey innen genauso prachtvoll wie von außen?

War sie.

Schließlich ließ er den Kutscher an einer Stelle in der Nähe eines Flusses anhalten, wo man Ruderboote mieten konnte. Nach ein paar erfolglosen Versuchen, die er gebraucht hatte, um den ungewohnten Umgang mit den Rudern zu erlernen, glitten sie jetzt ohne Schwierigkeiten dahin. In einigen Ruderbooten in der Nähe saßen andere Paare, und Swindler kam plötzlich der Gedanke, dass er sich noch nie die Zeit genommen hatte, London einfach nur zu genießen. In seiner Jugend hatte er kämpfen müssen, um zu überleben. Als er älter wurde, hatte er sich bemüht zu lernen. Als Mann war er besessen von seinem Beruf gewesen und hatte in allem, was er tat, der Beste sein wollen. Es kam ihm irgendwie seltsam vor, sich jetzt plötzlich dabei zu ertappen, dass er kaum mehr tat, als die Frau anzusehen, die mit ihm in dem Boot saß. Sie hatte ihren hübschen rosa Sonnenschirm geöffnet, um ihnen ein bisschen Schatten vor der spätnachmittäglichen Sonne zu verschaffen, und wirkte so ruhig und entspannt, als ob sie all ihre Sorgen am Flussufer zurückgelassen hätte.

Aber Swindler konnte nicht aufhören, sich Lord Rockberry mit ihrer Schwester vorzustellen. Wahrscheinlich hatte er sie genauso beobachtet wie er jetzt Miss Watkins und sich über ihre Begeisterung gefreut. »Ihre Schwester … sah sie genauso aus wie Sie?« Er bereute seine Worte, kaum dass sie seinen Mund verlassen hatten, und er sah, wie ihre Miene sich verdüsterte.

»Ganz genauso. Aber es war mehr als unser Aussehen. Auch unsere Eigenarten und Interessen waren die gleichen. Niemand konnte uns auseinanderhalten, nicht mal unser Vater.«

Also hatte Lord Rockberry genau das gesehen, was auch er sah, wenn er Miss Watkins anschaute. Und Lord Rockberry hatte die Naivität der jungen Dame ausgenutzt. Dummerweise konnte Swindler das ebenfalls verstehen, weil es ihm sehr schwerfiel, Miss Watkins so nahe zu sein, ohne sie zu berühren oder sich gar zu ihr vorzubeugen und sie zu küssen.

»Komisch, dass Sie mich nach Elisabeth fragen«, sagte sie, während sie zu den vom Sonnenlicht gesprenkelten Bäumen und Blättern über ihnen aufschaute. »Ich bedauerte gerade nämlich sehr, dass kein Gentleman je mit meiner Schwester rudern war. Oder zumindest hat sie in ihrem Tagebuch nichts davon erwähnt. Dabei ist es doch wirklich schön hier draußen auf dem Wasser.«

»Da muss ich Ihnen zustimmen. Ich war vorher aber auch noch nie gerudert.«

Sie sah ihn schmunzelnd an. »Das hatte ich mir schon gedacht, aber Sie haben es ja schnell genug gemeistert.«

»Im Allgemeinen lerne ich recht schnell. Während meiner Kindheit und Jugend auf den Straßen lernte ich, dass das Kind, das überlebte, das Kind war, das sich schnell auf das Unerwartete einzustellen wusste.«

Sie strich sich mit der Zunge über ihre Oberlippe, und Swindlers Magen verkrampfte sich, als er sich fragte, wonach diese süßen Lippen schmecken mochten. »Sie sagten vorhin, Sie hätten sich Lord Claybournes Kutsche ausgeliehen, und manchmal bewegten Sie sich in hohen Kreisen. Wie kommt es, dass Sie Angehörige des Adels kennen, obwohl Sie auf der Straße aufgewachsen sind?«

»Wissen Sie etwas über Lord Claybournes Geschichte?«

»Nein. Mein Vater fühlte sich nie wohl in der vornehmeren Gesellschaft. Ich glaube, das war so, weil seine finanzielle Lage nie mit der der meisten zu vergleichen war. Er sah auch immer genauso aus wie das, was er war: ein verarmter Lord. Er verkehrte nicht mit den anderen Lords, und deshalb kenne ich Lord Claybourne leider nicht.«

»Das ist vielleicht auch gut so. Er besitzt – oder besaß – einen skandalösen Ruf. Dieser hat sich ein bisschen gebessert, seit er Lady Catherine, die Schwester des Duke of Greystone, geheiratet hat. Aber Sie kennen sie wahrscheinlich auch nicht.« Zumal Catherine ihm bereits gesagt hatte, sie kenne Eleanor nicht. »Doch wie dem auch sei, Claybourne lebte auf den Straßen wie ich selbst. Seine Eltern wurden ermordet, und er wurde einige Zeit danach vermisst.«

»Wie schrecklich!«

»Ja, das war es. Mehr als schrecklich. Aber er würde sich nie darüber beklagen. Diese Tragödie verschaffte ihm ein völlig anderes Leben als das von jedem anderen Lord. Wir lebten bei einem Dieb, der sich Feagan nannte, und durch ihn lernten auch wir, hervorragende Gauner zu werden. Als Claybourne vierzehn war, geriet er in Schwierigkeiten und wurde verhaftet.«

Swindler hielt es nicht für nötig, ihr zu verraten, dass Claybournes »Schwierigkeiten« der Mord an einem Mann gewesen waren. »Aufgrund dessen wurde der Earl of Claybourne auf ihn aufmerksam und erklärte ihn zu seinem seit langer Zeit vermissten Enkel. Als er sein Kindeskind bei sich aufnahm, nahm er auch seine Freunde auf. Daher lebte ich eine Zeit lang in St. James, wo man mich lehrte, zumindest den Anschein zu erwecken, ein Gentleman zu sein.«

»Sie sind sehr vorsichtig mit Ihrer Wortwahl, Mr. Swindler. Den Anschein erwecken? Halten Sie sich denn nicht für einen Gentleman?«

Er grinste. »Nur wenn es meinen Zwecken dient. Oft bin ich mehr ein Gauner als ein Gentleman, Miss Watkins.«

Sein glutvoller Blick brachte ihr Herz zum Rasen. Sie begab sich hier auf ein gefährliches Terrain und wusste es nur allzu gut.

»Waren Sie deshalb noch so spät in Cremorne Gardens unterwegs? Zum Gaunern?«

Sein tiefes, maskulines Lachen echote um sie herum. Eleanor fand, dass es ein ebenso erstaunliches Geräusch war wie das Rauschen der Meeresbrandung. Wenn sie sich nicht in Acht nahm, würde sie sich vielleicht schon bald noch stärker zu ihm hingezogen fühlen.

»Ist das überhaupt ein Wort?«, fragte er.

»Ich versuche nur festzustellen, ob es Vorsehung oder einfach nur ein Glücksfall war, dass Sie mir zu Hilfe kamen.«

»Ist es wirklich wichtig, wie sich unsere Wege kreuzten?«

Sie lächelte ihn an. »Nein, vermutlich nicht. Aber erzählen Sie mir doch noch etwas über sich, Mr. Swindler.«

Noch etwas? Plötzlich fehlten ihm die Worte. Von dem Whitechapel-Mord konnte er ihr jedenfalls nichts erzählen.

Da er gestern Nacht keinen Schlaf gefunden hatte, war er zu dem Leichenschauhaus gegangen, in das sie die in Whitechapel aufgefundene Frau gebracht hatten. Trotz Sir Davids Befehlen hatte er die Tote nicht ruhen lassen können, ohne zumindest zu versuchen herauszufinden, was ihr zugestoßen war. Die Frau war bis zur Unkenntlichkeit verprügelt worden und irgendwann mit nichts als einer silbernen Halskette am Körper in einer Gasse liegend aufgefunden worden. Während Swindler die frühen Morgenstunden damit verbracht hatte, die Anwohner im Bereich der Fundstelle zu befragen, um dem Opfer vielleicht wenigstens einen Namen zuordnen zu können, war er mit seinen Gedanken ganz woanders gewesen. Und das, obwohl es gar nicht seine Art war, sich nicht auf die zu erledigende Aufgabe zu konzentrieren.

Doch heute Morgen hatte jede Frau mit blondem Haar ihn an Miss Watkins erinnert. Jede Frage, die er stellte, hatte ihn zu der Überlegung veranlasst, welche Fragen er ihr stellen sollte. Jeder Neugierige, der um eine Ecke spähte, um zu sehen, warum er dort war, erinnerte ihn an seine Pflicht, dafür zu sorgen, dass sie Lord Rockberry nicht noch mehr verärgerte. Bestrebt, einen Mordfall aufzuklären, der nicht in seinen Aufgabenbereich fiel, war er ständig von Erinnerungen an Miss Watkins abgelenkt worden: an ihr Lächeln, ihr Lachen, ihre Unschuld ...

Aber von alldem konnte er ihr nichts erzählen. Und er konnte auch über keine anderen Morde sprechen, die er untersucht hatte, denn obwohl sie ihn faszinierten, würden sie sie zweifellos in Angst versetzen. Sein Leben kam ihm plötzlich schrecklich öde vor. Seine einzige Hoffnung, ein interessantes Gespräch zu führen, lag bei ihr.

»So wie Sie noch nie in London waren, bin ich noch nie aus

London hinausgekommen«, sagte er schließlich. »Erzählen Sie mir von Ihrem Zuhause.«

»Sie sind noch nie außerhalb von London gewesen?«

Swindler hörte die Ungläubigkeit in ihrer Stimme. »Nein. Würde ich dazu eine Karte brauchen?«

Sie lachte, und er hätte den entzückenden Laut am liebsten eingefangen und in einem Kästchen aufbewahrt, um ihn jedes Mal zu hören, wenn er den Deckel anhob. Normalerweise hatte er nicht so fantasievolle Gedanken, aber sie bezauberte ihn schon mit kaum mehr als ihrer Präsenz.

»Oh, ich wage zu behaupten, dass Sie ganz sicher eine brauchen würden – auch wenn die Eisenbahnen das Reisen ein bisschen leichter machen.«

»Dann erzählen Sie mir von Ihrem Zuhause.«

»Es ist ein dicht an den Klippen erbautes Cottage aus Naturstein. Das Rauschen der See ist dort unsere immer gleichbleibende Musik, aber es ist nicht halb so laut wie diese Stadt. Ich glaube, das ist es, was mich hier am meisten überraschte – wie all diese verschiedenen Geräusche sich zu einem einzigen zusammenfügen. Es ist nie still hier. Selbst direkt an der See zu Hause habe ich immer nachdenken können, ohne von Lärm gestört zu werden. Hier dagegen kann ich manchmal kaum einen klaren Gedanken fassen. Na ja, außer im Moment natürlich. Es ist sehr schön hier auf dem Fluss.«

»Komisch. Ich bemerke die Geräusche gar nicht, die Sie meinen. Ich weiß nicht, ob ich gern an der See leben würde, wenn sie mir zu viel Zeit für meine Gedanken ließe.«

»Mögen Sie Ihre Gedanken denn nicht, Mr. Swindler?«

Manchmal waren sie zu verstörend, zu bedrohlich, und das würde er ihr bestimmt nicht anvertrauen. Stattdessen versuchte er, sie wieder zum Thema zurückzubringen. »Es überrascht mich, dass Ihr Elternhaus ein Cottage ist. Ich dachte, die gesamte Aristokratie lebte in großen Residenzen.«

»Mein Vater gehörte zwar zur Aristokratie, aber unsere Herkunft war bescheiden. Er hatte sich immer etwas Besseres für seine Töchter gewünscht. So sind Väter nun mal. Lebt Ihrer noch?«

Aufgrund seiner eigenen Nachforschungen hätte er eigentlich mit der Frage rechnen müssen. Er überlegte kurz, ob er lügen oder ihr nur einen Teil der Wahrheit sagen sollte. Doch dann sah er ein, dass er mit der Wahrheit mehr erreichen und den Grundstein zu gegenseitigem Vertrauen legen könnte, auch wenn es noch so schmerzte, ihr zu antworten. »Nein. Er starb am Galgen, als ich acht war.«

Kummer und Mitgefühl machten ihre Gesichtszüge noch schöner, als sie waren, weil sie ihre Empfindungen so offen und aufrichtig zeigte. Swindler dachte, dass er den klügsten Weg verkannt hatte. Er hatte sie entwaffnen wollen, und stattdessen war er es, der überrumpelt wurde. Sie verlockte ihn dazu, zu offenbaren, was er tief in sich verbarg. Gefühle, die er vor langer Zeit in sich verschlossen hatte, drängten aus dem Dunkel an die Oberfläche – aber nur für einen Moment.

»Das tut mir furchtbar leid«, sagte sie, und ihre Stimme war durchdrungen von ihrem Bedürfnis, ihn zu trösten. Wenn sie einen Mann, dem sie erst kürzlich begegnet war, so gerne hatte, wie tief musste dann erst ihre Liebe zu einer Schwester sein – oder einem Ehemann? »Was hatte er verbrochen?«

Swindler ermahnte sich, dass er nur eine Rolle spielte und jegliche Beziehung, die sich zwischen ihnen entwickeln könnte, mit Unwahrheit und Täuschungen befrachtet sein würde. »Er wurde des Diebstahls angeklagt und machte mich zum Waisenkind. Wie Ihre Mutter starb auch meine bei meiner Geburt. Ich war offenbar ein ungewöhnlich großes Baby.«

»Und so kamen Sie zu diesem ... wie hieß er doch noch? Feagan, nicht wahr?«

»Ja, ich hatte Glück, dass er mich aufnahm, weil ich weder eine Familie noch Verwandte hatte. In dieser Hinsicht sind wir uns sehr ähnlich, glaube ich.«

Schweigend ruderte er ein paar Minuten weiter und nahm die Stille in sich auf, die er vorher eigentlich nie wahrgenommen hatte. Er beobachtete Miss Watkins, als sie sich umschaute, fragte sich, ob er ihr nicht zu viel verraten hatte, und hätte nur allzu gern gewusst, wie sie darüber dachte.

Sie klappte plötzlich ihren Sonnenschirm zu und legte ihn auf den Boden des Ruderboots. Dann begann sie ganz langsam, Zentimeter für Zentimeter, ihren rechten Handschuh auszuziehen, unter dem zarte Haut zum Vorschein kam, die Swindler sich bis jetzt nur hatte vorstellen können. Sein Körper reagierte darauf mit einem scharfen Ziehen, als ob es ihr Mieder wäre, das sie öffnete. Sie zupfte an einem Finger, dann am nächsten und am nächsten, und bei jedem Zupfen wurde Swindlers Mund noch trockener.

Zu guter Letzt war der Handschuh endlich völlig abgestreift und brachte eine Hand zum Vorschein, die ebenso makellos und zart wie ihr Gesicht war. Ihre Fingernägel waren kurz geschnitten und sehr gepflegt. Es war die Hand einer wahren Lady, die auf Dienstboten angewiesen war, um die schwere Arbeit zu erledigen. Als sie sich ein wenig vorbeugte und ihre Hand ins Wasser tauchte, nahm ihr Gesicht einen sogar noch friedvolleren Ausdruck als vorher an – mehr noch, als er es je bei irgendjemandem gesehen hatte.

»Mir fehlt das Meer«, sagte sie leise und blickte ihn durch halb gesenkte Wimpern an. »Können Sie schwimmen, Mr. Swindler?«

Er setzte zu einer Antwort an, spürte dann aber den Kloß, der sich in seinem Hals gebildet hatte, und räusperte sich. »Nein.«

»Es ist wundervoll. Sie sollten es lernen.«

»Ich nehme an, es ist so ähnlich, wie ein Bad zu nehmen.«

Sie lachte. »Es ist sehr viel mehr. Elisabeth rannte immer nur durch die Wellen, aber in der Nähe unseres Hauses gibt es eine kleine Bucht, in der das Wasser ruhiger ist, und früher habe ich sie oft von einer Seite zur anderen durchschwommen. Ich bin seit Elisabeths Tod jedoch nicht mehr dort gewesen. Es war diese Bucht, in der mein Vater sie fand.« Sie schüttelte den Kopf. »Verzeihen Sie bitte. Ich wollte nicht gefühlsselig werden und uns diesen schönen Nachmittag verderben.«

»Das macht nichts. Ich weiß, wie schwer es ist, einen geliebten Menschen zu verlieren. Selbst heute denke ich noch oft an meinen Vater.«

»Hat es in Ihrem Leben noch jemand anderen gegeben, den Sie liebten?«

»Nein.« Von Frannie würde er ihr nichts erzählen. Seine einst so zärtlichen und kostbaren Gefühle für sie gehörten ihm allein. »Haben Sie schon einmal einen jungen Mann geliebt?«

Sie schüttelte den Kopf. »Nein.« Sie hob die Hand und bespritzte ihn mit Wasser. »Aber finden Sie nicht, dass wir jetzt sehr persönlich werden, Mr. Swindler?«

»Es ist jedenfalls interessanter als ein Gespräch über Ihr Zuhause. Wo liegt das übrigens?«, fragte er mit hochgezogenen Augenbrauen und dem Anflug eines spitzbübischen Lächelns.

Sie schien einen Moment darüber nachzudenken, als ob sie sich nicht erinnern könnte. Oder vielleicht hatte sie die Frage auch einfach nicht erwartet. »Weiter nördlich und an der See, wie ich schon erwähnte. Der Besitz meines Vaters ist klein, aber sehr schön. Ich fühle mich dort sehr wohl.«

»Und wer wird ihn erben, nachdem er nun verstorben ist? Hoffentlich haben Sie nicht irgendeinen grässlichen entfernten Cousin oder Onkel, der Sie auf die Straße setzen wird.« Oder, was noch schlimmer wäre, sie für seine eigenen Zwecke missbrauchen würde. Vielleicht steckte mehr dahinter, dass sie niemanden hatte, um ihr London zu zeigen, als sie behauptete.

Sie schüttelte den Kopf. »Da das Land nicht in ein Fideikommiss umgewandelt wurde, gehört das Haus jetzt mir. Sein Titel war allerdings nicht vererblich. Er wurde ihm für Dienstleistungen für die Krone verliehen. Leider war es nur der Titel, aber mein Vater war kein Mensch, der sich beklagte.«

»Sie kommen mir auch nicht wie jemand vor, der sich beklagt.«

»Ich kann sehr eigensinnig sein, wenn ich es mir vornehme«, erwiderte sie mit einem schelmischen Lächeln.

Er konnte sie sich auch nicht als sehr eigensinnig vorstellen, obwohl er zugeben musste, dass ihr derzeitiger Kurs etwas Verwegenes hatte. Was wollte sie wirklich damit erreichen, dass sie Lord Rockberry verfolgte?

»Ein Haus an der See scheint mir eine angemessene Mitgift zu sein. Sind Sie interessiert daran, einen Adligen zu heiraten?«

»Ich glaube nicht, dass diese Herren Interesse an mir hätten.«

Swindler hörte auf zu rudern und wagte es, mit seinem behandschuhten Finger über ihre Wange zu streichen, wobei er innerlich den Stoff verfluchte, der verhinderte, dass seine Haut die ihre berührte. Ihre Pupillen weiteten sich ein wenig, woraufhin er sich fragte, ob sie sich vielleicht gerade das Gleiche vorstellte wie er – und zwar, wie seine Hände über mehr als nur ihre Wange glitten. Schnell ergriff er wieder das Ruder, bevor er jegliches Gefühl für Schicklichkeit verlor. »Ich glaube, sie würden sogar sehr viel Interesse zeigen, wenn sie Sie kennenlernen würden.«

»Aber das wird nie geschehen.«

»Ich könnte es ermöglichen.«

Sie schien von seinen Worten ebenso verblüfft zu sein, wie er es war. Was für ein Teufel hatte ihn geritten, eine solche Erklärung abzugeben? Er wollte sie nicht in den Armen eines anderen Mannes sehen, aber er wollte auch nicht, dass sie ihre Zeit in London mit kleinlichen Rachegelüsten gegen Lord Rockberry vergeudete. Denn was konnte sie schon anderes bewirken, als den Mann zu ärgern? Er war weder ihre Zeit noch ihr Interesse wert, und es irritierte Swindler, dass sie Lord Rockberry beides gab.

Nachdem er sie wiedergesehen hatte, war er noch mehr der Überzeugung, dass seine ursprüngliche Einschätzung von ihr richtig war und sie keine Gefahr für Lord Rockberry darstellte. Die Reaktion des Mannes war zweifelsohne nur auf seine eigenen Schuldgefühle wegen seines abscheulichen Verhaltens ihrer Schwester gegenüber zurückzuführen. Er hätte Prügel dafür verdient. Und Swindler hatte große Lust, ihn einmal ordentlich durchzuprügeln. Es wäre nicht das erste Mal, dass er diejenigen bestrafte, die bei der Justiz als unantastbar galten. War das der Grund dafür, dass Sir David ihm diese Aufgabe übertragen hatte – nicht so sehr, um sich um die Dame zu kümmern, sondern vielmehr, um den Herrn im Auge zu behalten?

»Ich bin nicht wegen einer Ballsaison hierhergekommen«, sagte sie schließlich stockend.

»Warum denn dann?«

»Um einem Namen ein Gesicht zu geben, um London zu sehen, um … wie spät ist es eigentlich?«

»Der Sonne nach zu urteilen, kurz vor fünf.«

Sie schien erstaunt zu sein von seinen Worten. »Haben Sie keine Uhr?«

»Nein.«

Seine Antwort war so brüsk, als wollte er das Thema fallen lassen, und Eleanor fragte sich, was wohl dahinterstecken mochte. Sie begann ihren Handschuh wieder anzuziehen. »Haben Sie mich zu diesem Ausflug eingeladen, um sicherzugehen, dass ich um halb sechs nicht im Park sein würde?«

»Was erreichen Sie damit, sich mit Lord Rockberrys Anwesenheit im Park zu quälen?«

»Ich bin mir nicht sicher. Jedes Mal, wenn ich ihn sehe, ist es wie ein Dolchstoß in mein Herz.«

»Ich fürchte, ich habe Ihnen den Nachmittag quasi verdorben.«

Ihr Lächeln war nur schwach, jedoch beruhigend. »Absolut nicht. Ich glaube eher, Sie haben es geschafft, mich davon zu überzeugen, London zu genießen, solange ich noch hier bin. Aber es wird spät, und wahrscheinlich sollte ich jetzt besser zu meiner Pension zurückkehren.«

Er zwinkerte ihr zu. »Falls ich herausfinde, wie ich uns an die Küste zurückbringen kann.«

Sie lachte ein wenig. »Vielen Dank für den schönen Nachmittag, Mr. Swindler. Wie es scheint, stehe ich schon wieder in Ihrer Schuld.«

»Darf ich morgen wieder bei Ihnen vorbeischauen?«

Sie lächelte ein bisschen schüchtern. »Das würde mich freuen, Mr. Swindler.«

Kapitel fünf

Auch nach einem weiteren Tag in Eleanors Gesellschaft verließ Swindler sich noch immer nicht darauf, dass sie sich nicht aus dem Haus schlich und Lord Rockberry verfolgte. Deshalb hatte er die Kutsche um die Ecke fahren lassen, nachdem er Miss Watkins zu ihrer Tür begleitet hatte, war ausgestiegen und hatte den Kutscher angewiesen, zu Claybournes Haus zurückzukehren. Dann hatte er seinen Posten vor Eleanors Pension bezogen.

Er wusste nicht, was in ihn gefahren war, ihr so viel von seiner Vergangenheit zu offenbaren. Nach all den Jahren beherrschte ihn immer noch die Wut über die ungerechte Bestrafung seines Vaters. Aber Groll konnte er jetzt nicht gebrauchen, sondern musste einen kühlen Kopf bewahren, um mit Miss Watkins umzugehen.

Das war allerdings fast zu viel verlangt. Was war es, was ihn an dieser Frau so faszinierte? Sie wirkte wie die Unschuld in Person, doch sie war auch zielstrebig und entschlossen. Wie er trachtete auch sie nach Gerechtigkeit. Wie könnte er also ihr Bedürfnis ignorieren, ihre Schwester zu rächen, obwohl er selbst doch alles, was er tat, im Namen seines Vaters tat?

Wenn das Ganze eine private Angelegenheit wäre und Lord Rockberry ihn persönlich engagiert hätte, um Miss Watkins zu beobachten, könnte er die Sache anders angehen. Da er jedoch von offizieller Seite angewiesen worden war, sie zu observieren, erforderte seine Aufgabe mehr Diskretion. Er konnte nicht einfach Lord Rockberry in seinem Wohnsitz aufsuchen und ihm eine ordentliche Tracht Prügel verpassen.

Swindler wartete, bis es dunkel wurde und ein gedämpftes Licht durch den Spalt zwischen den Vorhängen an ihrem Fenster hinausdrang. Er sah Miss Watkins' Silhouette an dem Fenster vorbeigehen und dann innehalten. Sekunden später ging sie weiter, und Swindler fragte sich, ob sie ihr Haar heute Nacht wieder bürsten würde. Und ob er bleiben sollte.

Er sah sich um. Niemand war noch unterwegs, und eigentlich sollte er es auch nicht sein. Er begann die Straße hinaufzugehen und tröstete sich mit dem Gedanken, dass er Miss Watkins morgen wiedersehen würde. Zum ersten Mal seit langer Zeit freute er sich auf den nächsten Tag.

Swindler erwachte von einem lauten Klopfen an seiner Tür. Schnell stieg er aus dem Bett, zog seine Hose an und knöpfte sie noch zu, als er durch den Wohnbereich zur Tür hinüberging. Er öffnete sie und trat zurück, als Sir David sich an ihm vorbeidrängte.

»Sie ist ihm ins *Dodger's* gefolgt. Sie sollten sie doch im Auge behalten!«, kam Sir David gleich zum Punkt.

Swindler hatte Mühe, ein Gähnen zu unterdrücken. »Ich habe bis nach Einbruch der Dunkelheit vor ihrer Pension gestanden und sie beobachtet. Miss Watkins war in ihrem Zimmer, als ich ging. Sie muss das Haus danach verlassen haben.«

»Um wie viel Uhr sind Sie gegangen?«

Swindler zuckte mit den Schultern. »Vielleicht eine Stunde, nachdem die Gaslaternen entzündet worden waren.«

»Sie wissen nicht den genauen Zeitpunkt, weil Sie keine verdammte Uhr tragen wollen. Herrgott noch mal, Mann! Wenn Sie nicht so gut wären, wie Sie es sind, würde ich Ihre Macken nicht mehr tolerieren.«

»Wenn ich so gut bin, warum geben Sie mir dann diesen lächerlichen Auftrag, bei dem ich total unterfordert bin?«

»Lord Rockberry hat ausdrücklich und namentlich Sie verlangt. Anscheinend hat er Ihren Namen in der *Times* gelesen, als sie über den einen oder anderen von Ihnen gelösten Fall berichtete.«

»Aber warum müssen wir nach seiner Pfeife tanzen?«

»Weil er mächtig und einflussreich ist. Aber nun zu dem Mädchen …«

»Ich muss irgendwann auch schlafen.«

Sir David fuhr sich mit den Händen durch sein schwarzes Haar. Er war nicht viel älter als Swindler, hatte aber bereits graue Strähnen an den Schläfen. »Das stimmt«, erwiderte er seufzend.

»Sir David, dieser Lord Rockberry hat mehr getan, als mit Elisabeth zu tanzen. Er hat mit ihren Gefühlen gespielt.«

»Das ist gemein und skrupellos, aber kein Verbrechen. Trotzdem ist er überzeugt davon, dass Miss Eleanor Watkins ihm etwas antun will.«

»Sie ist keine Gefahr für ihn.«

Sir David hielt inne und musterte Swindler streng. »Sind Sie sich da hundertprozentig sicher?«

War er das? Wenn er bejahte, würde der Auftrag sehr wahrscheinlich ein Ende finden. Und falls Lord Rockberry erfuhr, dass Miss Watkins von niemandem mehr überwacht wurde, könnte er beschließen, die Sache selbst in die Hand zu nehmen. Außerdem wollte Swindler plötzlich unbedingt mehr Zeit mit Eleanor verbringen.

»Na schön«, sagte Sir David, als ob er all die Gedanken erraten hätte, die Swindler durch den Kopf gingen. »Behalten Sie

sie im Auge, und halten Sie sie um Gottes willen von Lord Rockberry fern.«

»Ja, Sir.«

Am späten Nachmittag borgte Swindler sich wieder Claybournes Kutsche, und Miss Watkins war wieder ganz in Blassrosa gekleidet, als sie aus dem Haus kam. Unwillkürlich fragte er sich, ob er sie wohl noch Jahre später als die Dame in Blassrosa in Erinnerung behalten würde, denn er hegte keinen Zweifel, dass sie ihm an seinem Lebensabend, wenn er an seine faszinierendsten Fälle zurückdachte, wieder einfallen würde. Es war zwar nicht so, dass er den Fall selbst interessant genug für weitere Überlegungen fand, aber die junge Dame war etwas völlig anderes.

Sie brachte ein wenig frischen Wind in sein Leben, das so schal geworden war von allem, was er mitangesehen hatte.

Er überlegte, ob er sie nach ihrer nächtlichen Überwachung Lord Rockberrys fragen sollte, ja hatte sogar schon in Betracht gezogen, beim *Dodger's* vorbeizufahren, um ihre Reaktion zu sehen, aber er war es verdammt leid, auch nur andeutungsweise etwas über Lord Rockberry zu hören. Er war selbstsüchtig genug, den heutigen Tag für sich und Eleanor allein zu wollen. Er wollte den Eindruck machen, ein Verehrer zu sein – und so einer würde nicht über einen anderen Mann sprechen. Obwohl er wusste, dass er nie ein wahrer Verehrer für sie sein könnte, wollte er doch zumindest diese wenige Stunden mit ihr genießen.

Er liebte es zu sehen, wie viel Freude die Parks ihr machten, als die Kutsche gemächlich durch einen nach dem anderen fuhr. Sie lachte, wenn er die Namen der Blumen nicht kannte, und zeigte ihm ihre Lieblingssorten. Aber auch, wenn sie es nicht getan hätte, hätte er sich denken können, was sie mochte. Rosa- und Lavendeltöne. Zarte, weiche Farben. Nichts Grelles, Schrilles.

Dann überraschte sie ihn mit der Frage: »Würden Sie mir den Stadtteil Londons zeigen, in dem Sie aufgewachsen sind?«

Genauso gut hätte sie ihm einen Eimer kaltes Wasser über den Kopf schütten können. Er hatte darüber nachgedacht, sie zu verführen, aber das Drecksloch, in dem er als Junge gelebt hatte, würde jede Frau vor Ekel erschaudern lassen bei dem Gedanken, seine Hände könnten sie berühren.

»Es ist dort nicht annähernd so schön wie in den Parks«, sagte er, in der Hoffnung, sie vom Thema abzubringen.

»Aber es würde mir ein bisschen mehr über Ihr Leben verraten.«

Eigentlich hätte er sich geschmeichelt fühlen müssen, weil sie sich für seine Vergangenheit interessierte und vielleicht sogar an ihm persönlich Interesse hatte. Doch obwohl ihm bewusst war, dass er seine Kindheit nie ganz hinter sich zurücklassen könnte, weil sie so eng mit seinem Charakter verflochten war, wollte er nicht, dass sie die Einzelheiten sah. »Erlauben Sie mir eine kurze Beschreibung meines Viertels: Es war schmutzig, übelriechend und gerammelt voll.«

»Ich habe schon bemerkt, dass ein Großteil Londons schmutzig, übelriechend und vollgestopft mit Menschen ist.«

»Aber nicht so wie die Rookeries. Das sind Slums, in denen es keine Hoffnung gibt; Elendsviertel, die keine Träume dulden. Es ist furchtbar trostlos dort.«

Sie sah ihn an, als ob er seine Brust geöffnet und ihr sein Herz gezeigt hätte. »Sie schämen sich Ihrer Vergangenheit.«

»Sie widert mich an, ja.«

Verärgert über sie und seine Worte, wandte er den Blick ab. Wie hatte sie es geschafft, die Kontrolle über das Gespräch zu erlangen und es in eine andere Richtung zu lenken – wo sie mehr über ihn, er aber nichts über sie erfuhr?

Ihm entging nicht, dass ihre kleine Hand sich um die geballte Faust auf seinem Schenkel legte. Dann drückte sie sie sanft. »Sie sind über Ihre Herkunft hinausgewachsen, Mr. Swindler. Das ist doch bewundernswert. Aber obwohl ich Geschichten über die Rookeries gehört habe, kann ich sie mir nicht richtig vorstellen, ohne sie gesehen zu haben.«

Swindler wusste, dass seine Augen und seine Stimme eine unnachgiebige Entschlossenheit verrieten, als er den Kopf wandte, um sie wieder anzusehen. »Genau das meinte ich, Miss Watkins. Dort gibt es nichts zu sehen, was die Mühe lohnt.«

Er hätte gern gewusst, was sie dachte, als sie ihm nun prüfend ins Gesicht sah, und was genau es ihr verraten mochte. Wie hart das Leben gewesen war, das er geführt hatte? Oder dass er es zu verabscheuen begonnen hatte, als er älter und erfahrener geworden war? Dass er zum ersten Mal im Leben so etwas wie Stolz empfunden hatte, als er einen Polizisten zu einem Jungen führte, der eine Geldbörse gestohlen hatte, damit der unschuldige Junge, der dafür verhaftet worden war, freigelassen wurde? Oder dass eine andere Bande junger Diebe ihn dafür verprügelt und er dadurch gelernt hatte, diskreter in seinem Umgang mit der Polizei zu sein?

Nicht einmal, was Recht oder Unrecht war im Leben, war völlig klar, und so wurden Kompromisse für das Gemeinwohl geschlossen. Das Problem war nur: Wer entschied darüber, was das Gemeinwohl war?

Swindler hatte mehr als einmal die Dreistigkeit besessen zu

glauben, das sei er. Selbst jetzt, als er versuchte, Miss Watkins' Vertrauen zu gewinnen und herauszufinden, was sie plante, war er sich nicht sicher, dass er Sir David oder Lord Rockberry mit Informationen versorgen würde, die ihnen etwas nützen würden.

»Sie sind ein komplizierter Mann, Mr. Swindler«, bemerkte sie nach einer Weile.

»Ich bin ganz und gar nicht kompliziert«, erwiderte er, während er seine Faust öffnete und seine Hand umdrehte, um seine Finger mit ihren zu verschränken. »Alles, was ich brauche, ist eine hübsche junge Dame, die mir Gesellschaft leistet.«

Er konnte sehen, wie sie schluckte. »Haben Sie nicht vorhin noch behauptet, Sie wären ein Gauner?«

»Der Abend beginnt gerade erst, Miss Watkins«, entgegnete er mit einem charmanten Lächeln.

Swindler hatte vorgehabt, nur ein paar Stunden in ihrer Gesellschaft zu verbringen, aber als diese Zeit vorbei war, war er noch nicht bereit, sie gehen zu lassen. Im Übrigen war es seine Pflicht, sie zu beschäftigen, falls sie wieder einmal vorhatte, Lord Rockberry bei Nacht zu suchen. Außerdem hatte er nichts herausgefunden, während sie – wenn sie so scharfsinnig war, wie er vermutete – sehr viel erfahren hatte. Es beunruhigte ihn, dass es ihm so leichtfiel, ihr einen Teil seiner Seele zu offenbaren. Aber es waren nur Teile, Stückchen und Fragmente, die sie nie richtig zu einem Ganzen zusammenfügen könnte. Er war sich nicht mal sicher, ob er selbst noch das gesamte Gefüge seines Daseins kannte.

Als er einer von Feagans Jungs geworden war, hatte er sich

einen neuen Namen für sich ausgedacht: Swindler. Und obwohl es seine Art war, andere zu beschwindeln, hatte er in letzter Zeit zu argwöhnen begonnen, dass er es vielleicht sogar geschafft habe, sich selbst zu belügen und glauben zu machen, dass sein einziges Interesse an dieser Frau von ihrer Faszination für Lord Rockberry herrührte. Denn wenn es nicht so wäre, warum fuhr er dann mit ihr zu den Cremorne Gardens, anstatt sie heimzubringen?

»Warum haben Sie mich hierhergebracht?«, fragte sie, als die Kutsche auf der King's Road anhielt.

»Nachdem Sie das Schlimmste des Parks gesehen haben, dachte ich, dass Sie auch das Beste sehen sollten.« Und damit stieg er aus der Kutsche und reichte Eleanor die Hand. »Wir werden längst wieder weg sein, bevor die Hautevolee eintrifft.«

Ihre Schwester hatte in ihrem Tagebuch über die Cremorne Gardens und das atemberaubende Feuerwerk dort geschrieben. »Können wir nicht bis nach dem Feuerwerk bleiben?«

Er schenkte ihr ein wohlwollendes Lächeln, das ihr geradezu den Atem raubte. Oh ja, er konnte ihrem Herzen wirklich sehr gefährlich werden! Sie hatte vorgehabt, sein Interesse an ihr auszunutzen, doch stattdessen musste sie sich nun eingestehen, wie fasziniert sie von ihm war.

»Wenn es Ihnen Freude macht«, erwiderte er.

»Sehr sogar.«

»Dann bleiben wir natürlich.«

Nachdem er sie aus der Kutsche gehoben hatte, wies er den Kutscher an, sie um neun Uhr wieder abzuholen. Am Eingang des Parks zahlte er zwei Schilling für sie beide, zog ihren Arm unter seinen und führte sie durch die schmiedeeisernen Tore in die Gärten. Eine dicht gedrängte Menge hatte sich dort schon versammelt. Elegant gekleidete Damen und Herren spazierten Arm in Arm über die Wege. Eleanor nahm an, dass die meisten Paare verheiratet waren und die Damen, die es nicht waren, Anstandsdamen in der Nähe hatten. Sogar einige Kinder waren zu sehen. Es war die Tageszeit für Familien und anständige Leute.

Das war es, was Elisabeth gesehen hatte und worüber sie in ihrem Tagebuch geschrieben hatte.

»Hat Ihre Schwester die Cremorne Gardens besichtigt?«, fragte Mr. Swindler.

Eleanors Kopf fuhr hoch, und sie blickte fragend in seine ihr schon vertrauten grünen Augen, in denen sie Mitgefühl und Verständnis sah. Wie kam es, dass er sie derart gut durchschauen konnte? »Ja. Sie hat sehr begeistert über das Feuerwerk geschrieben.«

»Also wussten Sie, wo Sie waren, als Sie sich neulich abends verlaufen hatten?«

»Auch wenn man weiß, wo man ist, ist es möglich, sich hier zu verlaufen«, entgegnete sie spitz.

»Haben Sie das Gefühl, sich verirrt zu haben, Miss Watkins?«

Seine Frage enthielt einen etwas kritischen Unterton, als sei ihm bewusst, dass sie sich neuerdings kaum noch wiedererkannte und Momente hatte, in denen sie sich wie auf See verloren vorkam. Manchmal dachte sie, dass es ein Fehler gewesen war, nach London zu kommen. Sie fühlte sich hier nicht wohl. Die Stadt engte sie ein. Oder vielleicht war es auch nur ihr Streben nach Vergeltung, was sie sich so unbehaglich in dieser Umgebung fühlen ließ.

»Seit dem Tod meiner Schwester und kurz darauf dem meines Vaters fühle ich mich tatsächlich sehr oft haltlos und verloren.« Diese Worte waren so wahr, dass es sie beängstigte, wie leicht sie sie ihm gegenüber äußern konnte. Am liebsten hätte sie ihm alles anvertraut, uneingeschränkt und bedingungslos, aber sie wusste, dass sie es nicht konnte, weil zu viel auf dem Spiel stand. »Glauben Sie, wir könnten uns wenigstens für heute Abend darauf einigen, über nichts anderes zu sprechen als die Zukunft?«

»Wie können wir über etwas sprechen, worüber wir nichts wissen?«

»Dann eben über die Gegenwart. Es kommt mir vor wie eine Ewigkeit, seit ich mich ausschließlich mit der Gegenwart beschäftigt habe.«

»Dann werden wir uns heute Abend nur mit dem Hier und Jetzt befassen. Wo sollen wir beginnen?«

Da gab es so viele Möglichkeiten, dass sie kaum wusste, wo sie beginnen sollte. Aber dann brachte ihr Magen sie mit einem leisen Knurren in Verlegenheit und nahm ihr die Entscheidung ab. »Ich merke plötzlich, dass ich ziemlich hungrig bin.«

Er lächelte. »So gefallen Sie mir. Kommen Sie und lassen Sie uns schauen, was wir finden.«

Als er sie durch die Menge zur Festhalle führte, dachte sie, dass sie ihm unter anderen Umständen tatsächlich gefallen könnte. Er war stark, liebenswürdig und bemüht. Er erfreute sie mit kleinen Dingen und brachte sie zum Lächeln, obwohl sie geglaubt hatte, dass sie das nie wieder tun würde.

Sie war nicht nach London gekommen, um Glück zu finden, doch es war da und schwebte in der Luft wie ein Schmetterling, der von der Blüte einer Wildblume kostete. Aber es würde nicht lange verweilen, egal, wie sehr sie sich das wünschte.

»Halten Sie mich bitte, Mr. Swindler! Halten Sie mich um Gottes willen fest!« Eleanor war so verängstigt, dass sie nur noch flüstern konnte. Außerdem war es ihr furchtbar peinlich, dass sie die Einzige zu sein schien, die in Panik geriet, als der Heißluftballon aufstieg. Von den anderen Passagieren waren nur ein paar leise Ausrufe des Erstaunens und der Bewunderung zu hören.

Als Mr. Swindler seinen Arm um sie legte, griff sie nach dem Revers seines Überrocks und barg ihr Gesicht an seiner Schulter. Er war robust wie die Klippen und auch genauso beruhigend, als er leise sagte: »Sie sind hier völlig sicher, Miss Watkins. Wir fliegen nirgendwohin.«

»Aber wir steigen auf ...« Sie konnte fast nicht glauben, dass sie in einem Korb standen – in einem Korb! – und langsam gen Himmel unterwegs waren. Außerdem befürchtete sie, dass sie die warme Fleischpastete, die er ihr vorher gekauft hatte, wieder von sich geben würde, weil sie dummerweise nicht bedacht hatte, dass ihr schwindlig werden könnte, wenn sie sah, wie die Erde sich von ihr entfernte.

Heißluftballonfahrten fanden allwöchentlich in diesem Park statt, doch der Korb war am Boden vertäut, um seinen Aufstieg kontrollieren zu können. Sobald die Passagiere sich lange genug an dem großartigen Ausblick erfreut hatten, wurde der Heißluftballon für eine andere Gruppe heruntergeholt. Vom Boden aus hatte das alles sehr spannend ausgesehen, aber jetzt ... Eleanor verstand nicht, warum der Aufstieg ihr so zu schaffen machte. Schließlich hatte sie ihr Leben lang von den Klippen ins Meer herabgeschaut und sich nie geängstigt. Doch die Klippen wackelten nicht und bewegten sich auch nicht. Konnte der Korb überhaupt das Gewicht all dieser Leute tragen? Oder würden sie am Ende alle durch den Boden auf die Erde hinunterstürzen?

»Hören Sie, Miss Watkins. Ist das die Stille, nach der Sie sich sehnten?«, fragte er leise.

Und da hörte sie die Stille, von der er sprach. Der Lärm der Menge unter ihnen hatte sich verflüchtigt, und es war auch kein Rattern von Kutschenrädern oder Hufgeklapper mehr zu hören. Sie befanden sich so weit über dem Lärm, dass Eleanor hier oben fast den Eindruck hatte, das Wispern von Elisabeths Stimme hören zu können. Wie nahe mochten sie dem Himmel sein?

Ein kleiner Ruck ging durch den Korb, und mit einem erschrockenen Aufschrei umklammerte Eleanor Swindlers Rockaufschlag noch fester, als ob sie sich damit retten könnte, falls der Ballon abstürzte.

»Es ist alles in Ordnung; wir haben nur das Ende der Taue erreicht«, murmelte Mr. Swindler dicht an ihrem Ohr. Wenn ihr nicht so schwindlig wäre, hätte vielleicht allein schon seine Nähe das bewirkt. »Öffnen Sie die Augen«, sagte er.

»Ich glaube, das kann ich nicht«, flüsterte sie und hoffte, dass keiner der anderen vier Mitfahrer sie hörte.

»Schauen Sie nicht hinunter, sondern einfach nur geradeaus. Vertrauen Sie mir, Miss Watkins.«

Sie schluckte mühsam und öffnete nur halb ein Auge. Als sie Baumkronen sah, öffnete sie auch das andere und lachte überrascht, weil sie nun Dächer sehen konnte. »Oh! Schauen Sie mal, da ist die Themse!«

Sie wusste nicht, warum sie überrascht war, sie zu sehen, da der Park ganz dicht an ihrem Ufer lag. Einige Leute in Ruderbooten trafen an seinem Zugang von der Wasserseite ein. Die Nähe der Themse war einer der Gründe, warum die Gärten so grün und die Vegetation so üppig war. Die Sonne ging gerade unter und erzeugte ein spektakuläres, in Orange- und Lavendeltöne getauchtes Bild. Was gab es hinter diesem kleinen Bereich wohl noch zu sehen? Wie würde ihr Zuhause aus dieser Höhe aussehen? Eleanor ertappte sich plötzlich dabei, dass sie die Vögel beneidete.

»Ich wünschte fast, der Korb würde sich von seiner Vertäuung losreißen. Fast, natürlich nur«, betonte sie und suchte Mr. Swindlers Blick. Zu ihrem Erstaunen schaute er nicht auf das Land herab, das sich wie ein kunstvoll gewebter Teppich unter ihnen erstreckte, sondern sah nur sie an. »Sie verpassen den Ausblick.«

Seine Lippen verzogen sich zu einem zufriedenen Lächeln. »Ich glaube nicht, dass ich etwas verpasse.«

Plötzlich fragte sie sich, wie sein Mund sich anfühlen mochte ... Was für ein seltsamer Gedanke. Ebenso seltsam wie die Erkenntnis, wie unbedingt sie von ihm geküsst werden wollte oder wie sehnlichst sie sich wünschte, von ihm begehrt zu werden. Denn trotz des Wissens, dass sein Interesse an ihr von einer Verbindung mit Lord Rockberry beeinflusst sein könnte, die er ihr verschwiegen hatte, fühlte sie sich zu ihm hingezogen. Sie hatte gehofft, ihn von seiner Absicht abzulenken, diesem Lord Rockberry dienlich zu sein, und nun war sie die Abgelenkte.

Langsam strich sie sich mit der Zunge über die Lippen und stellte sich vor, wie sie unter seinen kribbeln würden. Im selben Moment senkte er seinen Blick auf ihren Mund, und sie fragte sich, ob seine Gedanken in die gleiche Richtung gingen wie die ihren. Seine Augen verdunkelten sich und wurden schmaler. Unter ihren Händen, die auf seiner Brust lagen, konnte sie seine Bewegungslosigkeit und die Spannung spüren, die sich in ihm aufbaute, als ob er einen inneren Kampf mit sich austrüge und sehr nahe daran sei, die Kontrolle zu verlieren. Er tat einen tiefen, unsicheren Atemzug.

Nun wandte er sich der Themse zu, und Eleanor fragte sich, ob ihre kleinen, unbedeutenden Handlungen und Gesten sein Begehren geweckt haben könnten. Nach den tiefen Furchen auf seiner Stirn und dem harten Zug um sein Kinn zu urteilen, machte ihm irgendetwas sehr zu schaffen. Wie faszinierend – aber andererseits dürfte sie nicht erstaunt über ihr Interesse sein, da sie alles an ihm faszinierend fand.

Sie wandte ihre Aufmerksamkeit wieder der Landschaft zu. Jetzt wünschte sie, sie könnten für immer hier oben bleiben. Wie anders die Welt aussah, wenn man auf sie hinunterblickte! Fast könnte sie den Grund für ihre Reise nach London und den Wunsch nach Rache, der ihr keine Ruhe ließ, vergessen. Hier oben konnte sie sich sogar vorstellen, dass Liebe möglich war.

Wie schade, dass ihr Herz die Wahrheit kannte. Die traurige Wahrheit, dass sie sehr bald schon jede Chance, glücklich zu werden – vielleicht sogar die einzige in ihrem ganzen Leben –, für ihre Rache opfern würde.

Eleanor hatte ihn gebeten, nicht über die Vergangenheit zu sprechen, sondern sich für ein paar Stunden ausschließlich auf die Gegenwart zu konzentrieren. Swindler nahm sich ihre Bitte zu Herzen. Er vergaß, dass er der Sohn eines verurteilten und hingerichteten Diebes war, ein Waisenkind, das von einem Meisterdieb aufgezogen worden war. Er vergaß, dass er seine Jugend damit verbracht hatte, Betrügereien auszuhecken, um Feagans Taschen zu füllen. Er vergaß, dass Miss Watkins seine Zielperson, sein Auftrag war. Er dachte nur an die Frau, die neben ihm ging und solch große Freude an den kleinsten Vergnügungen hatte, die die Gärten boten. Sie war ebenso begeistert von den Akrobaten, wie sie es von den Puppenspielern war. Ihr Lächeln wich nur selten von ihrem Gesicht, und ihre Augen strahlten heller als die Gaslaternen, die bei Einbruch der Dunkelheit angezündet worden waren.

Ein Orchester spielte schwungvolle Musik. Von Zeit zu Zeit wiegte Eleanor sich ein wenig in dem Rhythmus dieser Musik, die überall in der Luft ringsum zu hören war. Swindler überlegte, ob er mit ihr zur Tanzfläche gehen sollte, aber sie in die Arme zu nehmen und mit ihr zu tanzen würde wahrscheinlich zu einer Katastrophe führen, weil es ihm jetzt schon verdammt schwerfiel, seine Hände bei sich zu behalten. Schon der Ballonabstieg, bei dem sie ihn wieder fest umklammert hatte, war die reinste Qual gewesen. Er hatte das leichte Zittern gespürt, das sie durchlief, und wenn er geglaubt hätte, sie problemlos über eines der Taue hinunterbringen zu können, mit denen der Korb am Boden befestigt war, hätte er sie sich über die Schulter geworfen und sie auf festen Boden hinuntergetragen. Aber leider hatte er nichts anderes tun können, als es mit Ablenkungen zu versuchen. Doch während sie bei Eleanor wirkten, versagten sie bei ihm auf ganzer Linie. Er hatte in ihre blauen Augen geschaut und nur noch einen ungestörten Moment mit ihr gewollt. Nein, nicht einen ungestörten Moment, sondern Tausende davon. Sie beide allein an einem Ort, wo ihre Vertrautheit sich festigen und vertiefen konnte – wo er die Vergangenheit wirklich vergessen und die Zukunft unbeachtet lassen konnte. Wo die Gegenwart den Moment beherrschte und ihn auch sämtliche Verpflichtungen vorübergehend vergessen ließe.

Eleanor lenkte ihn von seinem Vorhaben ab. Er hatte sie zu dem Ort ihrer ersten Begegnung zurückgebracht, weil er hoffte, sie auf sanfte Art und Weise dazu bringen zu können, ihm zu erzählen, warum sie in jener Nacht im Park gewesen war. Um dieser Sache auf den Grund gehen zu können, musste sie noch mehr Vertrauen zu ihm entwickeln. Dem Polizisten in ihm war das bewusst.

Aber der Mann in ihm hatte andere Ideen. Er hatte ihren Vorschlag begrüßt, sich auf die Gegenwart zu konzentrieren, doch dazu musste er sicherstellen, dass sie sich daran erfreute und es keine subtilen Verhöre und neugierigen Fragen geben würde.

Mit einem jähen Knall schossen die ersten Feuerwerkskörper in den Himmel. Eleanor, die sich bei ihm untergehakt hatte, benutzte ihre freie Hand, um seinen Arm zu drücken, während sie begeistert ausrief: »Ohhh! Haben Sie das gesehen?«

Das Feuerwerk war meilenweit zu sehen, und in so manchen Nächten, wenn er in Chelsea unterwegs gewesen war, hatte er es bemerkt, bis er unempfänglich für seine Pracht geworden war. Aber als er nun Eleanor beobachtete, erinnerte er sich an das erste Mal, bei dem er das Feuerwerk in der samtenen Dunkelheit gesehen und es ihm buchstäblich den Atem geraubt hatte. Damals hatte er sich genauso gefühlt wie jetzt, wenn er die Frau an seiner Seite ansah – als ob sich nichts jemals mit ihr vergleichen ließe.

Sie hatte den Kopf ein wenig zurückgelegt, ihre Augen waren groß und ihre Lippen leicht geöffnet vor Erstaunen. Ihr Haar war längst nicht mehr so gepflegt wie noch vor ein paar Stunden, als sie ihren Nachmittagsausflug begonnen hatten. Einige Strähnchen hatten sich aus den Haarnadeln gelöst und umrahmten ihr Gesicht. Am liebsten hätte er sie sanft an ihren Platz zurückgesteckt, aber viel mehr noch wünschte er, er könnte ihr den Hut abnehmen, alle Haarnadeln entfernen und ihr Haar offen über ihren Rücken fallen sehen. Er wollte sie noch weiter zurück ins Dunkel ziehen, um seinem Ruf als Gauner gerecht zu werden. Und natürlich wollte er sie auch dazu verleiten, ihm ihre Geheimnisse zu offenbaren, und sie dazu verführen, ihn ihren Körper sehen zu lassen.

Der Himmel wurde erneut von grell aufblitzenden weißen Sternen erleuchtet, die in alle Richtungen schossen, bevor sie in der Nacht verschwanden. Irgendwann würde auch Eleanor aus seinem Leben verschwinden. Aber in diesem ganz besonderen Moment war sie noch da, lebhaft und bezaubernd, mit einem Hauch von Unschuld und einem Anflug von Verwegenheit.

»Mein Gott, was für ein schönes Feuerwerk!«, flüsterte sie ehrfurchtsvoll.

»Es ist nicht annähernd so schön wie Sie.«

Sie wandte ihren Blick vom Himmel ab und richtete ihn auf Swindler. Er hatte ihr versprochen, nicht vor dem Ende des Feuerwerks zu gehen, doch er war auch fest entschlossen, seine eigenen Funken zu erzeugen. Es gab genug dunkle Stellen hier, und als der nächste Knall ertönte, legte er ihr den Arm um die Taille und zog sie von der Menge der Zuschauer und den Gaslaternen weg. Sie leistete nur zum Schein ein wenig Widerstand, da sie anfangs offenbar vergaß, dass der heutige Abend nicht im Zeichen der Vergangenheit stehen sollte. Voller Ungeduld hob Swindler sie für die letzten Schritte auf und trug sie mit dem Gefühl, sich urplötzlich im Himmel zu befinden – ihr Rosenduft umhüllte ihn, und ihre süßen Lippen verlockten ihn, mehr zu suchen, als sie seinem Drängen nachgaben und sich unter seinen öffneten. Wie Schlingpflanzen legten sich ihre Arme um seinen Nacken, ihre Finger glitten an seinem Hinterkopf hinauf und verschränkten sich in seinem Haar. Und er war völlig überrumpelt von der Erkenntnis, wie geradezu verzweifelt er diese Frau begehrte.

Noch keine Woche war vergangen, seit er sich ihrer Existenz bewusst geworden war, und dennoch hatte er das Gefühl, sie schon ein Leben lang zu kennen. Eigentlich war es undenkbar, dass er schon solch starke Gefühle für eine Frau hegen konnte, über die er noch so wenig wusste.

Mit einem unterdrückten Stöhnen erwiderte sie seine Umarmung so heftig, als versuchte sie, mit seinem Körper zu verschmelzen. Fast wie von selbst glitten seine Hände zu ihren Hüften, drückten sie an sich und ließen sie seine schon fast schmerzhafte männliche Begierde spüren. Natürlich entging ihm nicht, wie sie sich leicht versteifte, als wäre sie verblüfft über das, was er nicht vor ihr verbergen konnte. Aber natürlich war das eine ganz normale Reaktion für sie, denn schließlich war sie eine Dame im wahrsten Sinne dieses Wortes.

Mit einem derben Fluch, um die Unterschiede in ihrer gesellschaftlichen Stellung noch zu unterstreichen, unterbrach er jäh den Kuss und zog sich noch tiefer in die Dunkelheit zurück.

»Mr. Swind…«

»Du liebe Güte, Eleanor, nach diesem innigen Kuss brauchen wir uns doch wirklich nicht mehr mit Formalitäten aufzuhalten!«

»Na gut. Bist du mir jetzt böse?«

»Nicht dir. Schau dir den Rest des Feuerwerks an. Ich werde so schnell wie möglich wieder bei dir sein.« Sobald seine schmerzhafte Erregung nachgelassen hatte.

»Ich kann es auch von hier aus sehen.«

»Eleanor!«, stieß er scharf hervor und hoffte, dass die Gereiztheit seiner Stimme genügen würde, um sie zu vertreiben.

»James.«

Das unüberhörbare Begehren und die Sehnsucht, mit der sie

seinen Namen flüsterte, wurden ihm beinahe zum Verhängnis. Sie war noch zu unschuldig, um die körperlichen Qualen zu verstehen, die sie so mühelos in ihm erzeugen konnte. Was in Gottes Namen machte er mit ihr?

Er spürte ihre zaghafte Berührung seiner Wange und war sich auch des leichten Zitterns ihrer Finger bewusst. Als er seine Hand auf ihre legte, sie umdrehte und einen Kuss auf ihre Innenfläche drückte, durchflutete ihn plötzlich Bedauern. Bedauern über seine Vergangenheit. Bedauern über den wahren Grund, aus dem er bei ihr war. Bedauern darüber, dass er seine Befehle so mühelos missachten und sie verführen konnte, um mehr über sie herauszufinden, ohne auch nur einen Gedanken daran zu verschwenden, wie sie sich später fühlen würde, wenn sie erkannte, dass er nur aus dienstlichen Gründen so oft mit ihr zusammen war. Herrgott noch mal! Er war nicht besser als Lord Rockberry.

Swindler hegte keinen Zweifel daran, dass der Marquess ihre Schwester für seine eigenen Zwecke benutzt hatte. Und er selbst war auch nicht besser. Als ihm der Gedanke kam, hoffte er, dass er sich wenigstens von noblen Gründen leiten ließ, wie Vorbeugung und Schutz. Er hatte bei Scotland Yard zu arbeiten begonnen, weil er Menschen retten wollte, wozu er bei seinem Vater leider nicht die geringste Chance gehabt hatte.

Die Anspannung ließ von ihm ab, der Schmerz verschwand. Er zog Eleanor wieder in seine Arme, drehte sie aber so, dass sie ihm nicht das Gesicht zuwandte. Nachdem er sich kurz zuvor noch gewünscht hatte, ihr Haar offen zu sehen, war er jetzt froh über ihren entblößten Nacken, auf den er einen Kuss hauchte, bevor er ihr ins Ohr flüsterte: »Du bringst mich wirklich in Versuchung, Eleanor.«

»Sagtest du nicht, du wärst ein Gauner?«

»Aber einer mit Gewissen, wie mir scheint.«

»Und wenn mir lieber wäre, dass du es vergisst?«

»Dann sind wir entweder unterwegs zum Himmel oder werden zur Hölle fahren.«

Kapitel sechs

Während die Kutsche zügig durch die Straßen fuhr, wünschte Eleanor, dass dieser zauberhafte Abend noch nicht enden möge. Sich mit ihrem Kopf an James' Schulter zu lehnen, war äußerst ungehörig, und dennoch sah sie sich außerstande, es nicht zu tun. Sie wünschte, er würde seinen Arm um sie legen, aber sie wusste auch, dass das zu viel wäre. Es musste genügen, dass er ihre behandschuhte Hand in seiner hielt.

Wann immer sie sich einen Kuss vorgestellt hatte, war kein Mann je so verwegen gewesen, mit der Zunge in die Höhlung ihres Mundes einzudringen und jeden Winkel davon zu erforschen, als ob er ihm gehörte. Zu ihrem Erstaunen hatte James' Kuss ein eigenartiges Flattern tief in ihrem Inneren ausgelöst und sie mit einer unerträglichen Hitze erfüllt, die sich bis in die Spitzen ihrer Finger und ihrer Zehen fortgesetzt hatte.

Oh ja, er war ein sehr erfahrener Verführer, ihr James Swindler. Aber wenn er eine Flut lustvoller Gefühle in ihr freisetzte, war es so, als ob er damit auch Dinge über sich selbst preisgäbe. Er war stark, selbstbewusst und daran gewöhnt, seinen Willen zu bekommen – doch er erreichte das, was er wollte, nicht mit Gewalt, sondern durch Überredungskunst. Eleanor dachte, wie leicht sie mit ihm im Dunkel hinter den Bäumen hätte verschwinden können, ohne je wieder zurückzukehren oder es zu bereuen.

Der Kuss hatte sie bis ins Innerste erschüttert. Und nach seiner Reaktion zu urteilen, war es ihm genauso ergangen.

Hatte Lord Rockberry das auch mit Elisabeth gemacht? Hatte er sie mit Charme geblendet, sie geküsst und sie dann weggestoßen, nur um sie dann wieder zurückzulocken?

Aber sie wollte ihre Gedanken nicht zu Lord Rockberry abschweifen lassen; nicht, solange diese noch so erfüllt von James Swindler waren. Sie wünschte, sie wäre zu einem ganz anderen Zweck nach London gekommen, wünschte, sie wäre die erste Tochter gewesen, die ihr Vater hingeschickt hatte, und wünschte, ihre und James' Wege hätten sich vor einem Jahr gekreuzt, als sie noch nicht von Gram und Rachegelüsten beherrscht gewesen war. Es war furchtbar, jemanden so zu hassen, wie sie Lord Rockberry verabscheute. Es verdarb ihr selbst die glücklichsten Momente und gab ihr immer das Gefühl, sie nicht zu verdienen, weil ihre Schwester sie nie erfahren hatte.

»Woran denkst du?«, fragte James sie leise.

Wieder einmal war sie erstaunt, dass er stets zu wissen schien, wann er reden konnte und wann er besser schwieg.

»Ich dachte daran, wie anders ich vor Elisabeths Tod war. Und wie sehr ich wünschte, du hättest mich damals und nicht jetzt gekannt.«

»Ich mag dich jetzt auch sehr.«

»Tragödien verändern uns, und nicht immer zum Besseren, glaube ich.«

»Sie können uns aber auch einen Lebenszweck geben.«

Sie blickte zu ihm auf. »Ist es das, was es bei dir bewirkt hat?«

»Nach dem Tod meines Vaters, ja.«

»Da wurdest du zu einem Dieb, was ja wohl kaum ein empfehlenswertes Bestreben war.«

»Ich habe versucht zu überleben, so gut ich konnte. Wir tun, was wir tun müssen.«

Würde er verstehen, was sie tun musste, wenn sie es ihm erklärte? »Dann warst du bestimmt sehr dankbar gewesen, als Lord Claybourne dich in seinem Haus aufnahm.«

»Anfangs nicht.« James lachte leise, ein tiefes, maskulines Lachen, das in der Nachtluft hängen blieb, mit ihren Sinnen spielte und ihr ein Lächeln entlockte. »Er verlangte Sauberkeit von uns und ließ uns einmal in der Woche baden statt nur einmal im ganzen Jahr. Ich war überzeugt davon, dass wir erledigt waren und alle krank werden und sterben würden. Aber so war es nicht. Er kaufte uns Kleidung, die uns passte, und stellte Lehrer für uns ein. Ich hatte solche Angst vor ihm, dass ich es nicht wagte, ihm nicht zu gehorchen.«

»Hat er dich geschlagen?«

»Nein«, erwiderte er kurz. »Er hat nie die Hand gegen einen von uns erhoben, außer vielleicht bei seinem Enkel. Ich habe nie verstanden, warum er auch den Rest von uns aufnahm. Aus Liebe zu seinem Enkel vielleicht und weil wir seine Freunde waren. Oder vielleicht wollte er ihm ersparen, in seiner neuen Umgebung allein zu sein?«

»Wie alt warst du damals?«

»Zehn. Der Jüngste von allen.«

»Dann muss ich mich versprochen haben, als ich vorhin sagte, ich wollte sehen, wo du aufgewachsen bist. Es waren nicht die Rookeries, die ich meinte, sondern Lord Claybournes Besitz.«

»Nein, nein, ich bin viel mehr in den Rookeries aufgewachsen als bei Claybourne. Es ist ein Mythos, dass das Alter sich aus Jahren ergibt. Ich war gar nicht so lange bei Claybourne. Ein paar Jahre nur. Als Jack Dodger und Frannie weggingen, ging ich mit.«

»Wer sind sie?« Eleanor hörte ihn gerne reden und wollte

alles über sein Leben wissen, auch wenn sie nicht bereit war, ihm von ihrem zu erzählen.

»Jack Dodger ist ein Gauner der Spitzenklasse. Und ein sehr wohlhabender noch dazu. Ihm gehört der *Dodger's Drawing Room*, ein sehr exklusiver Herrenclub.«

In dem Lord Rockberry Mitglied war. Er war schon zweimal dort gewesen, seit sie in London eingetroffen war. James hielt inne, um sie prüfend zu betrachten, und sie fragte sich, wonach er suchte, falls er wusste, dass das *Dodger's* – und was es darstellte – ihr nur allzu gut bekannt war.

»Und Frannie ist erst kürzlich die Duchess of Greystone geworden«, fuhr James schließlich fort.

Eleanor hörte tief empfundene Zuneigung in seiner Stimme, als er von Frannie sprach. Ein Anflug von Eifersucht flackerte in ihr auf, aber sie gab sich alle Mühe, ihn zu unterdrücken. Was gab ihr das Recht zu einer solchen Reaktion auf einen Namen und eine Frau, die ihm vielleicht mehr bedeutete, als sie selbst es jemals könnte? »Sie steht dir besonders nahe, nicht wahr?«

Sofort wünschte sie, sie könnte die Frage zurücknehmen. Was war es an dieser Nacht, das sie wie den idealen Zeitpunkt erscheinen ließ, um dem, was sich auch immer zwischen ihnen entwickeln mochte, auf den Grund zu gehen? Warum stellte sie plötzlich all diese Fragen, obwohl sie doch wusste, dass er nie einen dauerhaften Platz in ihrem Leben einnehmen würde?

»Sie stand – oder steht – uns allen besonders nahe. Sie ist immer wie eine kleine Mutter für uns gewesen. Als wir dann keine Kinder mehr waren, suchte sie sich andere Waisen und erbaute ein Kinderheim für sie. Sie leitet es und hat vor, ein weiteres erbauen zu lassen.«

»Und sie ist eine Herzogin! Klingt fast wie aus einem Märchen, nicht wahr? Ein Straßenmädchen, das zu einer Herzogin wird.«

»Das hat dein Vater sich vermutlich auch für dich und deine Schwester erhofft. Einen adligen Gentleman.«

Eleanor glaubte, mehr in seinen Worten und in seinem Ton zu hören – eine Anspielung darauf, dass er selbst nicht adlig war. Und obwohl sie wusste, dass ihr Vater sich einen Mann mit Titel für sie gewünscht hatte, winkte sie ab. »Ich glaube, er wollte nur, dass wir eine gute Partie machten, was für ihn bedeutete, einen Mann zu heiraten, der uns glücklich machen würde.«

»Und was würde dich glücklich machen, Eleanor?«

Glück war etwas Flüchtiges, stellte sie gerade fest. Vor ein paar Stunden war ihr Herz noch ganz und gar davon erfüllt gewesen, doch jetzt sickerte es schier aus ihr heraus wie die Luft, die aus dem Ballon entwichen war, damit sie zur Erde zurückkehren konnten. Je näher sie ihrer Pension kamen, desto mehr begann die Realität Träume und Möglichkeiten in den Hintergrund zu drängen.

»Dieser Abend hat mich sehr glücklich gemacht, James.«

Sie war sich seines prüfenden Blicks bewusst, als sie an den Straßenlaternen vorbeifuhren, und wusste, dass er instinktiv auch das verstand, was sie nicht gesagt hatte. Sie verfielen wieder in Schweigen, als ob beide wüssten, dass es ihnen bestimmt war, Entscheidungen zu treffen, die ihnen ein Zusammensein unmöglich machen würden.

Als die Kutsche vor Eleanors Pension anhielt, stieg der Lakai ab und öffnete die Tür, um ihr beim Aussteigen zu helfen. James folgte ihr und begleitete sie bis zur Haustür.

»Wie lange wirst du in London bleiben?«, fragte er.

»Da bin ich mir nicht sicher.«

»Wenn ich morgen gegen zwei Uhr mit der Kutsche käme, würdest du mir dann die Freude machen, mich zu einem Picknick zu begleiten?«

»Sehr gern«, erwiderte sie mit einem warmen Lächeln.

James hob ihre Hand an seine Lippen und drückte einen Kuss auf ihre Knöchel, und trotz der Handschuhe, die sie trug, konnte sie durch den Stoff die Hitze seines Mundes spüren. »Bis morgen also.«

Dann nahm er ihr den Schlüssel aus der Hand, schloss die Tür auf und blieb auf der Eingangsstufe stehen, bis sie die Tür geschlossen hatte. Als sie im Haus die Treppe hinaufstieg, dachte sie, dass ihre Schritte eigentlich beschwingter sein müssten, aber stattdessen waren sie beschwert von Schuldgefühlen und von Lug und Trug. Und sie fragte sich, ob sie je imstande sein würde, James Swindler zu verlassen.

* * *

Swindler war ein Mann, der selten Fehler machte, aber wenn er es tat, waren sie meist groß und sehr bedauerlich. In der vergangenen Woche hatte er eine Reihe von Ausflügen für Eleanor arrangiert und sie zu allen begleitet: zu Madame Tussauds Wachsfigurenkabinett, in die Oper, zu einem Picknick in Cremorne Gardens und einem weiteren Besuch dort, um das Feuerwerk zu sehen, das sie so begeisterte. Er begann jeden Tag mit den besten Absichten – wie zum Beispiel endlich herauszubekommen, was sie mit Lord Rockberry vorhatte –, aber er merkte auch, dass ihm die Zeit mit ihr immer kostbarer wurde. Und dass er im Grunde gar nicht zutage bringen wollte, was sie mit Lord Rockberry vorhatte.

Er war wesentlich interessierter daran, so viel wie möglich

über die Dame selbst herauszufinden, und sein Kopf war hauptsächlich damit beschäftigt, sich Möglichkeiten auszudenken, wie er mit ihr allein sein konnte, um sich einen weiteren Kuss zu sichern. Eigentlich hatte er sie verführen wollen, doch nun war er es, der verführt wurde.

Aber es war auch an der Zeit, seinen Verpflichtungen nachzukommen. Bevor er das tat, wollte er Eleanor allerdings ein nachhaltiges Geschenk machen, eine Nacht, die sie noch lange in Erinnerung behalten würde, auch wenn sie ihn hinterher vielleicht verabscheute.

Genau das war der Grund, weshalb er zu dem Wohnsitz des Dukes und der Duchess of Greystone gekommen war, die erst einige Tage zuvor von ihrer Hochzeitsreise zurückgekehrt waren, wie er wusste.

»Jim!«

Swindler, der in der prächtigen Eingangshalle stand, drehte sich um, als er seinen Namen hörte, und blickte zu der elegant geschwungenen Treppe auf, die Frannie hinunterkam. Er hatte eine gewisse Verlegenheit bei diesem ersten Wiedersehen nach ihrer Heirat mit Greystone erwartet oder geglaubt, dass es ihm wie immer einen Stich ins Herz versetzen würde, sie zu sehen und zu wissen, dass sie nie die Seine wäre.

Aber ihm wurde nicht weh ums Herz vor Sehnsucht, und auch seine Brust wurde nicht eng. Er reagierte überhaupt nicht so wie normalerweise, wenn er in Frannies Gesellschaft war. Er empfand Freude über das Wiedersehen mit ihr, doch das war auch schon alles. Keine Sehnsucht, kein Verlangen, keinen Wunsch nach irgendetwas anderem als Freundschaft.

Sie sah aus wie immer: schön, apart und elegant mit ihrem leuchtend roten, kunstvoll aufgesteckten Haar und ihrem freudestrahlenden Gesicht. Ihr Kleid war allerdings feiner als alles andere, was sie als Buchhalterin im *Dodger's*-Herrenclub je getragen hatte. Es war aus exquisiter grüner Seide und Spitze, wie es einer Herzogin gebührte.

Ihr Ehemann folgte ihr auf dem Fuße. Er war blond und gut gekleidet. Sein Titel war sein Mantel. Selbst wenn er gar nichts anhätte, wäre er immer noch eine Respekt gebietende Persönlichkeit gewesen, die Aufmerksamkeit erregte, wenn sie einen Raum betrat.

Frannie, die vor Swindler stehen geblieben war, nahm seine großen Hände in ihre kleinen, zarten und drückte sie ganz fest. Da sie als Kind brutal misshandelt worden war, war sie immer äußerst zurückhaltend mit ihren Umarmungen gewesen, weswegen er auch gar keine von ihr erwartet hatte. Was ihn überraschte, war, dass ihm auch gar nichts an einer Umarmung lag. Wenn er an die Umarmung einer Frau dachte, war das einzige Bild, das ihm in den Sinn kam, das von Eleanor.

»Euer Gnaden«, sagte er zu ihr und nickte danach Greystone zu.

»Ach, lass das doch bitte, Jim, ich bin noch immer Frannie. Werde nur ja nicht förmlich mit mir! Das würde ich als Beleidigung betrachten.«

»Du bist jetzt aber eine Herzogin.«

»Und auch deine Freundin, nicht wahr?«

In den Tiefen ihrer grünen Augen konnte er sehen, wie wichtig ihr seine Antwort war. »Ja, natürlich bist du das.«

Sie lächelte ihn freudestrahlend an. »Es ist so schön, dich wiederzusehen!«

»Du siehst gut aus.«

Er hätte es für unmöglich gehalten, aber ihr Lächeln wurde sogar noch strahlender. »Südfrankreich war einfach herrlich. Sterling und ich hatten eine wunderbare Zeit dort.«

Obwohl Swindler wusste, dass diese wunderbare Zeit auch Liebesnächte mit einschloss, verspürte er keine Eifersucht. Er empfand nichts als Freude darüber, dass Frannie so offensichtlich glücklich war.

»Wir sind jetzt schon seit ein paar Tagen wieder hier«, sagte Frannie. »Ich fürchtete schon ... Ach, ich bin sehr froh, dass du gekommen bist. Sollen wir in den Salon hinübergehen?«

Ohne eine Antwort abzuwarten, nahm sie seinen Arm und ging mit ihm voran.

»Was kann ich dir zu trinken anbieten, Swindler?«, fragte Greystone, als er zu einem Tisch mit Kristallkaraffen ging.

»Danke, aber ich möchte lieber nichts, da dieser Besuch kein rein freundschaftlicher ist, befürchte ich.«

»Hat Scotland Yard dich hergeschickt?«, fragte Frannie, als sie auf dem Sofa Platz nahm.

Swindler ließ sich in einem Sessel ihr gegenüber nieder, während Greystone sich zu Frannie auf das Sofa setzte. »Nicht, dass ich wüsste. Aber ich brauche ein bisschen Unterstützung bei einem Fall, an dem ich gerade arbeite.«

»Was für eine Art von Unterstützung?«, fragte Frannie.

»Wie ich hörte, gebt ihr morgen Abend einen Ball.«

»Ja, Sterling hielt es für unerlässlich für die neue Duchess of Greystone, einen Ball zu geben, sobald wir von unserer Hochzeitsreise zurück sind. Catherine hat sich um die Einzelheiten gekümmert.«

»Ich möchte gern, dass ihr Miss Eleanor Watkins einladet. Ihr Vater war ein Viscount, sodass es also nicht unpassend wäre, wenn sie an der Gesellschaft teilnähme.«

»Du liebe Güte, Jim, sie könnte eine Waschfrau sein, und ich würde sie einladen, wenn du Interesse an ihr hast. Und dich muss ich natürlich auch einladen, nehme ich an.«

»Ja, tu das bitte, falls es dir nichts ausmacht. Und womöglich wird sie auch ein Kleid benötigen.«

»Ist sie nicht der Ballsaison wegen hier?«

»Nein, ich glaube, sie ist hier, um sich an jemandem zu rächen.«

»Rache hört sich wie etwas an, das meine Frau in Gefahr bringen könnte«, sagte Greystone. »Sollte das also der Fall sein, können wir dir nicht helfen.«

»Sterling ...«

»Ich habe dich schon einmal fast verloren, Frannie. Das riskiere ich nicht noch mal.«

Amüsiert verfolgte Swindler den stummen Willenskampf der beiden. Anscheinend musste der Herzog erst noch dahinterkommen, wie stur seine Herzogin sein konnte.

Schließlich wandte sie sich Swindler zu. »Erzähl mir etwas über die junge Dame.«

Nach einem tiefen Atemzug beugte er sich vor und stützte die Ellbogen auf seine Knie. Zunächst erklärte er, wie er auf Eleanor aufmerksam geworden war, und fuhr dann fort: »Sie fasziniert mich einfach, aber ich habe ihr weder etwas von meinen wahren Absichten erzählt noch ihr gesagt, was ich in Wahrheit von ihr will. Manchmal kommt es mir so vor, als wäre ich noch für Feagan tätig, weil ich so verdammt hart daran arbeite, ihr ohne ihr Wissen Informationen zu entlocken.«

»Du machst nur deine Arbeit.«

»Das ist es ja gerade, Frannie. Im Grunde mache ich sie nämlich nicht, sondern genieße einfach nur Eleanors Gesellschaft. Ich hatte gehofft, sie würde mir im Laufe der Zeit vertrauen, sich mir mitteilen und mir von ihren Plänen bezüglich Lord Rockberry erzählen. Aber sie weicht jedem Gespräch über ihn aus. Und für mich wird es Zeit, diese Angelegenheit zum Abschluss zu bringen. Ich muss Eleanor ohne Umschweife zur Rede stellen, und wenn ich das tue, wird jedes liebevolle Interesse, das sie an mir haben könnte, in Verbitterung umschlagen. Deshalb möchte ich ihr gern diese Einladung zu eurem Ball verschaffen, als Geschenk gewissermaßen, bevor sie entdeckt, dass ich ihr etwas vorgemacht habe.«

Frannie legte ihre Hand auf seine. »Hast du ihr denn etwas vorgemacht, Jim?«

»Da bin ich mir auch nicht mehr sicher. Ich habe sie sehr gern, aber ich muss ihr die Wahrheit sagen über das, was ich weiß und was ich wissen muss. Ich fürchte jedoch, dass sie nicht gerade erfreut sein wird, die Wahrheit zu erfahren.«

Lord Rockberry hatte ihre Schwester benutzt. Es war also anzunehmen, dass Eleanor, wenn Swindler ihr die Wahrheit sagte, wahrscheinlich glauben würde, er hätte das Gleiche mit ihr getan. Er fürchtete die Aussprache und hoffte, dass eine letzte Nacht vollkommenen Glücks den Schlag, den er ihr versetzen musste, ein wenig mildern würde.

»Miss Watkins! Miss Watkins!«

Das Hämmern an der Tür zu ihren Räumen war so heftig, dass es sie beinahe aus den Angeln riss. Eleanor lief so schnell wie möglich hinüber und öffnete. »Ja, Mrs. Potter?«

Die Frau rang nach Atem, und ihr Gesicht war puterrot vor Aufregung. »Sie haben Besuch. Von der Duchess of Greystone höchstpersönlich. Im Ernst!«, beteuerte sie und drückte ihre Hand an ihren wogenden Busen. »Eine Herzogin in meinem Wohnzimmer! Wer hätte das gedacht ... Welche Sorte Tee soll ich nehmen? Was meinen Sie? Ach, egal. Ich werde einfach alle Geschmacksrichtungen servieren, die ich habe. Ich wünschte nur, ich hätte Kuchen. Kekse sind so einfallslos. Beeilen Sie sich! Sie dürfen Ihre Gnaden nicht warten lassen.«

Als ihre Vermieterin über den Flur zur Treppe lief, folgte Eleanor ihr gemessenen Schritts, aber ihr Magen kribbelte vor Aufregung. Aus welchem Grund mochte die Herzogin zu Besuch gekommen sein?

Bis sie das Ende der Treppe erreichte, hatte Eleanor ihre Atmung und das Zittern, das sie durchlaufen hatte, wieder unter Kontrolle. Ruhig betrat sie den Salon, und die Duchess of Greystone erhob sich anmutig aus ihrem Sessel. Eine junge Dame, die offensichtlich eine Bedienstete war, erhob sich ebenfalls.

Die Herzogin lächelte Eleanor an. »Miss Watkins«, begrüßte sie sie freundlich.

Eleanor knickste. »Euer Gnaden.«

Sie wusste nicht, was sie darüber hinaus noch sagen sollte. Wäre es gut, ganz offen zu sein und sie unumwunden zu fragen, warum sie zu Besuch gekommen war, oder wäre es besser, schlicht und einfach abzuwarten? Ob Elisabeth wohl auch solche Momente der Unsicherheit erlebt hatte, in denen sie nicht wusste, was für ein Verhalten von ihr erwartet wurde? War es das, womit es Lord Rockberry gelungen war, sie in die Hölle hineinzulocken? Eleanor gab sich alle Mühe, sich nicht die Wut anmerken zu lassen, die sie bei diesem Gedanken auf ihren Vater erfasste. Wenn er wenigstens gelegentlich mit ihnen nach London gefahren wäre und sie mehr mit der Welt in Berührung gebracht hätte, wäre Elisabeth vielleicht noch am Leben, und sie alle wären glücklicher. Auch sie selbst hätte dann vielleicht Gelegenheit gehabt, sich umwerben zu lassen, wie es sich gehörte.

»Ich muss mich dafür entschuldigen, zu einer solch unangebrachten Zeit zu kommen, aber ich befürchtete, dass mir nicht genügend Zeit bliebe, um alles zu erreichen, was ich möchte, wenn ich bis zum Nachmittag abwartete. Ich bin hergekommen, um Sie um einen Gefallen zu bitten«, sagte die Herzogin.

»Ich bin mir nicht sicher, wie ich Euch von Nutzen sein könnte.«

Ganz unerwartet trat die Herzogin vor und ergriff Eleanors Hände. »Ich bin eine gute Freundin von James Swindler. Er hat mich sicher schon einmal erwähnt. Wir sind zusammen auf der Straße aufgewachsen. Ich weiß, wie oft er Sie zu Ausflügen abgeholt hat. Heute Abend gebe ich einen Ball. Mr. Swindler habe ich schon eingeladen und hatte gehofft, dass auch Sie mir die Ehre geben würden, daran teilzunehmen.«

An einem Ball teilnehmen ... und noch dazu im Hause einer Herzogin! Eleanor wusste kaum, was sie außer der Wahrheit darauf erwidern sollte. »Ich fürchte, ich habe nichts zum Anziehen.«

»Ich dachte mir schon, dass das der Fall sein könnte. Jim erwähnte, dass Sie keinen Förderer haben und daher auch nicht an den Bällen der Saison teilnehmen werden. Er hat Sie mir beschrieben – sehr treffend übrigens, muss ich sagen –, und daher habe ich mir erlaubt, eines meiner Kleider herauszusuchen, von dem ich glaube, dass Sie mit Ihrem hellen Teint und blondem Haar ganz entzückend darin aussehen würden. Sie sind etwas kleiner als ich, aber Agnes hier, meine Kammerzofe, kann sehr gut mit Nadel und Faden umgehen und könnte Änderungen vornehmen.«

»Oh.« Wieder wusste sie nicht, was sie sagen sollte – und bemerkte erst da die große lange Schachtel, die auf dem Sofa lag.

Die Herzogin drückte Eleanors Hände, die sie immer noch in ihren hielt. »Ich hoffe, Sie verzeihen es mir, falls ich hier ein bisschen die Kupplerin spiele. Aber Jim hat mir noch nie zuvor etwas von einer Frau erzählt, und daher weiß ich, dass Sie wirklich etwas ganz Besonderes für ihn sein müssen.«

Eleanors Magen verkrampfte sich vor Anspannung. Das war es, was sie gewollt hatte, aber nun, da der Moment gekommen war …

Die Herzogin schien ihr Zaudern zu bemerken. »Warum schauen wir uns das Kleid nicht an? Wenn es Ihnen nicht gefällt, können wir ein anderes aussuchen.«

Wie könnte es mir nicht gefallen?, dachte Eleanor, als Agnes es aus der Schachtel nahm und das weiße, mit rosafarbenem Satin paspelierte und mit winzigen Satinblümchen bestickte Kleid hochhielt. »Es ist atemberaubend!«

»Ich dachte mir, dass es Ihnen gefallen könnte«, sagte die Herzogin.

»Ich weiß kaum, was ich sagen soll.«

»Sagen Sie einfach, dass Sie an dem Ball teilnehmen werden.«

Eleanor konnte sich ein triumphierendes Lächeln nicht verkneifen. »Ich werde kommen.«

Wenige Minuten später erschien Mrs. Potter mit Tee … und Kuchen. Obwohl es sonst nicht ihre Art war zu stören, wenn ihre Mieter Gäste hatten, schien sie heute nicht über die Vorstellung hinauszukommen, dass eine echte Herzogin in ihrem Salon saß, ihren Tee trank, ihren Kuchen aß und plauderte, als ob sie alle alte Bekannte wären. Die Herzogin hatte solch eine unprätentiöse Art, dass sie wahrscheinlich jeden bezauberte, der ihr begegnete. Eleanor hegte daran nicht den kleinsten Zweifel. Für jemanden, der nicht schon in Adelskreisen zur Welt gekommen war, hatte die Duchess of Greystone sich sehr gut an ihre gehobene gesellschaftliche Stellung angepasst.

Eleanor konnte sich nur fragen, ob sie sich auch so gut angepasst hätte, wenn ihr Vater sie statt Elisabeth als Erste nach London geschickt hätte. Oder wäre sie genauso naiv gewesen wie Elisabeth und hätte den gleichen verhängnisvollen Weg wie sie beschritten?

»Dieser Besuch hat mir sehr viel Freude gemacht«, sagte die Herzogin schließlich, »doch jetzt muss ich leider gehen. Ich werde aber Agnes bei Ihnen lassen, damit sie das Kleid nötigenfalls ändern kann.« Sie erhob sich, und auch alle anderen standen auf. »Ich lasse Agnes eine Kutsche da und werde auch Ihnen um halb neun eine schicken, wenn es Ihnen recht ist.«

»Das ist sehr freundlich von Ihnen, vielen Dank«, sagte Eleanor.

Wieder ergriff die Herzogin ihre Hände. »Ich glaube, auch Jim wird sehr erfreut darüber sein.«

Nachdem die Duchess of Greystone gegangen war, zogen Eleanor und Agnes sich in Eleanors Zimmer zurück. Das Kleid benötigte sehr wenige Änderungen, aber die Herzogin hatte recht gehabt: Agnes war sehr geschickt mit Nadel und Faden. Zwei Stunden später, als das Kleid fertig war, trat Eleanor darin vor den Drehspiegel und bewunderte ihr Spiegelbild. Der tiefe Ausschnitt des ärmellosen Kleids erlaubte einen Blick auf ein verführerisches Dekolleté. Die Herzogin hatte lange Handschuhe mitgebracht, die Eleanors Arme bis über die Ellbogen bedeckten, und sie hatte auch an perlenbestickte rosafarbene Tanzschuhe gedacht.

»Ich könnte Sie frisieren, bevor ich gehe«, erbot sich Agnes.

Doch Eleanor schüttelte den Kopf. »Vielen Dank, aber das ist nicht nötig. Ich werde mich wahrscheinlich noch ein wenig hinlegen, ehe ich mit den letzten Vorbereitungen beginne. Diese

Veranstaltungen gehen doch gewöhnlich bis spät in die Nacht hinein, oder?«

»Ich weiß, dass die Feste, die Lady Catherine gab, bis weit nach Mitternacht dauerten. Und da sie Ihrer Gnaden bei den Arrangements geholfen hat, nehme ich an, dass auch dieser Ball erst sehr spät enden wird.«

Eleanor lächelte sich im Spiegel an und fragte sich, ob auch Lord Rockberry eingeladen sein mochte. Wenn es nach ihr ging, würde die heutige Nacht die Nacht sein, in der er die Quittung bekommen würde.

Kapitel sieben

Eleanor hat meine Einladung angenommen. Ich habe versprochen, ihr um halb neun eine Kutsche zu schicken. Lass es mich wissen, falls Du ihr lieber die Ehre erweisen möchtest.

– F

Swindler hatte gewusst, dass Frannie Eleanor überreden würde. Zu dem Jungen, der die Nachricht brachte, sagte er nur: »Sag ihr, dass ich mich darum kümmern werde.«

Dann ließ er Claybourne eine Nachricht zukommen, dass er sich für diese Nacht seinen Zweispänner ausleihen müsste, weil er wusste, dass Claybourne eine andere Kutsche benutzen würde, um zu dem Ball zu fahren. Wenn er mit seiner Frau irgendwohin fuhr, benutzte er grundsätzlich diese andere Kutsche, weil sie größer, herrschaftlicher und der Frau, die er liebte, angemessener war.

Schließlich machte Swindler sich mit großer Sorgfalt daran, sich auf den Abend vorzubereiten. Obwohl er es vorgezogen hätte, von seinen Freunden übergangen zu werden, hatte er doch gewusst, dass sie das nicht tun würden und er früher oder später ohnehin zu einem ihrer großartigen gesellschaftlichen Anlasse eingeladen worden wäre. Deshalb hatte er vor Monaten schon einen der besseren Schneider in London aufgesucht.

Jetzt stand er vor dem Spiegel und bewunderte den Schnitt des schwarzen Fracks, der jägergrünen Seidenbrokatweste, des vorn gefältelten weißen Hemds und der ebenfalls weißen Schalkrawatte. Er sah gar nicht mehr so raubeinig aus wie sonst. Wenn er ehrlich zu sich selbst war, musste er zugeben, dass er sogar sehr elegant aussah. So würde er gut zu all den feinen Herren passen, die dort herumstolzieren würden. Was er sich nicht eingestehen wollte, war, dass es ihn kümmerte, wie Eleanor ihn sah, und es ihm in ihren Augen an nichts mangelte. Er hegte keinen Zweifel daran, dass ihre Tanzkarte sich innerhalb von Minuten füllen würde, sobald sie den Saal betrat. Frannie bot ihr eine Gelegenheit, gesehen zu werden und auf informelle Weise in die Gesellschaft eingeführt zu werden. Falls sie das Interesse eines jungen Mannes weckte – und das würde sie –, könnte das genügen, um ihre Aufmerksamkeit von Lord Rockberry abzulenken.

Erst als Swindlers Hände zu schmerzen begannen, blickte er an sich herab und sah, dass diese sich zu Fäusten geballt hatten. Wahrscheinlich, weil er sich nicht einmal vorstellen wollte, wie sie in den Armen eines anderen Mannes tanzte, lächelnd zu ihm aufblickte und ihn mit ihrem Lachen bezauberte. Denn obwohl der Titel ihres Vaters ein nicht vererblicher gewesen war, gehörte sie immer noch zur Aristokratie. Sie konnte also mit Recht erwarten, die Gunst eines jungen Adligen zu gewinnen – ein zweiter Sohn eines Lords, ein dritter Sohn, ja sogar der zehnte Sohn eines zweiten Sohnes wären ihrer würdiger als Swindler.

Aber die Tatsache, dass er keine hohe gesellschaftliche Position bekleidete, hinderte ihn nicht daran, sie zu begehren.

Er hatte versucht, ihr Vertrauen zu gewinnen, um herauszufinden, warum sie von Lord Rockberry so besessen war und was sie damit zu erreichen hoffte, dass sie ihn beschattete – doch das Einzige, was er geschafft hatte, war, Eleanor zu begehren, wie er noch keine Frau begehrt hatte, nicht einmal Frannie.

Er wollte Eleanor in seinem Bett, auf intimste Weise mit ihr vereint, und ihre leisen, lustvollen Schreie hören. Er wollte die Frau, die nach Rosen duftete und keine Angst hatte, ihn mit ihrem verführerischen Lächeln zu überschütten.

Als er seine weißen Handschuhe überstreifte, begann er zu verstehen, wie sinnvoll es war, sie zu tragen – weil er nicht sicher war, sich beherrschen zu können, falls seine nackte Haut die ihre berührte. Er begann seiner Pflicht und dieser Aufgabe verdammt müde zu werden. Außerdem hatte er nichts von irgendeinem Wert für Scotland Yard erfahren. Er wusste nur, dass jeder Moment, den er mit Eleanor verbrachte, Himmel und Hölle zugleich war.

Vielleicht würde er heute Abend seine Pflicht ausnahmsweise einmal hintanstellen und seinen eigenen Bedürfnissen und Wünschen Priorität einräumen. Auf diese Weise würde er vielleicht feststellen, ob die junge Dame ihn genauso als Mann wahrnahm wie er sie als Frau – und endlich ans Licht bringen, was er die ganze Zeit gesucht hatte: den Grund für ihr Interesse an Lord Rockberry.

Und wenn er den erst hatte, könnte er ihr vielleicht einen anderen Grund geben, in London zu bleiben.

Das Kleid war das Exquisiteste, das je Eleanors Haut berührt hatte. Selbst die beiden kostspieligen Ballkleider, die ihr Vater für Elisabeth hatte anfertigen lassen, verblassten im Vergleich zu diesem. Als Eleanor sich in dem hohen Drehspiegel betrachtete, mit aufgestecktem Haar, das eine mit Diamanten besetzte Haarnadel zierte, die ihr Vater ihr geschenkt hatte, dachte sie, dass sie nie schöner ausgesehen hatte.

Eitelkeit war ein Instrument des Teufels, das wusste sie nur allzu gut, aber heute schien sie absolut nichts dagegen tun zu können. Wenn Tränen nicht ihr ganzes Erscheinungsbild verderben würden, hätte sie geweint. Sie hatte sich verzweifelt eine Saison gewünscht oder zumindest einmal die Teilnahme an einem Ball. Dabei verdiente sie diese Nacht gar nicht, und trotzdem konnte sie nicht darauf verzichten.

Sie griff nach dem hübschen, zu dem Kleid passenden Abendtäschchen, das sie in der Schachtel gefunden hatte. Die Herzogin hatte wirklich an alles gedacht. Kein Wunder, dass James so eine hohe Meinung von ihr hatte und sie als »kleine Mutter« bezeichnete.

James. Sie hätte nie beginnen dürfen, ihn als irgendwen anderen als Mr. Swindler zu betrachten.

James verstand es, ein Gefühl der Nähe und Vertrautheit zu erzeugen, das verboten sein müsste zwischen ihnen, und trotzdem fühlte es sich gut und richtig an. Sie konnte nicht erklären, was sie für ihn empfand. Sie war neugierig, fasziniert, verliebt und sehnte sich nach seinen Küssen und seiner Berührung. Elisabeth hatte in ihrem Tagebuch über Lüsternheit geschrieben, die zu ihrem Untergang geführt hatte.

Und jetzt befürchtete Eleanor, dass sie sich auf dem gleichen Weg befand.

Bevor sie sich einreden konnte, es sei besser, heute Abend daheim zu bleiben, eilte sie aus ihren Zimmern. Oben an der Treppe hörte sie eine tiefe maskuline Stimme, die zu ihr hinaufdrang. Sie hätte sie überall erkannt, selbst aus tausend Meilen Entfernung zwischen ihnen. Eine wundervolle träge Wärme erwachte in ihr, weil sie wusste, dass er gekommen war, um sie abzuholen.

Als sie den Fuß der Treppe erreichte, glitt sein Blick an Mrs. Potter vorbei, um sich auf sie zu heften. Seine Augen verdunkelten sich, und seine Nasenflügel bebten. Sie konnte die tiefe Befriedigung sehen, die sich in seinen Augen widerspiegelte, allerdings zeichnete sich auch ein Anflug von etwas Besitzergreifendem in ihnen ab. Jede andere Frau wäre vielleicht empört gewesen und hätte ihm diesen indirekten Hinweis, dass sie zu ihm gehörte, sehr verübelt – aber wie könnte sie ihm etwas übelnehmen, von dem sie wusste, dass es zutraf, oder zumindest doch für heute Nacht?

Er sah bemerkenswert gut aus in seinem schwarzen Frack. Niemand, der ihn so gekleidet sah, würde seine Herkunft infrage stellen oder auch nur für einen Moment auf den Gedanken kommen, dass er kein Gentleman aus besten Kreisen war. Sein Selbstvertrauen war schier unglaublich. Er mochte seine Herkunft und alles, was damit verbunden war, hassen und verabscheuen, doch heute Abend war ihm überhaupt nichts davon anzumerken. Vor ihr stand ein Mann, der es aus der Gosse hinausgeschafft hatte und den nichts auf Erden je wieder dorthin zurückbringen würde.

Der glimmenden Hitze in seinen schönen grünen Augen nach zu urteilen, war er ihr vollkommen verfallen – und sie konnte nicht bestreiten, dass es sie genauso sehr nach ihm verlangte.

»Oh, wie wunderhübsch Sie aussehen, Miss Watkins!«, brach Mrs. Potter das Schweigen und damit auch den Zauber.

Eleanor spürte die Hitze, die ihr in die Wangen stieg, aber ihr Blick wich nicht von seinem. »Danke.«

»Ich habe etwas für dich«, sagte er mit rauer, etwas heiserer Stimme, wie ihrer Vorstellung nach ein Mann klingen könnte, der nach einer leidenschaftlichen Liebesnacht soeben erst erwachte. Und dann streckte er die Hand aus und reichte ihr ein mit Samt bezogenes Kästchen.

Ohne es zu öffnen, sagte sie: »Oh nein, ich kann so etwas nicht annehmen.«

»Du weißt doch noch gar nicht, was es ist.«

»Es sieht so aus, als wäre es Schmuck. Und ihn anzunehmen wäre ungebührlich.«

»Er ist auch kein Geschenk, sondern nur eine Leihgabe.«

»Von der Duchess of Greystone?«

Sein Mund verzog sich zu einem schelmischen Grinsen. »Kann sein, wenn es dir dadurch leichter fällt, das Kästchen zu öffnen.«

Fast hätte sie laut gelacht, weil sie sehen konnte, dass er sie für albern hielt. Was machte es schon, woher der Schmuck kam? Nur machte es leider durchaus etwas. Besonders, wenn er es war, der daran gedacht hatte und so aufmerksam gewesen war. Ihre Hand zitterte, als sie das Kästchen nahm, es öffnete und die wunderschöne Perlenkette darin sah.

»Ich dachte, es könnte sein, dass du vielleicht keinen Schmuck für heute Abend hast«, sagte er ruhig.

»Ich kann das nicht annehmen«, wiederholte sie.

»Wie gesagt, es ist nur eine Leihgabe. Eine Dame sollte nicht ohne ihre Perlenkette an einem Ball teilnehmen, nicht wahr, Mrs. Potter?«

»Nein, das sollte sie wohl besser nicht.« Eleanors Vermieterin trat vor und lächelte freundlich. »Der heutige Abend ist ein ganz besonderer Anlass, Miss Watkins. Deshalb sehe ich nichts Verwerfliches darin.«

Bevor sie auch nur zugestimmt hatte, nahm James die Perlenkette aus dem Kästchen. Seine Handschuhe hatte er abgelegt, wahrscheinlich, um mit dem Verschluss besser zurechtzukommen. Seine warme Haut streifte ihren empfindsamen Nacken und bewirkte, dass ihr glühend heiß wurde vor Verlangen. Wenn ich eine Kerze wäre, dachte sie, würde ich dahinschmelzen wie zu heiß gewordenes Wachs …

James zog seine Hände zurück und sagte: »Wie ich es mir gedacht hatte. Die Perlen sind genauso vollkommen, wie du es bist.«

Eleanor ging um ihn herum und trat vor den Spiegel in der Diele. Sie waren in der Tat vollkommen, die Perlen, und lagen genau über ihrer Halsgrube. Plötzlich wurde sie von einem absurden Drang zu weinen erfasst. »Ich komme mir wie eine Prinzessin vor.«

»Vielleicht bist du ja auch eine.«

»Ich hätte dich nie für einen Romantiker gehalten. Ich weiß kaum, was ich zu einem solch kostbaren Geschenk sagen soll, auch wenn es mir nur für ein paar Stunden gehören wird.«

Plötzlich und ohne einen Laut zu verursachen, stand er hinter ihr und schaute ihr im Spiegel ganz tief in die Augen. »Reservier mir einen Tanz«, sagte er.

»Du kannst sie alle haben.«

»Das, meine Liebste, würde einen Skandal auslösen.«

Eine Gefühlsregung huschte über sein Gesicht, zu schnell für sie, um sie richtig zu deuten, aber wenn sie raten müsste, schien es so, als störte ihn etwas an seinen Worten. Eleanor fragte sich, ob es das Kosewort sein mochte, das ihm vielleicht ganz unbewusst entschlüpft war und ihn sich jetzt unbehaglich fühlen ließ.

»Wir sollten gehen«, sagte er, als ob er beschlossen hätte, dass er ein bisschen Distanz zwischen sie bringen musste.

»Ich wünsche Ihnen viel Vergnügen, Miss Watkins«, sagte Mrs. Potter. »Ihnen natürlich auch, Mr. Swindler. Und sagen Sie doch bitte Ihrer Schwester, dass sie das nächste Mal mit hereinkommen soll.«

Während er Eleanor zur Tür hinausgeleitete, sagte er: »Danke, Mrs. Potter, ich werde es ihr ausrichten. Aber wie ich schon sagte, sie ist ein bisschen schüchtern.«

Als sie draußen und ungestört waren, sagte Eleanor: »Ich wusste gar nicht, dass du eine Schwester hast.«

»Hab ich nicht. Aber ich wollte auch nicht, dass Mrs. Potter denkt, du würdest ohne eine Anstandsdame mit mir in der Kutsche fahren.«

»Und was wirst du den Leuten auf dem Ball erzählen?«

»Ich glaube nicht, dass jemand Fragen stellen wird. Frannie nimmt dich unter ihre Fittiche, und sie ist mit einem der mächtigsten Aristokraten Großbritanniens verheiratet. Du könntest ohne einen Faden am Leib hineingehen, und trotzdem würden sie dir alle Komplimente zu deinem Kleid machen.«

Das Lachen, das in ihrer Kehle aufstieg, half ihr, ihre angespannten Nerven zu beruhigen. Sie hatte furchtbare Angst davor, sich heute Abend lächerlich zu machen – bis ihr der Gedanke kam, dass sie mit James an ihrer Seite alles durchstehen könnte.

Als die Kutsche ratternd anhielt, öffnete ihr ein in der Einfahrt stehender Dienstbote die Tür und war ihr beim Aussteigen behilflich. James folgte ihr rasch, legte seine Hand unter ihren Ellbogen und begleitete sie zu dem prachtvollen Wohnsitz vor ihnen. Überall setzten Kutschen andere Paare ab, und sie begann unwillkürlich schneller auf die offenen Eingangstüren zuzugehen.

Aber Eleanor wollte sich Zeit lassen, um alle Aspekte dieser Nacht in sich aufzunehmen und sich einzuprägen.

»Das Haus ist fast wie ein Palast, nicht wahr?«, flüsterte sie Swindler zu.

»Ein bisschen zu groß für meinen Geschmack«, erwiderte er.

Sie erhob ihren Blick zu ihm. »Darin kann ich dir nur zustimmen, aber trotzdem habe ich nichts dagegen, mir das Haus von innen anzusehen.«

Er führte sie durch eine große Flügeltür in die Eingangshalle, wo ein mächtiger Kronleuchter an der Decke glitzerte. Ein Diener nahm ihren Umhang und James' Hut und wies ihnen dann den Weg zum Kleinen Salon.

»Aber alle anderen gehen die Treppe hinauf«, sagte Eleanor leise zu James.

»Das ist in Ordnung. Wir sind etwas Besonderes.«

In dem Kleinen Salon traten ein dunkelhaariger Herr und eine hübsche blonde Dame vor. »Sie müssen Eleanor sein«, sagte die Dame. »Ich bin Lady Catherine, und dieser Herr hier ist mein Ehemann, Lord Claybourne.«

Der Gentleman drückte einen Kuss auf ihre behandschuhte Hand. »Es ist mir ein Vergnügen.«

»James hat mir von Ihnen erzählt«, sagte sie zu Lord Claybourne.

»Hoffentlich nicht zu viel.«

Eleanor konnte sich nicht vorstellen, dass dieser Mann auf der Straße aufgewachsen war. Seine Vornehmheit war schon allein in seiner Haltung klar ersichtlich.

»Ich habe ihr nichts gesagt, was sie dich geringer schätzen ließe«, sagte James.

»Dann muss eure Unterhaltung über mich aber ziemlich kurz gewesen sein«, entgegnete Claybourne schmunzelnd.

»Frannie hat uns erzählt, dass Sie kommen würden«, sagte Lady Catherine. »Und da wir nicht glaubten, dass Jim Ihnen eine Anstandsdame zur Seite stellen würde, werden wir diese

Rolle übernehmen, falls Sie nichts dagegen haben. Es wäre unvernünftig, gleich zu Anfang schon Gerede zu erzeugen.«

»Sie würden mir eine Ehre erweisen.«

»Nun, dann lasst uns jetzt gehen.«

Eleanor nickte und dachte an die entfernte Cousine ohne richtige Verbindungen, die Elisabeth nach London geholt hatte. Wie anders vielleicht alles ausgegangen wäre, wenn ihre Schwester eine Gräfin oder gar Herzogin an ihrer Seite gehabt hätte.

»Sie geben ein schönes Paar ab, Sie und Jim, wenn ich das einfach mal so sagen darf«, bemerkte die Countess leise, als sie mit Eleanor auf der elegant geschwungenen Treppe voranging und die Herren ihnen folgten.

Hitze stieg in Eleanors Wangen, und ihr fiel beim besten Willen keine passende Antwort auf Catherines Bemerkung ein.

»Entschuldigen Sie, falls ich Sie in Verlegenheit gebracht habe«, sagte die Countess. »Aber Jim ist ein lieber Freund, und ich bin sehr froh, dass er so glücklich wirkt.«

»Er ist anders als jeder andere Mann, dem ich bisher begegnet bin.«

»Das sind die meisten dieser Spitzbuben.«

»Spitzbuben?«

Sie lachte leise. »So nenne ich sie bei mir, wenn ich an meinen Ehemann und seine Freunde denke. Sie sind zwar seriös geworden, aber ein bisschen von einem Spitzbuben haben sie immer noch. Doch lassen Sie sich davon nicht beunruhigen, denn es kann manchmal sogar sehr nützlich sein.«

Auf halber Treppe bogen sie auf einen Gang ab, der an dem großen Ballsaal endete. Hier stand schon eine ganze Reihe Gäste, die darauf wartete, vorgestellt zu werden.

Eleanor schlug das Herz bis zum Hals, als sie die eleganten Damen und gutaussehenden Herren betrachtete. Sie wirkten alle so selbstsicher und ungezwungen – lächelten, unterhielten sich miteinander, lachten und freuten sich auf den Ball.

»Du bist ihnen allen ebenbürtig«, flüsterte James ihr ins Ohr.

Sie blickte lächelnd zu ihm auf und nickte. »Ich kann mir eine ganze Saison davon nicht vorstellen.«

»Es würde schnell ermüdend werden, denke ich.«

Doch Eleanor schüttelte den Kopf. »Nein, ich glaube, jede Ballnacht wäre einfach wundervoll.«

Als sie die Tür erreichten, sprach Catherine mit einem Mann dort. Er nickte, um dann mit dröhnender Stimme zu verkünden: »Lord und Lady Claybourne, Miss Eleanor Watkins und Mr. James Swindler!«

Eleanor ließ ihren Blick durch den prachtvollen Ballsaal gleiten und dachte, dass sie noch nie im Leben etwas so Großartiges gesehen hatte. Da sie aus einem kleinen Dorf kam, war es für sie fast so etwas wie ein wahr gewordener Traum. Kein Wunder, dass Elisabeth auf Lord Rockberrys Charme hereingefallen war.

Als sie die Stufen in den Saal förmlich hinunterschritten, war sie froh, eine in gesellschaftlichen Dingen erfahrene Frau bei sich zu haben. Am Fuß der Treppe begrüßte Catherine ihre Gastgeber.

»Frannie, Sterling – ich hoffe, es ist alles zu eurer Zufriedenheit.«

»Meine liebe Schwester, ich habe nie daran gezweifelt, dass du für eine unvergessliche Ballnacht sorgen würdest«, sagte der Herzog. »Und diese junge Dame muss Miss Watkins sein. Meiner Frau hat ihr Besuch bei Ihnen sehr gefallen. Es ist uns ein Vergnügen, Sie bei uns daheim zu haben.«

Eleanor knickste. »Und ich freue mich, hier zu sein, Euer Gnaden.« Sie wandte sich der Herzogin zu. »Und vielen herzlichen Dank, Euer Gnaden, dass Sie mir das Kleid geliehen haben.«

»Sie können es gern behalten. Ich habe viel zu viele. Und wer weiß? Nach heute Abend werden Sie es vielleicht wieder brauchen.«

»Sie sind sehr großzügig.«

»Amüsieren Sie sich gut.«

»Oh, das werde ich.«

Sich umschauend, begegnete sie James' Blick und sah in seinen grünen Augen, dass diese Nacht die ihre und ganz allein die ihre war. Als Catherine sie wegführte, wurde ihr zu ihrer eigenen Überraschung plötzlich klar, dass sie einem Herrn nach dem anderen vorgestellt wurde.

Im Gegensatz zu Elisabeth würde sie kein Mauerblümchen sein. Trotz all der erstaunlichen Dinge und der Atmosphäre freudiger Erregung um sie herum wurde sie von einem Anflug von Traurigkeit erfasst, weil ihre Schwester nicht annähernd so viel Aufmerksamkeit erfahren hatte. Dann verflog ihr Kummer, als wäre er nie da gewesen, als der erste junge Gentleman sie zur Tanzfläche begleitete.

Swindler hatte noch nicht mit Eleanor getanzt. Von dem Moment an, in dem sie die Treppe zum Ballsaal hinuntergekommen war, hatte sie jedermanns Aufmerksamkeit und Fantasie gefangen genommen. Nicht, dass er es ihnen verübeln konnte, von Eleanor derart fasziniert zu sein. Das Kleid, das sie trug, betonte jede Kurve, und er sehnte sich schon fast verzweifelt eine Gelegenheit herbei, seine Hände um ihre Taille zu legen und sie an sich zu ziehen.

Er ließ sich ein Glas Champagner von einem der vorbeigehenden Diener geben und leerte es in einem Zug.

»Machst du dich für den Kampf bereit?«

Mit einem scharfen Blick zu Claybourne nahm er dankbar das Glas Scotch an, das er ihm reichte, und stürzte den Whiskey genauso schnell hinunter wie vorher den Champagner.

»Immer mit der Ruhe, Jim. Du siehst ja aus, als ob du im Begriff wärst, jemanden umzubringen. Mach langsamer. Du weißt doch, dass der Alkohol dich nur noch wütender macht.«

Von allen von Feagans Jungs hatte Swindler Claybourne immer am meisten bewundert. Vielleicht, weil er schon von seiner Herkunft her zur Oberschicht gehörte, hatte er nie den Eindruck gemacht, wirklich zu Feagans bunt zusammengewürfelter Diebesbande zu gehören. »Ich bin nicht wütend.«

»Dann verstehst du andere aber gut zu täuschen.«

Claybourne war fast so groß wie Swindler, aber er hatte einen schlanken Körperbau und eine aristokratische Haltung. Außerdem war er der einzige Mensch außer Frannie, dem Swindler wirklich vertraute. »Ich hatte nur nicht erwartet, dass all die jungen Herren derart um sie herumscharwenzeln würden.«

»Wieso nicht? Sie ist eine schöne Frau.«

Zutreffendere Worte hätte er nicht finden können.

»Dein Ärger hindert dich nur daran, die Situation klar zu erkennen«, sagte Claybourne ernst und reichte Swindler sein eigenes Glas Scotch.

Swindler stürzte auch diesen Whiskey auf einen Zug hinunter und genoss die Wärme, die sich in seiner Brust ausbreitete. »Ich sagte doch, ich bin nicht wütend.«

»Dann eben eifersüchtig.«

Verflucht noch mal! Swindler nickte. »Vielleicht.«

»Sie hat kein Interesse an irgendeinem der anderen Herren.«

Swindler schnaubte spöttisch. »Wie könnte sie nicht interessiert sein? Sie mag am unteren Ende davon leben, aber das hier ist ihre Welt. Sie hat mit einem Duke, einem Marquess, vier

Earls und so verdammt vielen zweitgeborenen Söhnen getanzt, dass ich den Überblick verloren habe.«

»Ich hätte nicht gedacht, dass du so viele Aristokraten kennst.«

»Ich stand in der Nähe, als sie Schlange standen wie Bettler, die sich einen Teller Haferschleim erhoffen. Das Schlimmste überhaupt war, dass sie mit Dodger getanzt hat, der zweifellos der reichste Mann ganz Londons ist.«

»Und auch sehr glücklich verheiratet ist.«

»Gott, das sind Worte, die ich nie zu hören erwartet hätte, wenn über ihn gesprochen wurde.« Er wollte noch einen Schluck Scotch, Whiskey, Rum oder Gin. Was es war, spielte keine Rolle, solange es die Fähigkeit besaß, diese heftige Qual, die ihn ergriffen hatte, wegzubrennen.

»Und warum hat sie nicht mit dir getanzt?«

Swindler schwieg, und Claybourne stieß ihn in die Rippen. »Weil du sie nicht dazu aufgefordert hast?«

»Ich wollte, dass der heutige Abend ein ganz besonderer für sie wird. Ihre Schwester hatte die Gelegenheit, nach London zu kommen, und Eleanor nicht. Deshalb wollte ich ihr all das ermöglichen.«

»Es macht ihr keinen Spaß, mit den anderen Männern zu tanzen. Hast du nicht bemerkt, dass sie sie kaum mal ansieht? Oder wie ihr Blick durch den Raum huschte, als suchte sie nach jemandem? Ihr Lächeln ist so starr, dass ihr der Kiefer wehtun muss. Also geh schon hin und bitte sie um einen Tanz.«

»Ihre Tanzkarte ist bestimmt schon voll.«

»Das würde mich nicht aufhalten, wenn ich mit Catherine tanzen wollte.«

Normalerweise hätte es Swindler auch nicht weiter gestört. Was zum Teufel ist bloß mit dir los?, fragte er sich. Vielleicht war es ja Schuldbewusstsein, weil er ihr etwas vorgemacht hatte. Das Beste wäre, ihr die Wahrheit zu sagen, doch während er noch darüber nachdachte, wusste er schon, dass sich alles zwischen ihnen ändern würde, sobald die Worte ausgesprochen waren. Ihre Zuneigung zu ihm würde sich in Hass verwandeln. Ihr Interesse an ihm würde verkümmern wie eine vom Strauch gepflückte Rose, die zu lange ohne Wasser geblieben war.

Die letzten Töne einer Violine verklangen, und Stille erfüllte für einen Moment den großen Saal. Eleanor brauchte die Tanzfläche jedoch nicht einmal zu verlassen, da ihr nächster eifriger Partner den vorherigen ersetzte.

Swindler gab Claybourne wortlos das leere Whiskeyglas zurück und drängte sich durch die Menge zu dem Bereich, wo die Tänzer gerade ihre ersten Schritte zu der Musik machten. James klopfte Lord Milner auf die Schulter. Der Mann sah genauso erstaunt aus wie beim Kartenspiel bei *Dodger's*, wenn er ein gutes Blatt erhielt. »Tut mir leid, Mylord, aber dieser Tanz gehört mir.«

Wäre er ein größerer Mann gewesen, hätte Lord Milner sich das vielleicht nicht gefallen lassen, aber so, wie es war, entschuldigte er sich und ging. Bevor die nächste Tonfolge erklang, hielt Swindler Eleanor in seinen Armen und wirbelte sie über das Parkett.

Sie hatte die ganze Nacht auf diesen Augenblick gewartet. »Warum hast du so lange gebraucht?«

Er schenkte ihr ein schiefes Lächeln. »Weil ich mir nicht sicher war, dass du einen Tanz mit einem Lord für einen Mann aufgeben würdest, der außer zwei ungeschickten Füßen kaum etwas zu bieten hat.«

»Stell dein Licht nicht unter den Scheffel, James. Du bist ein guter Tänzer.«

»Wie du, Eleanor.«

In weiten, anmutigen Bögen kreisten sie über das Parkett, als ob sich keine anderen Tänzer darauf befänden. Eleanor kam plötzlich der Gedanke, dass sie sich näher waren und fester in den Armen hielten, als es sich gehörte, aber das war ihr egal.

Einer ihrer vorherigen Tanzpartner hatte erwähnt, dass sie ihn an eine junge Dame erinnerte, mit der er in der letzten Ballsaison getanzt hatte. An ihren Namen konnte er sich nicht mehr erinnern. Ob sie es vielleicht gewesen sei, hatte er gefragt. Wieder hatte Kummer sie ergriffen, weil ihre Schwester in London gewesen war und niemand sich klar und deutlich an sie erinnerte. Genauso wenig, wie sie sich nach heute Nacht an sie erinnern würden ...

Sie war nur für einen flüchtigen Moment lang ein Teil des Lebens dieser Leute gewesen. Morgen Abend würde es andere Tanzpartnerinnen für sie geben, während ihr nur die kostbaren Erinnerungen bleiben würden. Und die, die gerade jetzt mit James geschaffen wurde, würde die kostbarste von allen sein – oder zumindest von allen an den Ball.

Beide sprachen kaum. Es war, als ob keine Worte zwischen ihnen nötig wären. Sie verständigten sich mit einem Blick, mit einem Händedruck oder einem wie zufälligen Streifen ihrer Beine.

Als der Tanz beendet war, nahm James die Tanzkarte von ihrem Handgelenk, ließ sie in seine Tasche fallen und beanspruchte auch den nächsten Tanz für sich. Eleanor protestierte nicht, weil es genau das war, was sie sich mehr wünschte als ihren nächsten Atemzug.

Während ihres dritten Tanzes fragte er: »Wirst du mir den letzten Tanz aufheben?«

»Ich hätte auch gar nichts dagegen, wenn dies der letzte Tanz für heute wäre.«

»Möchtest du nach Hause?«, fragte er.

»Nein«, erwiderte sie und fragte sich, woher plötzlich der sinnlich-verführerische Tonfall ihrer Stimme kam. »Aber ich bin bereit, mit dir zu gehen.«

Als die Musik endete, verabschiedeten sie sich von ihren Gastgebern. Die Luft draußen war kühl. Als James ihr den mit Pelz gefütterten Umhang um die Schultern legte, war es mehr seine Nähe als der Pelz, der sie aufwärmte.

Als sie in der Kutsche saßen, sagte James mit vorgetäuschtem Erstaunen: »Na, so was! Ich frage mich, wohin meine Schwester verschwunden sein mag. Was kann nicht alles zwischen uns passieren ohne eine Anstandsdame?«

Sie legte ihre behandschuhten Hände rechts und links an sein Gesicht. »Ich hatte gehofft, dass wir uns küssen würden, James.«

Sowie die Kutsche anfuhr, erfüllte sich ihre Hoffnung, als er seinen Mund auf ihren drückte und sie bereitwillig die Lippen öffnete. Wieder staunte sie über seinen Geschmack, auch wenn er heute Nacht ganz anders war. Es war keine Fleischpastete wie neulich, wonach er schmeckte, sondern etwas, das stark und weich zugleich und sehr gehaltvoll war. Also kein Champagner. Er hatte etwas anderes getrunken, etwas Stärkeres, woran ein Mann Gefallen finden würde. Doch was immer es auch war, sie mochte es und genoss den Geschmack auf seiner Zunge, als er zärtlich mit der seinen die ihre umspielte.

Seine Arme legten sich um ihren Rücken und ihre Hüften, und plötzlich merkte sie, dass er sie auf seinen Schoß zog. Fast sofort begann der Kuss sich zu verändern und intensivierte sich, als ob er tief in ihr ihr Herz berühren wollte. Wie sollte sie ihm sagen, dass er das mit so vielen kleinen Dingen schon getan hatte, die sich wie ein Knäuel aus Garnstückchen zu einem faszinierenden Ganzen zusammengefügt hatten? Mit dem Ausleihen der Perlenkette, dem Feuerwerk, den Besichtigungsfahrten durch London. Mit Gesprächen und Walzern und einer Einladung zu einem Ball. Sie war mit einem Vorhaben nach London gekommen, und er hatte sich langsam in ihr Leben vorgearbeitet, bis sie sich kaum noch erinnern konnte, was ihre Pläne gewesen waren.

Aus purem Egoismus und zu ihren ewig andauernden Schuldgefühlen erschien Lord Rockberry ihr unbedeutend im Vergleich zu dem, was sie haben könnte, wenn sie aufhören würde, all ihr Denken auf diesen verderbten Mann zu konzentrieren.

James' heißer Mund glitt über die Biegung ihres Kinns und wanderte dann über ihre Kehle, wo er eine Art feuchten Nebel hinterließ. Ihr Umhang fiel von ihren Schultern herab und entblößte sie für ihn. Ohne Zögern begann er spielerisch an ihrer nackten Haut zu knabbern und zupfte mit seinen Zähnen sanft an ihrem Schlüsselbein, bevor er sie mit seiner warmen Zunge zärtlich um Verzeihung bat.

Ein wenig verlegen bewegte sie sich auf seinem Schoß und presste ihre Schenkel zusammen, obwohl ihr das leise Prickeln gefiel, das zwischen ihnen seinen Ursprung zu haben schien und sich von dort verbreitete. Sie hatte so etwas noch nie erlebt. Es war fast so, als müsste er sie nur an einer Stelle berühren, um sie diese Berührung im ganzen Körper spüren zu lassen. Alles in ihr zog sich zusammen, spannte sich an und weitete sich aus.

James' schweres Atmen war nur allzu deutlich wahrzunehmen in der beengten Kutsche, als seine großen Hände wie im Fieber über ihren Körper glitten. Hart und drängend konnte sie den Beweis seiner Begierde an ihrer Hüfte spüren, und sein raues Stöhnen erfüllte ihre Ohren, ehe er mit einem hemmungslosen Verlangen, das sogar ihr eigenes übertraf, wieder Besitz von ihrem Mund ergriff.

Sie hegte keinen Zweifel, dass er sie begehrte und sie alles von ihm verlangen konnte, während er sie behüten würde wie einen Schatz.

Die Kutsche hielt, und mit einem leisen Stöhnen löste er seinen Mund von ihrem und drückte seine Stirn an ihre. Eleanor wusste, dass sie von seinem Schoß aufstehen müsste und auch er wusste mit ziemlicher Sicherheit, dass er sie besser fortgeschoben hätte.

Stattdessen jedoch hielten sie sich so fest umklammert, als ob sie in einer aufgewühlten See zu ertrinken drohten. Nicht einmal, als der livrierte Lakai die Tür der Kutsche öffnete, lockerte James seinen Griff.

»Einen Moment bitte«, stieß er mit heiserer Stimme hervor.

Sofort schloss sich die Tür wieder, blendete die Welt aus, die Anstandsdamen und Etikette erforderte, und ließ sie in ihrer eigenen zurück, wo sie ihr Verhalten selbst bestimmten.

»Diese Nacht war die zauberhafteste meines ganzen Lebens«, flüsterte Eleanor, deren Herz so wild pochte, dass sie überzeugt war, er müsse es hören können. »Ich will nicht, dass sie endet … nicht hier und nicht auf diese Weise.«

James lehnte sich zurück, und in dem düsteren Inneren der Kutsche spürte sie seinen Blick mehr, als ihn zu sehen, als er über ihr Gesicht glitt, als ob er nach einer Erklärung für ihre Worte suchte. »Was willst du damit sagen, Eleanor?«

»Dass ich die Nacht mit dir verbringen will.«

Kapitel acht

Swindler wusste, dass es eine ausgesprochen schlechte Idee war, als er sie in seine Pension mitnahm und ihr die Treppe zu seinen Zimmern hinaufhalf. Aber er begehrte sie so heftig, dass er nicht dagegen ankam, und selbst wenn er seine Integrität kompromittierte, kümmerte es ihn kein bisschen. Gleich morgen früh würde er mit Sir David sprechen und alles in Ordnung bringen, indem er es so hinbog, dass sowohl Scotland Yard als auch Lord Rockberry zufrieden waren.

Die Kapuze von Eleanors Umhang verbarg ihr Gesicht. Swindler hatte nicht die Angewohnheit, junge Damen in seine Pension mitzubringen, aber seine Vermieterin war längst daran gewöhnt, dass er meistens erst sehr spät nach Hause kam. Sie verließ nur selten ihr Bett, wenn sie ihn heimkommen hörte. Und die heutige Nacht war keine Ausnahme.

Mit seinem Schlüssel schloss er schnell die Tür zu seiner kleinen Wohnung auf und schob Eleanor hinein. Nachdem er sich kaum die Zeit genommen hatte, die Tür hinter sich zuzuziehen und abzuschließen, nahm er Eleanor in die Arme. Gott stehe ihm bei, aber so heftig hatte es ihn noch nie nach einer Frau verlangt. Noch bei keiner anderen hatte er so verzweifelt ihren Körper ganz dicht an seinem fühlen oder sie so innig und leidenschaftlich küssen wollen. Sie hatte gerade erst den Raum betreten, und schon begann ihr Rosenduft ihn zu erfüllen und sich mit dem maskulinen Eau de Cologne zu vermischen, das er so sparsam verwendete.

Während ihre Lippen sich nur allzu willig unter seinen öffneten, schlang sie ihre Arme um ihn wie eine Rose, die sich einen

Platz an einem Spalier aussucht. Keine Scheu, keine Zweifel, nur Verlangen und Begehren trieben sie. James verdrängte seine eigenen Bedenken, dass er sie ins Unglück stürzte. Wenn sie ihm so bereitwillig die heutige Nacht schenkte, war es gut möglich, dass sie ihm noch mehr geben könnte. Wohin all das sie bringen würde, war Gesprächsstoff für ein anderes Mal. Fürs Erste war das einzig Wichtige, dass alles, was sich seit jenem ersten Kuss in Cremorne Gardens in ihm aufgebaut hatte, kurz davor war, Wirklichkeit zu werden.

Er hoffte nur, dass er die Kontrolle über sich behalten und seine eigenen Bedürfnisse beherrschen konnte. Er durfte ihr jedenfalls nicht durch seine Unfähigkeit, sich zusammenzunehmen, das erste Mal verderben …

Seine Gedanken endeten so abrupt wie auch der Kuss. Er schenkte Damen immer seine Aufmerksamkeit, aber heute Nacht wollte er Eleanor mehr geben, als er je zuvor jemand anderem gegeben hatte, weil sie ihm mehr bedeutete als irgendjemand anderes in seinem Leben. Mit geschickten Fingern, die ihm so nützlich gewesen waren als Taschendieb, öffnete er schnell die Verschlüsse an ihrem Umhang und konnte im Dunkeln hören, wie er zu ihren Füßen fiel.

Nun streifte er seine Handschuhe ab und warf sie auf einen in der Nähe stehenden Stuhl, doch dem Geräusch nach zu urteilen, waren sie auf dem Parkett gelandet. Das Licht der Straßenlaterne erhellte das Zimmer nur so schwach, dass dort ihre Silhouetten zwar zu sehen waren, aber nichts Genaueres zu erkennen war. Jetzt, wo das Dunkel ihnen eine eigene kleine Oase schuf, müsste Eleanor eigentlich erklären, wie und warum er in ihr Leben getreten war. Er müsste ihr versprechen, sich selbst um Lord Rockberry zu kümmern und dafür zu sorgen, dass er, für was auch immer er Elisabeth angetan haben mochte, büßte.

Er würde Eleanors Held sein. Doch während er noch darüber nachdachte, dass dies der ideale Zeitpunkt war, sie über alles aufzuklären, wusste er schon, dass er durch nichts von diesem Moment abgelenkt werden wollte. Später, wenn er mit Sir David gesprochen und alles ins Rollen gebracht hätte, würde er ihr alles erzählen.

Aber diese Nacht gehörte ihnen, ihnen ganz allein. Weder Elisabeth noch Lord Rockberry oder Sir David sollten in diesen Moment eindringen und zu einem Teil ihrer Erinnerungen werden. Genau wie in jener Nacht in Cremorne Gardens, als Eleanor nicht über die Vergangenheit hatte sprechen wollen, würde auch er nun egoistisch genug sein, sich voll und ganz auf die Gegenwart zu konzentrieren und auf das, was sie miteinander teilen konnten. Sanft legte er eine Hand um ihre Wange. »Es ist noch nicht zu spät, falls du es dir anders überlegt hast.«

Wahrscheinlich würde er tot umfallen, wenn sie bejahte, aber er hatte noch nie eine Frau zu etwas gezwungen und würde jetzt sicher nicht damit beginnen, besonders nicht bei ihr.

Selbst im Dunkeln konnte er ihr reizendes Lächeln sehen. »Nein. Und du?«

Lachend hob er sie hoch und trug sie in sein Schlafzimmer. »Ganz sicher nicht. Ich hab dich schon seit jenem ersten Nachmittag im Park gewollt.«

»Dann hast du aber eine bemerkenswerte Zurückhaltung gezeigt.«

»Wenn du wüsstest!«

Er entließ sie neben dem Bett aus seinen Armen, ging zum Nachttisch und zündete ein Streichholz an. Sofort flackerte der Docht der Petroleumlampe auf.

»Wäre Dunkelheit nicht dienlicher?«, fragte sie.

»Nein.« Aber er drehte den Docht, herunter, bis das Licht

noch genug Schatten warf, um die intime Atmosphäre zu erzeugen, von der er glaubte, sie verlangte sie.

»Dein Bett ist ja riesig! So eines wie dieses habe ich noch nie gesehen.« James hörte die Nervosität in ihrer Stimme.

»Ich habe es extra für mich anfertigen lassen, weil ich zu groß für normale Betten bin. Aber es ist nur ein Bett, Eleanor, und es wird nichts darin geschehen, was du nicht willst.«

Er bemerkte, dass sie leicht zusammenzuckte, und nahm ihr Gesicht zwischen seine Hände, um ihre Aufmerksamkeit zu sich zurückzubringen. »Ich werde dir nicht wehtun.«

»Ich weiß. Ich vertraue dir bedingungslos, James. Mehr, als ich je zuvor jemandem vertraut habe.«

Er senkte seinen Mund wieder auf ihren und küsste sie innig und leidenschaftlich. Als ihm der nun spürbare Geschmack von Champagner auffiel, hoffte er, dass das berauschende Getränk ihre Entscheidung nicht beeinflusste. Aber sie schwankte nicht – oder zumindest jetzt noch nicht. Wenn es nach ihm ging, würde sie es jedoch in Kürze tun, weil sie trunken sein würde von seinen Küssen und seinen Berührungen.

Mit seinen Lippen strich er sanft über ihren Hals und konnte fühlen, wie ihr Puls sich unter seinem Mund beschleunigte. Mit einem wohligen leisen Seufzer griff sie nach den Ärmeln seines Fracks und legte ihren Kopf zurück, um ihm und seinen Lippen einen leichteren Zugang zu ihr zu verschaffen. Ihr Haar zuerst, dachte er, als er sich aufrichtete. »Du hast einen überaus verführerischen Nacken«, sagte er, als er dann sanft mit seinen Fingerknöcheln über ihren schlanken Hals strich.

»Findest du, dass er das Schönste an mir ist?«

»Bist du ein bisschen eitel, Eleanor?«

Sie runzelte die Stirn. »Nein, ich ... ich bin bloß nervös, glaube ich. Weil ich dich nicht enttäuschen möchte.«

In ihren Augen sah er das Vergnügen und die Freude, die ihr seine Worte brachten. Aber dies war nur das erste bisschen Vergnügen, das er ihr zu bereiten gedachte. Nachdem er schnell und geschickt die Nadeln aus ihrem Haar entfernt hatte, sah er zu, wie es ihr in schimmernden Wellen auf die Schultern und den Rücken fiel. Es war noch schöner, als es aus der Entfernung erschienen war. Fast hätte er ihr von der Nacht erzählt, in der er sie es am Fenster hatte bürsten sehen, aber dann hätte er ihr auch gestehen müssen, warum er draußen vor ihrer Pension gewesen war. Und das wäre eine Ablenkung gewesen, die er im Augenblick unbedingt vermeiden wollte.

Er nahm ihre Hand und begann ihren Handschuh ihren Arm hinabzurollen, bis er sich an ihrem Handgelenk zusammenbauschte. Als er mit dem Daumen über ihren Puls dort strich, spürte er, wie er sich unter seiner Hand beschleunigte. Sie beobachtete ihn, und er fragte sich, was sie wohl suchte, und hoffte, dass sie sehen konnte, wie kostbar diese Momente mit ihr für ihn waren.

»Ich könnte das tun«, flüsterte sie mit rauer und ein wenig heiserer Stimme.

»Es ist mir ein Vergnügen, es zu tun.« Er zupfte an jedem ihrer Finger, bis sie alle frei genug waren, um ihr den Handschuh ganz ausziehen zu können. Nachdem er ihn achtlos ins Dunkel geworfen hatte, strich er mit den Fingern über ihre Hand.

»Der Handschuh gehört der Duchess of Greystone. Wir sollten behutsamer damit umgehen.«

»Ihr wird es nichts ausmachen. Und falls nötig, kaufe ich ihr neue.«

Nun begann er sich mit dem anderen Handschuh zu befassen. Mit ihrer bloßen Hand berührte sie seine Wange und schob ihre Finger in sein Haar. Es war das erste Mal überhaupt, dass sie ihn mit bloßer Hand berührte. Obwohl es nur sein Gesicht, sein Haar und seine Kopfhaut waren, durchlief ihn ein Schauder sinnlichen Vergnügens. Er ersehnte sich so sehr ihre Berührung. Überall. Den zweiten Handschuh entfernte er mit der gleichen Unbekümmertheit.

Dann drehte er sie ganz langsam um.

Sie hatte nicht erwartet, dass er sich Zeit lassen würde, aber andererseits hatte sie bei ihm ja schon gelernt, dass er immer wieder für Überraschungen sorgte. Er gab ihr das Gefühl, schön und begehrenswert zu sein. Sie sah in seinen Augen, dass sogar etwas so Alltägliches wie ihr Haar herunterzulassen ihm Freude machte.

Jetzt strich er es ihr auf einer Seite über die Schulter und begann sich mit ihrem Kleid zu beschäftigen. Sie fühlte, wie der erste Knopf sich öffnete, dann der zweite, und versuchte sich zu erinnern, wie viele Knöpfe das Gewand hatte und wie lange es dauern mochte, bis er es ihr ganz auszog. Bevor sie den Gedanken beendet hatte, streifte er es ihr schon von den Schultern.

Er küsste ihren Nacken und löste damit eine solche Hitze in ihr aus, als ob er ihre Adern mit heißem Wachs gefüllt hätte.

Sie wusste, dass es falsch von ihr war, hier zu sein und so weit zu gehen, aber Elisabeths Tod hatte sie gelehrt, dass man nie wissen konnte, wann einem alles Wertvolle genommen werden könnte. Heute Nacht war James der Ihre, und sie hatte kein Versprechen von ihm, dass er es auch morgen noch sein würde.

Glück war etwas Flüchtiges und Liebe eine Illusion.

Deshalb würde sie das Beste aus der Zeit mit ihm machen, sie nutzen und hoffen, dass sie es nie bereuen würde.

Die Gedanken an Elisabeth und Lord Rockberry verdrängte sie. Für diesen kurzen Zeitraum wollte sie keinen Kummer und auch kein Streben nach Rache an sich heranlassen. Nein, heute war sie selbstsüchtig genug, um alles zu nehmen, was James ihr bot, und es für die einsamen Nächte horten, die sie zweifellos erwarten würden.

So langsam und gemächlich, dass ihre Haut noch empfindsamer wurde, entfernte er Baumwolle, Seide und Spitze, band Schleifen los, öffnete Knöpfe und schob Stoff beiseite. Jedes Teil wurde achtlos irgendwohin geworfen, bis nichts mehr blieb außer der Perlenkette und seine Finger ihrer Haut die größte Sorgfalt und Aufmerksamkeit zuteilwerden ließen. Sein Mund folgte seinen Fingern, berührte, kostete und weckte Leidenschaften, bis sie verrückt zu werden glaubte von dem Wunsch nach mehr.

Um seine Reaktion beurteilen zu können, drehte sie sich zu ihm um und hoffte, dass er nicht enttäuscht von ihrem so gar nicht schamhaften Verhalten war. Aber sie wollte diese Nacht mit ihm, wollte sie so unbedingt, dass sie ihre Seele dafür eingetauscht hätte ... was sie wahrscheinlich sowieso bereits getan hatte.

Seine Atemzüge wurden kurz und flach, als sein Blick ganz langsam von ihrem Kopf bis zu ihren nervös wackelnden Zehen glitt.

»Du bist so schön, Eleanor.« Seine Stimme war kratzig und rau, seine Augen glühten, und auch seine kantigen Züge, die ihr inzwischen so vertraut waren, waren heute Nacht ganz anders, als ob jeder Teil von ihr es irgendwie zustande brächte, ihm eine neue, andere Form zu geben.

»Wir sollten die Perlen weglegen, damit sie nicht zerbrechen«, sagte sie.

»Nein, lass sie, wo sie sind. Sie passen irgendwie zu dieser Nacht.«

Sie war überrascht, dass er aufhörte, sie zu berühren. »Ich werde sie bestimmt nicht zerbrechen«, versicherte sie ihm, während sie an seiner Schalkrawatte zog.

»Meine Hände sind schwielig.«

»Ich mag es, wie sie sich anfühlen«, sagte sie, während sie eine seiner Hände nahm und sie an ihre Lippen hob. Als sie ihre Zunge über ihre Innenfläche kreisen ließ, stieß er ein leises, erstickt klingendes Stöhnen aus.

»Du quälst mich«, murmelte er rau.

Zu ihrer eigenen Überraschung lachte sie kurz auf. »Ich? Nicht ich bin es, der hier noch voll bekleidet ist.«

Er belohnte sie mit einem verführerischen Lächeln, das er nur selten zeigte, als sein Frack den Weg zu ihren abgelegten Kleidern fand. Seine Weste und sein Hemd folgten, dann alles andere, bis er schließlich nur noch seine Hose trug. Er hatte einen prachtvollen Körperbau. Keine Steinskulptur hätte mehr Vollkommenheit enthalten oder offenbaren können.

Sie ließ ihre Hände an seiner Brust hinaufwandern und spürte das Spiel seiner Muskeln unter ihren Fingern, als sie sich zusammenzogen und entspannten. Für seine Größe war er trotz der ausgeprägten Muskeln erstaunlich schlank und schien nicht ein Gramm Fett am Leib zu haben. Eleanor trat näher und streifte mit ihren Brüsten seine Brust.

»Herrgott!«, knurrte er, bevor er ihren Mund mit einer Heftigkeit in Besitz nahm, die sie überraschte.

Swindler hatte so lange wie möglich abgewartet, um sie wirklich zu berühren, weil er wusste, dass dieser langsame Walzer enden würde, wenn er es tat. Denn dann würde er nicht mehr in der Lage sein, sich noch länger zurückzuhalten, weil er sie einfach viel zu sehr begehrte.

Plötzlich schlang sie ihm die Arme um die Taille und streichelte seinen Rücken. Die Berührung war ganz leicht und sanft – und flüchtig. Manchmal spürte er sie und manchmal nicht. Es war ein komisches Gefühl, ihre Hand zu spüren und dann plötzlich wieder nicht. Außerdem hatte er sich noch nie von einer anderen Frau den Rücken streicheln lassen. Er lenkte sie immer auf die eine oder andere Weise ab oder hielt ihre Hände einfach fern von seinem Körper. Mit Eleanor dagegen wollte er alles erleben und war auch bereit zu riskieren, alles zu verlieren, weil er keine halben Sachen mit ihr wollte. Er konnte es nicht erklären, aber er wollte alles über sie wissen, bis hin zu ihrem kleinsten Geheimnis und ihrer geringsten Unvollkommenheit. Und aus irgendeinem Grund war es ihm wichtig, dass sie auch über all seine Ecken und Kanten im Bilde war.

Plötzlich versteifte sie sich und unterbrach den Kuss. »Was ist denn hier passiert?«, fragte sie stirnrunzelnd.

»Das ist nichts Ernstes.«

Er hielt sie nicht auf, als sie um ihn herum einen Blick auf seinen Rücken warf.

»Oh Gott!« Ihr kamen die Tränen, als sie das Gewirr von Narben auf seinem Rücken sah. »Wer hat dir das angetan?«

»Der Arm des Gesetzes.«

Sie richtete sich wieder auf, um ihn prüfend anzusehen, *wirklich* anzusehen, an dem gut aussehenden Mann vorbei zu dem verwundeten.

»Ich war nicht sonderlich geschickt im Stehlen«, erklärte er. »Normalerweise bekam ich die Peitsche zu spüren, statt ins Gefängnis gesteckt zu werden.«

»Wie alt warst du da?«, flüsterte sie, ohne sich erklären zu können, warum ihr gerade das so wichtig war. Was er erlitten hatte, hätte niemandem zugefügt werden dürfen.

»Beim ersten Mal war ich acht, später neun. Feagan warnte

mich, dass ich mich auf einem Schiff nach Neuseeland wiederfinden würde, falls sie mich ein drittes Mal erwischten.«

»Um deportiert zu werden.« Sie hatte sich noch nie zuvor Gedanken über die Strafen gemacht, die über Kriminelle verhängt wurden. Natürlich hatte sie davon gehört, aber es war in etwa so, wie jemandem zuzuhören, der die Handlung einer Geschichte beschrieb, die zu lesen sie nicht interessierte. Für sie waren es nur Worte ohne Seele und ohne Herz. »Das tut mir schrecklich leid, James.«

»Ach was. Die Narben tun nicht weh. Die dicksten von ihnen sind sogar vollkommen taub geworden.« Er berührte ihre Wange. »Ich habe sie noch nie jemand anderem gezeigt und sie schon erst recht nicht von irgendeiner Frau berühren lassen. Aber du bist anders – und was ich für dich empfinde, ist es auch. Ich will keine Geheimnisse zwischen uns.«

Fast hätte sie geweint über die Aufrichtigkeit in seiner Stimme. Wenn er sie nicht in die Arme genommen und geküsst hätte, wäre sie vielleicht sogar versucht gewesen, ihm alles über ihre Schwester zu erzählen. Aber dazu müsste sie den Kuss beenden, der ihr mehr bedeutete als ihr nächster Atemzug oder ihr Rachedurst.

Eng umschlungen fielen sie auf das Bett, wodurch sich ihre Umarmung jedoch lockerte und sie den Kuss beenden mussten.

»Du hast noch deine Hose an«, sagte sie zu ihm, als ob er sich der Tatsache nicht bewusst wäre, dass sie völlig unbekleidet war, während er noch ein Mindestmaß an Anstand beibehielt.

»Ich fürchte, wenn ich meine Hose ausziehe, verliere ich endgültig jegliche Kontrolle, die ich mir zurzeit noch auferlege.«

Daraufhin nahm sie sein Gesicht zwischen ihre Hände und strich mit den Daumen über seine Lippen. »Zieh sie aus.«

»Eleanor ...« Er verzog ein wenig spöttisch seine Lippen. »Ich bin mir nicht sicher, ob dir völlig klar ist, was genau ich kontrolliere.«

»Du möchtest schrecklich gerne ... mit mir schlafen, und ohne deine Hose gibt es nichts mehr, was dich daran hindert.«

»Genau.«

»Aber auch ich möchte schrecklich gern von dir geliebt werden. Also zieh sie aus.«

Bevor sie Atem holen konnte, war von der Hose nichts mehr zu sehen, und was sie sah, ließ sie sich fragen, ob sie überhaupt je wieder würde atmen können. Er war in allem groß, ihr James.

Sein nackter Körper bedeckte ihren, als er sich zwischen ihren Schenkeln niederließ, und sie dachte, dass sie noch nie etwas so Wundervolles gespürt hatte. Seine Haut war glatt und samtig an einigen Stellen und rau und behaart an anderen, aber sie liebte jede noch so kleine Stelle seines Körpers, egal, wie er beschaffen war.

Wieder suchte er ihren Mund zu einem Kuss, und sie dachte, dass sie seiner Küsse niemals müde werden würde. Jeder war anders, und doch waren alle gleich, weil jeder das fiebrige Verlangen in ihr noch verstärkte.

Sein Gewicht war nicht unbeträchtlich, aber es bereitete ihr kein Unbehagen. Trotz ihrer unterschiedlichen Größen, ihrer eigenen Zartheit und seines großen, muskulösen Körpers war es so, als passten sie perfekt zusammen.

Mit seinen Berührungen war er sehr viel wagemutiger als sie. Er ließ seinen Mund an ihrem Körper hinunterwandern, bis er ihre Brüste erreichte, und küsste die Innenseite der einen und dann der anderen. Ihre Reaktion darauf war so heftig, dass sie sich seinem Mund verlangend entgegendrängte. Verspielt umkreiste er eine ihrer zarten Knospen mit der Zunge, und sein sanftes Necken ließ ihr Herz noch schneller schlagen …

Sie krallte ihre Fingernägel in seine Schultern, während sie die Knie anzog und sich ihm einladend entgegenbog.

»Was möchtest du, Eleanor?«, fragte er mit rauer Stimme.

»Sprich nicht … bitte, sprich nicht.«

»Was möchtest du?«, beharrte er.

Sie hätte weinen können, als sein heißer Atem über ihre Brustwarze strich, bis die zarte Knospe sich verhärtete. »Ich weiß nicht … Irgendwas.«

»Das?«, murmelte er, bevor er ihre Brustwarze zwischen seine Lippen nahm, sie mit der Zunge umspielte und daran saugte.

Ihr war, als würde sie von dem Bett hinunterstürzen wie ein Heißluftballon, der sich aus seinen Vertäuungen gelöst hatte, doch sie konnte nicht aufhören, sich unter ihm zu winden und sich aufzubäumen.

Seine Hand glitt ein wenig tiefer und bewegte sich über ihren flachen Bauch auf die weichen blonden Locken zwischen ihren Schenkeln zu. Dann spürte sie, wie er mit einem Finger in sie eindrang, sanft und behutsam, aber tief.

»Du bist so feucht, so heiß, so bereit für mich«, flüsterte er.

Und das war sie. Fast ebenso bereit wie er. Jeder Muskel in seinem Körper war angespannt und vibrierte vor Erregung. Sein Herz klopfte so wild, als müsse es ihm in der Brust zerspringen. Er liebte es, sie unter sich zu haben, liebte ihre seidige Haut und das samtene Zentrum ihrer Lust. Und er begehrte sie so heftig, dass es ein Beweis für seine erstaunliche Beherrschung war, noch keinen Besitz von ihr ergriffen zu haben. Aber als er dann sanft mit einem Finger in sie eindrang, spürte er, wie eng sie war.

»Vielleicht tue ich dir ja doch weh«, murmelte er bedauernd.

»Das ist mir egal.« Sie streichelte seine Brust und seinen Rücken, als könnte sie nicht genug davon bekommen, ihn anzufassen.

Jede Stelle, die sie berührte, bedauerte es, wenn ihre Hände sich weiterbewegten, um einer anderen ihre Aufmerksamkeit zu widmen. Sein Körper schrie danach, sie zu nehmen und ihn nicht länger diesen Qualen auszusetzen.

Und sie war feucht, sehr feucht, und unglaublich heiß.

Er wünschte, er hätte eher daran gedacht, dass er noch nie eine Jungfrau gehabt hatte. Vielleicht hätte er sie mit etwas Whiskey entspannen sollen?

Doch dazu war es jetzt zu spät. Er verlagerte seine Haltung und stützte sich auf seine Ellbogen.

Eleanor dachte, dass sie diesen Moment eigentlich fürchten müsste, aber so war es nicht. Falls es schmerzte, wusste sie, dass es das Werk der Natur war und nicht das seine. Er hatte sie nicht liebevoller mit seinen Händen und seinem Mund, seinen Fingern und seiner Zunge vorbereiten können.

Sie spürte ihn am Eingang ihrer Weiblichkeit, und um sich nicht zu verspannen, konzentrierte sie sich auf das Gefühl seiner Schultern unter ihren Händen, auf die Feuchtigkeit, die sich dort angesammelt hatte, während er sich seine Befriedigung versagte, und auf das Spiel seiner Muskeln, als er sich anschickte, sie miteinander zu vereinigen.

Als er in sie eindrang, tat es weh. Das ließ sich nicht verleugnen, und dem bedauernden Blick in seinen Augen konnte sie entnehmen, dass es ihr nicht gelungen war, ihren Schmerz hinlänglich zu verbergen. Seine Arme zitterten, als er innehielt, obwohl sie wusste, dass er sich aus den Vertäuungen losreißen und fliegen wollte.

»Mir geht's gut«, versicherte sie ihm.

»Ich habe keine Eile.« Er senkte den Kopf und küsste einen ihrer Mundwinkel …

»Lügner!«

… und dann den anderen.

»Wir haben Zeit«, versicherte er ihr.

Nicht so viel, wie er vielleicht dachte.

Sie begann ihre Hüften zu bewegen. Er küsste sie auf das Kinn und begann sich langsam ihren Bewegungen anzupassen. Der Schmerz ließ nach, als ob ihr Körper, nachdem er sich gedehnt hatte, um ihn in sich aufzunehmen, sich nun seiner willkommenen Präsenz anpasste. Auch andere Empfindungen verdrängten nach und nach den Schmerz, und Eleanor begann sich auf sie zu konzentrieren, als sie all die anderen zu übertönen begannen.

Und James war wie die See, die so stark war, wenn sie gegen die Küste schlug, und so ruhig, wenn sie sich mit dem Versprechen zurückzog, wiederzukehren. Ein Versprechen, das er hielt, denn immer wieder drang er kraftvoll in sie ein, zog sich sanft zurück und trug sie auf die höchste aller Wogen zu. Es war wundervoll, gemeinsam mit ihm auf den Wellen lustvollster Empfindungen dahinzutreiben.

Als sie den Kamm erreichten, krallte sie ihre Finger in seinen Po und bog sich ihm bei jedem Stoß entgegen. Noch nie hatte sie etwas derart Machtvolles, Erregendes und unglaublich Schönes erlebt. Bis er sich plötzlich schneller und ruckartiger zu bewegen begann und sein Stöhnen den ganzen Raum erfüllte. Sie hielt sich an ihm fest und sah, wie sich die Muskeln in seinem Gesicht verzerrten.

»Eleanor!«, stieß er zwischen zusammengepressten Zähnen hervor, als ein Schauer ihn durchlief und er mit einem letzten kraftvollen Stoß, der, falls möglich, noch viel tiefer ging als all die anderen, in sie eindrang.

Dann brach er schwer atmend und erschöpft auf ihr zusammen und drückte einen Kuss auf ihre Schulter, bevor er sich zur Seite rollte und sie an sich zog.

Es war die bedeutungsvollste Erfahrung ihres Lebens gewesen – und trotzdem wollte sie nur noch weinen.

Kapitel neun

Geistesabwesend streichelte Swindler Eleanors Arm. Noch nie in seinem Leben hatte er etwas so überaus Befriedigendes erlebt. Eleanor hatte ihn viel mehr aus dem Gleichgewicht gebracht als jede andere Frau. Die Sinnenlust hatte sie mit einer Heftigkeit erfasst, die ihn erstaunte – und wenn er ehrlich war, hatte es auch seinem männlichen Stolz geschmeichelt, wie leicht sie zu erregen war.

Sie fürchtete sich auch nicht davor, ihn an ihren Gefühlen oder Gedanken teilhaben zu lassen. Obwohl er sich an der Gesellschaft vieler Damen erfreut hatte, konnte er bei Eleanor spüren, dass sie ihm nichts vormachte. Ihre Reaktionen waren alle echt, ihre leisen lustvollen Seufzer alle tief empfunden und von Herzen kommend. Sie war wie keine andere Frau, die er je gekannt hatte. Und anders als bei all den anderen wollte er nicht, dass sie sein Bett verließ.

In ein paar Stunden würde sie jedoch gehen müssen – bevor die Sonne aufging und irgendjemand, der schon auf den Beinen war, sie seine Pension verlassen oder zu ihrer eigenen zurückkehren sah. Sie hatten eine unzüchtige Nacht miteinander verbracht, aber nichts daran war ihnen frivol erschienen. Ganz im Gegenteil sogar. Ihr intimes Zusammensein war wie das Natürlichste der Welt für sie gewesen. Sie gehörten zusammen, sie und er, daran hegte er nach dieser Nacht nicht mehr den geringsten Zweifel.

Seit einigen Minuten ließ sie ihre Finger an seiner Brust hinauf- und hinunterwandern. Hin und wieder beschrieb sie eine Acht um eine seiner Brustwarzen. Vielleicht war sie noch dabei, sich von ihrem Liebesspiel zu erholen, und versuchte gar nicht wirklich, ihn zu erregen, aber sein Körper reagierte trotzdem auf ihre Liebkosungen.

»Woran denkst du?«, fragte er schließlich.

»An Elisabeth. Ich frage mich, ob es das war, was Lord Rockberry ihr versprochen hatte. Oder zum Allermindesten erwartet hatte.«

»Hat er sie geschwängert?«

»Nein, das glaube ich nicht. Wenn ja, war es ihr nicht anzusehen. Sie kam im Juli heim und stürzte im September von den Klippen. Zu dieser Zeit hätte sie eine Schwangerschaft nicht mehr verbergen können.«

Swindler wollte nicht über ihre Schwester sprechen, weil es die Stimmung und ihre Erinnerungen an diese Nacht trüben würde. Wenn er erst einmal mit Sir David gesprochen hatte und dieser sein weiteres Vorgehen genehmigte, würde er Eleanor einen Besuch abstatten und ihr nicht nur erklären, was er in der Nacht ihrer ersten Begegnung im Park gemacht hatte, sondern auch, dass er die Sache selbst in die Hand nehmen und ihr Genugtuung in Bezug auf Lord Rockberry verschaffen würde. Aber bis dahin sollte nichts ihnen vergällen, was sie miteinander gehabt hatten. Er war sich sicher, ihre erste Reaktion darauf, dass er sie beschattet hatte, würde nicht positiv ausfallen.

Er wollte nicht, dass sie mit einem schrecklichen Wutanfall reagierte, weder in seiner eigenen Wohnung noch in ihrer. Einen geeigneten Ort zu finden, um mit ihr zu reden, würde ein bisschen schwierig werden, da er sicher war, dass auf jeden Fall mit einem Wutanfall von ihr zu rechnen war. Frauen neigten dazu, auf Männer herabzuschauen, die im Umgang mit ihnen nicht aufrichtig gewesen waren – selbst wenn diese Unaufrichtigkeit nicht ihre eigene Wahl gewesen war.

»Weißt du noch, wie du in Cremorne Gardens sagtest, du wolltest nicht, dass uns der Abend verdorben würde …«

»Durch Gerede über die Vergangenheit?«

»Ja.«

»Dann sollte ich uns auch nicht diese Nacht damit verderben.« Sie drückte einen Kuss auf seine Brust, der sofort wieder seine männliche Begierde weckte.

Eine Weile lagen sie schweigend da und nahmen einfach nur die Nähe des anderen in sich auf. Swindler fragte sich, wie er ohne sie in seinem Bett zurechtkommen sollte – und nicht nur in seinem Bett, sondern auch in seinem Leben. Sie war immer noch eine gebürtige Aristokratin und hatte auf dem Ball mit Sicherheit erkannt, dass sie hier in London einen passenden Ehemann finden könnte. Es war sehr egoistisch von ihm gewesen, so bereitwillig auf ihre Andeutungen einzugehen, dass sie die Nacht in seinen Armen verbringen wollte.

»Ich hasse die Narben auf deinem Rücken«, sagte sie leise.

Sein Magen verkrampfte sich. Er hatte sie allen verheimlicht außer ihr – und Frannie, die sie behandelt und verbunden hatte. »Ich weiß, wie hässlich sie sind.«

»Nein, nein, das sind sie nicht.« Eleanor stützte sich auf ihre Ellbogen. »Sie sind ein Beweis für deine … Überlebensfähigkeit. Du hättest auch am Galgen enden können wie dein Vater.«

Swindler glaubte nicht, dass sein Magen sich noch mehr verkrampfen könnte. Aber er irrte sich. »Wenn wir nicht über deine Vergangenheit reden sollen, würde ich lieber auch nicht über meine sprechen.«

Nach einem zustimmenden Nicken legte sie ihren Kopf auf seine Brust. »Ich kann deinen Herzschlag hören. Ich mag es, wie es sich anhört.«

»Es schlägt immer schneller, wenn du in der Nähe bist.«

Sie drückte ihr Kinn gegen sein Brustbein.

»Au!«

»Kommen Sie mir nicht mit falschen Schmeicheleien, Mr. Swindler.«

»Das würde ich mir nie erlauben, Miss Watkins.«

Sie griff mit einer Hand nach oben und zwickte ihn ins Kinn. Er mochte diese verspielte Seite von ihr. Ihre Persönlichkeit hatte so viele unterschiedliche Facetten, dass er vermutlich ein ganzes Leben brauchen würde, um sie alle zu durchschauen.

»Deine Zimmer überraschen mich«, sagte sie. »Besonders dein Schlafzimmer. Eigentlich hatte ich etwas ... Dekadenteres von einem selbst ernannten Gauner erwartet.«

»Und woran hattest du gedacht? Vielleicht kann ich dir ja entgegenkommen.«

Sie krauste die Nase. »Ich weiß nicht. Ein bisschen mehr Rot vielleicht?«

»Braun steht mir.«

»Aber es ist sehr unauffällig.«

»Ich falle nicht gern auf. Außerdem habe ich das Einzige in meinem Schlafzimmer, das jeder Gauner haben muss.«

Sie runzelte nachdenklich die Stirn und blickte sich im Zimmer um: ein Sekretär, ein Stuhl und ein Haufen Kleider. »Ich kann mir nicht vorstellen, was das sein könnte.«

»Eine schöne Frau, von der ich nicht die Hände lassen kann«, erwiderte er schmunzelnd.

Eleanor quietschte erschrocken, als er sie plötzlich auf den Rücken drehte und sich auf sie legte.

»Außerdem, Miss Watkins, ist es nicht halb so wichtig, was ich in meinem Schlafzimmer habe, wie das, was ich darin tue.«

Und dann sagte er nichts mehr und machte sich daran, sie beide auf den Weg ins Paradies zu bringen.

Die Sonne begann gerade erst den Nebel zu vertreiben, als Swindler mit Eleanor aus seiner Pension hinausschlüpfte. Zum Glück wartete die Kutsche noch immer auf sie. Wie wunderbar, dass er Freunde hatte, die auch Unannehmlichkeiten von ihren Bediensteten verlangen konnten.

Während James ihr in die Kutsche half und sie sich auf die Bank setzte, bemühte sie sich, keine Reue in sich hochkommen zu lassen. Als er den Arm um sie legte, barg sie ihr Gesicht an seiner Schulter und atmete tief den angenehmen Duft ein, der so typisch für ihn war. Und dann erinnerte sie sich an sein Geschenk.

»Oh, ich habe die Perlenkette vergessen! Würdest du mir bitte helfen, sie abzunehmen?«

»Behalte sie. Sie gehört dir.«

Sie fuhr zu ihm herum, um ihn mit großen Augen anzusehen. »Aber du sagtest doch, sie sei nur eine Leihgabe.«

»Da habe ich gelogen, weil ich glaubte, dass du sie sonst nicht annehmen würdest.«

»Sie ist ein zu großes Geschenk. Das wäre ungebührlich.«

»Wir haben gerade eine ganze Nacht lang Ungebührliches getan. Sei also bitte keine Heuchlerin.«

Sie gab sich Mühe, sich nicht anmerken zu lassen, wie seine schroffe Antwort sie verletzt hatte, aber er schien es erraten zu haben, denn seine Züge wurden weicher, und er legte seine Hand unter ihr Kinn und zwang sie, ihn anzusehen. »Ich habe niemanden in meinem Leben, für den ich Geschenke kaufen kann, und Geld bedeutet mir nichts, Eleanor. Bitte nimm die Perlenkette als Zeichen meiner Wertschätzung an.«

Sie dürfte es nicht tun, das wusste sie, aber die Wahrheit war, dass sie die Kette behalten wollte, weil sie ihr so gut gefiel. Und so berührte sie sie lächelnd und sagte so liebenswürdig wie möglich: »Danke sehr, James.«

»Es war mir ein Vergnügen.«

Danach sagten sie nichts mehr, aber die Fahrt war ja auch nur kurz, da ihre Pension bloß ein paar Straßen weiter lag. Erst als er mit ihr vor ihrer Haustür stand und seine unbehandschuhte Hand an ihre Wange legte, sprach er wieder. »Ich möchte dich heute Abend besuchen.«

Sie lächelte ihn an und nickte.

»Ich weiß, dass du dir Sorgen machst«, fuhr er ruhig fort, »weil deine Schwester nach London kam und sich ins Unglück stürzte, aber so wird es nicht zwischen uns beiden sein. Das verspreche ich dir, Eleanor. Wir kennen uns noch nicht lange, aber was ich für dich empfinde, lässt sich nicht bemessen.«

Heiße Tränen brannten in ihren Augen.

Er beugte sich zu ihr vor und küsste ihre Augenwinkel. »Bis heute Abend dann.«

Mit ihrem Schlüssel öffnete er die Tür und trat beiseite, um sie eintreten zu lassen. Er folgte ihr nicht hinein, sondern schloss nur leise hinter ihr die Tür. Von innen lehnte sie sich dagegen und lauschte dem Hufgeklapper und dem Surren der Räder, die ihn immer weiter von ihr fortbrachten.

Swindler beschloss, den Umstand zu nutzen, dass er Claybournes Kutsche hatte. Er konnte sie auch später noch zurückschicken. Im Moment gab es wichtigere Dinge, die seine

Aufmerksamkeit erforderten. Er ließ sich zu seiner Pension zurückfahren, wo er sich sehr sorgfältig auf die Besprechung mit Sir David vorbereitete. Niemand sollte ihm ansehen können, wie er die vergangene Nacht verbracht hatte. In den frühen Morgenstunden, während er Eleanor in seinen Armen hielt, hatte er beschlossen, dass es Zeit wurde, diesem Unfug ein Ende zu bereiten.

Als er Sir Davids Büro betrat, gab er dem Mann nicht die Möglichkeit, etwas anderes als »Swindler« zu sagen, bevor er ihm zu erklären begann, wie die Dinge seiner Meinung nach zu regeln waren.

»Ich bin überzeugt davon, dass Miss Eleanor Watkins keine Gefahr für Lord Rockberry darstellt. Wenn überhaupt, ist er selbst der Schuldige. Ich habe vor, ihn noch heute Morgen mit der ganzen Sache zu konfrontieren und ihn zu fragen, warum er eigentlich glaubt, Miss Watkins wolle seinen Tod. Ich bin fest entschlossen, ihn gründlich zu verhören, um herauszufinden, was er Miss Watkins' Schwester angetan hat. Denn dort, Sir, liegt das Verbrechen, glaube ich, und ich bin fest entschlossen, der Sache auf den Grund zu gehen.«

Sir David lehnte sich auf seinem Stuhl zurück. Sein Gesicht war von einer maskenhaften Starre, als er sagte: »Das könnte ein bisschen schwierig werden, Swindler, da Lord Rockberry gestern Nacht ermordet wurde.«

Kapitel zehn

Swindler starrte seinen Vorgesetzten an und fühlte sich wie nach einem Fausthieb in den Magen. Es war seine Aufgabe gewesen, den Lord zu beschützen, und er hatte scheinbar jämmerlich versagt. »Ermordet? Sind Sie sicher?«

»Ich weiß sehr gut, wie ein toter Mann aussieht.«

»Nein, nein, Sir, ich habe nicht bezweifelt, dass er tot ist ... aber vielleicht hat einfach nur sein Herz versagt.«

»Das hat es, nachdem ihm ein Dolch hineingestoßen worden war. Ihre Miss Watkins ist gerade eben hierhergebracht worden.«

»Sie kann es nicht gewesen sein.«

»Ich befürchte jedoch, dass es so war. Lord Rockberrys Bruder war anscheinend nach einer langen Nacht in den Cremorne Gardens erst sehr spät heimgekommen und hat Miss Watkins in die Bibliothek gehen sehen. Ein wenig später, als er einen Brandy wollte, ging er in die Bibliothek und fand seinen Bruder in seinem eigenen Blut liegend, während Miss Watkins nirgendwo zu sehen war.«

Zorn wallte in Swindler auf. Sein Vater war für ein Verbrechen erhängt worden, das er nicht begangen hatte. Er wollte verdammt sein, wenn er zuließ, dass Eleanor das Gleiche widerfuhr. »Er lügt. Miss Watkins war bei mir – bis Tagesanbruch.«

Sir Davids Augenbrauen fuhren in die Höhe.

»Ich hege kaum einen Zweifel daran, dass Lord Rockberrys Bruder ihn selbst ermordet hat, um zu erben, und nun versucht, die Schuld Miss Watkins zuzuschieben«, sagte Swindler. »Er wusste mit Sicherheit, dass sie Lord Rockberry verfolgt hatte, und ihm muss auch klar gewesen sein, dass wir darüber informiert worden waren. Und dieses Wissen wollte er zu seinem Vorteil nutzen.«

»Oh Gott, ich hoffe, dass Sie sich da irren. Ihre Majestät wird nicht erfreut sein zu erfahren, dass ihre Adligen sich nicht anständig benehmen.«

»Es ist durchaus möglich, dass es noch eine andere Erklärung gibt, aber ich versichere Ihnen, dass Miss Watkins nichts damit zu tun hat. Von dem Moment an, in dem ich ihre Pension erreichte, um sie abzuholen und zu dem Ball der Duchess of Greystone zu begleiten, ist sie mir nicht von der Seite gewichen.«

»Und Sie werden Ihren Ruf dafür aufs Spiel setzen?«

»Mein Leben, Sir.«

Während Eleanor in dem düsteren Raum an einem Tisch saß, war sie verängstigter, als sie es in ihrem ganzen Leben je gewesen war. Zwei Männer hatten sie im Wohnzimmer ihrer Pension erwartet. Nur Sekunden, nachdem sie die Kutsche hatte abfahren hören, waren sie zu ihr herausgekommen. Sie hatten einen Haftbefehl für sie gehabt und sie des Mordes an Lord Rockberry beschuldigt.

Als sie ihre Unschuld beteuert hatte, ließen sie nicht einmal ansatzweise erkennen, dass sie ihr glaubten. Natürlich hatte sie ihnen auch kein Alibi geliefert, sondern sich geweigert, ihre Frage zu beantworten, wo sie die ganze Nacht gewesen war und warum sie erst bei Tagesanbruch zu ihrer Unterkunft zurückkehrte. Sie war nicht sicher, ob es ihr zustand, sich auf ihre Nacht mit Swindler zu berufen, und den unfreundlichen Blicken der Polizisten nach zu urteilen, hätten sie es ihr wahrscheinlich ohnehin nicht abgenommen. Sie waren unbeugsam und streng und hatten ihr nicht einmal erlaubt, sich umzuziehen, bevor sie sie wegbrachten.

Sobald sich die Gelegenheit ergab, würde sie James benachrichtigen, der ihr sicher beistehen würde.

Plötzlich öffnete sich die Tür, und eine vertraute Gestalt erschien im Eingang. Mit einem Seufzer der Erleichterung sprang sie auf, lief durch den Raum und warf sich in seine Arme, die ihr Trost und Stärke boten.

»Mein Gott, James – sie glauben, ich hätte Lord Rockberry ermordet!«

»Ich weiß«, erwiderte er ruhig mit seiner tiefen, maskulinen Stimme, die so voller Selbstvertrauen war. Dieser Mann zweifelte nie an sich oder an seiner Fähigkeit, mit jeder Situation fertigzuwerden. »Ich habe Sir David schon erklärt, dass du es nicht gewesen sein kannst, weil du bei mir warst ... bis der Tag anbrach.«

Von jäher Furcht erfasst, legte sie den Kopf zurück und schaute ihm in die Augen. Sie hatte erwartet, dort Abscheu oder Scham zu sehen, doch stattdessen sah sie Besorgnis, Mitgefühl und Zuneigung. So viel Zuneigung, als ob er sie in seine Seele blicken ließe.

»Ich weiß, dass dein Ruf damit hinüber ist, aber ich dachte, besser dein Ruf als dein Hals.« Wie um seinen Standpunkt zu betonen, strich er mit einem Finger über ihren schlanken Hals, an dessen Ende noch die Perlen schimmerten, die er ihr geschenkt hatte. Und trotz ihrer Angst und Panik durchrieselte sie als Reaktion darauf ein warmer Schauer.

Sie spürte, wie ihre Augen sich mit Tränen füllten, worauf James mit seiner großen Hand ihren Hinterkopf umfasste und ihr Gesicht an seine harte Brust drückte, wo sie das langsame, gleichmäßige Pochen seines Herzens hören konnte. Ihr eigenes flatterte wie ein Vogel, der vom Himmel zu fallen drohte und um sein Leben kämpfte, während James ganz ruhig und zuversichtlich blieb.

»Quäl dich nicht, Eleanor. Ich werde dafür sorgen, dass dein guter Ruf schon sehr bald wiederhergestellt ist.«

Sein liebevolles Versprechen trieb ihr noch mehr Tränen in die Augen. Nicht mehr lange, und sie würde völlig verheult aussehen, wenn er weiter so verständnisvoll und lieb war.

Als hätte er ihre Gedanken gelesen, zog er sie unter seinen Arm und sagte: »Lass uns heimgehen.«

Doch sie sträubte sich, mit ihm zu gehen, und starrte ihn fragend an. »Einfach so? Du meinst, sie werden mich einfach gehen lassen?«

»Sie haben einen der angesehensten Kommissare von Scotland Yard auf Ihrer Seite, Miss Watkins, und er hat für Sie gebürgt«, hörte sie eine Stimme hinter sich, und als sie sich umdrehte, sah sie, dass sie einem der Männer gehörte, der sie vor einer Weile verhört hatte. Sir David. Er war keiner der Männer, die sie festgenommen hatten, aber einer, der mit einer derartigen Entschlossenheit in diesen Raum marschiert war, dass sie einen trockenen Mund bekommen hatte.

»Beeilen Sie sich, sie heimzubringen, Swindler«, sagte Sir David. »Wenn sie Lord Rockberry nicht umgebracht hat, müssen wir herausfinden, wer es war, und zwar schnell. Immerhin ist er ein Lord des Königreichs, und die Königin wird nicht erfreut sein über seinen Tod.«

»Ja, Sir. Ich komme zu Lord Rockberrys Wohnsitz, sobald ich Miss Watkins heimbegleitet habe.«

Die Kutsche, die sie am Abend zuvor benutzt hatten, wartete am Straßenrand auf sie. Wahrscheinlich hatte James keine Gelegenheit gehabt, sie seinem Freund zurückzubringen, bevor er von dem Mord an Lord Rockberry erfahren hatte. James stieg hinter Eleanor in die Kutsche und zog sie an sich.

»Ich war in meinem ganzen Leben noch nie derart in Panik«, sagte sie mit zitternder Stimme. Nicht einmal in seinen Armen schien sie aufhören zu können zu zittern. »Was glaubst du, warum sie mich verdächtigt haben?«

»Sein Bruder wohnte anscheinend bei ihm, und er behauptet, er hätte dich gegen Mitternacht ankommen sehen. Er sagt, Lord Rockberry habe sich mit dir in die Bibliothek gesetzt. Der Bruder ging zu Bett, aber dann beschloss er, dass er einen Drink brauchte, und behauptet, Lord Rockberry auf dem Boden liegend und mit einem Dolch im Herzen aufgefunden zu haben. Ich habe den Verdacht, dass der Bruder der Schuldige ist und uns nach Strich und Faden belügt. Er ist nicht der Erste, der einen Mord begeht, um einen Titel zu erlangen. Er wusste, dass du Lord Rockberry nachspioniertest, und er wusste auch, dass Scotland Yard darüber informiert war. Also beschloss er, sich dieses Wissen zunutze zu machen. Ich muss es jetzt nur noch beweisen.«

»Aber wird es dir gelingen zu beweisen, dass der Mörder Lord Rockberrys Bruder war?«

»Ich bin dafür bekannt, dass ich Morde aufkläre. Wenn ich mich erst einmal in Lord Rockberrys Haus umgesehen habe, müsste ich ein besseres Gefühl dafür bekommen, was genau geschehen ist. Im Moment sind meine Annahmen noch verfrüht. Ich hätte sie nicht einmal dir anvertrauen sollen. Aber du solltest wissen, dass du keinen Grund zur Sorge hast.« Er strich mit seinen Lippen über ihre Schläfe. »Es wird alles wieder gut, Eleanor.«

Ihr Herz zog sich zusammen, und ihre Brust wurde fast

schmerzhaft eng. Es gab so viel, was sie diesem Mann erzählen wollte, und so viel, was sie ihm nicht sagen konnte.

Den Rest der Fahrt brachten sie schweigend hinter sich, und Eleanor begann sich ein wenig zu entspannen in seiner beruhigenden Umarmung.

Als sie ihre Pension erreichten, hob er sie aus der Kutsche. Auf dem Bürgersteig blieben sie stehen, und er legte einen Finger unter ihr Kinn und hob ihr Gesicht zu sich. Dann gab er ihr einen unendlich liebevollen, sanften Kuss, der ihr fast wieder die Tränen in die Augen trieb.

Er ließ ihren Blick nicht los, als er zurücktrat. »Ich möchte, dass du dich ein bisschen ausruhst und dies alles hinter dir lässt. Ich muss mich jetzt zunächst einmal mit dem Mord an Lord Rockberry befassen. Wenn ich dort fertig bin, komme ich zu dir zurück.« Er schenkte ihr ein zärtliches Lächeln. »Und dann werden wir uns um deinen Ruf kümmern.«

»James …«

»Pst, Eleanor.« Er legte ihr seinen Daumen auf die Lippen. »Ich werde mich dir gegenüber richtig verhalten, meine Liebste.«

Dann schob er sie hinein, und obwohl Mrs. Potter erschien, um nach ihr zu sehen, fühlte sie sich augenblicklich ganz verlassen und verloren. Langsam ging sie zu ihren Zimmern hinauf – und kaum hatte sie die Tür hinter sich geschlossen, wollte sie sich nur noch auf ihrem Bett zusammenrollen und sich in Tränen auflösen.

Kapitel elf

Swindler konnte nicht leugnen, dass ihn Erleichterung erfasste, als er mit Sir David Lord Rockberrys Bibliothek betrat und nichts von Eleanors vertrautem Rosenduft wahrnahm. Obwohl er wusste, dass sie unmöglich hier gewesen sein und somit auch das Verbrechen nicht begangen haben konnte, nagte irgendwas an ihm. Sie war von dem Moment an, als sie Frannies Ball verlassen hatten, bei ihm und in seinen Armen gewesen.

Er wünschte, er wäre da gewesen, bevor die Leiche weggebracht worden war. Sie hätte ihm so viel sagen können. Aber als Sir David ihn gesucht hatte, war er anscheinend noch mit Eleanor durch London unterwegs gewesen und hatte sie in der Kutsche geküsst, bevor sie beschlossen hatten, zu seiner Pension zurückzukehren.

Der Teppich war mit Blut befleckt. Zwei Weingläser standen auf einem Beistelltisch. Das beunruhigte und störte ihn.

»Um wie viel Uhr, sagten Sie, haben Sie die Dame hereinkommen sehen?«, fragte Swindler den neuen Lord Rockberry – der sehr zu seiner Überraschung der blonde Mann war, der Eleanor in den Cremorne Gardens belästigt hatte.

»Ein paar Minuten nach Mitternacht.«

»Und Sie sind sicher, dass die Frau Miss Watkins war?«

»Ja.«

»Dieselbe Miss Watkins, die Sie in Cremorne Gardens angegriffen hatten?«

»Ich habe sie nicht angegriffen«, erwiderte er gereizt. »Meine Freunde und ich wollten uns nur einen kleinen Spaß mit ihr erlauben. Ich wusste, dass sie meinem Bruder nachspionierte. Er war nicht sonderlich erfreut darüber, dass die Polizei keine wirkungsvolleren Maßnahmen ergriff, und so dachten wir, wir machen ihr selbst ein bisschen Angst.«

»Wir haben einen Zeugen, der sagt, Miss Watkins sei gestern Nacht bei ihm gewesen«, warf Sir David ein.

»Dann lügt Ihr Zeuge«, versetzte der neue Lord Rockberry mit Überzeugung.

Swindler und Sir David wechselten einen Blick. James sah keinen Zweifel in Sir Davids Augen. Er hatte nicht bedacht, als er Eleanors Ruf gefährdete, dass er auch seinen eigenen riskierte.

»Ich glaube, da haben Sie recht«, sagte Swindler. »Irgendjemand lügt, aber ich habe den Verdacht, dass Sie es sind.«

»Zu welchem Zweck?«, fragte der junge Lord Rockberry.

»Um den Titel zu erlangen.«

»Seien Sie nicht albern, Mann. Ich wollte nichts von alldem hier, weil es mit Verantwortung und Verpflichtungen verbunden ist. Mein Bruder zahlte mir einen großzügigen Unterhalt, und ich bin ein echter Gentleman und Müßiggänger. Ich wollte den Titel gar nicht.«

»Und warum glauben Sie, dass Miss Watkins Ihren Bruder töten wollte?«, fragte Swindler.

»Wegen irgendetwas, das mit ihrer Schwester zu tun hatte. Mein Bruder – sosehr es mich auch schmerzt, es zuzugeben, und ich nicht schlecht über die Toten reden will – war nicht immer nett zu Frauen.«

»Ist er Elisabeth Watkins zu nahe getreten?«

»Aller Wahrscheinlichkeit nach, ja.«

»Danke, Mylord«, sagte Swindler. »Im Moment habe ich keine weiteren Fragen.«

Nachdem der Marquess gegangen war, fragte Sir David: »Was denken Sie, Swindler?«

»Sein Bruder hatte am meisten zu gewinnen – obwohl ich es auch für möglich halte, dass es noch eine andere Frau gibt, der ein Unrecht getan wurde und die sich dafür rächen wollte. Möglicherweise hat der neue Lord Rockberry sie einfach nur verwechselt.«

»Sind Sie sich ganz sicher, dass es nicht Miss Watkins war?«

»Von dem Moment an, als ich das erste Mal mit ihr tanzte, was so gegen zehn Uhr war, bin ich ihr nicht mehr von der Seite gewichen.«

»Und davor?«

»Habe ich sie nicht aus den Augen gelassen.«

»Um wie viel Uhr haben Sie den Ball verlassen?«

»Um halb zwölf.«

»Ich hoffe sehr, diese hässliche Angelegenheit läuft nicht darauf hinaus, dass Ihr Wort gegen das des neuen Lord Rockberry steht.«

»Ich werde alles in meiner Macht Stehende tun, damit das nicht geschieht.«

Sir David nickte seufzend. »Gut. Und wie wollen Sie vorgehen?«

»Zunächst einmal werde ich Nachforschungen anstellen und versuchen, diese mysteriöse Frau zu finden. Wenn nichts dabei herauskommt, werden wir uns wohl gezwungen sehen, den neuen Lord Rockberry zu verhaften.«

»Bevor wir das tun, sorgen Sie nur ja dafür, dass wir das Recht dazu haben!«

»Ja, Sir. Das tue ich immer.«

»Ich weiß. Aber ich dachte, es könnte nicht schaden, es noch einmal zu wiederholen. Wir müssen mit dieser heiklen Situation sehr behutsam umgehen.«

Swindler verbrachte noch zwei weitere Stunden in Lord Rockberrys Haus, um Zeichnungen des Tatorts anzufertigen und sich noch einmal gründlich umzusehen, um festzustellen, ob irgendetwas fehl am Platz erschien. Er befragte auch die Dienerschaft. Niemand hatte eine Dame kommen sehen, also hätte sie nur hineinkommen können, wenn einer der beiden Rockberrys sie eingelassen hätte.

Sein nächster Schritt würde der Versuch sein, eine weitere Dame zu finden, die von Lord Rockberry schlecht behandelt oder gar missbraucht worden war. Natürlich war es auch durchaus möglich, dass sie keine Adelige war. Er würde Lord Rockberrys Papiere und Dokumente einer genaueren Prüfung unterziehen müssen, da sich irgendein Hinweis in ihnen verbergen könnte. Und er würde auch mit Catherine sprechen. Was Elisabeth Watkins anging, war sie keine große Hilfe gewesen, aber vielleicht wusste sie etwas von einer anderen Frau.

Doch bevor er die Ermittlungen fortsetzte, wollte er Eleanor wiedersehen. Um sie zu beruhigen und zu trösten, aber auch, weil er vorhatte, sie um ihre Hand zu bitten. Er konnte nicht bestreiten, dass es ein etwas überstürzter Antrag war, den er ihr teilweise nur machte, um ihren Ruf zu schützen, doch er musste auch zugeben, dass er sich noch nie so stark zu einer Frau hingezogen gefühlt hatte wie zu ihr. Die Stunden, die sie in seinem Bett verbracht hatte, waren ihm viel zu kurz erschienen. Auf jeden Fall hielt er es für sehr wahrscheinlich, dass sie ein gutes Leben miteinander haben könnten.

Noch immer im Besitz von Lukes Kutsche, machte er sich auf den Weg zu Eleanors Pension und klopfte an die Tür.

Als Mrs. Potter öffnete, wartete er keine Aufforderung ab,

sondern drängte sich einfach an ihr vorbei hinein. »Würden Sie Miss Watkins bitte sagen, dass ich zu Besuch gekommen bin?«

Mrs. Potter schloss die Tür. »Ich fürchte, sie ist nicht mehr da, Sir.«

Er konnte sich gut vorstellen, dass Eleanor einen Spaziergang brauchte, um sich von dem Schrecken zu erholen, der ihr mit ihrer Verhaftung heute Morgen eingejagt worden war. Im Park würde sie Trost und Ruhe finden, dessen war er sich sicher. Oder vielleicht war sie auch woandershin gegangen. Er konnte sich also entweder auf die Suche nach ihr machen oder einfach warten. Jedenfalls war er sich ziemlich sicher, dass sie nicht lange wegbleiben würde. Er sah Mrs. Potter fragend an. »Falls Sie nichts dagegen haben, werde ich im Salon auf ihre Rückkehr warten.«

»Ich fürchte, da würden Sie schrecklich lange warten, Sir. Ich glaube nämlich nicht, dass sie die Absicht hat zurückzukehren. Sie hat ihre Koffer gepackt und gesagt, ich solle mir keine Sorgen wegen der ihr noch zustehenden Tage machen, ich könnte das Zimmer gern an jemand anderen vermieten. Sie würde es nicht mehr brauchen, sagte sie. Und sie hat zwei Päckchen hinterlassen.«

Über alle Maßen bestürzt und mit dem Gefühl, zur Salzsäule erstarrt zu sein, sah Swindler ihr nach, als sie auf den Salon zuging. Dann blickte er zur Treppe. Das war es, wohin er gehen musste. Er musste ...

»Hier, Sir!«

Als würden seine Beine von jemand anderem gelenkt, folgte er der Hauswirtin in den Salon.

»Die große Schachtel ist an die Duchess of Greystone adressiert. Ich nehme an, dass es das hübsche Kleid ist, das sie

Miss Watkins vorbeigebracht hat. Und dieses Päckchen ist für Sie, Sir. Ich glaube, auch bei ihm weiß ich, was es enthält.«

Swindler öffnete das Samtkästchen und starrte die Perlen an, die erst heute Morgen noch Eleanors hübschen Hals geschmückt hatten. Er fühlte sich, als ob ihm einer der Raufbolde aus den Slums die Faust in den Magen gestoßen hätte. »Sind Sie ganz sicher, dass sie für immer weggegangen ist?«

»Ja, Sir. Das war schwer zu übersehen, als sie zwei Jungs anheuerte, um ihre Reisetruhe hinauszutragen.«

Sie war weg? Nach allem, was zwischen ihnen gewesen war, war sie weggegangen?

Die Worte echoten ihm immer wieder durch den Kopf und schlossen alle anderen Gedanken aus.

Sie war weg.

* * *

Während der Zug über die Gleise rumpelte, starrte Eleanor ihr Spiegelbild im Fenster an. Es war geschafft. Eigentlich hätte sie Zufriedenheit in dem Gesicht sehen müssen, das sie aus dem Fenster anschaute, aber sie konnte nur einen Anflug von Bedauern darin erkennen. Enttäuscht richtete sie ihren Blick auf ein anderes Spiegelbild, das ihrem eigenen erstaunlich ähnlich war.

»Warum machst du so ein langes Gesicht, Emma?«, fragte sie.

»Weil ich angefangen hatte, mich in ihn zu verlieben, Eleanor.«

»Na, das war aber ziemlich dumm von dir, nicht wahr?«

Emma errötete, aber das war nichts Besonderes bei ihr, weil es ihr nur allzu leicht passierte. Es war auch eines der wenigen

Dinge, in denen sie sich unterschieden, was jedoch niemand in London wissen konnte, weil beide bis vor einem Monat noch nie in dieser Stadt gewesen waren. Das war der Vorteil daran, einen einsiedlerischen Vater zu haben, der nie das Gefühl gehabt hatte, seinen Titel zu verdienen.

»Was hätte es schon schaden können, wenn ich geblieben wäre?«, fragte Emma.

»Ein unvorsichtiges Wort, Emma, ein falscher Schritt, und wir hätten uns beide am Galgen wiedergefunden. Als wir merkten, dass Mr. Swindler uns beschattete, und du ihm im Park begegnetest, lag es nahe, ihn zu benutzen. Du solltest dankbar für die kurze Zeit sein, die ihr miteinander hattet.«

Emma nickte stumm, bevor sie den Blick auf ihre geballten Fäuste auf ihrem Schoß richtete. Er war ihnen wie die Antwort auf ihre Gebete erschienen.

Sie ging dem Mann hinterher, der Eleanor durch die Cremorne Gardens folgte. Wie Eleanor glaubte sie, dass er für Lord Rockberry arbeitete. Ob im guten oder negativen Sinne konnte sie nicht sagen. Zum ersten Mal hatte sie ihn in der Nacht entdeckt, in der Lord Rockberry zu Scotland Yard gegangen war. Eleanor und sie passten immer aufeinander auf, und obwohl sie sehr darauf achteten, nicht zusammen gesehen zu werden, versuchten sie, einander stets im Auge zu behalten.

Als sie um eine Kurve bog, sah sie Eleanor, die von drei Männern umringt war, die sie in den Schatten der Bäume zu ziehen begannen. Emmas Herz schlug schneller, ihre Kehle wurde eng. Sie begann voranzueilen und zu schreien, als sie ihren Verfolger seine Schritte beschleunigen sah. Bis sie eine Stelle erreichte, wo sie besser sehen konnte, was geschah, hatte er schon beschützend einen Arm um Eleanor gelegt und versuchte anscheinend, sie aus diesem Bereich des Parks herauszubringen.

Doch dann holte einer der Kerle aus …

Emma hatte noch nie eine Prügelei mitangesehen oder jemanden handgreiflich werden sehen. Dieser große, starke Mann machte jedoch kurzen Prozess mit den Schlägern, und dann hatte er Eleanor wieder im Arm und führte sie weg von den Männern, die sich stöhnend auf dem Boden wälzten.

Nun klopfte Emmas Herz aus einem anderen Grund schneller – nicht mehr aus Angst um Eleanor, sondern weil sie noch nie einen solch atemberaubenden Mann gesehen hatte wie den, der ihrer Schwester zu Hilfe geeilt war.

Sie folgte ihnen aus dem Park, hielt sich aber immer in den Schatten und blieb wachsam, bis sie das Eingangstor erreichte, wo der Mann Eleanor gerade in eine Droschke half. Sie sah sie abfahren und den Mann dann eine andere Mietkutsche besteigen.

»Folgen Sie ihr in einem diskreten Abstand.«

Als der Kutscher das Gefährt in Bewegung setzte, kam sie schnell aus ihrem Versteck heraus und befahl dem Fahrer der Droschke, die sie nahm, das Gleiche. »Folgen Sie ihm unauffällig.«

Wie Eleanors Retter stieg sie an einer anderen Straße aus und hielt sich wieder in den Schatten, als sie sich vorsichtig auf den Weg zu ihrer Pension machte – bis sie ihn vor dem Gebäude stehen und es observieren sah. Irgendwann ging er zur Tür.

Nachdem er endlich ging, blieb sie noch eine weitere Stunde, wo sie war, bis sie das Signal im Fenster sah – die zugezogenen Vorhänge, die das das Zeichen dafür waren, dass Mrs. Potter sich in ihr Schlafzimmer zurückgezogen hatte und Emma nun gefahrlos hereinkommen konnte.

Als sie erst einmal in ihrem Zimmer war, nahm sie Eleanor

ganz fest in die Arme. »Du bist von drei Kerlen belästigt worden. Ich habe es selbst gesehen.«

»Und ich wurde gerettet. Hast du ihn gesehen?«, fragte Eleanor, während sie sich aus Emmas Umklammerung befreite.

»Ja, natürlich.«

»Er heißt James Swindler.«

»Du bist mit ihm gegangen! Weißt du, wie gefährlich das war, wo wir doch nichts über ihn wissen?«

Eleanor setzte sich auf einen Hocker und starrte in den leeren Kamin. »War er der Mann, der mich beschattet hatte?«

»Ja. Aber das spielt keine Rolle. Wir müssen aufhören mit diesem Wahnsinn, Elisabeth allein rächen zu wollen. Wir sollten zur Polizei gehen.«

»Er könnte auch sehr gut selbst von der Polizei sein. Verstehst du nicht, wie vorteilhaft das für uns ist? Wenn er dich beschattet, während ich die Tat begehe, haben wir unser Alibi. Ich kann unmöglich an zwei Orten zugleich sein. Es ist das, was wir die ganze Zeit geplant hatten, nur noch besser. Das Wort eines Polizisten wird über alle Einwände erhaben sein. Es wäre das perfekte Verbrechen.«

Und so hatten sie beschlossen zu versuchen, ihn zu verführen und ihn ihnen sogar noch näherzubringen. Aber es war Emma, die verführt worden war. Als der Zug sie immer weiter von London wegbrachte, fragte sie sich, wieso sie nicht einmal geahnt hatte, wie sehr sie sich in solch kurzer Zeit in James verlieben würde.

Sie versuchte, sich seine Reaktion vorzustellen, wenn er zu Mrs. Potter kam und entdecken musste, dass Emma – oder Eleanor, wie er sie kannte – abgereist war. Nicht einmal die Vermieterin hatte gemerkt, dass zwei Schwestern sich dieselbe Unterkunft teilten. Sie hatten ihr Kommen und Gehen so gut aufeinander abgestimmt, dass niemandem etwas aufgefallen war. Sie hätten Zimmer in verschiedenen Pensionen gemietet, aber das Geld war knapp, und es wäre dumm gewesen, es für etwas auszugeben, das nicht nötig war.

Zusammen mit Elisabeth hatten sie ihr Leben lang den Leuten etwas vorgemacht und ihnen Streiche gespielt, bei denen sie sich für eine der anderen ausgaben oder andere dazu veranlassten, sich zu fragen, wen sie denn nun wirklich gesehen hatten.

In London war es so unglaublich leicht gewesen, weil ihr Vater seine drei Töchter nie zusammen dorthin mitgenommen und offenbar nie auch nur bekannt gegeben hatte, dass er mit drei Töchtern gesegnet war. Da sie keine Söhne waren, hielt er sie für unbedeutend.

Bis die Zeit kam, eine für die Dauer einer Ballsaison nach London zu schicken. Da hatte er sich plötzlich Hoffnungen auf eine vorteilhafte Heirat für sie und Geld für die Ballsaison seiner anderen Töchter gemacht. Emma hatte ihren Vater sehr geliebt, aber er war schon immer ein Traumtänzer gewesen. Sie wusste nicht einmal genau, was er für die Krone getan hatte, um mit einem Titel belohnt zu werden.

Als sie nun die vorbeiziehenden sanften Hügel betrachtete, fragte sie sich, was James von ihnen denken mochte. Es war ihr sehr schwergefallen, sich von ihm zu verabschieden und zu wissen, dass es für immer war und sie nie wieder von ihm geküsst oder berührt werden würde. Oder dass sie nie wieder seine Stimme hören oder ihm in die Augen sehen werde.

»Und wenn er nun versucht, uns zu finden, Eleanor? Dieser Mann von Scotland Yard hat mir gesagt, er sei der Beste.«

»Du hast ihm doch gesagt, dass wir weiter nördlich leben?« Ihre Schwester zuckte mit den Schultern. »Er wird aufgeben, lange bevor er auf die Idee kommt, sich im Süden umzusehen.«

Würde er aufgeben? Oder würde er überhaupt nach ihr zu suchen beginnen? Oder würde er sich schlicht und einfach damit abfinden, dass sie abgereist war?

Emma war sehr gut darin geworden, ein Leben der Täuschung und Betrügerei zu leben. Sie hatte sogar Eleanor mit solcher Mühelosigkeit belogen, dass es schon fast beängstigend gewesen war. Soweit Eleanor wusste, waren James und sie einfach nur bis zum Morgengrauen in der Kutsche in London unterwegs gewesen. Ihre Schwester hatte keine Ahnung, dass sie die Nacht in James' Bett verbracht und ihre Jungfräulichkeit verloren hatte.

Sie drückte ihre Hand an ihren Bauch und fragte sich, ob sie vielleicht sogar ein Kind von James erwartete – und stellte zu ihrer Überraschung fest, dass der Gedanke ihr sehr viel Freude machte. Sie glaubte nicht, dass sie je für einen anderen Mann das Gleiche empfinden würde wie für ihn.

Er war so großzügig und so verständnisvoll. Emma war dankbar für jede Sekunde, die sie in James Swindlers Gesellschaft verbracht hatte.

Trotzdem hätte sie ihn gern noch einmal ihren Namen flüstern gehört.

Kapitel zwölf

Sie ist weg.«

Es war das erste Mal, dass Swindler die Worte aussprach, die ihm seit zwei Tagen nicht mehr aus dem Kopf gehen wollten. Laut ausgesprochen klangen sie sogar jetzt noch ungläubig.

»Wie bitte?«, fragte Sir David und lehnte sich auf seinem Stuhl zurück.

»Ich meine Miss Watkins, Sir. Sie hat ihre Sachen gepackt und ihre Pension verlassen.«

»Und was halten Sie davon?«

Swindler seufzte, weil die Wahrheit nicht leicht einzugestehen war. »Es könnte sein, dass ich getäuscht wurde, Sir.«

Sir David zog die Augenbrauen hoch. »Die Dame war in jener Nacht also nicht bei Ihnen?«

»Doch, doch, das war sie.«

»Dann war sie vielleicht nur beunruhigt wegen des Mords an Lord Rockberry und ihrer Verhaftung.«

»Es könnte mehr als das dahinterstecken, Sir.«

»Dann erklären Sie es mir.«

»In Lord Rockberrys Bibliothek standen zwei nicht geleerte Gläser Wein, was mich zu der Annahme führt, dass er seinen Mörder gekannt haben könnte.«

Sir David nickte. »Fahren Sie fort.«

»Ich war in der Pathologie, um mir die Leiche anzusehen. Der Dolch, mit dem Lord Rockberry getötet wurde ... Ich hatte ihn vorher schon einmal gesehen – und das war in jener Nacht in Cremorne Gardens.«

»Gehörte er einem der jungen Männer, die Miss Watkins überfielen?«

»Nein, er gehörte Miss Watkins selbst, Sir. Ich fürchte, dass sie einen Komplizen gehabt haben könnte.«

»Verflucht noch mal, Mann! Wie konnte Ihnen das entgehen?«

»Weil ich mich auf die Frau konzentrierte und glaubte, solange ich sie nicht aus den Augen ließe, sei Lord Rockberry in Sicherheit. Ich halte es für unumgänglich, sie zu finden, und meine Suche könnte mich nach außerhalb von London führen.«

Sir David strich mit Daumen und Zeigefinger über seinen Schnurrbart. »Es könnte trotzdem noch der Bruder sein. Vielleicht war er der Komplize.«

»Möglich, aber ich weiß, dass ich die Frau finden muss.« Wenn nicht des Verbrechens wegen, dann eben für sich selbst. Es ergab keinen Sinn für ihn, dass sie abgereist war … oder höchstens, wenn sie etwas zu verbergen versuchte.

»Sie haben meine Erlaubnis zu tun, was Sie für richtig halten, Swindler. Aber lassen Sie es mich wissen, wenn Sie etwas haben.«

»Ja, Sir.« Er wandte sich zum Gehen.

»Swindler?«

Er warf einen Blick zurück.

»Sie sehen nicht wie Sie selbst aus, Swindler. Tun Sie, was auch immer nötig ist, um zu Ihrer alten Form zurückzufinden. Ich brauche meinen besten Mann jetzt scharfsinniger denn je.«

Seinen besten Mann. Wenn Sir David wüsste, wie leicht sein bester Mann hinters Licht geführt worden war, hätte er verlangt, dass er Scotland Yard verließ.

Als könnte Sir David Gedanken lesen, fügte er hinzu: »Sie sind nicht der Erste, der sich von einem hübschen Gesicht zum Narren hat halten lassen.«

Doch James schöpfte keinen Trost aus diesen Worten. Es war viel mehr als ihr hübsches Gesicht gewesen. Im Grunde hatte er sich von allem an ihr täuschen lassen.

»Viscount Watkins' Besitz meinst du?«

Swindler sah, wie Greystone die Stirn in Falten legte. Es gefiel Swindler gar nicht, dass er Frannies Ehemann um Hilfe hatte bitten müssen, obwohl er dem Lord mehr Respekt entgegenbrachte als den meisten anderen. Greystone hatte Charakter gezeigt, als er im vergangenen Jahr sein Leben für Frannie riskiert hatte.

»Leider war ich bis vor kurzem so sehr von meinen eigenen Wünschen in Anspruch genommen, dass ich allen außerhalb des Einflussbereichs meines Vaters nur sehr wenig Beachtung schenkte. Ich kann aber ein paar Nachforschungen anstellen. Irgendjemand muss wissen, wo sich sein Besitz befindet.«

»Dass das Land nicht in ein Fideikommiss umgewandelt wurde, könnte die Suche noch zusätzlich erschweren.«

»Trotzdem muss ihn irgendjemand kennen.«

»Eleanor sagte, sie lebten weiter nördlich, direkt an der See. Aber ich vermute, dass all das oder zumindest ein Teil davon gelogen war.« Welche anderen Lügen hatte sie ihm noch erzählt? Waren ihre Gefühle für ihn auch nur vorgetäuscht gewesen? Wenn nicht, wie hätte sie dann gehen können?

»Ich könnte immer noch die Königin fragen«, sagte Greystone.

»Ich würde Ihre Majestät lieber nicht mit dieser Angelegenheit behelligen.«

Greystone zuckte die Schultern. »Ich kann sehr diskret sein.«

»Du solltest ihn sie fragen lassen, Jim«, sagte Frannie. »Jetzt ist nicht der richtige Moment, um stur zu sein. Wenn sie in London wäre, hättest du sie inzwischen schon gefunden. Niemand kann eine Spur verfolgen, wie du es kannst.«

»Was sie angeht, bin ich völlig ratlos, Frannie. Ich kann mir keinen vernünftigen Grund für sie vorstellen, so plötzlich abzureisen, wie sie es getan hat.«

»Es kann einen ganz schön aus dem Gleichgewicht bringen, verhaftet zu werden. Vielleicht hatte sie ja bloß Angst.«

Er schüttelte den Kopf. »Sie war bei mir in jener Nacht. Sie hatte keinen Grund, eine erneute Verhaftung zu befürchten.«

»Vielleicht wollte sie auch einfach nur nach Hause.«

Swindler sprang aus seinem Sessel auf. »Ohne mir auch nur eine Nachricht zu hinterlassen?« Er ging zum Fenster, blieb stehen und fuhr sich mit den Händen durch das Haar. »Entschuldigung.«

»Schon gut.« Frannie trat hinter ihn und legte ihre Hand auf seinen Rücken. »Du fingst an, sie gernzuhaben. Selbst ich konnte auf dem Ball sehen, wie sehr. Komm zurück und setz dich hin. Sag uns, wie wir helfen können.«

Er blickte sich zu ihr um. »Ich bewege mich lieber.«

Frannie lächelte. »Gut. Aber sag uns, wie die Dinge stehen.«

»Ich hatte kein Glück bei der Suche nach den jungen Burschen, die sie anheuerte, um ihren Reisekoffer zu tragen. Ich gehe davon aus, dass sie den Zug genommen hat. Ich habe versucht, ein Bild von ihr zu zeichnen, um an dem Fahrscheinschalter nachzufragen, ob irgendjemand sie gesehen hatte, aber ich konnte noch nie sehr gut Gesichter zeichnen. Ich kann bis auf das kleinste Detail ein Zimmer zeichnen, um ein Verbrechen aufzuklären, aber Eleanor ... Nicht mal, um mein Leben zu retten, könnte ich ihr Abbild zu Papier bringen.«

»Sterling kann es. Er ist ein Künstler. Erinnerst du dich gut genug an sie, Sterling?«

»Ja, ich glaube schon.« Ihr Mann stand auf, ging um den Sekretär herum und öffnete eine Schublade. Nachdem er Papier herausgenommen hatte, setzte er sich und begann sofort zu zeichnen.

Swindler dachte, dass es der erste Erfolg sein könnte, den er in zwei Tagen verzeichnet hatte. Während Greystone zeichnete, wandte er sich wieder Frannie zu. »Als du sie besucht hast, ist dir da irgendetwas aufgefallen, das hilfreich sein könnte?«

»Leider nicht. Ich habe nur unten in dem Salon mit ihr gesprochen.« Plötzlich hellte ihr Gesicht sich auf. »Oh.«

»Was ist?«

»Agnes war in ihren Zimmern, um das Kleid zu ändern.«

Fünf Minuten später stand eine sehr nervöse Agnes vor Swindler und rang die Hände.

»Haben Sie irgendwas bemerkt?«

»Wie was?«

»Wie etwas Ungewöhnliches.«

Die junge Frau schüttelte zuerst den Kopf, um dann aber die Stirn zu runzeln. »Doch, da war etwas, was ich komisch fand. Sie zog das Kleid in ihrem Wohnzimmer an. Die Tür zum Schlafzimmer war geschlossen. Wir sind dort nicht hineingegangen. Als ich dann jedoch mit meinen Änderungen fertig war, öffnete sie die Tür und ging hinein, um sich im Spiegel anzusehen.«

»Haben Sie noch irgendjemand anderen dort gesehen?«

»Nein ... aber ich konnte ein Kleid auf einem Stuhl in einer Ecke sehen. Das Komische war, dass es genauso aussah wie das

Kleid auf dem Sofa im Wohnzimmer – das Kleid, das sie vorher ausgezogen hatte, um das Ballkleid anzuprobieren. Ich dachte, es sei vielleicht ihr Lieblingskleid und deshalb wollte sie gleich zwei davon.«

»Wahrscheinlich haben Sie recht. Danke, Agnes. Das war alles«, sagte Swindler. Dann ging er zum Fenster hinüber und starrte in die Nacht hinaus.

»Was denkst du?«, fragte Frannie.

»Ich weiß nicht, was ich denken soll. Lässt du dir völlig gleich aussehende Kleider nähen?«

»Vor meiner Heirat, als ich die Nacht im *Dodger's* verbrachte, waren meine Kleider sich sehr ähnlich.«

Daran erinnerte er sich. Sie waren blau und ziemlich trist gewesen.

»Und was wäre, wenn Elisabeth gar nicht gestorben ist, wie Eleanor behauptete?«, fragte Frannie leise.

Swindler schüttelte den Kopf. »Nein, nein, die Trauer um ihre Schwester war nicht gespielt. Ich erkenne wahren Kummer ganz genau.« Er hatte ihn als Junge oft genug in seinen eigenen Augen gesehen.

»Hier«, sagte Greystone und reichte ihnen eine Zeichnung.

Die Ähnlichkeit war verblüffend. Swindler hatte das Gefühl, als hätte jemand in seine Brust gegriffen und ihm das Herz herausgerissen, das dort zu wachsen begonnen hatte. »Sehr gut«, sagte er und hätte schwören können, dass die Temperatur im Raum um mehrere Grade gefallen war.

»Was wirst du nun tun, Jim?«, fragte Frannie.

»Ich werde sie finden, und wenn ich den Rest meines Lebens dazu brauche.«

Kapitel dreizehn

Vom Rand der Klippen aus beobachtete Emma Watkins die von weißem Schaum gekrönten Wellen und den sich verdunkelnden Himmel, der den heraufziehenden Sturm ankündigte. In dem zunehmend heftigeren Wind atmete sie tief ein und nahm die Wut des nahenden Unwetters in sich auf. Fast war sie versucht, sich in das aufgewühlte Wasser unter sich zu stürzen, nur um von etwas anderem als dem langweiligen, eintönigen Nichts umgeben zu sein, zu dem ihr Leben seit ihrer Rückkehr aus London geworden war.

Es war, als ob Eleanor und sie ihr Lachen, ihre Freude, ja sogar ihre Persönlichkeit zurückgelassen hätten – als ob sie jetzt kaum mehr als leere Hülsen wären, die ihre täglichen Gewohnheiten nur deshalb beibehielten, weil, es nicht zu tun, ihnen einen langsamen, qualvollen Tod einbringen würde.

Das Essen schmeckte nach nichts, den neuen Tag zu begrüßen brachte keine Freude. Der Schlaf kam nur sporadisch. In den zwei Wochen seit ihrer Rückkehr in ihr kleines Haus hatte Emma den Überblick über die Anzahl der Nächte verloren, in denen sie Eleanor aufschreien hörte, wenn ihre Schwester endlich Schlaf gefunden hatte.

Furcht vor Entdeckung belastete sie nicht. Emma dachte, dass es vielleicht sogar eine Erleichterung wäre, sich dem zu stellen, was sie getan hatten. Denn zu ihrem andauernden Erstaunen fraß die Reue sie von innen heraus auf. Wo sie einst gelacht und dumme kleine Geheimnisse geteilt hatten, bedrückte sie jetzt ihr gemeinsames dunkles Geheimnis.

Jeden Morgen begann Emma ihren Tag damit, James einen

Brief zu schreiben, um ihm zu erklären, warum sie fortgegangen war. Einen Brief, den sie nie abschickte. Sie kämpfte gegen die Vorstellung an, was für ein Gesicht er gemacht haben musste, als er zu ihrer Unterkunft zurückkehrte und entdeckte, dass sie nicht mehr da war. Sie versuchte sogar, sich einzureden, dass er diesen Verrat verdiente. Schließlich hatte sie von Anfang an gewusst, dass seine Aufmerksamkeiten ein Versuch waren, sie dazu zu verleiten, sich ihm anzuvertrauen. Und sie hatte sich schon tausendmal gewünscht, sie hätte es getan.

In den Stunden nach dem Ball, die sie in seinen Armen verbracht hatte, war sie zu dem Schluss gelangt, ihm alles anvertrauen zu können. Sie hatte gehofft, dass Eleanor nicht die Kraft besessen hatte, ihren Teil des Planes zu erfüllen. Wenn es so war, wollte sie ihre Schwester überzeugen, dass sie James alles erzählen mussten und er ihnen helfen würde, Gerechtigkeit zu erlangen.

Als sie dann aber verhaftet worden war, wusste sie, es war zu spät. Die Tat war vollbracht, ihr weiterer Kurs bestimmt.

James würde sie für ihre Rolle bei Lord Rockberrys Ermordung verachten. Wie könnte er es auch nicht?

Und so hatten Eleanor und sie ihren Koffer gepackt. Emma war auf die Straße hinausgegangen und hatte zwei Jungen angeheuert, um das schwere, truhenartige Ding hinauszutragen. Dann hatte sie Mrs. Potter gebeten, ihr Proviant für die Reise einzupacken, und während Mrs. Potter sich in der Küche damit beschäftigte, war Eleanor hinausgeschlichen.

Alles ganz einfach. Für die drei Schwestern war es immer ein Leichtes gewesen, die Rollen zu tauschen und sich als die andere auszugeben.

Aber noch nie hatte Emma diese Fähigkeit mehr bedauert.

Mit einem tiefen Seufzer, den der Wind aufgriff, wandte sie

sich ab und begann zu ihrem Cottage zurückzugehen. Ein paar Schafe, Kühe und Hühner grasten und scharrten in der Nähe. Die Pferde hatten sie längst verkauft. Der einzige Ort, den sie hin und wieder aufsuchen mussten, war das Dorf, und das ließ sich in einer Stunde zu Fuß erreichen. Sie hatten einen leichten Einspänner gehabt, als ihr Vater und Elisabeth noch lebten. Aber heute blieb er unbenutzt – genauso wie ihr Lachen.

Als sie die Tür zum Vorderzimmer öffnete, verspürte sie sogar noch mehr die Einsamkeit des Hauses. Vielleicht würde sie heute Abend einen Brief an James schreiben und sich für die wundervolle Zeit bedanken, die er ihr in London bereitet hatte – denn selbst wenn sein eigentliches Ziel nicht gewesen war, sie zu beeindrucken und zu bezaubern, hatte er ihr doch kostbare Erinnerungen geschenkt, die sie nie vergessen würde. Und vielleicht würde sie den Brief diesmal sogar absenden.

Reue und Schuldgefühle nagten an ihr, und sie fragte sich, ob James nicht längst alles erraten hatte. Wie lange würde es dauern, bis er erkannte, dass er getäuscht worden war? Und wenn er es tat – oh Gott! Sie teilte Eleanors Überzeugung nicht, dass sie beide in Sicherheit waren.

Durch das Esszimmer ging sie in die Küche. »Tja, ich glaube, ein mächtiger Sturm zieht auf.«

Sie verhielt abrupt den Schritt beim Anblick ihrer Schwester, die Wasser in die Spüle pumpte und dann mit einer groben Bürste mit aller Kraft ihre Hände abschrubbte.

»Ach, Eleanor«, sagte Emma, als sie zu ihr hinüberlief und ihr die jetzt blutbefleckte Bürste aus der Hand riss.

»Ich kriege sein Blut nicht ab, Emma. Egal, wie hart ich schrubbe, meine Haut fühlt sich noch immer glitschig und schmutzig davon an.«

»Es ist nicht sein Blut, Liebes. Es ist deins.« Behutsam führte sie Eleanor zu einem Stuhl am Tisch. »Setz dich, während ich das Verbandszeug hole.«

Als sie mit Tüchern und Salbe zurückkam, setzte sie sich zu ihrer Schwester und griff sehr vorsichtig nach ihrer Hand, um so sanft wie möglich das wunde, blutende Fleisch zu reinigen.

»Es ist nicht mein Blut, es ist seins«, beharrte Eleanor.

»Ich werde es vorsichtig entfernen und dann Salbe auf deine Hände geben und sie verbinden. Danach wird sein Blut nicht wieder zum Vorschein kommen, das versichere ich dir.«

»Das hast du gestern auch gesagt.«

Emma erhob ihren Blick zu Eleanor. »Diesmal werde ich es richtig machen, aber du darfst die Verbände nicht abnehmen, bevor die Wunden verheilt sind.«

»Aber nach einer Weile fangen sie an zu jucken und zu brennen. Und sie tun auch weh.«

»Wenn das passiert, kommst du zu mir, und dann werde ich mich um sie kümmern.«

Eleanor nickte und wandte den Kopf, um aus dem Fenster zu schauen. »Oh Gott, Emma, er ist hier!«

Emma brauchte nicht zu fragen, wer. Sie hörte die Verzweiflung in Eleanors Stimme, und als auch sie einen Blick aus dem Fenster wagte, schlug ihr Herz gleich höher, als sie James auf einem großen braunen Pferd auf das kleine Haus zureiten sah. Wie oft hatte sie sich vorgestellt, wie er im Cottage erschiene, sie in die Arme schließen und von hier wegbringen würde? Doch genauso schnell, wie ihr Herz gerade noch vor Freude einen Sprung gemacht hatte, rutschte es ihr jetzt fast in die Hose. Denn falls er sie überhaupt von hier wegbrachte, dann ganz sicher nicht zu ihm, sondern auf direktem Wege ins Gefängnis.

Swindler war Greystone schon wieder etwas schuldig. Die von ihm angefertigte Zeichnung hatte es Swindler viel leichter gemacht, Eleanors Spur vom Bahnhof zu diesem hübschen Cottage aus Naturstein zu verfolgen. Natürlich half es auch, dass Greystone einige Erkundigungen in seinen Kreisen angestellt hatte und es ihm gelungen war, die genaue Lage von Viscount Watkins' Wohnsitz herauszufinden.

Swindler war so weit wie möglich mit dem Zug gefahren und hatte dann für den Rest des Wegs ein Pferd gemietet. In einem nahe gelegenen Dorf hatte er genaue Wegbeschreibungen zu seinem Zielort einholen können.

Er wollte einen kühlen Kopf bewahren, bis er Eleanor befragte. Bisher hatte er nur Verdachtsmomente bezüglich ihres falschen Spiels. Noch machte er sich Hoffnungen, dass es eine andere Erklärung gab – dass sie nicht tatsächlich für Lord Rockberrys Ermordung gesorgt und dann ihn als Alibi benutzt hatte. Aber wenn es nicht so gewesen war, warum hatte sie ihn dann verlassen? War sie von Scham überwältigt worden, weil sie mit ihm im Bett gewesen war? Oder war es ihr Ruf, den sie zu schützen versuchte?

Sein Kopf und sein Stolz lagen andauernd miteinander im Streit. Er war kein Mann, der zu starken Emotionen neigte, doch nun schwankte er zwischen brodelnder Wut und bitterster Enttäuschung. Meist geschah das, wenn er sich daran erinnerte, wie wundervoll es gewesen war, sie in den Armen zu halten, bevor ihm wieder einfiel, wie sie das zerbrechliche Vertrauen, das sich zwischen ihnen entwickelte, zerstört hatte.

Und dann war da auch noch die Sache mit dem Dolch. Er hatte ihn nur einmal flüchtig im Dunkeln gesehen. Vielleicht war seine Erinnerung daran nicht eindeutig. Aber im Laufe der Jahre hatte er sich beigebracht, auf Kleinigkeiten zu achten, und hielt es daher für sehr unwahrscheinlich, dass er nun auf einmal nachlässig geworden war.

Er hatte das Pferd kaum zum Stehen gebracht, als sie auch schon die Tür öffnete. Sie trug ein schlichtes rosafarbenes Kleid und hielt ihr Haar mit einem farblich passenden Band im Zaum.

Als er vom Pferd stieg, erschütterten ihn seine Emotionen wie ein jäher Sturmwind. Er war zornig, und trotzdem begehrte er sie noch. Er wollte sie schmecken, fühlen, riechen … sie nackt unter sich liegen haben. Er wollte, dass sie ihn um Verzeihung bat und ihre Geheimnisse mit ihm teilte. Er wollte ihre Arme um seine Schultern spüren, ihre Finger in seinem Haar und ihre Beine um seine Hüften, während sie ihm unablässig in die Augen sah.

Er erinnerte sich kaum, zur Tür gegangen zu sein, aber plötzlich lag sie in seinen Armen und küsste ihn voller Sehnsucht und Verlangen. Er hatte vierzehn Tage nach ihr gesucht, und jede Minute war die Hölle gewesen, weil er wusste, was seine Pflicht erfordern würde, wenn er sie fand, während er gleichzeitig befürchtete, dass er sie vielleicht nie wiedersehen würde. Auch jetzt erfasste ihn Verzweiflung, weil er sie für immer haben wollte und wusste, dass das ausgeschlossen war.

Sie duftete immer noch nach Rosen. So viel war real. Und sie seufzte auch nach wie vor leise, als er den Kuss vertiefte. In dieser Hinsicht hatte sie ihm nichts vorgespielt. Ihr Körper schmiegte sich an seinen, als gehörte er dorthin, und der Teufel sollte ihn holen, wenn er das nicht auch wollte!

Aber sie hatte ihn hintergangen und sein Vertrauen missbraucht.

Schwer atmend löste er seinen Mund von ihrem und nahm ihr Gesicht zwischen seine Hände. »Warum in Gottes Namen bist du gegangen?«

Sie schüttelte nur stumm den Kopf.

»Du hast es getan, nicht wahr?«, fuhr er sie an. »Du hast den Mord an ihm veranlasst. Du hattest einen Komplizen. Und mich hast du benutzt, um deine Unschuld zu beweisen.«

Wieder schüttelte sie den Kopf, aber nur ganz leicht diesmal.

»Lüg mich nicht an, Eleanor. Sag mir um Gottes willen ...« Er verstummte, als er aus den Augenwinkeln eine Bewegung wahrnahm, hob abrupt den Kopf und sah eine Frau gleich hinter dem Eingang stehen. Die Ähnlichkeit zwischen den beiden Frauen war geradezu unheimlich. Frannie hatte recht gehabt. »Elisabeth«, flüsterte er.

»Nein«, sagte die Frau in seinen Armen ruhig. »Eleanor.«

Jetzt betrachtete er die Frau, die er geküsst hatte, genauer. Alles an ihr war ihm vertraut. Ihr Geschmack, ihr Duft, das Gefühl, sie in den Armen zu halten, und die Art, wie sie sich an ihn schmiegte. Er schüttelte den Kopf. »Nein, Eleanor bist du.«

»Nein, ich bin Emma – und bin immer schon Emma gewesen.«

Er erinnerte sich an ihre erste Begegnung in Cremorne Gardens – wo er die Frau gerettet hatte, aber auch bestrebt geesen war, seine Aufgabe zum Abschluss zu bringen. Und wie sie ihm im Tageslicht am Nachmittag darauf den Atem geraubt und er da schon das Gefühl gehabt hatte, dass irgendetwas an ihr anders war. »Also hast du mich von Anfang an getäuscht?«

»Du hast mich getäuscht«, erwiderte sie scharf. »Du hast behauptet, ein Gauner zu sein, und nie auch nur ein Wort davon gesagt, dass du für Scotland Yard arbeitest.«

»Ich bin ein Gauner. Aber ich habe dich nicht ein einziges Mal belogen. Über absolut nichts.«

Drei Schwestern. Es hatte drei völlig gleich aussehende Schwestern gegeben!

Swindler bezweifelte, dass er so etwas schon mal gehört hatte.

Eine Welle unbeherrschten Zorns hatte ihn erfasst, als das ganze Ausmaß ihrer Täuschung erkennbar wurde. Er hatte es fast nicht ertragen, die Frauen auch nur anzusehen, und war deshalb hinausgegangen, um das Pferd zu versorgen und sich ein wenig Zeit zu nehmen, um sich zu beruhigen. Er konnte sich nicht entsinnen, je so aufgebracht gewesen zu sein wie jetzt, wo er wusste, dass die Schwestern ihn nur hatten benutzen wollen. Oder weil er sich fragen musste, wie viel von Elean... nein, Emmas Handeln dazu gedacht gewesen war, ihn in ihre perfekt ausgeklügelte Falle zu locken. Was für ein hinterlistiges Frauenzimmer!

Er nahm seinem Pferd den Sattel ab und hängte ihn über eine Seitenwand der Box, an der er vorher schon das Zaumzeug deponiert hatte. Da er nur selten ein Pferd geritten hatte, fehlte es ihm an Erfahrung mit den Tieren. Eigentlich wusste er nicht einmal, wie man sie richtig pflegte. Er hatte erwartet, zumindest einen Stallknecht vorzufinden, der sich um alles kümmern würde. Ein wenig ratlos klopfte er dem Pferd den Nacken, aber es scheute vor ihm zurück. Je näher sie der See gekommen waren, desto schreckhafter war es geworden. Zu allem Übel war das Tier auch noch so verdammt groß! Aber ein kleineres hätte Swindler bei seiner Größe nichts genutzt.

Er machte sich auf die Suche nach Hafer. Die Scheune war klein und reparaturbedürftig. Und nirgendwo hier schien es Bedienstete zu geben. Vielleicht hatte Emma nicht gelogen, was ihre Lebensumstände anging. Immerhin hatte sie auch nicht die Mittel für eine richtige Ballsaison gehabt.

Während er vorher Mitleid mit ihrer Lage gehabt hatte, war

er sich jetzt nicht mehr sicher, was er empfand. Er verfluchte Lord Rockberry dafür, Scotland Yard in seine privaten Schwierigkeiten hineingezogen zu haben. Er verfluchte Sir David, weil er beschlossen hatte, dass James Swindler der beste Mann für diesen Auftrag war. Und er verfluchte sich selbst, weil er kläglich gescheitert war in seiner Mission, einen hochrangigen Adligen vor der Ermordung zu bewahren.

Er hatte Lord Rockberrys Behauptungen oder Ängsten keinen Glauben geschenkt, und irgendwann war seine Pflicht zweitrangig geworden neben seinem Verlangen, mit … dieser Frau zusammen zu sein. Er hatte seine eigenen Wünsche und Bedürfnisse allem anderen vorangestellt.

Nach einer Weile entdeckte er einen fast leeren Eimer mit Hafer. Nachdem er einen Teil davon in einen Futtersack geschüttet hatte, ging er zu der Box zurück, in der er das Pferd gelassen hatte. Er war gerade dabei, dem Tier den Sack über den Kopf zu streifen, als er einen lauten Donnerschlag vernahm. Vor Schreck bäumte das Pferd sich wiehernd auf. Jim war jedoch so abgelenkt gewesen von den Gedanken an die Frau, die er jetzt als Emma kannte, dass er nicht schnell genug reagierte. Er drehte sich um …

… und ein scharfer, blendender Schmerz explodierte in seinem Kopf.

Dann wurde alles schwarz um ihn herum.

»Was glaubst du, was er vorhat?«, fragte Eleanor, während Emma und sie die äußeren Fensterläden am Haus schlossen und sicherten. Sie hatten damit begonnen, nachdem James geknurrt hatte, er müsse sein Pferd versorgen, und das große Tier zu der kleinen Scheune hinübergeführt hatte.

Für einen ganz kurzen Moment, als er sie in seine Arme nahm und seinen Mund auf ihren drückte, hatte Emma zu glauben gewagt, er sei aus einem anderen Grund hier. Aber sein Kuss war hart und strafend gewesen, und seine Arme um sie hatten sich wie eiserne Bänder angefühlt. Er war wütend – was sie ihm jedoch nicht verübeln konnte. Doch sie wusste auch, dass er eine freundlichere und sanftere Seite hatte. Vor allem aber verstand er etwas von Gerechtigkeit. Sie hatte die Narben auf seinem Rücken gesehen und berührt. Wenn irgendjemand die Ungerechtigkeit des Strafjustizsystems kannte, dann er.

»Wahrscheinlich hat er vor, uns nach London zurückzubringen, wo wir für unsere Schuld bezahlen können.«

»Wenn dem so ist, braucht er nur mich mitzunehmen«, sagte Eleanor entschieden. »Schließlich war ich es, die die Tat begangen hat.«

Emma liebte ihre Schwester für ihre Bemühungen, sie zu verschonen, doch sie schüttelte den Kopf. »Wir stecken beide mit drin.«

Eleanor seufzte und ging um die Hausecke herum, um das nächste Fenster abzusichern. Emma begann ihr zu folgen, überlegte es sich dann allerdings anders. Sie musste James sprechen – allein. Sie war schon auf halbem Weg zur Scheune, als sie sein Pferd in der Nähe grasen sah, und fragte sich, ob er vielleicht kein Körnerfutter für das Tier gefunden hatte. Unwillkürlich beschleunigte sie ihre Schritte und betrat die Scheune.

Ihr Herz begann wie wild zu pochen, als sie ihn neben einer mit frischem Stroh gefüllten Box am Boden liegen sah. »Oh Gott!«

Schnell lief sie zu ihm hinüber und kniete sich neben ihn. Sie konnte sein blutverklebtes Haar sehen und schob die Strähnen vorsichtig beiseite. Er hatte eine klaffende Wunde an der einen Seite seines Kopfs. Das Pferd musste ihn …

James' Augen öffneten sich jäh, und sie schnappte verblüfft nach Luft. Die Wände drehten sich um sie, als er sie packte und mit dem Rücken auf das Stroh warf, bevor er sich auf sie stürzte wie ein wildes Tier. Sie begann mit ihren Fäusten nach ihm zu schlagen, aber er ergriff ihre Handgelenke und hielt sie über ihrem Kopf fest. Er sah gequält aus, doch sie hatte das Gefühl, dass es mehr seelische Qualen als körperliche waren. Sein schweres, raues Atmen hallte förmlich von den Wänden wider.

Dann wurde sein Gesicht ein wenig sanfter, fast so, als ob es gegen seinen Willen geschähe, und während er mit der einen Hand ihre Handgelenke festhielt, streichelte er mit der anderen ihre Wange. »Eleanor«, sagte er mit rauer Stimme und einer solchen Fülle von Gefühlen in diesem einen Wort, dass Emma es kaum ertragen konnte, den Namen ihrer Schwester aus seinem Mund zu hören.

»Emma«, berichtigte sie ihn leise.

»Emma.« Er senkte den Kopf, bis sein Atem über ihre Wange strich wie die erste Frühlingsbrise, sanft, aber entschlossen, den Wechsel der Jahreszeiten anzukündigen. »Emma.«

Sie erhob keinen Widerspruch, als er seinen Mund auf ihren drückte, aber der Kuss war beinahe so wie der, den er ihr an der Tür gegeben hatte – hart, verzweifelt fast, als ob er zurückgewinnen wollte, was sie in London gehabt hatten, obwohl er ebenso gut wusste wie sie selbst, dass es für sie verloren war. Und er hatte recht damit. Was auch immer sie aufgebaut hatten, war auf dem schadhaften Fundament von Lug und Trug errichtet. Es konnte der Flut von Lügen und Verrat nicht standhalten. Es würde einstürzen, und wenn James auch nur ein Fünkchen Barmherzigkeit besaß, würde er es aufs Meer hinaustreiben lassen.

Im Moment spürte sie jedoch absolut keine Barmherzigkeit in ihm. Seine Hand schloss sich noch fester um ihre Handgelenke, bis ihre Finger gefühllos wurden. Trotzdem bat sie ihn nicht aufzuhören, weil sie dann ihren Mund von seinem lösen müsste und sie dazu noch nicht bereit war. Denn woher sollte sie wissen, welche Liebkosung seines Munds und seiner Zunge die letzte sein würde? Wann seine Lippen sich endgültig von ihren trennen würden?

Seine große Hand glitt unter sie und zog sie noch ein wenig fester an ihn. Sein Gewicht auf ihrem Körper fühlte sich erstaunlich gut an ... Er war stark und robust wie ein Felsen an der Küste, den keine Welle – und wenn sie noch so mächtig war – bewegen konnte. Er roch ein bisschen anders als in London. Jetzt atmete sie den Geruch nach Pferd, Leder und dem Salz der Seeluft, die ihm durch das Haar gefahren war, als er unterwegs gewesen war, um sie zu suchen. Und dennoch konnte sie unter alldem den Kern dessen spüren, was ihn ausmachte. Alles an ihm war wundervoll. Alles an ihm würde ihr bald genommen und auf Erinnerungen reduziert werden, die sie für den Rest ihres Lebens verfolgen würden.

»Na, was haben wir denn da?«

Emma erschrak, als sie Eleanors Stimme hörte. James hob den Kopf und wurde dann totenstill. Emma konnte die Verwirrung in den grünen Augen sehen, die sie so liebte, und fragte sich, ob der Schlag auf den Kopf ihn so verstört haben mochte. Zorn und Enttäuschung trübten seinen Blick, ehe er sich von ihr herunterrollte. Leise aufstöhnend setzte er sich dann vor die Boxenwand und legte eine Hand an seinen Hinterkopf.

»Ich denke, sein Pferd muss ihn getreten haben«, sagte Emma, deren Wangen vor Verlegenheit zu brennen begannen. Als sie sich aufrappelte, verlor sie fast das Gleichgewicht. Sie hatte nicht daran gedacht, wie weich ihre Knie immer wurden, wenn James sie küsste. »Er hat eine böse Schnittwunde am Kopf.«

»Ja, ich hab sein Pferd draußen gesehen«, sagte Eleanor. »Es war der Grund dafür, dass ich dachte, ich sollte besser einmal nachsehen.«

»Du solltest ins Haus mitkommen, damit ich deine Wunde nähen kann«, bot Emma ihm ruhig an.

»Während ich in der Zwischenzeit Ihr Pferd versorge«, fügte Eleanor hinzu.

»Denken Sie nicht mal an Flucht«, erwiderte James in strengem Ton. »Es gibt keinen Ort auf dieser Welt, an dem ich Sie nicht finden würde.«

Eleanor straffte ihre Schultern und schob ihr Kinn vor. »Falls Sie es noch nicht bemerkt haben sollten, Mr. Swindler – es kommt Sturm auf. Und nur ein Narr würde bei einem Sturm die Flucht ergreifen.«

Angesichts des harten, unnachgiebigen Blicks, mit dem James Eleanor bedachte, war Emma eher der Meinung, dass nur ein Narr nicht fliehen würde, wenn der Jäger im Anmarsch war.

Kapitel vierzehn

Swindler saß auf einem Stuhl neben einem Fenster in einem der oberen Schlafzimmer, damit Eleanor – nein, Emma – besseres Licht zum Arbeiten hatte, da die unteren Fenster schon alle versperrt waren. Als er hinausschaute, musste er zugeben, dass Emmas Schwester recht hatte. In der Ferne konnte er schwere dunkle Wolken sehen, die das Sonnenlicht verdunkelten und auf sie zukamen. Er versuchte, sich mit dem Wetter zu befassen, schien aber außerstande zu sein, sich auf etwas anderes zu konzentrieren als auf Emmas schlanke Finger, die sanft sein Haar an der Verwundung scheitelten. Er kam sich tatsächlich wie ein Narr vor, weil er ihr erlaubt hatte, ihn dazu zu bringen, sie zu begehren. Das Schlimmste daran war, dass sie sich nicht einmal darum bemühen musste.

»Das wird jetzt wahrscheinlich ein bisschen wehtun«, warnte sie ihn sanft.

»Wie du sehr wohl weißt, habe ich Schlimmeres erlitten. Also mach nur ruhig weiter.«

Als sie die Nadel durch sein Fleisch stach, biss er die Zähne zusammen, doch alles andere an ihm blieb so regungslos wie Stein. Na ja, nicht wirklich alles. Sein Herz klopfte zum Zerspringen, da sie ihm so nahe war. Emma. Komisch, aber der Name passte zu ihr.

»Erzähl mir von deiner Schwester«, forderte er sie auf.

»Eleanor kann ziemlich eigensinnig sein, wenn ...«

»Nicht von Eleanor, sondern von Elisabeth. Ihr drei wurdet am selben Tag geboren, nicht wahr?«

»Ja. Was das betrifft, habe ich dir die Wahrheit gesagt. Elisabeth war die Erste, ich war die Letzte, und Eleanor kam zwischen uns zur Welt. Und unsere Mutter starb tatsächlich bei unserer Geburt. Wir waren zu viel für sie. Ihr Tod hat meinem Vater fast das Herz gebrochen, glaube ich. Er stellte eine Frau aus dem Dorf als Kinderfrau ein, widmete uns selbst allerdings nur wenig Zeit. Aber so ist das nun mal, denke ich. Was wissen Männer schon von Kindern? Hat dein Vater dich auch ignoriert?«

Er wollte weder an seinen Vater denken noch über seine Vergangenheit reden, aber trotzdem antwortete er. »Nein. Wir standen uns sehr nahe, er und ich. Wir hatten ja nur einander, um uns durchzubringen. Manchmal verbrachte er natürlich auch die Nacht bei einer Frau, und ich schlief dann ganz in der Nähe, fragte mich, ob sie wie meine Mutter roch, und hoffte, dass er bei dieser Frau vielleicht bleiben würde. Aber das tat er nur für eine Nacht oder zwei, und dann zog er weiter. In dieser Hinsicht komme ich nach ihm. Ich bleibe auch nie lange bei einer Frau, mit der ich im Bett gewesen bin. Verdammt!«

»Entschuldige. Die Nadel ist mir abgerutscht.«

Nein, das war sie nicht. James war sich ziemlich sicher, dass Emma bei seinen Worten die Konzentration verloren hatte und tiefer als beabsichtigt mit der Nadel eingedrungen war. Er wusste selbst nicht, warum er so etwas erzählte – aber er wollte nicht, dass sie merkte, wie viel sie ihm inzwischen schon bedeutete und wie erschüttert er von ihrem Betrug und ihrer Abreise gewesen war. Weil er mehr als nur ein paar Nächte mit ihr hatte zusammenbleiben wollen und so dumm gewesen war, schon Pläne für eine gemeinsame Zukunft mit ihr zu machen. Der Gedanke, sie nachts in seinen Armen zu halten und beim Erwachen in seinem Bett zu sehen, hatte ihm fast ebenso viel Vergnügen bereitet wie der Liebesakt mit ihr. Doch nun war ihm klar geworden, dass er von ihr nur so viel gewusst hatte, wie sie ihn hatte wissen lassen wollen. Ohne den Kopf zu bewegen, blickte er sich in dem Schlafzimmer um, so gut er konnte.

Eine blassgrüne Tapete mit winzigen rosaroten Röschen schmückte die Wände und eine Tagesdecke im gleichen Ton das Bett. Auch die zu den Klippen hinausgehenden Fenster waren mit rosaroten Vorhängen versehen. »Sind es diese Klippen …«

»Ja«, antwortete sie, bevor er die Frage beenden konnte, und obwohl er ihr Gesicht nicht sah, konnte er die Anspannung spüren, die von ihr ausging.

»Ist das dein Schlafzimmer?«, fragte er.

»Ja.« Er spürte, wie die Spannung von ihr wich.

»Du magst Rosa.«

»Ich liebe Rosa.«

Es war ein sehr feminin eingerichtetes Zimmer. Selbst die weißen Möbel hatten etwas Zierliches, Empfindliches. Ganz anders als in seinen Zimmern, wo alles so düster war wie seine Seele. Sie dagegen war lichterfüllt und fröhlich. Sie verkörperte Freude und Träume.

»Es war Eleanor, die ich in jener Nacht in Cremorne Gardens rettete.«

»Ja, aber ich war auch dort und verbarg mich in den Schatten. Wir sind nie allein ausgegangen und immer in Sichtweite der anderen geblieben. Ich habe gesehen, wie du sie beschützt hast.«

»Und deshalb hast du mich am nächsten Tag im Hyde Park auch erkannt.«

»Ja.« Er hörte das Schnippen einer Schere und verspürte ein

Ziehen, als sie den Faden verknotete. Dann begann sie, seinen Kopf zu verbinden. »Wieso bist du dir so sicher, dass ich es im Hyde Park war?«

»Weil irgendetwas an dir anders war. Damals dachte ich, es hätte mit der Sonne und dem Tageslicht zu tun.« Er kam sich wie ein romantischer Narr vor, als er es ihr erzählte. Er hätte seine Gedanken für sich behalten sollen.

»Die einzigen Male, bei denen wir nicht zusammen ausgingen, waren, als du anfingst, mich in London herumzukutschieren. Eleanor hatte Angst, dass du uns erwischen könntest und das Spiel vorbei wäre.«

Dabei war es äußerst unwahrscheinlich, dass er sie bemerkt hätte, wie er sich zu seiner Schande eingestehen musste. Seine ganze Aufmerksamkeit und sein Interesse hatten sich ausschließlich auf die entzückende Frau an seiner Seite konzentriert.

»So, das war's auch schon«, sagte sie mit einer federleichten Berührung ihrer Hand. »Vielleicht solltest du jetzt besser versuchen zu schlafen, bis der Kopfschmerz weggeht.«

Weil sein Kopf noch immer unbarmherzig pochte und er sich ziemlich desorientiert fühlte, raffte er sich auf, ging zu dem Bett hinüber und lehnte sich an den Pfosten an seinem Fußende. »Sie hat Lord Rockberry getötet.«

Emma wandte rasch den Blick ab, um ihn nicht ansehen zu müssen, als sie nickte.

»Also bist du in jener Nacht mit voller Absicht bei mir geblieben, um ihr ein Alibi zu verschaffen. Weil du wusstest, was sie vorhatte.«

Sie starrte den Boden an, als hoffte sie, er möge sich unter ihren Füßen öffnen und ihr die Möglichkeit zur Flucht verschaffen. »Ja«, flüsterte sie, bevor sie ihren Blick zu ihm erhob und etwas nachdrücklicher sagte: »Ja und nein. Eleanor war hinuntergegangen, um die Duchess zu begrüßen, als sie kam, um ihre Einladung zu überbringen. Ich lag derweil mit Kopfschmerzen im Bett. Als Eleanor erfuhr, dass ich die Möglichkeit erhielt, zu einem Ball zu gehen, beschloss sie, dass dies die ideale Nacht sein würde, um zu beenden, was wir begonnen hatten. Sie nahm an, dass Lord Rockberry früher oder später nach Hause zurückkehren würde, und wenn er kam ... dann würde sie sich um ihn kümmern. Meine Rolle war, bis zum Morgengrauen bei dir zu bleiben. Aber das wollte ich, weil ich ...« Sie leckte sich nervös die Lippen. »Weil ich etwas für dich zu empfinden begonnen hatte.«

»Du wirst verstehen, wenn ich dir das nicht glaube, nachdem du so plötzlich und ohne ein Wort verschwunden warst.«

»Ich glaubte, keine andere Wahl zu haben, James. Du bist sehr clever. Früher oder später hätte ich vielleicht etwas gesagt, was uns verraten hätte.«

»Und du dachtest, ich würde einfach alles auf sich beruhen lassen, wenn du fortgingst?«

»Ich ... ich hoffte, dass du es tun würdest. Ich war mir nicht so sicher wie Eleanor, dass du mein Verschwinden mit einem bloßen Achselzucken abtun würdest.«

»Und warum habt ihr ausgerechnet mich benutzt?«

Mit einem tief empfundenen Seufzer trat sie näher an das Fenster heran und warf einen Blick hinaus.

James konnte hören, wie der Wind zunahm. Es braute sich in der Tat ein Sturm zusammen, aber er glaubte nicht, dass er sich je mit dem vergleichen ließe, der in ihm selber tobte. »Warum mich?«, wiederholte er etwas schärfer.

»Eleanor und ich behielten Lord Rockberry permanent im

Auge und achteten immer sehr darauf, dass er jedes Mal nur eine von uns sah. Wir wären fast gestorben vor Schreck, als er zu Scotland Yard ging. Kurz danach wurde uns bewusst, dass du uns verfolgtest, und wir glaubten, dass das auf Lord Rockberrys Besuch bei der Polizei zurückzuführen war. Eleanor meinte jedoch, wir könnten die Situation zu unserem Vorteil nutzen.«

»Die Situation und mich.« Er konnte den in ihm brodelnden Zorn nicht länger unterdrücken.

Emma fuhr zu ihm herum. »Du hast ja keine Ahnung, was er unserer Schwester angetan hatte! Wir waren wild entschlossen, sie zu rächen. Du kannst dir gar nicht vorstellen, wie es ist, jemanden ungerechterweise zu verlieren.«

Und ob er das konnte! Er brauchte bloß an seinen Vater zu denken.

»An jenem Tag im Hyde Park, als ich dich zum ersten Mal ansprach, warum habt ihr da eigentlich beschlossen, dass du es sein würdest, die versuchen sollte … mich in euer Netz zu locken?«

Er hörte sie schlucken. »Das war einfach nur Zufall. Wärst du zwanzig Minuten später gekommen, wäre es Eleanor gewesen, der du gefolgt wärst. Aber nachdem du meine Bekanntschaft gemacht hattest, sorgten wir dafür, dass immer ich es war, die bei dir war. Wir beide haben uns über so viele Dinge unterhalten, dass Eleanor befürchtete, vielleicht ungewollt etwas zu sagen, was dich veranlassen könnte, dich zu fragen, mit wem du eigentlich zusammen warst.«

Sie hatten wirklich über alles Mögliche gesprochen, und die Leichtigkeit, mit der er sich mit ihr unterhalten konnte, hatte ihn überrascht. Er hatte nie viele Worte gemacht bei Frauen, sondern sich auf andere Art und Weise mit ihnen verständigt.

Aber bei ihr war alles ganz anders gewesen, als er es je bei irgendeiner anderen Frau erlebt hatte. Dass sie ihn so leicht hatte täuschen können …

»Ich habe Ihnen etwas von dem Whiskey unseres Vaters mitgebracht«, verkündete Eleanor, als sie ins Zimmer kam. Ihr blassblaues, mit einem dunkleren Farbton verziertes Kleid stand ihr nicht besonders gut, fand er, doch wahrscheinlich sah er sie durch andere Augen, seit er wusste, dass sie einen Mord begangen hatte. Komisch war auch, dass er sie für die arglistigere der beiden Schwestern hielt und sie absolut nichts anderes als Abscheu in ihm weckte.

Wenn sein Kopf nicht kurz davor wäre zu explodieren und er klarer denken könnte, hätte er das Glas vielleicht nicht angenommen, aber er dachte, der Whiskey würde den Schmerz vielleicht ein wenig betäuben und seinen Verstand schärfen. Und so stürzte er den Alkohol auf einen Zug hinunter und genoss das Brennen in seiner Kehle und die sich in ihm ausbreitende Wärme.

»Soll ich Ihnen noch etwas mehr bringen?«, fragte Eleanor.

»Nein, das wird für den Moment genügen.«

Eleanor beobachtete ihn mit solch unverhohlener Neugierde, dass er sich fragte, wie viel Emma ihr erzählt haben mochte. Er erinnerte sich, dass er sie anfangs, als er sie zu beschatten begonnen hatte, für nichts Besonderes gehalten hatte. Selbst in jener ersten Nacht in Cremorne Gardens war er ihr zu Hilfe gekommen, weil es in seiner Natur lag, Unschuldige zu beschützen, und nicht, weil er sie anziehend gefunden hatte. Aber am Nachmittag darauf veränderte sich alles. Irgendetwas an ihr war anders gewesen, auch wenn er nicht genau hatte bestimmen können, was es war. Er hatte nur gewusst, als er ihr die Karte überreichte und ihre Finger sich dabei streiften, dass er überall von ihr berührt werden wollte.

Wie aus weiter Ferne hörte er sich sagen: »Erklären Sie mir bitte die Umstände, die zu Elisabeths Tod geführt haben.«

»Die falschen Entscheidungen unserer Schwester mit Ihnen zu erörtern, käme mir wie Verrat vor«, sagte Eleanor.

»Ich könnte Ihnen vielleicht helfen, wenn ich alles verstehen würde.« Seine Worte klangen undeutlich, und er kam plötzlich ins Schwanken.

»Legen Sie sich hin, Mr. Swindler«, sagte Eleanor und nahm seinen Arm, um ihn zum Bett zu führen.

»Was hast du getan, Eleanor?«, fragte Emma, als sie zu ihnen hinübereilte.

»Ich habe ihm etwas zum Schlafen gegeben, damit wir in Ruhe überlegen können, wie wir mit der Situation am besten umgehen.«

Als ob sein Verstand seinen Körper verlassen hätte, war ihm vage bewusst, dass die beiden Frauen ihn aufs Bett legten. Dann wurden seine Lider schwer, und er konnte die Augen nicht mehr aufhalten. Er wollte ihnen sagen, dass ihn nichts außer dem Tod davon abhalten würde, seine Pflicht zu tun, aber sein Mund schien nicht gewillt zu sein, ihm zu gehorchen.

Schließlich gab er der Versuchung nach, sich im Trost des Schlafs zu verlieren, und schloss die Augen. Jemand deckte ihn behutsam zu, und der angenehme Duft von Rosen umgab ihn. Er wollte Emma zu sich herunterziehen, doch auch seine Arme gehorchten ihm nicht mehr. Das Einzige, was er erreichte, war, wieder im Dunkel zu versinken.

»Wie konntest du ihm das antun?«, fuhr Emma ihre Schwester an.

»Was hätte ich denn sonst tun sollen? Wir müssen jetzt sehr

gründlich überlegen, was wir ihn wissen lassen wollen oder nicht.«

»Wir sollten ihm alles erzählen.«

»Auf keinen Fall. Er würde es nur gegen uns benutzen.«

»Es ist zu spät, um zu bestreiten, was wir getan haben, Eleanor. Wenn wir ihm den Grund dafür erklären, könnte er uns vielleicht helfen.«

»Und was ist, wenn wir vor Gericht erklären müssen, warum wir es getan haben? Ich würde lieber hängen, als vor ganz London Schande über Elisabeth zu bringen«, sagte Eleanor entschieden und ging hinaus.

Emma beugte sich über James und küsste ihn auf die Stirn. »Es tut mir schrecklich leid.«

Dann, weil er schlief und Eleanor nicht da war, berührte sie sein Haar, wo es aus dem Verband hervorschaute. Bei seiner Ankunft war es vom Wind zerzaust gewesen, was ihm ein etwas wüstes Aussehen verliehen hatte. Sie strich mit ihren Fingern über sein Gesicht, das jetzt entspannt war, doch das Kantige daran, das sie so liebte, machte seine vertrauten Züge hart. Als er von seinem Pferd gestiegen war, hätte sein Zorn es mit dem schlimmsten Sturm aufnehmen können, der je über das Land gefegt war. Emma war sich nicht sicher, was sie von ihm erwartet hatte, aber dass er sie in die Arme genommen hatte, hatte sie sowohl erfreut als ihr auch Angst gemacht.

Vorsichtig legte sie ihre Hand an seine Kehle und suchte, bis sie seinen schon bedenklich schwachen Puls fand. Sie hätte Eleanor dafür ohrfeigen können, dass sie Laudanum in seinen Whiskey gegeben hatte. Hatten sie ihm nicht schon genug angetan?

Bezaubere ihn, verführ ihn, lenk ihn ab, hatte Eleanor gedrängt. Für Emma war die Aufgabe Himmel und Hölle zugleich gewesen, hatte allerdings dennoch jeden Moment in seiner Gesellschaft genossen, auch wenn jeder einzelne von Schuldgefühlen überschattet war.

Jedes Mal, wenn er ihr Fragen zu stellen begann, hatte sie gewusst, dass er bestrebt war, ihre Absichten herauszufinden. Wie oft hatte sie ihm alles gestehen wollen, ihn nach seiner Meinung fragen und ihm ihre Zweifel anvertrauen wollen. Eleanor war jedoch überzeugt gewesen, dass ein hochrangiger Aristokrat wie Lord Rockberry trotz seines verabscheuenswerten und abartigen Verhaltens straffrei davonkommen würde. Deshalb hatten sie die Sache selbst in die Hand nehmen müssen, um sicherzugehen, dass er büßen würde für das, was er Elisabeth – und vielleicht auch anderen Frauen – angetan hatte.

Auch Emma war der Meinung gewesen, dass Lord Rockberry bestraft werden musste. Aber sie hatte ganz gewiss nicht James verletzen wollen. Und trotzdem hatte sie in jener letzten Nacht in seinen Armen gewusst, dass sie ihm wehtun würde, ganz gleich, wie sehr sie sich auch wünschte, es könnte anders sein.

Sie nahm seine Hand, hob sie an ihre Lippen und drückte einen Kuss auf seine Fingerknöchel.

Rache war nichts für die zart Besaiteten, doch leider hatte sie zu spät entdeckt, dass sie auch für sie nichts war.

Als Swindler erwachte, war die Dunkelheit hereingebrochen, und das Kreischen des Windes war ein solch trostloses Geräusch, dass es wie ein Widerhall der Schreie seines eigenen Herzens war. Nachdem er inzwischen alles über Emmas hinterhältiges Tun wusste, wie konnte es da sein, dass er sich wieder einmal von ihr hatte verhexen lassen? Und wie konnte sie immer noch so unschuldig aussehen? Er hätte schwören können, dass er Reue, aber auch Zärtlichkeit und eine fast schon verzweifelte Sehnsucht, die seiner eigenen gleichkam, in ihren Augen gesehen hatte.

Er rollte sich herum, schwang seine Beine über die Bettkante und setzte sich. Sofort überfiel ihn Schwindel, und er wartete kurz ab, um ihn vergehen zu lassen. Im Kopf verspürte er ein dumpfes Pochen – das jedoch vermutlich mehr von dem kam, was auch immer Eleanor in seinen Whiskey gegeben haben mochte, als von dem Tritt des Pferds. Er wünschte, er könnte nur sie nach London zurückbringen und Emma hier lassen, doch wie sollte er dann erklären, dass er das Alibi geliefert hatte? So oder so würde er ziemlich dumm dastehen, aber zumindest würde die Wahrheit seinen Ruf nicht zerstören, sondern nur beflecken. Ohne Emma würde er für einen Lügner gehalten werden, und mit seiner Arbeit für Scotland Yard würde es vorbei sein.

Er hatte verdammt hart gearbeitet, um aus der Gosse herauszukommen und nicht mehr als der Sohn eines Diebs zu gelten, und er würde nicht zulassen, dass all seine Bemühungen umsonst gewesen sein sollten. Auch wenn sein Vater tot war, verdiente er doch einen seiner würdigeren Sohn. Swindler war immer fest entschlossen gewesen, ihn nicht zu enttäuschen.

Nun erhob er sich und ging zum Fenster, um in die Dunkelheit hinauszublicken. Regen klatschte gegen die Fensterscheiben, und im grellen Licht der Blitze sah er die weißen Schaumkronen auf der aufgewühlten See und die Bäume, die sich unter der Kraft des Sturmes bogen. Ohrenbetäubender

Donner erschallte. So nahe an der See zu leben war nichts für Leute, die von Kraft und Macht leicht einzuschüchtern waren. Kein Wunder, dass Emma so mutig war. Ihre Persönlichkeit war zweifellos geprägt worden von diesen Stürmen, und sie kannte die Macht der Natur und wusste, wie man ihren Angriffen standhielt.

Emma. Allein der Gedanke an sie erfüllte ihn mit solch widerstreitenden Gefühlen wie Begehren und Abneigung zugleich. Sie und ihre Schwester hatten das Gesetz in die eigene Hand genommen. Verflucht noch mal! Er wäre ein Heuchler, wenn er nicht zugäbe, dass er ab und zu das Gleiche getan hatte. Er hatte seine Handlungen immer damit gerechtfertigt, weil er glaubte, er wüsste, was Gerechtigkeit ausmachte, da er in seiner Jugend so viel Ungerechtigkeit gesehen hatte. Arroganter Bastard, sagte er sich. Emma brachte ihn dazu, sich mit seinen eigenen Unzulänglichkeiten auseinanderzusetzen, und das gefiel ihm nicht besonders.

Sich vom Fenster abwendend, ging er zur Tür, drehte den Knauf und musste feststellen, dass die Tür verschlossen war. Ungläubig presste er seine Stirn an das Holz und lachte düster. Anscheinend hatte Emma nach allem, was sie während ihrer kurzen gemeinsamen Zeit miteinander erlebt hatten, noch immer keine Ahnung, mit wem sie es zu tun hatte.

In der Küche faltete Emma sorgfältig die Stoffserviette, die sie auf das Tablett legen wollte, das sie für James vorbereitete. Eigentlich war es wirklich albern, dass sie alles perfekt haben wollte, zumal er nach Eleanors Herumpfuscherei an seinem Whiskey mit Sicherheit sehr schlecht gelaunt erwachen würde.

»Ich weiß, dass du verärgert bist, weil ich ihm etwas von dem Schlafmittel gegeben habe«, begann Eleanor, während sie das Hammelfleisch in Scheiben schnitt. Es war fast eine Stunde her, seit sie das letzte Mal miteinander gesprochen hatten. Während Eleanor mit den Vorbereitungen für das Abendessen begonnen hatte, war Emma zu den Tieren hinausgegangen und hatte sie in den Stall gebracht, bevor der Sturm losbrach.

»Ich bin mehr als verärgert. Er hat nichts getan, um ein solches Misstrauen zu verdienen«, erwiderte Emma, die langsam die Geduld mit ihrer Schwester und deren Unfähigkeit verlor, zu verstehen, dass sie zwar einmal eine Grenze überschritten hatten, es ihnen aber keinesfalls zur Gewohnheit werden dürfte.

»Er ist hergekommen, um uns zu verhaften, und ich habe lange und sehr gründlich darüber nachgedacht. Die beste Lösung für uns ist, ihn zu überzeugen, dass er dich hierlassen sollte. Ich meine, wer hätte denn etwas davon, wenn wir beide gehängt würden? Und außerdem war es meine Idee. Du hast nur mitgemacht, weil es nun mal in deiner Natur liegt, mich zu unterstützen.«

»Meine Erinnerung an unser damaliges Gespräch ist eher so, dass du vorschlugst, wir sollten ihn umbringen, und wir dann darüber stritten, wer von uns beiden die Ehre haben sollte, ihn ins Jenseits zu befördern.«

Eleanors Lippen zuckten. »Und du musstest nicht erst groß dazu überredet werden, dass er beseitigt werden musste.«

»Absolut nicht. Ich hatte Elisabeths Tagebuch ja auch gelesen.«

»Vielleicht sollte ich es dann mal lesen«, ertönte eine tiefe Stimme von der Tür.

Mit einem erschrockenen Ausruf fuhren Emma und Eleanor

herum. Sie standen nahe genug beieinander, um sich gegenseitig zu umklammern und festzuhalten, als ob der Teufel aus der Hölle aufgestiegen wäre, um sie zu holen. Aber es war nur James, der im Türrahmen stand und trotz seines etwas derangierten Zustands geradezu unverschämt gut aussah. Er hatte den Kopfverband abgenommen, sich allerdings nicht die Mühe gemacht, Weste und Rock überzuziehen – oder auch nur sein Hemd wieder zuzuknöpfen. Sein Hals und ein schmales V von seiner Brust waren sichtbar, doch es genügte, um Emmas Hände zum Kribbeln zu bringen vor Verlangen, ihn anzufassen. Wenn Eleanor sie nicht so fest umklammert hielte, wäre Emma vielleicht sogar zu James gegangen und hätte genau das getan: ihn berührt, gestreichelt und in die Arme genommen.

Einer seiner Mundwinkel verzog sich zu dem spitzbübischen Lächeln, das sie so liebte. »Du hast doch nicht ernsthaft geglaubt, eine abgeschlossene Tür könnte mich in diesem Raum festhalten, oder?« Er hob eine kleine, mit Diamanten besetzte Haarnadel hoch, die Emma als die erkannte, die sie in der Ballnacht getragen und später in seinem Schlafzimmer vergessen hatte. »Ich bin unter Dieben und Langfingern aufgewachsen. Ein Schloss zu öffnen ist für mich ein Kinderspiel.«

Emma riss sich von ihrer Schwester los und sah sie böse an. »Du hattest die Tür abgeschlossen?«

Eleanor warf ihr einen sturen Blick zu. »Während du draußen warst und dich um die Tiere gekümmert hast. Ich wollte sichergehen, dass wir nicht gestört wurden, falls er zu schnell erwachte, während wir noch Pläne machten.«

»Eleanor …« Aber bevor sie fortfahren konnte, funkelte Eleanor James verärgert an.

»Uns derart zu erschrecken war sehr unhöflich von Ihnen«, sagte sie in scharfem Ton. Emma wusste, dass ihre Schroffheit von ihrer Angst herrührte, die Situation nicht mehr unter Kontrolle zu haben. Eleanor war schon immer die Anstifterin, die Planerin und diejenige mit den großartigen Plänen und Projekten gewesen. Während sie sich früher der Frage gewidmet hatten, wie sie den besten Ehemann ergattern konnten, dachten sie jetzt nur noch angestrengt darüber nach, wie sie dem Strang entkommen konnten.

»Und Ihre Gastfreundschaft lässt sehr zu wünschen übrig«, entgegnete James.

»Sie erwarten wohl, dass ich mich für das Schlafmittel entschuldige?«

Er schüttelte den Kopf. »Von Ihnen erwarte ich gar nichts.«

Seine Worte klangen etwa so, als ob Emma und Eleanor die Niedrigsten der Niedrigen wären, Schlangen wie die, die sie im Zoo gesehen hatten und die auf ihren Bäuchen kriechen mussten, weil sie zu abscheulich waren, um die Möglichkeit zum Aufstehen zu erhalten.

»Ich war gerade dabei, dir ein Tablett mit deinem Abendessen vorzubereiten«, sagte Emma mit unsicherer Stimme, um das Thema zu wechseln und ihm eine Art Friedensangebot zu machen.

»Ich bin durchaus in der Lage, am Tisch zu essen. Ich brauche nicht bedient zu werden.«

Emma nickte rasch. »Na gut, dann werden wir in einer halben Stunde essen.«

Sein Blick glitt langsam über sie, bevor er sich auf Eleanor heftete. »Geben Sie noch einmal etwas in mein Essen oder Getränk, sollten Sie besser hoffen, dass es mich umbringt – denn wenn ich erwache, werden Sie meinen Zorn zu spüren bekommen, und glauben Sie mir – das wäre alles andere als schön für Sie.«

Dann verließ er ohne ein weiteres Wort den Raum.

»Ich werde keinen Bissen runterkriegen, wenn er bei uns am Tisch sitzt«, bemerkte Eleanor.

Emma auch nicht, nur waren ihre Gründe ganz andere als Eleanors. Denn trotz allem wünschte sie sich nichts mehr, als noch einmal in James' Armen zu liegen.

Kapitel fünfzehn

Draußen heulte noch immer der Sturm und hielt sie alle in dem schützenden Kokon des Hauses fest. Wegen des Unwetters wurde es auch früher dunkel, und so erhellten flackernde Kerzen den Esszimmertisch, auf dem Platten mit Hammelbraten, Kartoffeln und Bohnen herumgereicht wurden, von denen alle sich bedienten. Bis auf das gelegentliche Kratzen von Besteck auf Porzellan herrschte jedoch absolute Stille am Tisch.

Was Emma überraschte, war, dass James glatt rasiert und wieder mit Weste, Schalkrawatte und Überrock bekleidet war. Doch egal, wie er aussah – ob wie ein Raufbold oder Gentleman –, sein Anblick verwirrte sie jedes Mal völlig und sorgte dafür, dass ein fast schmerzhaftes Gefühl der Sehnsucht sich in ihrer Magengrube festsetzte.

Er saß am Kopfende des Tischs, während Eleanor und sie zu beiden Seiten von ihm saßen. Ihr Vater hatte nie diesen Platz für sich beansprucht, so wie James es tat – und das so selbstverständlich, als ob er ein König wäre. Emma gab sich alle Mühe, sich nicht vorzustellen, wie befriedigend es wäre, James jeden Abend an diesem Platz zu sehen. Aber er war nicht geschaffen für dieses stille Leben hier an der Küste – obwohl die Nacht im Moment alles andere als still war, da sogar die Fenster rappelten.

»Besteht auch nur die geringste Chance, dass dieses Haus vom Sturm ins Meer getrieben wird?«, fragte er ruhig.

»Nein«, beruhigte Emma ihn. »Da der Wind von der See her kommt, würde es, wenn überhaupt, im Höchstfall nur ins Dorf getrieben.«

Seine Augen funkelten vor Belustigung, und Emma hätte fast vergessen können, dass er aus einem Grund hier war, der alles andere als lustig war.

Sie kämpfte gegen die Fragen an, die sich ihr aufdrängten – wie es wohl gewesen wäre, wenn sie statt Elisabeth zu der letzten Ballsaison nach London geschickt worden wäre oder ob sie James auf irgendeinem Ball begegnet wäre. Ob er zu ihr hinübergeschaut und sie bemerkt hätte? Und hätte er sie zum Tanzen aufgefordert? Wäre der Funke genauso schnell zwischen ihnen übergesprungen, wenn sie sich völlig fremd gewesen wären?

Er betrachtete sie jetzt nachdenklich über sein Weinglas. Vorhin hatte er eine noch ungeöffnete Flasche aus dem Keller geholt, sie geöffnet, sich selbst eingeschenkt und die Flasche nicht mehr aus den Augen gelassen. Langsam, ja fast schon argwöhnisch, ließ er seinen Blick zu Eleanor gleiten, bevor er wieder Emma ansah. »Als ich deine Pensionswirtin fragte, wusste sie nur von einer Dame, die in den gemieteten Zimmern wohnte.«

»Sag nichts, Emma«, befahl Eleanor streng. »Zurzeit hat er kaum mehr als Spekulationen und Mutmaßungen, die er nicht belegen kann. Es gibt keinen Beweis dafür, dass du jemals in London warst.«

Sein unnachgiebiger Blick richtete sich noch entschiedener auf Emma. »Weil du dich, wohin du auch gingst oder was immer du auch machtest, dich stets für Eleanor ausgegeben hast. Ich glaube, du hattest von Anfang an geplant, irgendwo bei irgendjemandem zu sein, während Eleanor den Mord beging. Und ich passte anscheinend ganz gut in eure kleine Verschwörung.«

»Ja«, antwortete sie mit aufrichtigem Bedauern, da sie eigentlich jemanden von Lord Rockberrys Sorte hatte benutzen wollen. Jemanden, der vielleicht nicht ganz so verderbt war wie er, aber ein Mann, der es verdient hätte, benutzt zu werden. An jemanden wie James, einen Mann mit einem moralischen Kompass, der immer auf Anstand, Ehre und Prinzipien zeigte, hatte sie natürlich nie gedacht.

Mit einem Finger klopfte er langsam an sein Weinglas, *tapp, tapp, tapp*, als ob er Teile eines Puzzles zusammensetzte. Dann hielt er inne und streckte seinen Finger aus, als müsste er etwas anmerken.

»Es hätte klappen können ... wenn du nicht so unglaublich schnell verschwunden wärst – ohne auch nur einen Abschiedsgruß an mich.« Die Hitze in seinen Augen konnte sich schon fast mit der des kleinen Feuers im Kamin messen. »Besonders nach ... den Intimitäten zwischen uns.«

Er wollte ihr wehtun, ihr ins Gesicht schleudern, was sie ihm geschenkt hatte. Sie konnte es seinem Blick ansehen und dachte, dass sie es vermutlich auch verdiente.

»In was für ... Schwierigkeiten konntet ihr in einer Kutsche schon geraten?«, fragte Eleanor.

Wenn sie wüsste!, dachte Emma, die jedoch nicht die Absicht hatte, ihr Einzelheiten zu verraten, zumal die meisten »Intimitäten« gar nicht in der Kutsche stattgefunden hatten. »Ich wollte ja warten, bis ich dich wiedersah, aber ich hatte Angst, dass du die Wahrheit in meinen Augen sehen würdest.«

Er fragte nicht, welche Wahrheit sie gerade meinte: die Wahrheit, dass sie mitgeholfen hatte, einem Menschen das Leben zu nehmen, die Wahrheit, dass sie sich in ihn verliebt hatte, die Wahrheit, dass ihre letzte Nacht mit ihm die wundervollste ihres Lebens gewesen war. Vielleicht erkannte er ja die enorme Tragweite ihrer Gründe, London zu verlassen, denn nun wandte er sich wieder seinem Essen zu. Für mehrere Minuten kehrten die Stille und das Unbehagen an den Tisch zurück. Vermutlich dachten sie gerade alle über die Schwere ihrer miteinander verknüpften Leben nach. Unehrlichkeit war kein stabiles Fundament, um etwas Dauerhaftes darauf aufzubauen. Sogar ihre Beziehung zu Eleanor war ziemlich angespannt geworden, seit sie aus London zurückgekehrt waren.

»Dann bist du also hier in dieser Gegend aufgewachsen.«

Seine Stimme so plötzlich in der allgemeinen Stille zu vernehmen, war wie ein Donnerschlag. Emma fuhr zusammen, und Eleanor ging sogar so weit, ihre Gabel auf ihren Teller fallen zu lassen. James hatte seine Feststellung nicht als Frage formuliert, aber Emma dachte, dass sie trotzdem eine Antwort erforderte. Sie blickte zu Eleanor hinüber, die ihre Gabel wieder aufgehoben hatte und damit beschäftigt war, ihr Essen von einer Seite ihres Tellers auf die andere zu schieben.

»Ja«, sagte Emma, »wir sind in diesem Haus geboren. Es befindet sich seit zwei Generationen im Besitz der Familie, im Grunde also erst seit kurzem, wenn man bedenkt, wie lange England existiert.«

»Habt ihr keine Bediensteten?«

»Schon, aber das war, bevor Vater starb. Wir hatten eine Köchin, ein Mädchen für alles und einen Mann, den wir als Butler und Kutscher eingestellt hatten.« Sie wusste, dass sie abschweifte, denn was interessierten ihn schon die Einzelheiten bezüglich ihrer Dienerschaft? Doch sie konnte die Anspannung und Verlegenheit, die Eleanor und sie ausstrahlten, fast nicht mehr ertragen. James dagegen war kühl und distanziert, schien sich aber trotzdem in seiner Umgebung wohlzufühlen. »Versuchst du uns zu sagen, dass das Essen miserabel ist?«

»Ich habe schon weit Schlimmeres gegessen.«

Als Emma sich ihre feuchten Hände an der Serviette auf ihrem Schoß abwischte, fiel ihr ein, dass James bis jetzt noch nie außerhalb von London gewesen war. Sie hätte zu gerne neben ihm im Zug gesessen, als er die vorbeiziehende Landschaft in sich aufnahm. »Hat dir gefallen, was du während der Reise von London hierher gesehen hasst?«

»Ich habe kaum etwas bemerkt.«

»Schade. Es gibt ein paar wunderschöne Landstriche auf dem Weg. Vielleicht kann ich dir einige davon zeigen, bevor du – wir – nach London zurückkehren.«

»Herrgott noch mal!«, entfuhr es Eleanor, als sie aufsprang. »Können wir mit dieser verflixten Höflichkeit mal aufhören? Der Mann will uns hängen sehen, Emma. Ich zumindest habe keine Lust, ihm auch nur irgendwas zu zeigen.«

Nachdem sie ihre Serviette auf den Tisch geworfen hatte, verließ sie den Raum und ahmte dabei den Sturm nach, der draußen tobte. Als Emma sie gehen sah, konnte sie nicht verhindern, Freude darüber zu empfinden, dass sie noch etwas mehr Zeit mit James allein hatte.

Sie räusperte sich. »Du musst es ihr nachsehen. Sie ist nicht sie selbst gewesen in letzter Zeit.«

»Wieso bist du eigentlich so ruhig? Glaubst du, du könntest deine Reize erneut einsetzen, um mich zu überreden, deine Verfehlungen zu übersehen?«

»Nein, für mich ist Schluss damit, dich zu belügen. Ganz ehrlich gesagt wird es eine Erleichterung sein, uns dem, was wir getan haben, zu stellen. Ich habe kein Auge mehr zugetan, seit wir London verlassen haben. Und ich habe auch kaum etwas gegessen. Ich bereue es nicht, dass er tot ist, aber es gibt Momente, in denen ich es bedauere, dass wir es waren, die ihn getötet haben. Gibt es Dinge, die du auch gern ungeschehen machen könntest, James?«

Er erhob sich von seinem Stuhl und kam zu ihr, um sich neben sie zu knien. Seine schönen grünen Augen waren voller Mitgefühl, als er ihr Gesicht zwischen seine Hände nahm und mit den Daumen die Tränen auf ihren Wangen berührte, derer sie sich bisher nicht einmal bewusst gewesen war. »Sie haben mein Leben bestimmt, Emma.«

Und dann berührten seine Lippen unendlich sanft und zärtlich ihre. Die Leidenschaft war stets so schnell zwischen ihnen aufgelodert, als ob sie beide gewusst hätten, dass ihre gemeinsame Zeit nur kurz und diese Leidenschaft danach für immer verloren sein würde. Jetzt war sie eingedämmt, aber Emma konnte immer noch die Glut des Verlangens spüren, die kämpfte, um nicht zu verlöschen, und bemüht war, so heiß und hoch wieder aufzulodern, wie sie einmal gebrannt hatte.

Als er sich von ihr löste, sagte er: »Ich möchte Elisabeths Tagebuch lesen.«

Für einen wundervollen Moment lang hatte sie geglaubt – gehofft –, er habe vergessen, dass er ein Polizist mit einer Verpflichtung war. Aber sie hatte sich schon gedacht, dass seine Pflichten nie sehr weit von seinen Gedanken entfernt waren, genau wie ihre Sünden nie sehr weit von ihren waren. Und so wischte sie sich die verbliebenen Tränen ab und nickte. »Ich werde es dir holen.«

Sie hätte nicht überraschter sein können, als er ihr beim Tischabräumen half – und dann das Geschirr abtrocknete, als sie es spülte.

»Ich bin es nicht gewöhnt, einen Mann in der Küche zu haben«, sagte sie. »Mein Vater verließ immer den Tisch und ging in sein Arbeitszimmer, um seine Pfeife zu rauchen und ein Gläschen Brandy dazu zu trinken.«

»Ich verlasse mich lieber nicht darauf, dass deine Schwester nicht in all den Alkohol Laudanum gegeben hat. Und was die Pfeife angeht – wir haben auch so schon genug schlechte Luft in London. Da brauche ich nicht noch Gift in meinen Lungen. Ich mag den Geruch der Luft hier.«

Emma lächelte. »Warte, bis der Sturm vorbei ist. Dann ist es wirklich sehr schön hier.«

Als wollte er gar nicht daran denken, was geschehen würde, wenn der Sturm vorbei war, sagte er: »Als ich bei Feagan lebte, hatten wir alle unsere Aufgaben. Meine war, das Geschirr zu spülen. Den meisten Jungs war es egal, ob es sauber war oder nicht, aber ich hasse den Geruch von ranzigem Essen.«

»Was dir wohl kaum jemand zum Vorwurf machen kann.«

»Er erinnerte mich zu sehr an den Geruch von Newgate, als ich meinen Vater besuchte, bevor sie ihn erhängten.« Seine Stimme war düster, und sie konnte unerfreuliche Erinnerungen darin erwachen hören.

»Das klingt, als vermisstest du ihn immer noch.«

»Jeden Tag. Obwohl es inzwischen über zwanzig Jahre her ist.«

Sie reichte ihm den letzten Teller. »Im Grunde ist es gut, nicht zu vergessen. Manchmal ist es so, als ob Elisabeth noch bei mir wäre. Ich werde dir jetzt ihr Tagebuch holen, und wir treffen uns dann im Wohnzimmer.«

Eleanor weigerte sich, ihr Schlafzimmer zu verlassen. Emma störte es nicht, weil sie so mit James im Wohnzimmer allein sein konnte. Sie hatte das Tagebuch geholt und ihm dazu erklärt, dass der relevante Teil im vergangenen Juni begann, nachdem Elisabeth in London angekommen war. Doch mit seiner für ihn typischen Gründlichkeit, die Emma erst jetzt zu erkennen begann, schlug er das Tagebuch auf der ersten Seite auf und begann zu lesen.

Seltsamerweise wurde sie nicht ungeduldig, während er las. Nach der Zeit zu urteilen, die verging, bevor er die Seite umblätterte, war er kein schneller Leser. Falls er vorhatte, das ganze Tagebuch zu lesen, ehe sie die Rückreise antraten, würden Eleanor und sie ein paar zusätzliche Tage in Freiheit haben, um ihre Angelegenheiten zu regeln. Sie mussten dafür sorgen, dass jemand die wenigen Tiere, die sie besaßen, übernahm. Und dann war da noch die Sache mit dem Haus. Sie könnten es verschließen und verriegeln, aber irgendwann würde es an jemand anderen gehen müssen. Oder vielleicht sollten sie es verkaufen? Sie würden Geld für einen Anwalt brauchen, und denjenigen mit Geld erging es auch im Gefängnis besser.

Während James las, kümmerte Emma sich um ihre Näharbeit. Bevor sie hereingekommen war, hatte James ein Feuer im Kamin entzündet, sodass es gemütlich warm im Zimmer war. Nachdem er anscheinend zu dem Schluss gekommen war, dass Eleanor nicht allen Alkohol im Haus mit Laudanum versetzt hatte, gönnte er sich nun ein wenig von dem Brandy ihres Vaters. Ein halb volles Glas stand auf dem Tisch neben dem Sessel, in dem er saß. Emma hatte sich auf die andere Seite des kleinen Tischs gesetzt, um die Lampe mit ihm teilen zu können. Sie war ihm nahe genug, um seinen maskulinen Duft zu spüren und das Knistern des Papiers zu hören, wenn er eine Seite umblätterte.

Diese Momente waren wie die, von denen sie geträumt hatte, wenn sie sich ihr späteres Leben – ein Leben mit einem Ehemann und Kindern – vorstellte. Doch die Jahre, die sie erwarteten, würden keine Momente wie diesen enthalten. Ihr Mund wurde plötzlich trocken, und ihre Zunge schien nicht bereit zur Mitarbeit zu sein. »Glaubst du, es besteht irgendeine Chance, dass sie uns deportieren werden, statt uns aufzuhängen?«

Mit unergründlicher Miene blickte er von dem Tagebuch ihrer Schwester auf. »Würdest du das vorziehen?«

Emma wollte schlucken, ihre Kehle war allerdings immer noch wie ausgetrocknet. »Ich weiß es nicht. Aber ich würde sagen, dass jede Art von Leben dem Tod vorzuziehen wäre, selbst ein hartes Leben.«

»Es ist mehr als hart. Es ist brutal.«

Sie nickte, obwohl sie noch nie jemanden gekannt hatte, der deportiert worden war. Tatsächlich war der einzige Mensch, den sie kannte, der je in einem Gefängnis oder einer Haftanstalt gewesen war, James – und sie hatte gesehen, was sie mit seinem Rücken gemacht hatten, als er noch ein Kind gewesen war. Sie konnte sich nicht mal vorstellen, wie viel barbarischer die Bestrafung eines Erwachsenen sein würde.

Als sei er sich der beunruhigenden Gedanken bewusst, die ihr durch den Kopf gingen, sagte er: »Ich würde mir an deiner Stelle keine allzu großen Sorgen darüber machen.«

»Da hast du völlig recht. Ich sollte lieber das Beste aus der Zeit machen, die mir hier bleibt, solange ich noch vor Ort bin.« Sie betrachtete die ungeschickt ausgeführte Handarbeit auf ihrem Schoß. »Ich weiß nicht mal, warum ich mich hiermit befasse. Ich kann das Teil unmöglich fertig machen, bevor wir abreisen. Und ich bezweifle …«

»Emma.«

Seine Stimme war fest, aber sanft, und sie zog sie auf die gleiche Weise an wie alles andere an ihm. Sie fand sogar Trost in seiner Nähe, obwohl sie wusste, dass er das Todesurteil für sie sein würde. »Sag noch einmal meinen Namen.«

Sie verstand den inneren Kampf nicht, den sie in seinen Zügen sah. War er angewidert von ihr, von dem Gedanken, ihren Namen noch einmal über die Lippen zu bringen?

»Emma«, murmelte er schließlich.

»Du kannst dir gar nicht vorstellen, wie viele Male ich mich danach gesehnt habe, dich meinen Namen statt Eleanors sagen zu hören.« Sie senkte ihren Blick, weil er die verdammten Tränen nicht sehen sollte, die ihr schon wieder in die Augen stiegen. »Wie sehr verachtest du mich, weil ich dich getäuscht habe?«

Endlose Minuten schienen vorbeizugehen, bevor er schließlich sagte: »Wahrscheinlich nicht annähernd so sehr, wie du dich selbst verachtest.«

Sie blickte zu ihm hinüber, überrascht von seiner Offenheit, aber auch erleichtert von seinen Worten. Wenn sie allerdings bedachte, wie sehr sie sich selber hasste, war seine Abneigung gegen sie vielleicht größer, als sie wollte. »Du bist ja ach so klug, James Swindler.«

»In meinem Leben bin ich allen Arten von Menschen begegnet. Einige waren schuldig, andere unschuldig. Einige verdienten, was das Schicksal ihnen auferlegte, andere nicht. Vor langer Zeit gab es einen Jungen, den ich kannte. Er war ein rotzfrecher Bengel und unersättlich noch dazu. Er wollte alles haben, was er zu Gesicht bekam, der Kerl. Eines Tages sah er einen alten Herrn eine goldene Uhr aus seiner Tasche nehmen. Sie glänzte so schön, dass der Junge dachte: ›Oh, die muss ich haben, unbedingt‹, und dann stahl er sie dem alten Herrn. Aber er war nicht sehr geschickt darin, weißt du. Der alte Herr bemerkte das Fehlen seiner Uhr sofort und begann nach einem Wachtmeister zu schreien. Der Junge bekam Angst, und da sein Vater ganz in der Nähe stand, ließ er die Uhr in dessen Tasche fallen. Ich glaube, es war der überraschte Gesichtsausdruck des Vaters, der den Wachtmeister dazu veranlasste, ihn zu durchsuchen. Und der alte Herr … er war ein Lord, wie sich herausstellte, und sehr erbost über den Diebstahl seiner Uhr. Er sorgte dafür, dass der Mann innerhalb von zwei Wochen für sein Vergehen gehängt wurde. Nicht ein einziges Mal beteuerte der Verurteilte seine Unschuld oder gab seinem Sohn die Schuld an allem. Er stieg die Stufen zum Galgen hinauf, als ob er nichts bedauerte. Das Bedauern und die Reue blieben seinem Sohn überlassen.«

Emmas Brust schmerzte, als ob sie zu klein geworden wäre, um ihr Herz in sich zu bergen. »Der Sohn warst du.«

»Mein Vater sagte mir, wir spielten der Justiz einen Streich, indem wir sie beschwindelten. Als Feagan mich aufnahm – oder andere Jungen –, ließ er uns unsere Namen ändern. Swindler schien gut zu passen zu einem Jungen, der es geschafft hatte, dass sein Vater anstelle von ihm selbst erhängt wurde.«

Trotz all der Jahre, die seitdem vergangen waren, hatte Emma Mitleid mit dem Jungen, der heute als erwachsener Mann vor ihr saß. »Ach, James, er hätte sicher nicht gewollt, dass du mit Schuldgefühlen lebst. Er wusste, was er tat. Eltern opfern sich andauernd für ihre Kinder auf.«

»Das macht es nicht leichter, damit zu leben, Emma.«

»Deshalb trägst du also keine Uhr.«

»Ich kann mich nicht dazu überwinden, eine zu kaufen – obwohl ich sie mir heute leisten könnte.«

Als ob sie nur über das Wetter gesprochen hätten, wandte er sich wieder dem Tagebuch zu und las weiter. Und weil Emma nichts einfiel, was sie sagen könnte, um ihn zu trösten, überließ sie ihn seiner Lektüre.

Kapitel sechzehn

Da James des unseligen Schlaftrunks wegen, den Eleanor ihm verabreicht hatte – komisch, wie sehr der Name, den er einst geliebt hatte, ihm auf einmal auf die Nerven ging! –, schon am Nachmittag zu lange geschlafen hatte, war er alles andere als müde, als die Uhr auf dem Kaminsims zehn Uhr schlug. Emma dagegen war erschöpft und wollte ins Bett gehen. Sie bot ihm an, in ihrem Schlafzimmer zu übernachten, da sie selbst bei Eleanor schlafen würde. Falls der Schlaf sich überhaupt einstellen würde.

Obwohl James bewusst war, dass er sich wie ein Tölpel ohne Manieren verhielt, erhob er sich nicht, als Emma von ihrem Stuhl aufstand. Aber er wusste, wenn er es täte, würde nichts auf Erden ihn davon abhalten können, zu ihr zu gehen, sie hochzuheben und sie zu seinem Bett zu tragen. Falls er es überhaupt so lange aushielte. Allein schon durch das Alleinsein mit ihr war sein Körper so angespannt, dass er möglicherweise sogar versuchen würde, sie zu nehmen, bevor sie auch nur den Raum verließen. Deshalb blieb er, wo er war, und wünschte ihr geistesabwesend eine gute Nacht, ohne auch nur von seiner Lektüre aufzublicken. Es war die reinste Hölle, ihr so nahe zu sein, ohne sie zu berühren.

Zu allem Übel hatte er ihr auch noch sein tiefstes, dunkelstes Geheimnis offenbart, als ob es ein Märchen wäre. Was für ein Teufel hatte ihn geritten, seine Sünden hinsichtlich seines Vaters zu gestehen? Jetzt wusste sie, dass auch er für den Tod eines Menschen verantwortlich war. Er hätte seinen Vater genauso gut ermorden und ihm selbst die Schlinge um den Hals legen können. Die Schuld hatte zwanzig Jahre an ihm genagt und offene Wunden hinterlassen, die nie verheilen würden. Niemand wusste von ihnen, nicht einmal Frannie, aber was Emma anging, schien er außerstande zu sein, Geheimnisse für sich zu behalten.

Es war lange nach Mitternacht, als Swindler das Tagebuch beiseitelegte. Er wollte das Mädchen, das es geschrieben hatte, kennenlernen, um besser verstehen zu können, wie es sich auf sie ausgewirkt haben mochte, was immer ihm auch widerfahren war. Vielleicht suchte ein Teil von ihm auch nach Hinweisen in Bezug auf Emma. Er wollte nicht glauben, dass sie während ihres Aufenthalts in London völlig unaufrichtig gewesen war. Sie musste irgendwann ihr wahres Ich mit ihm geteilt haben, auch wenn ihr Name und ihre Gründe nicht der Wahrheit entsprochen hatten. Verdammt! Er wollte sie nicht verlieren, die Frau, die er in London gekannt hatte, die ihn fasziniert, zum Lachen gebracht und ihn morgens freudig hatte aufstehen lassen, weil sie ihm einen Grund gegeben hatte, sich auf den Tag zu freuen.

Er dachte, dass die Frau, die er in London gekannt hatte, mehr Emma gewesen war als die Frau, die ihn hier mit Sorge und Argwohn in den Augen beobachtete. Er verübelte ihr die Zweifel, die sie hegen mochte, jedoch nicht. Er war sich nicht mal sicher, dass er all die Gründe, die ihn hergeführt hatten, erklären könnte. Seines Stolzes wegen, weil er eine Mörderin hatte entkommen lassen – seiner Ehre wegen, weil sein Wort jetzt leicht in Zweifel gezogen werden konnte. Aber es war mehr als seine Arbeit, derentwegen er hier war. Es gab so viel, was er sich nicht erklären konnte.

Und der Sturm draußen tobte weiter. Swindler war nicht sicher, ob er bei all seinem Geheul und Lärm würde schlafen können. Selbst der Regen war lauter, als er ihn in London je gehört hatte. Während er sich seinen steifen Nacken rieb, beschloss er, da beide Frauen schon im Bett waren, sich ein heißes Bad zu gönnen.

Gleich neben der Küche fand er ein Badezimmer, das zweifellos ein neuerer Anbau war. Während er Wasser pumpte, um die Wanne zu füllen, erhitzte er in der Küche nebenan noch mehr, weil er sehr heiß zu baden pflegte, und da er die Wanne auch gern gut gefüllt hatte und in der Stimmung für ein bisschen Luxus war, brauchte er eine ganze Weile, um die Wanne zu seiner Zufriedenheit zu füllen. Er hatte gerade sein Hemd über den Kopf gezogen, als die Tür aufging.

Sein Herz begann zu rasen, als er sich umdrehte, und genauso schnell beruhigte es sich wieder. »Eleanor.«

Mit einem leisen Lachen zog sie ihren Schal noch fester um ihr Nachthemd und trat zwei Schritte auf ihn zu. »Oh, James, ich kann dir gar nicht sagen, wie weh es tut, dass du mich nicht erkennst. Ich bin's, Emma.«

»Erzähl das jemand anderem.« Ohne sie weiter zu beachten, kehrte er ihr den Rücken zu und tauchte seine Hand ins Wasser. Noch war es heiß genug, aber nicht mehr für sehr lange.

»Ich kann nicht glauben, dass du nach allem, was uns verband ...«

Swindler fuhr herum und ergriff ihr Handgelenk, bevor sie seine nackte Schulter berühren konnte. Er war sich nicht sicher, was ihr sein Gesicht verriet, doch angesichts dessen, wie sie ihre Augen aufriss, war es genau das, was er dachte. »Lassen Sie mich in Ruhe. Ich will nichts mit Ihnen zu tun haben.«

Sie ließ die Schultern hängen, als ob alles verbliebene Leben aus ihr wiche. »Sie können uns tatsächlich unterscheiden. Das hat noch nie jemand gekonnt. Nicht mal Vater. Wie können Sie so sicher sein, dass ich nicht Emma bin?«

Er ließ sie los und trat zurück. »Ich sehe es an Ihren Augen.«

»Sie sind vom gleichen Blau wie Emmas.«

»Vom gleichen Blau vielleicht, aber die Seelen, die sie offenbaren, sind sehr unterschiedlich.«

Sie lachte spöttisch auf. »Meine ist wohl schwärzer, nehme ich an. Aber Lord Rockberry hatte es verdient. Sie werden es sehen, wenn Sie das Tagebuch erst mal ausgelesen haben. Emma sagte, Sie wollten es ganz lesen. Das halte ich nicht für sinnvoll, da es der letzte Sommer war, der sie zerstörte.«

»Ich werde die Sache handhaben, wie ich es für das Beste halte.« Als er wieder einen Finger in das Wasser steckte, zeigte er mit dem Kopf auf ihre verbundenen Hände. »Was ist passiert?«

Sie rieb sie aneinander. »Ich kann sein Blut nicht wegbekommen. Ich versuche es immer wieder, aber es bleibt jedes Mal ein kleines bisschen, das ich anscheinend übersehen habe.«

»Baden Sie sie in Essig. Er löst das Blut auf.«

»Wirklich?«

Nein, doch das Mittel hatte gewirkt, nachdem sein Vater erhängt worden war und Feagan ihn aufgenommen hatte. Swindler hatte sich die Hände wundgeschrubbt, um das Blut zu entfernen, das nur er sehen konnte – er und Feagan. Es hatte Jahre gedauert, bis er erkannt hatte, dass Feagan ihn mit einem Trick dazu gebracht hatte zu glauben, was er glauben musste, um damit aufzuhören, das imaginäre Blut von seinen Händen abzuschrubben. Die Albträume waren allerdings etwas gewesen, womit Swindler allein klarkommen musste. Sie suchten ihn gelegentlich noch immer heim, besonders am Todestag seines Vaters.

»Ich habe gesehen, dass es wirkt«, war jedoch alles, was er sagte.

»Dann werde ich es morgen früh versuchen und Sie jetzt in Ruhe baden lassen.« Sie wandte sich zum Gehen, sah sich dann aber noch einmal um. »Emma wollte in London bleiben, um bei Ihnen sein zu können. Ich habe ihr klargemacht, dass wir nur sicher waren, wenn wir zusammenblieben. Es müsste doch genügen, wenn nur eine von uns hängt. Sorgen Sie dafür, dass nicht sie es ist, sonst könnte ich nicht mehr mit mir leben.«

James sah ihr nach, als sie ging. Er vertraute ihr noch immer nicht, war sich aber ziemlich sicher, dass sie ihre Schwester geliebt hatte – und Emma auch. Es rechtfertigte nicht, was sie getan hatte, machte es jedoch ein bisschen verständlicher.

Kopfschüttelnd und ohne Lösung für sein Dilemma richtete er seine Aufmerksamkeit wieder auf sein Bad. Das Wasser war ihm nicht mehr heiß genug, und so machte er sich daran, noch einen weiteren Topf voll zu erhitzen. Als die Temperatur endlich so war, wie er sie wollte, legte er seine restlichen Kleider ab und stieg in die Wanne. Das heiße Wasser umspielte ihn, als er sich in die für ihn zu kleine Wanne setzte. Er vermisste die große Kupferwanne, die er speziell für seine Größe hatte anfertigen lassen. Aber das heiße Wasser, in dem er saß, linderte zumindest seine Anspannung ein wenig.

Er war sich nicht sicher gewesen, was er zu finden erwartete, als er sich auf den Weg hierher gemacht hatte. Auf jeden Fall die Frau, die er in London gekannt hatte. Doch er hatte nicht gewusst, ob er wollte, dass sie dieselbe oder anders war als die Frau, die er in seinem Bett gehabt hatte. Wenn sie anders wäre, könnte er darauf bauen, dass sein Zorn es ihn durchstehen lassen würde, sie vor Gericht zu bringen. Wäre sie allerdings dieselbe, würde jeder Schritt der Reise die reinste Hölle für ihn sein.

Er legte den Kopf zurück und dachte, dass es bereits jetzt so war.

Am liebsten hätte er das Pferd gesattelt, das er gemietet hatte, und die Schwestern hiergelassen. Zurück in London würde er Sir David dann erklären, dass er, der Beste in der Aufdeckung von Verbrechen, nichts erreicht hatte und der Mord an Lord Rockberry unaufgeklärt bleiben würde. Natürlich wäre sein hervorragender Ruf dann nicht mehr so erstklassig ...

Doch Emma hierzulassen würde bedeuten, dass er sie nie wieder in seinem Leben haben würde, weil es mit ihr an seiner Seite sehr viel schwerer wäre, die Wahrheit über den Mord zu verschweigen. Es war sogar möglich, dass die Schuldgefühle langsam, aber heftig an ihr nagen und zerstören würden, was er liebte. Er konnte bereits sehen, wie sehr sie ihr in solch kurzer Zeit schon zugesetzt hatten. Sie war dünner als in London, und ihre Schritte waren schwerfälliger, als ob sie nun eine große Last auf ihren Schultern trüge. Ihre Augen waren hohl, von dunklen Ringen umgeben und trüb. Sie war die Frau, die er in London gekannt hatte, und zugleich auch wieder nicht.

Er kannte die Macht der Schuld. Sie war in all diesen Jahren seine ständige Begleiterin gewesen. Wenn er doch bloß nicht diese verdammte Uhr geklaut hätte! Oder wenn er sie wenigstens weggeworfen hätte, statt sie seinem Vater in die Tasche zu stecken. Sein Vater war ihm immer überlebensgroß erschienen und imstande, mit jeder Situation fertigzuwerden. Er fand Arbeit, wo andere es nicht konnten, und sorgte dafür, dass sie ein Dach über dem Kopf und genug zu essen hatten. Aber es war nie Geld für Extraausgaben da gewesen, sondern immer nur für das Nötigste. Und die goldene Uhr war so hübsch gewesen ...

Swindler verdrängte die düsteren Gedanken wieder in die dunkle Ecke, in die sie hineingehörten. Über diese Dinge nachzudenken lenkte ihn nur von seiner Absicht ab. Außerdem hatte sich das Wasser mittlerweile abgekühlt. Es wurde Zeit, sich auf andere Dinge zu konzentrieren. Also schrubbte er sich gründlich ab, stieg aus der Wanne und trocknete sich ab, bevor er seine Hose anzog. Mehr Kleidung hielt er nicht für nötig, da Eleanor inzwischen bestimmt wieder zu Bett gegangen war.

Nachdem er das Badezimmer aufgeräumt hatte, nahm er eine Lampe und ging mit ihr durch das ganze Haus, um sich zu vergewissern, dass nicht irgendwo versehentlich noch eine Lampe brannte. Erst dann stieg er die Treppe zu seinem Schlafzimmer hinauf.

Das Bett war bereits aufgeschlagen. Er stellte die Lampe auf den Nachttisch, bevor er seine Hose abstreifte und ins Bett kroch, wo er den Docht der Lampe herunterdrehte, die Flamme löschte und sich zurücklegte. Sofort umgab ihn Emmas Rosenduft, und es kostete ihn große Mühe, sie sich nicht schlafend in diesem Bett vorzustellen.

Um sich abzulenken, sah er zum Fenster hinüber, dessen Vorhänge zurückgezogen waren. Blitze zuckten am Himmel auf, und er dachte an das Feuerwerk, das sie sich angesehen hatten, an den Kuss …

Wohin er auch blickte, alles erinnerte ihn an Emma und seine Freude und sein Glück über das Zusammensein mit ihr. Doch jedes verdammte Ding erinnerte ihn leider auch daran, dass sie nicht länger zu den positiven Dingen in seinem Leben gehörte, sondern jetzt eine Verdächtige war. Und als wäre das noch nicht schlimm genug, war sie auch noch diejenige, die er verhaften musste.

Eleanor mochte die Tat begangen haben, aber auch Emma hatte eine Rolle bei Lord Rockberrys Ableben gespielt. Und darüber konnte er nicht hinwegsehen, so gern er es auch täte. Und wenn er das nicht außer Acht ließ, konnte er auch nicht ignorieren, dass sie ihm nicht vertraut und ihn benutzt und hintergangen hatte.

Es war so leicht, all die Verfehlungen zu vergessen, wenn er sie ansah, sie betrachtete – oder wenn sie ihm nahe genug war, um sie zu berühren. Es war auch praktisch unmöglich zu wissen, wie viel von ihrem wahren Ich sie ihm in London gezeigt hatte. Sie hatte ihn einmal hinters Licht geführt, und er hatte nicht die Absicht, erneut auf sie hereinzufallen.

Als James erwachte, war der Himmel düster und trostlos. Der Regen hatte aufgehört, und die Sonne war bemüht, die grauen Wolken zu durchdringen, die zurückgeblieben waren. Es war geradezu unglaublich still im Haus. Emma hatte recht gehabt. So still war es in London nie.

Plötzlich setzte er sich auf. Natürlich könnte es auch so still im Haus sein, weil die Schwestern geflohen waren ... James stand auf, zog sich hastig an und lief die Treppe hinunter. In der Küche war reger Betrieb zu hören. Als er sie erreichte, sah er jedoch nur Eleanor, die den Brotteig knetete. »Wo ist sie?«

Eleanor warf ihm einen kurzen Blick zu. »Auch Ihnen einen Guten Morgen, Sir.«

»Wo zum Teufel ist Emma?«

Sich die Hände an der Schürze abwischend, drängte Eleanor sich an ihm vorbei. »Folgen Sie diesem ausgetretenen Pfad. Er führt ...«

»Zu der Bucht.«

»Ja.«

James ging am Rande des schlammigen Wegs entlang, wo das Gras das Vorankommen erleichterte. Überall waren Pfützen. Einmal überlegte er sogar, ob er seine Stiefel ausziehen sollte, beschloss dann aber, dass es ihm später zumindest etwas zu tun geben würde, sie gründlich zu reinigen und blank zu polieren.

Irgendwann begann der Pfad bergab in eine geschützte Bucht zu führen, in der das Wasser einen stillen Teich erzeugte. Ein kleines Feuer brannte in der Nähe. Aber was seine besondere Aufmerksamkeit auf sich zog, waren die schlanken nackten Arme, die durch das Wasser glitten.

Emma war das Inbild von Schönheit und Anmut. In einer völlig mühelos anmutenden Bewegung rollte sie sich auf den Rücken und bewegte nur noch ihre Füße. James verstand nicht, wie sie es schaffte, sich über Wasser zu halten. Sie trug kaum mehr als ein Hemd, das so eng an ihrem Körper klebte, dass er durch den nassen Stoff hindurch ihre harten kleinen Brustwarzen und den dunklen Schatten zwischen ihren Schenkeln sehen konnte. Und obwohl er schon wohlvertraut war mit dem Paradies, das ihm ihr Körper bot, und er eigentlich hätte wegsehen müssen, konnte er es nicht. Er erinnerte sich zu gut an den Geschmack, die Beschaffenheit und den Anblick dessen, was jetzt kaum noch verborgen war.

Was ihn jedoch am meisten überraschte, war, ihr Gesicht so vollkommen entspannt zu sehen. Er wusste nicht, ob er sie je zuvor so völlig unbesorgt gesehen hatte.

Wasser spritzte auf, als sie sich plötzlich auf den Bauch drehte und zur Küste zu paddeln begann. Als sie nahe genug war, richtete sich Emma auf. Ohne ihren Blick von ihm abzuwenden, watete sie auf ihn zu, bis sie schließlich aus dem Wasser trat. Nachdem sie ein Handtuch aufgehoben hatte, das ihm vorher nicht mal aufgefallen war, hüllte sie sich darin ein und setzte sich ans Feuer.

Erst da bemerkte er, dass ihre Lippen blau geworden waren und sie vor Kälte zitterte.

»Um Himmels willen! Was hast du angestellt, Emma?«, fragte er, als er hinter sie trat und sie hochzog, um sie an seine Brust zu drücken und ihre Arme warm zu reiben. »Willst du dir den Tod holen?«

»Ich bin jahrelang in diesem Teich geschwommen. Es macht mich nur gesund und stark.«

James hielt sie, bis ihre Zähne aufhörten zu klappern, und dann schloss er sie einfach nur in die Arme, und sie lehnte sich zurück an ihn.

»Ich wollte dich nicht hintergehen«, flüsterte sie mit heiserer Stimme.

Gegen seinen Willen umschlossen seine Arme sie noch fester.

»Tausendmal habe ich mir gewünscht, Vater hätte mich zuerst nach London geschickt und ich wäre dir im vergangenen Sommer begegnet, als ich noch voller Unschuld war und nichts als Glück kannte. Es gab Momente des Zusammenseins mit dir, in denen ich vergessen konnte, warum Eleanor und ich nach London gekommen waren. Danach hatte ich meistens ein schlechtes Gewissen, weil ich nicht an Vergeltung für Elisabeth gedacht hatte. Seit jenem Nachmittag, an dem du mich im Hyde Park ansprachst, wurde alles noch viel komplizierter. Ich wollte mich nicht in dich verlieben, aber das hast du zu einem Ding der Unmöglichkeit gemacht.«

Er war sich ihres Zitterns sehr intensiv bewusst, wusste jedoch auch, dass es sehr wenig mit der Kälte zu tun hatte. Sie weinte, das hörte er an dem etwas rauen Tonfall ihrer Stimme.

»Nach jener letzten Nacht in London ... als du mich zu meiner Pension zurückbrachtest ... da hatte ich gehofft, dass Eleanor nicht die Kraft besessen hatte, es durchzuziehen. Ich wollte ihr sagen, sie solle dir vertrauen. Das habe ich auch getan.

Ich sagte ihr, du würdest dafür sorgen, dass der Gerechtigkeit Genüge getan würde, wenn du die Wahrheit wüsstest. Aber es war zu spät.«

»Warum bist du danach nicht zu mir gekommen?«, stieß er zwischen zusammengebissenen Zähnen hervor. Es war eine Qual für ihn, zu wissen, wie sie litt, und sie von ihrer gemeinsamen Zeit reden zu hören – doch *sie* hatte *ihn* verlassen. Darüber durfte er nicht hinwegsehen. »Warum hast du mir da nicht die Wahrheit gesagt – und darauf vertraut, dass ich dich beschützen würde?«

Sie drehte sich in seinen Armen um und berührte seine Wange. »Bei deinem Stolz, James? Wie könntest du mich nicht hassen, nachdem ich mich so verhalten habe? Wie könntest du nicht glauben, dass jedes Wort, jede Berührung und jeder Kuss nur Mittel waren, um dich dazu zu bringen, zu tun, was ich wollte?«

»Wie konntest du einfach so weglaufen vor dem, was sich zwischen uns entwickelt hatte?«

»Weil ich den Gedanken nicht ertragen konnte, mitansehen zu müssen, wie du dich von mir abwendest. Ich wollte nicht den Abscheu in deinen Augen sehen, wenn du erkanntest, was wir getan hatten. Und ich sorgte mich um Eleanor. Sie setzte solch eine tapfere Miene auf, aber ich konnte sehen, dass sie zutiefst bestürzt war über das, was sie fertiggebracht hatte.«

Er wollte ihr glauben, ihr vergeben. Er wollte zurückhaben, was sie in jener letzten Nacht gewonnen hatten, aber er wusste, dass es aus und vorbei war.

»Du wirst uns nach London zurückbringen, nicht wahr?«, fragte sie.

»Ich habe keine andere Wahl.«

Sie nickte ihm entschieden zu. »Ich glaube allerdings nicht, dass das Unwetter schon ganz vorüber ist. Es wird wahrscheinlich noch mehr Regen geben.«

»Wir werden aufbrechen, wenn ich mit dem Tagebuch fertig bin.«

Sie hüllte sich noch fester in die Decke und entzog sich seinen Armen. »Ich sollte jetzt zum Haus zurückgehen und trockene Sachen anziehen.«

»Dann werde ich bleiben und das Feuer löschen.«

Sie schenkte ihm ein unsicheres Lächeln. »Es gibt noch so viel, was ich dir sagen möchte, ich weiß allerdings nicht, ob du meinen Worten Glauben schenken würdest. Vielleicht würdest du ja denken, ich versuchte dich nur von deinen Pflichten abzubringen. Aber das will ich keinesfalls.«

»Dann sag am besten gar nichts.«

Er sah den Schmerz in ihren Augen, doch im Moment kämpfte er mit seinen eigenen Dämonen und war sich selbst nicht sicher, ob er sich zutrauen konnte, das Richtige zu tun.

Sie erhob sich anmutig und verließ die Bucht.

James blieb am Feuer sitzen und blickte auf die See hinaus. Emma irrte sich. Es war nie vollkommen ruhig hier. Er konnte das Krachen der Wellen gegen die Klippen hören, das in die Bucht zurückstürzende Wasser und dessen Plätschern gegen die Küste. Aber es waren rhythmische und friedliche Geräusche, die einem die nötige Ruhe ließen, um gründlich nachzudenken.

Und trotzdem war das Einzige, was er denken konnte, dass er nicht viel machen konnte, damit die Sache gut ausgehen würde.

Kapitel siebzehn

Emma hatte recht behalten, was das Wetter anging. Am späten Nachmittag frischte der Wind auf, und es begann wieder zu regnen. Der Witterung wegen waren sie wieder einmal im Haus eingeschlossen. Nach dem Abendessen zogen sich die drei ins Wohnzimmer zurück, die Damen mit ihren Handarbeiten und Swindler mit dem Tagebuch.

Obwohl es Elisabeths Worte waren, die er las, konnte er in jedem von ihnen Emma sehen. Beim Muschelsammeln, Möwenfüttern … Und er sah auch Dinge, die nicht in Elisabeths Tagebuch festgehalten waren. Er sah Emma barfuß auf ihren Vater zulaufen und ihn begrüßen, wenn er aus der Stadt zurückkam. Er konnte sie Hühnern nachjagen und sie lachend auf einer Schaukel sitzen sehen.

»Wie ist es eigentlich dazu gekommen, dass Sie für Scotland Yard arbeiten, Mr. Swindler?«, fragte Eleanor, ohne von ihrer Handarbeit aufzusehen.

»Indem ich diejenigen meldete, die Verbrechen in den Slums begingen, und den Polizisten Beschreibungen gab, damit sie die Täter festnehmen konnten.«

Ihre Finger hielten inne, als sie ihren Blick zu ihm erhob. »Aha. Dann haben Sie es also zu Ihrem Lebenswerk gemacht, dafür zu sorgen, dass die Richtigen bestraft werden.«

»Ich glaube an Gerechtigkeit, Miss Watkins.«

Sie nickte und wandte sich wieder ihrer Stickerei zu.

»Wie haben Sie es eigentlich genau gemacht?«, fragte er.

Ihr Kopf fuhr so schnell hoch, dass er ihre Nackenwirbel knacken hörte. »Was gemacht?«

»Lord Rockberry getötet.«

Emmas Pupillen weiteten sich vor Schreck. »Zwing sie nicht, das Ganze noch mal aufzuwärmen.«

»Wenn du es nicht hören willst, dann geh, aber ich habe Fragen und will Antworten darauf.«

Emma streckte ihre Hand aus und legte sie um Eleanors. »Ich werde meine Schwester nicht alleine leiden lassen.«

Swindlers Magen zog sich zusammen angesichts der Gewissheit, dass sie sich ohne Zögern mit ihrer Schwester erhängen lassen würde – und ihn damit alleinließe. Sie war genauso furchtlos und unbesonnen, wie er schon immer angenommen hatte. Er wandte seine Aufmerksamkeit wieder Eleanor zu. »Sie haben ein Glas Wein mit ihm getrunken.«

»Ja. Ich erwischte ihn, als er sein Haus betreten wollte, und er lud mich ein, hereinzukommen. Er sagte, ich erinnerte ihn an Elisabeth, ich sei allerdings noch schöner. Kein Gentleman hatte mich je zuvor als schön bezeichnet. Zu meiner immerwährenden Scham begann ich seinem Charme zu erliegen.«

»Aber Sie haben Ihren Wein nicht ausgetrunken.«

»Nein. Er zog mich plötzlich aus dem Sessel hoch und versuchte, mich zu küssen, während er die ganze Zeit über abscheuliche Lügen über Elisabeth von sich gab. Ich hatte den Dolch dabei und benutzte ihn.«

»Aber Sie haben nur einmal zugestochen.«

»Ja.«

Er fühlte sich ein wenig getröstet von der Tatsache, dass sie keine Schadenfreude zeigte. Er hatte das Gefühl, dass sie gefangen war zwischen Gewissensbissen, weil sie einen Menschen getötet hatte, und Befriedigung darüber, dass der Mann, der mit den Gefühlen ihrer Schwester gespielt hatte, nicht mehr atmete.

»War er sofort tot?«

»Musst du ihr so zusetzen?«, fragte Emma ärgerlich.

»Schon gut, Emma«, sagte Eleanor. »Nein, er wand und krümmte sich ein bisschen auf dem Boden, und dann hörte er auf, sich zu bewegen. Und da bin ich gegangen.«

»Sie hätten Ihren Dolch mitnehmen sollen.«

»Daran dachte ich erst später. Ich wollte einfach nur dort weg. Und ich wollte ihn natürlich auch nicht anfassen.«

Irgendetwas an diesem Verbrechen nagte an ihm. Irgendetwas, das damals schon nicht gestimmt zu haben schien. Er war jedoch sicher, dass es ihm wieder einfallen würde.

»Wenn Sie es noch einmal tun müssten ...«, begann er.

»Würde ich es wieder tun«, erwiderte sie bestimmt. »Lesen Sie das Tagebuch zu Ende, Mr. Swindler. Es ist gut möglich, dass Sie dann wünschen werden, Sie hätten die Chance gehabt, ihn zu erstechen.«

Er machte sich wieder an seine Lektüre. Anstatt ihre Handarbeiten wiederaufzunehmen, verließen die Damen das Zimmer, um sich bettfertig zu machen. Den Geräuschen nach zu urteilen, die über den Flur zu ihm herüberdrangen, konnte er nur vermuten, dass diese Vorbereitungen ein Bad mit einschlossen.

Wie könnte er sich auf Elisabeths Worte konzentrieren, wenn er plötzlich nur noch Emma in der Badewanne vor sich sah – sie und ihren schönen nackten Körper, an dem die Wassertropfen hinunterliefen? Gott stehe ihm bei, aber plötzlich wollte er nur noch bei ihr sein, sie waschen, abtrocknen und in seinen Armen halten ...

Er kämpfte gegen diese Gedanken an und bemühte sich, an nichts anderes mehr als das Tagebuch zu denken. Jede Seite zeichnete ein Bild von einem jungen Mädchen, das mit

Träumen von Liebe, Familie und Glück zur Frau heranwuchs. Ihre Beschreibungen waren voller Unschuld, Lebensfreude und Spannung, mit der sie jeden neuen Tag erwartete. Elisabeth Watkins war ein völlig unverdorbenes und reizendes Geschöpf gewesen.

Und ihrer Schwester Emma sehr, sehr ähnlich.

Lange nachdem die Damen zu Bett gegangen waren und es bis auf den Sturm, der draußen tobte, still im Haus geworden war, gönnte sich auch Swindler noch ein Bad. Mehrmals in der Woche zu baden war nichts Ungewöhnliches für ihn. Immerhin hatte er eine Kindheit in den sogenannten Rookeries, wie die Armenviertel auch genannt wurden, abzuwaschen.

Er dachte an Eleanors Hände. Einige Dinge – so oft oder hart man auch schrubbte – waren immer da und warteten dicht unter der Oberfläche, um hervorzukommen.

Wie schon in der Nacht zuvor nahm James sich eine Lampe und ging prüfend durch das Haus, ehe er die Treppe zu seinem Schlafzimmer hinaufstieg.

Er wusste sofort, dass Emma da war, als er die Tür öffnete – noch bevor er das Zimmer ganz betreten hatte und die Lampe es erhellte. Er hatte den Rosenduft bemerkt, der so süß und stark war, als befände sich ein frischer Strauß im Zimmer, dessen Blüten sich gerade öffneten. Sein Magen verkrampfte sich von dem betörenden Duft, der ihn empfing.

Als er sich in die Richtung wandte, aus der er kam, sah er sie am Fenster stehen, bekleidet mit einem Nachthemd und offenem Haar, das dazu einlud, mit den Fingern hindurchzufahren. Ohne den Sturm draußen wäre sie in Mondschein getaucht, dachte er, aber der Wind tobte immer noch, und der Regen prasselte gegen die Fenster.

»Wie lange dauern diese Unwetter normalerweise?«, fragte er leise.

»Das kann man hier nie voraussagen. Mach die Tür zu.«

Wenn er ein Gentleman wäre, hätte er sie gleich geschlossen und wäre draußen geblieben. Stattdessen stieß er sie von innen zu, und ihr Einschnappen, das den Rest der Welt ausschloss, schallte durch den Raum wie ein Pistolenschuss. Mit zwei Schritten war James am Bett und stellte die Lampe auf den Nachttisch. Mit vier weiteren war er bei ihr am Fenster und legte zärtlich seine Hand an ihre Wange. »Emma.«

»Woran erkennst du, dass ich nicht Eleanor bin?«, flüsterte sie.

»Weil es nicht Eleanor ist, der mein Herz gehört.«

Er hörte sie nach Luft schnappen und sah, wie ihre Augen sich mit Tränen füllten.

»Verdammt noch mal, Emma, warum hast du mir bloß nicht vertraut in London!«

Wut und Frustration trieben ihn dazu, sie an sich zu ziehen und seine Lippen hart und besitzergreifend auf die ihren zu drücken. Etwas Stärkeres als Zuneigung, ein Gefühl, zu dem er sich nicht wirklich bekennen oder ihm auch nur einen Namen geben wollte, zwang ihn, mehr Zärtlichkeit in seinen Kuss zu legen. Sie hatte nach und nach Besitz von seinem Herz ergriffen mit ihrem Lächeln, ihrem Lachen und einer Unschuld, wie er sie noch nie erlebt hatte.

Und da hatte er gewusst, dass sie anders war als alle anderen Frauen, die er kannte. Sie hatte ihn neugierig gemacht. Selbst wenn er nicht beauftragt worden wäre, sie zu observieren, hätte er sie verfolgt – bis ans Ende der Welt, falls nötig. Er konnte behaupten, so viel er wollte, sie unermüdlich gesucht zu haben, um sie vor Gericht zu bringen, aber die Wahrheit war, dass er besessen davon gewesen war, sie zu finden, weil er von ihr besessen war.

Nachdem sie in seiner kleinen Wohnung gewesen war, war es dort plötzlich unglaublich einsam geworden ohne ihre Gegenwart. Nachdem sie zu einem Teil seiner Tage und Nächte geworden war, war ihm sein Leben kaum noch lebenswert erschienen ohne sie.

Als könnte er nicht genug von ihr bekommen, ließ er seinen Mund über ihr Kinn und ihren Nacken wandern, bis er ihr entzückendes kleines Ohr erreichte. »Geh jetzt lieber, wenn du nicht in meinem Bett landen willst.«

Seine Stimme war rau, und er atmete schwer, weil sein ganzer Körper schier unerträglich angespannt war von dem Bedürfnis, sie zu nehmen und endlich wieder körperlich mit ihr vereint zu sein.

»Es ist *mein* Bett«, sagte Emma mit zittriger Stimme, aus der er das gleiche sehnsüchtige Verlangen heraushörte, das auch die seine erbeben ließ.

Zu lachen, obwohl er nicht erwartet hatte, es je wieder zu tun, entspannte ihn ein wenig, als er sich bückte und sie auf die Arme nahm. »Dann erlaube mir, dich in *dein* Bett zu bringen.«

Als ihre Finger streichelnd über seine nackten Schultern glitten und sein Mund zu ihrem zurückkehrte, während er sie mit großen Schritten zum Bett trug, durchflutete Emma eine Freude, die sie nie wieder zu empfinden erwartet hatte. Sie hatte gewartet, bis Eleanor einschlief, bevor sie aus dem Bett geschlüpft und zu diesem Zimmer gekommen war. Dort hatte sie dann nervös darauf gewartet, dass er kam. Ein Dutzend Mal hatte sie daran gedacht, zu Eleanor zurückzukehren, doch für den Fall, dass ihr Leben wirklich vorzeitig beendet wurde oder man sie auf eine Reise zur anderen Seite der Welt schickte, wollte sie diese Stunden mit ihm verbringen und hatte ihn deshalb voller Vorfreude erwartet.

Und sie war nicht enttäuscht worden, als er mit nacktem Oberkörper zur Tür hereingekommen war. Durch seine kühne und selbstbewusste Art wirkte er so männlich. Er war alles, was sie nicht war. Er kannte keine Zweifel an dem, was er wollte, und stellte sein Verhalten nie infrage. Das hatte sie an den geschmeidigen Bewegungen gesehen, mit denen er durch das Zimmer auf sie zukam, und an der glutvollen Leidenschaft in seinen Augen, als er vor ihr stand.

Überwältigende Freude und Dankbarkeit hatten ihr fast die Brust gesprengt, als er ihren Namen gesagt hatte, als verstünde er, wie sehr sie gerade jetzt ihren Namen aus seinem Mund hören musste. Jede Minute, die sie in London mit ihm verbracht hatte, war bittersüß gewesen, und ihn den Namen ihrer Schwester flüstern zu hören, hatte wehgetan. Ihn täuschen und sich als Eleanor ausgeben zu müssen, hatte ihren Kummer noch vergrößert.

Doch hier warf zum ersten Mal kein Betrug seinen Schatten zwischen sie. Es war ihr Name, den er flüsterte, und hier in ihrem Schlafzimmer herrschte absolute Ehrlichkeit. Hier war er ganz und gar der Ihre und sie die Seine. Ungeachtet des Kummers, den der nächste oder übernächste Tag mitbringen könnte, würde die heutige Nacht so unkompliziert und atemberaubend sein, wie jeder von beiden es zustande bringen konnte.

Ohne seinen Kuss zu unterbrechen, stellte er Emma auf den gemusterten Teppich neben ihrem Bett behutsam auf die Beine. Eigentlich hätte sie sich von ihm lösen und ihr Nachthemd ausziehen müssen, aber sie konnte einfach nicht aufhören, mit den Händen über seine nackte Brust, seine Schultern und Arme zu streichen. Seine Muskeln bebten vor Erwartung.

Sie besaß die Macht, das bei ihm zu bewirken, dachte sie stolz und beobachtete seinen Gesichtsausdruck, während sein Blick den Bewegungen seiner Finger folgte, die schnell einen Knopf nach dem anderen an ihrem Nachthemd öffneten, bis der Stoff von selbst auseinanderfiel. In der Zwischenzeit spürte sie unter ihren Fingern, wie sich seine Muskeln anspannten, und konnte fühlen und hören, wie er noch heftiger nach Atem rang.

Seine Hände glitten in ihr Nachthemd und legten sich um ihre Rippen, während seine Daumen verführerisch über die Unterseiten ihrer Brüste strichen. Dann trat er vor und drückte seinen offenen Mund auf den wild pochenden Puls an ihrer Kehle. Sie liebte die Wärme seiner Zunge, die ihre nackte Haut liebkoste, während er den Stoff beiseiteschob, bis er eine ihrer Brüste erreichte und deren harte kleine Spitze zwischen seine heißen Lippen nahm. Sehnsüchtig stellte sie sich auf die Zehenspitzen, schlang ihre Arme um ihn und bog sich ihm einladend entgegen, verloren in den berauschenden Empfindungen, die er scheinbar völlig mühelos in ihr weckte.

Langsam ließ er seinen Mund durch die Mulde zwischen ihren Brüsten wandern, bevor er der anderen die gleiche Aufmerksamkeit zuteilwerden ließ. Sein leises, zufriedenes Gemurmel entlockte ihr ein ebensolches Stöhnen, bevor sie ihre Schultern straffte und sich einen Schritt entfernte. Er hob den Kopf und suchte ihre Augen, die er nicht mehr losließ. Im gedämpften Licht der Petroleumlampe war ihr Blau nicht zu erkennen, aber sehr wohl das heftige Verlangen, das in ihnen funkelte. Sie ließ ihre Hände an seiner Brust hinuntergleiten und spürte das leichte, erwartungsvolle Vibrieren seiner Bauchmuskeln, als ihre Finger darüberstrichen, bis sie seinen Hosenbund erreichten. Seine Augen verdunkelten sich, und seine Gesichtsmuskeln spannten sich an. Sehr langsam und fast schon quälend für sie beide öffnete sie einen Knopf. Sie sah, wie er die Augen schloss und wie die Muskeln an seiner Kehle zuckten, als er schluckte. Als er die Augen wieder öffnete, konnte sie sehen, dass das Warten seine Geduld auf eine harte Probe stellte.

»Himmelherrgott, Emma!«, murmelte er rau. »Beeil dich doch ein bisschen. Es ist die reinste Folter, was du hier mit mir machst.«

»Sag noch einmal meinen Namen.«

»Emma.«

Sie öffnete einen weiteren Knopf.

»Emma.«

Und noch einen.

»Liebe, süße Emma.«

Der letzte Knopf befreite ihn und seine Qual. Emma legte ihre Finger um die samtige Hitze. Leise stöhnend umfasste er ihr Gesicht und begann sie mit einer Heftigkeit zu küssen, die dem Sturm entsprach, der um das Haus herum tobte. Sie merkte kaum, wie sie sich des Rests ihrer Kleidung entledigten, ehe sie zusammen auf das Bett fielen.

Mit ihren Händen und Mündern berührten sie sich, erforschten einander und lernten von Neuem, was sie in jener lang zurückliegenden Nacht in London entdeckt hatten.

Swindler merkte, dass sie noch schmaler geworden war, als er gedacht hatte, als er ihre kleinen Brüste mit der Hand umfasste. Als er sie an sich zog, konnte er jede ihrer Rippen fühlen. Auch andere Veränderungen bemerkte er: Ihre Hüften waren noch schmaler und sie noch knochiger an Stellen, an denen sie mehr Fleisch haben müsste. Doch nichts dämpfte sein überwältigendes Verlangen nach ihr. Ihr Körper entzückte ihn, weil er der ihre war. Aber sein liebstes Merkmal waren auch weiterhin ihre Augen und die Art und Weise, wie sie ihn betrachteten, anfangs noch mit Scheu, dann allerdings immer kühner und ungezwungener, als sie sich an ihre Nacktheit zu gewöhnen begann. James fragte sich, ob es zwischen ihnen wohl immer so sein würde. Ein paar Herzschläge des Zögerns, bevor sie sich in dem sinnlichen Vergnügen verloren, das sie einander schenken konnten.

Keine Frau in seiner Vergangenheit konnte sich mit ihr vergleichen; keine Frau in seiner Zukunft könnte sie ersetzen. Sie war es, was er wollte, jetzt, in diesem Moment, im nächsten und im darauf folgenden, in jedem, der zum Ende seines Lebens führte. Er würde dafür sorgen, dass es so kam, Herrgott noch mal! Er würde sie bei sich behalten. Er wusste noch nicht, wie, doch er würde lügen, betrügen und stehlen, und wenn es sein musste, würde er sogar morden. Er hatte ihr gestanden, dass ihr sein Herz gehörte ... aber er musste ihr erst noch sagen, dass auch seine Seele ihr gehörte.

Es war pure Selbsttäuschung gewesen, als er diese Reise in dem Glauben begonnen hatte, es ginge ihm um Gerechtigkeit. Die ganze Zeit über war es ihm bloß um sie gegangen. Und nachdem er sie nun wiedergefunden hatte, würde es ihn umbringen, sie aufzugeben. Er würde einen Weg finden, sie zu retten, und wenn es das Letzte war, was er je tat.

Doch zunächst einmal wollte er nur die Süße ihres Munds und Körpers kosten und ihr bloß grenzenlose Lust und Freude schenken. Das Einzige, was er wollte, war, sie in Besitz zu nehmen und mit ihr das Reich der Leidenschaft zu erkunden.

Sie stöhnte und seufzte bei jeder Liebkosung seiner Hand, bei jeder Berührung seiner Zunge und jedem Druck seines Munds auf ihrer Haut. Als er sich über ihren zarten Körper beugte, hätte er sich wie ein Tölpel vorkommen müssen, aber sie besaß die Fähigkeit, ihm das Gefühl von Macht zu geben ohne die normalerweise damit einhergehende Einschüchterung, denn trotz ihrer Zierlichkeit hatte sie ihren eigenen Willen, den sie auch durchzusetzen wusste. Sie war in eine fremde Stadt voller fremder Menschen gereist, um den Tod ihrer Schwester zu rächen, und hatte niemand anderen um Hilfe gebeten als eine Schwester, die die gleiche Absicht hatte. Sie teilte seinen Glauben an Gerechtigkeit. Auf vielen Gebieten war sie ihm ebenbürtig, auf anderen war sie ihm überlegen, aber in keiner Hinsicht war sie weniger als er.

Doch es war hier unter den Laken, wo sie am allerbesten zusammenpassten. James kämpfte gegen die noch vage Befürchtung an, dass er sie trotz seiner größten Anstrengungen verlieren würde und nicht mehr länger mit ihr zusammen sein konnte. Wieder küsste er sie, aber dieses Mal so innig und alles verzehrend, als ob es der erste Kuss oder der letzte wäre. Dann spreizte er ein wenig ihre Beine, legte sich dazwischen und schob eine Hand unter ihre Hüften, um sie anzuheben. Mit einem kraftvollen Stoß, der ihr den Atem raubte, war er in ihr.

Ein heißer, sinnlicher Schauder durchlief ihn, als er leise aufstöhnte, seinen Mund von ihrem löste und sein Gesicht an ihrer Schulter barg. Wenn er sich bewegte, würde er sehr wahrscheinlich die Kontrolle über sich verlieren, bevor er sie auf den Gipfel der Lust geführt hatte.

Doch sie zog ihre inneren Muskeln um ihn zusammen, und er stöhnte auf. »Du bist eine Hexe.«

»Ich liebe es, wie es sich anfühlt, wenn wir einander so nahe sind.«

James schluckte hart und hob den Kopf, um auf sie herabzusehen. Was er in ihren Augen las, war Verwunderung darüber, dass er sie nach allem, was geschehen war, noch immer begehrte. »Wie könnte ich das nicht tun, Emma?«

Tränen brannten hinter ihren Augenlidern, weil er wirklich

wusste, was für Zweifel sie plagten und welche Fragen sie quälten. Er beantwortete sie, ohne seinen Gedanken Sprache zu verleihen, als ob sie durch irgendetwas verbunden wären, das über sinnliche Begierde weit hinausging. Als ob ihre Seelen zueinander gehörten.

Als er sich zu bewegen begann, flüsterte er wieder ihren Namen. Er war schöner, als ihr je zuvor bewusst gewesen war. Sie liebte es, wie ihr Name klang, wenn er aus seinem Mund kam. *Emma*.

Sie war es, die er besaß, sie, die er berührte, sie, die er liebkoste und erregte. Seine Bewegungen wurden schneller, ungestümer, fieberhafter, und ihr Körper reagierte auf die gleiche Weise, indem er sich seinen Stößen entgegenbog und eine wilde Lust in ihr entfachte, die sie ihrem Höhepunkt geradezu entgegenfiebern ließ. Ihre Haut, ihre Muskeln, alles zog sich zusammen, als die ersten wohligen Schauer ihres Orgasmus sie durchzuckten.

Als sie die Augen öffnete, verlor sie sich in seinen. Sie fuhr mit ihren Fingern durch sein Haar, über seine Schultern und an seinem Rücken hinunter. Seine Muskeln strafften und spannten sich unter ihren Händen, und seine Haut war feucht von seinen Anstrengungen, sich zurückzuhalten.

»Emma«, stieß er zwischen zusammengepressten Zähnen hervor, als sie beide auf dem Gipfel der Lust erschauerten.

Sie stöhnte kurz auf, bevor sein Mund den ihren bedeckte und den Rest des Schreis erstickte. Sie zitterte nach ihrem schwindelerregenden Höhepunkt und konnte das Erschauern spüren, das auch ihn durchlief.

Ermattet ließ er sich zur Seite fallen, wobei er sie mit sich zog und eines ihrer Beine über seine Hüfte legte. Noch immer aufs Innigste miteinander verbunden, lagen sie sich schwer atmend und in Schweiß gebadet gegenüber. James griff nach unten und zog das Laken und die Decke über sie, um die Kälte abzuwehren und einen Kokon der Wärme für sie zu erzeugen, als die Hitze der Leidenschaft nach und nach in wohlige Ermattung überging.

Sanft und ohne seinen Blick von ihr abzuwenden, legte James seine flache Hand an ihre Wange und beschrieb mit dem Daumen kleine Kreise in ihrem Gesicht. Sie klimperte mit ihren Fingern auf seinem Rücken. Langsam wurde ihre Atmung ruhiger, entspannter und vor allem leiser, sodass sie nicht mehr das Trommeln des Regens auf dem Dach übertönte. Doch selbst als Emma schläfrig wurde, musste sie den Tatsachen ins Auge sehen.

Es war ein Fehler gewesen, hierherzukommen und zu glauben, sie könnte noch eine letzte Liebesnacht mit ihm verbringen und dann gehen, um sich dem zu stellen, was die Zukunft für sie bereithielt.

»Denk nicht über morgen nach«, sagte er leise.

»Wie kommt es, dass du immer weißt, woran ich denke?«

Statt mit Worten antwortete er mit einem liebevollen Lächeln und einem Kuss auf ihre Stirn, bevor er sich wieder hinlegte, um sie besser sehen zu können.

»Ich habe dir doch von der Uhr erzählt, die ich gestohlen hatte«, sagte er.

Emma nickte, obwohl sie ihm gern gesagt hätte, dass dies nicht der richtige Zeitpunkt war, um Gewissensbisse zu haben. Andererseits wollte sie jedoch auch, dass er sich seine Sorgen von der Seele redete. Solange sie dazu imstande war, würde sie ihm so viel Kraft und Unterstützung geben, wie sie konnte.

»Die Ironie liegt darin, dass ich die Uhr nur deshalb stahl, weil mein Vater keine hatte und es sein Geburtstag war.«

Sie sah, wie er blinzelte, um seine Tränen zu verdrängen. Dass die Erinnerung diesen großen, starken Mann zum Weinen bringen konnte, zerriss ihr fast das Herz. »Ach Gott, James.«

Er schüttelte den Kopf, als versuchte er, seine deprimierenden Gedanken loszuwerden. »Ich habe dir die Geschichte nur erzählt, damit du verstehst, wie wichtig mir Gerechtigkeit ist. Es war bloß eine verdammte Uhr, deren Geldwert das Leben meines Vaters absolut nicht wert war. Ein paar Jahre Gefängnis vielleicht, ein paar Peitschenhiebe, aber nicht sein Leben. Und Lord Rockberrys Leben ist auch nicht das deine wert. Ich werde nicht zulassen, dass du – oder Eleanor – dafür am Galgen endest«, sagte er und berührte zärtlich ihre Lippen.

»Du hast keine Macht über das Gericht.«

»Unterschätze meinen Einfluss nicht. Ich sag ja nicht, dass du dich für deine Taten nicht verantworten musst, aber ich schwöre dir, dass ich dich nicht hängen sehen werde.«

Sie gab sich alle Mühe, ihm ein beruhigendes Lächeln zu schenken. Sie wollte ihm ja glauben. Wollte es wirklich. Doch er war nicht Gott, er war nicht der König, und er gehörte nicht einmal zur Aristokratie. Er war Inspektor bei Scotland Yard. Der Sohn eines Mannes, der trotz seiner Unschuld wegen Diebstahls an den Galgen gebracht worden war.

James war einfach nur ein Mann, selbst wenn er der Mann war, den sie liebte.

Kapitel achtzehn

Als Emma erwachte, war ihr erster Gedanke, dass sie Schlaf gefunden hatte, einen erstaunlich tiefen und traumlosen Schlaf. Ihr zweiter Gedanke war, dass sie zwar allein im Bett war, aber nicht im Raum. Sie spürte James' Anwesenheit, noch bevor sie ihn in einem Sessel am Fenster sitzen sah. Eine nahe Lampe verschaffte ihm genügend Licht, um in dem Tagebuch auf seinem Schoß zu lesen. Obwohl sie nur sein Profil sehen konnte, bemerkte sie doch das Stirnrunzeln, mit dem er den Bericht ihrer Schwester über ihr Leben und ihre Zeit in London las. Er hatte seinen Ellbogen auf die Sessellehne und sein Kinn auf seine Hand gestützt und strich mit dem Zeigefinger über die Stelle unter seiner Unterlippe, die Emma plötzlich rasend gern geküsst hätte.

Hinter dem Fenster war es noch dunkel, aber der Sturm legte sich bereits, der Regen fiel schon sehr viel sanfter, und das Heulen des Winds war längst nicht mehr so schrill.

Emma betrachtete James beim Lesen. Er hatte seine Hose angezogen. Schade. Sie hatte sich nie für eine Frau gehalten, die einen Mann in seiner ganzen nackten Pracht bevorzugen würde, aber James war auch wirklich ein Bild von einem Mann. Er gab ihr das Gefühl, winzig klein, aber stark zu sein. Sie besaß Macht über ihn. Er begehrte sie. Sie konnte nicht verhindern, dass ein leichtes Lächeln auf ihren Lippen erschien, als sie daran dachte, dass er sie von Eleanor unterscheiden konnte. Noch nie zuvor hatte jemand die drei Schwestern auseinanderhalten können. Wahrscheinlich war es etwas merkwürdig, sich derart über diese Fähigkeit zu freuen, aber sie gab ihr das Gefühl, etwas Besonderes zu sein. Ihr Leben lang hatten sie und ihre Schwestern sich die größte Mühe gegeben, als Einzelpersonen wahrgenommen zu werden. Die Leute dachten allerdings, sie sollten die gleichen Kleider tragen und sich bemühen, identisch auszusehen, doch alle drei hatten ihre kleinen Eigenarten und Verschiedenheiten und in einigen Dingen sogar recht große. Eleanor war eigensinnig, leicht zu verärgern und schnell bereit zu handeln. Emma überanalysierte alles, und Elisabeth war viel zu unternehmungslustig gewesen. Genau das war der Grund, warum ihr Vater beschlossen hatte, sie als Erste in die große, fremde Stadt zu schicken. Was für eine Katastrophe das gewesen war, dachte Emma.

Und trotzdem hatte sie zu einer Reihe von Ereignissen geführt, durch die sie James begegnet war. Wenn sie Elisabeth nicht das Leben gekostet hätten, wäre Emma vielleicht sogar dankbar dafür gewesen. Und ein kleiner, schuldbewusster Teil von ihr war froh darüber, James zu haben – nur war der Preis so furchtbar hoch gewesen.

Als wäre er sich ihrer Gedanken plötzlich bewusst geworden, legte er das Tagebuch beiseite, stand auf und ging auf das Bett zu, vor dem er seine Hose ablegte und sich in seiner ganzen maskulinen Schönheit zeigte. Das Lächeln, das er ihr schenkte, als er neben ihr unter die Decken glitt, ging ihr durch und durch.

»Ich dachte schon, du würdest nie erwachen«, brummte er, bevor er sie in die Arme nahm und sie unendlich froh und dankbar machte, wach zu sein.

15. Juni 1851

Heute Abend hat Cousine Gertrude mich zu meinem ersten Ball begleitet. Ich bin mir nicht ganz sicher, wie sie mit uns verwandt ist, wage allerdings zu behaupten, dass Vater mir eine genauso »großartige« Einführung in die Gesellschaft hätte bieten können wie sie. Ich will ihre Bemühungen nicht abwerten, aber ich schwöre, dass sie keine Menschenseele von Bedeutung kennt. Wie sie Lady Chesney dazu brachte, uns einzuladen, ist mir schleierhaft. Doch es kamen Einladungen, und wir nahmen sie an. Die erste Stunde des Balls verbrachte ich damit, bei Cousine Gertrude zu sitzen, während ich von einigen Herren aus der Distanz in Augenschein genommen wurde – sie waren sich vermutlich nicht ganz sicher, was sie von mir halten sollten, denke ich.

Auch die zweite Stunde näherte sich schon fast ihrem Ende, bis ich schließlich von unserer Gastgeberin einem Mr. Samuel Bentley vorgestellt wurde, der mich auch gleich um einen Tanz bat. Er war nicht die Art von Mann, den die Frauen sonderlich beachteten, aber tatsächlich drehten sich doch viele Leute nach uns um, als er mich zur Tanzfläche führte. Er war der vierte Sohn eines Viscounts und verzweifelt genug auf finanzielle Mittel aus, um sogleich nach der Mitgift zu fragen, die mein Vater mir zukommen lassen würde. Zuerst lachte er über den Betrag, dann entschuldigte er sich für seine Ungezogenheit und versicherte mir, dass es nicht leicht sein würde, einen Ehemann zu finden.

Ich zweifelte nicht an der Wahrheit seiner Worte, als ich eine weitere Stunde damit verbrachte, vom Sitzen aus das Ballgeschehen zu verfolgen. Zu meiner Schande muss ich gestehen, dass ich Vater sogar dafür verfluchte, mich nach London geschickt zu haben. Ich hatte nicht nur keinerlei Erfahrung im

Flirten, sondern strahlte zudem auch noch so gut wie gar kein Selbstvertrauen aus. Ich war eben bloß das Mädchen vom Land, das an einem fremden Ort voller unbeschwerter Eleganz und Selbstdarstellung gelandet war.

Ich bat Cousine Gertrude, mit mir nach Hause zu gehen, aber davon wollte sie nichts hören. Vermutlich war sie einfach zu bezaubert von der allgemeinen Fröhlichkeit, die für sie ja noch genauso neu war wie für mich.

Und dann kam er. *Ich hatte noch nie einen so attraktiven und charmanten Mann gesehen wie den Marquess of Rockberry. Er führte mich zu einem Walzer aufs Parkett, und die langweiligste Nacht meines Lebens wurde plötzlich von einem Augenblick zum anderen zu der denkwürdigsten.*

17. Juni 1851

Ich kann meinen Stift kaum richtig halten, um leserlich zu schreiben. Meine Finger, ja mein ganzer Körper zittert vor Erregung. Lord Rockberry hat mir heute einen Besuch abgestattet – und mir ein Dutzend Rosen und eine Schachtel Pralinen mitgebracht! Cousine Gertrude war erstaunt über seine Großzügigkeit. Sie versicherte mir, dass er einer der angesehensten Adeligen Londons ist und es sich auch durchaus leisten kann, sich eine Ehefrau zu suchen, ohne auch nur einen Gedanken an ihre Mitgift zu verschwenden. Ich könnte gar nicht glücklicher oder hoffnungsvoller sein, eine gute Partie zu machen und dann die Mittel für meine Schwestern bereitzustellen, ihre eigene Ballsaison zu haben und sich ihr eigenes Glück zu sichern.

21. Juni 1851

Lord Rockberry hat mich erneut besucht und mich zu einer Fahrt in seiner offenen Kutsche eingeladen. Cousine Gertrude begleitete uns als Anstandsdame. Sobald wir den Regent's Park erreichten, stiegen wir aus, um ein bisschen ungestört zu sein und reden zu können, ohne dass Cousine Gertrude jedes Wort mithörte. Lord Rockberry sucht eine Ehefrau mit Abenteuerlust, sagte er, und er glaube, dass ich das sein könnte. Er hat im Scherz zu mir gesagt, er wünsche seine Theorie zu prüfen. Ohne Cousine Gertrudes Wissen haben wir vereinbart, uns morgen Mittag zu treffen. Ich bin schon ganz atemlos vor Erwartung.

1. Juli 1851

Lord Rockberry kam zu Besuch, aber ich bat Gertrude, ihm mitzuteilen, ich sei krank geworden.

5. Juli 1851

Lord Rockberry war wieder hier. Ich liege immer noch im Bett.

10. Juli 1851

Ich habe Gertrude gebeten, die nötigen Arrangements für meine Heimreise zu treffen.

15. Juli 1851

Ich bin wieder zu Hause.

20. Juli 1851

Ich kann Besorgnis in den Augen meiner Schwestern sehen, insbesondere in Emmas. Sie ist schon immer die Einfühlsamste von uns gewesen. Ich habe meine Familie enttäuscht. Ich weiß nicht, wie lange ich noch leben kann mit der Scham über das, was sich in jener »Nacht der Abenteuer« mit Lord Rockberry ereignet hat.

5. August 1851

Ich bringe nicht mehr den Willen auf, zu essen.

8. August 1851

Ich bringe nicht mehr den Willen auf, zu atmen.

20. August 1851

Heute bin ich zum Rand der Klippen gegangen. Wie leicht wäre es, einfach einen Schritt nach vorn ins Nichts zu tun. Aber das würde ihnen das Herz brechen, und deshalb muss ich weitermachen.

1. September 1851

Die Klippen rufen wieder nach mir. Ich weiß nicht, wie viel länger ich dem Frieden, den sie verheißen, widerstehen kann. Doch ich weiß, dass ich diese Welt nicht verlassen kann, ohne über »das Abenteuer« zu schreiben, wie Lord Rockberry es so ungeniert bezeichnete. Vielleicht werde ich, wenn ich es tue, sogar den Frieden finden, den ich suche.

Um Mitternacht schlüpfte ich aus dem Haus, ohne dass Cousine Gertrude etwas bemerkte. In der Gasse, in der wir verabredet waren, küsste Lord Rockberry mich schnell und hob mich in die Kutsche. Spannung ergriff mich und brachte mein Blut in Wallung. Er flüsterte zärtliche Worte, um mir das Gefühl zu geben, schön und begehrenswert zu sein. Er erklärte mir, er sei ein Jünger des Eros, des griechischen Liebesgotts, und gehöre einem Geheimbund an, der Frauen in die Kunst der körperlichen Liebe einführte. Er sagte, es sei ein sehr schönes Ritual damit verbunden, in dessen Verlauf er mich für sich beanspruchen würde. Er verführte mich mit seinen Worten, seinen Küssen, und in der Kutsche traktierte er mich mit Wein. Heute habe ich den Verdacht, dass er mit irgendetwas versetzt war, das mich verwirren sollte. Jedenfalls hatte ich nicht mehr das Gefühl, ich selbst zu sein. Und ich verhielt mich ganz gewiss nicht wie ich selbst.

Als wir das Anwesen erreichten, brachten mich sogleich zwei Frauen fort, um mich für das Ritual herzurichten. Zunächst entkleideten sie mich und sich selbst. Beide trugen einen sehr schönen silbernen Filigranschmuck um den Hals. Sie hüllten mich in die feinste Seide ein und erklärten mir, was von mir erwartet wurde. Ich wollte protestieren, aber mein Mund schien keine verständlichen Worte mehr hervorbringen zu können. Ich hatte keinen eigenen Willen mehr.

Sie führten mich in einen dunklen Raum, der nur von flackernden Kerzen erhellt wurde. Überall lagen Berge von dicken Kissen, und es waren auch noch andere unbekleidete Frauen im Raum, die alle den gleichen silbernen Halsschmuck trugen. Männer in roten Umhängen erschienen in meiner verschwommenen Sicht und verschwanden wieder, als die beiden Frauen mich zu Lord Rockberry begleiteten. Ich hörte Gesumme und Gesang.

Die Frauen nahmen mir die Seidentücher ab. Völlig entblößt stand ich vor ihnen, und obwohl ich wusste, dass ich mich des Anstands wegen hätte bedecken müssen, kümmerte es mich nicht mehr. Immer wieder verschwamm die Welt vor meinen Augen. Lord Rockberry befahl mir, vor ihm niederzuknien. Als ich es tat, legte er mir den silbernen Halsschmuck an und sagte, ich sei nun eine Jüngerin der Fleischeslust. Dann legte er mich auf einen Stapel Kissen und ergriff Besitz von mir.

Ich hörte Applaus und Gelächter um mich herum, während ich noch versuchte, ihn wegzustoßen. Der Schmerz war unbeschreiblich, die Intimität barbarisch. Der blanke Wahnsinn und ein wüstes Durcheinander brachen im Raum aus, als andere – Männer und Frauen – es mit mir trieben. Ich erinnere mich an sehr wenig außer der Qual und Demütigung. Ich dachte, ich würde irgendwann erwachen und feststellen, dass dies alles nur ein Traum gewesen war. Aber dieser Albtraum war real. Und obwohl ich danach heimgekehrt bin, scheine ich ihm nicht mehr entkommen zu können.

7. September 1851
Verzeiht mir.

Kapitel neunzehn

Als Swindler erwachte, schien die Sonne durch das Fenster, und er war allein. Nachdem er sie ein drittes Mal geliebt hatte, war Emma aus dem Raum geschlüpft, als er schon in den Schlaf hinüberglitt. Sie hatte sichergehen wollen, wieder in Eleanors Bett zu sein, bevor ihre Schwester erwachte.

Er rollte sich auf den Rücken und verschränkte die Hände hinter seinem Kopf, schnitt eine Grimasse, als er gegen seine schon verheilende Verletzung stieß, und starrte an die Zimmerdecke. Er hatte das Tagebuch in den frühen Morgenstunden ausgelesen. Natürlich hatte er schon Gerüchte über die Geheimbünde gehört, die der Lasterhaftigkeit und Verderbtheit frönten, aber da er immer gehört hatte, dass die Mitglieder freiwillig an den Orgien teilnahmen, waren sie für ihn nicht von Bedeutung gewesen. Wie es schien, versuchte Rockberry nun jedoch, den Festlichkeiten ein neues, aufregendes Element hinzuzufügen: eine Unschuldige. Eine Jungfrau, die geopfert werden sollte.

Swindlers Blut begann zu kochen, wenn er an Lord Rockberrys Taten dachte, an die Menschen, denen er etwas zuleide getan hatte, oder an den Schmerz, den er verursacht hatte. *Dieser verfluchte, arrogante Mistkerl!* Wenn er nicht schon tot wäre, hätte er Lord Rockberry mit bloßen Händen erwürgt.

Claybourne hatte einen Mann getötet, weil er Frannie vergewaltigt hatte, als sie erst zwölf Jahre alt gewesen war. Swindler hatte gedacht, dass ihn so etwas Abscheuliches nie wieder berühren würde. Aber er hatte sich geirrt.

Er hatte Elisabeth nicht gekannt, bevor er ihr Tagebuch gelesen hatte, doch jetzt betrauerte er ihren Tod.

Der Sturm draußen hatte sich gelegt, aber in ihm braute sich ein Sturm zusammen, der noch mehr ausgleichende Gerechtigkeit verlangte. James stand auf und trat ans Fenster. Das Herz blieb ihm fast stehen, als er Emma am Rand der Klippen stehen sah. Er wusste nicht, woran er erkannte, dass sie es war, da er nur ihren Rücken und den flatternden Umhang sehen konnte. Und ihr Haar, mit dem der noch verbliebene Wind spielte.

Gott! Sie dachte doch wohl hoffentlich nicht daran, Elisabeth in ihr nasses Grab zu folgen.

Schnell griff er nach seiner Hose und zog sie an, während er in seinem Egoismus dachte, dass sie unmöglich daran denken konnte, ihn zu verlassen – nicht nach der Nacht, die sie gestern miteinander verbracht hatten. Nicht, nachdem er sie zum Lächeln und zum Lachen gebracht hatte, nachdem er ihr Lust geschenkt und sie ihm eine Ekstase verschafft hatte, die intensiver gewesen war als alles, was er je zuvor erfahren hatte. Sie hatte ihn in London schon einmal verlassen, aber jetzt lagen die Dinge anders. Sie hatte ihn ihrer Scham und ihrer Geheimnisse wegen verlassen – und weil sie geglaubt hatte, keine andere Wahl zu haben, wenn sie dem Galgen entgehen wollte. Doch nun wusste sie es besser.

Er schnappte sich sein Hemd und zog es sich über den Kopf, während er schon aus der Tür und die Treppe hinunterstürmte, wo er fast das Gleichgewicht verlor und für einen Moment ins Taumeln kam. Für eine Sekunde hielt er inne, um sein Hemd zurechtzuziehen, dann lief er weiter und stürzte durch die Tür nach draußen, als ob ihr Leben – und das seine – davon abhinge. Er ignorierte den Schmerz in seinen nackten Füßen, wenn er auf spitze Steine oder Dornen trat. Aus Angst, sie zu erschrecken und so sehr aus der Balance zu bringen, dass sie über den Klippenrand hinunterstürzte, rief er sie nicht. Als er ihr nahe genug war, um zu sehen, dass sie nicht am Rande des Abgrunds schwankte, wie er zunächst befürchtet hatte, ging er langsamer und bemühte sich, seine Würde wiederzuerlangen – was nicht gerade einfach war mit nackten Füßen und seinem noch immer offen stehenden Hemd.

Er war erstaunt, dass seine schnellen, schweren Schritte, die über den Boden trommelten, um sie noch rechtzeitig einzuholen, die Erde nicht erschüttert und sie auf seine Gegenwart aufmerksam gemacht hatten. Oder vielleicht war sie ja nur noch nicht bereit, ihn anzusehen. Was auch immer der Grund sein mochte, als er neben ihr stehen blieb, starrte sie auch weiterhin auf die weiß schäumende See hinaus, als ob sie Antworten enthielte.

»Emma«, sagte er leise und hätte liebend gerne ihre Hand ergriffen, um sie noch weiter vom Rand des Abgrunds wegzuziehen.

»Manchmal, wenn ich hier stehe, kann ich ihr Lachen hören.«

»Elisabeths?«

Sie nickte. »Ich hab sie angeschrien, weißt du.«

»Es ist kein Verbrechen, jemanden anzuschreien.«

Sie verdrehte die Augen gen Himmel, als ob sie Erlösung suchte. »Sie wollte uns nicht sagen, was in London geschehen war. Wir wussten nur, dass sie ohne Heiratsaussichten heimgekommen war – und Vater kein Geld hatte, um Eleanor und mich nach London zu schicken. Selbstsüchtig, wie ich war, wollte ich unbedingt dorthin, um einen Ehemann zu finden, eine Familie mit ihm zu gründen und Ehefrau und Mutter zu sein. Ich schrie Elisabeth an, sie sei eine Enttäuschung für uns alle. Ich war sogar so unverfroren, ihr zu sagen, dass ich sehr wohl einen Ehemann gefunden hätte, der dafür sorgen könnte, dass meine Schwestern ihre Ballsaison bekamen und in guten Händen waren. Ich wollte so schrecklich gern, so unbedingt eine Saison, dass ich befürchte, meine harten Worte könnten sie dazu getrieben haben, sich das Leben zu nehmen.«

»Nein, Emma.« Spontan schlang er von hinten seine Arme um sie, drehte sie um und zog sie an sich, sodass ihr Gesicht an seiner Brust zu liegen kam. »Ich habe ihr Tagebuch gelesen. Nichts, was du gesagt hast, hat zu ihrem Tod geführt. Nichts, was du hättest sagen können, hätte ihn verhindert. Der einzige Schuldige ist Lord Rockberry.«

Emma legte den Kopf zurück, um ihn stirnrunzelnd anzusehen. »Wäre ich eine bessere Schwester gewesen …«

Er legte einen Finger an ihre Lippen, bevor sie den Satz beenden konnte. »So darfst du nicht denken. Wäre ich ein besserer Sohn gewesen … siehst du? Das bringt doch alles nichts«, sagte er, obwohl er viele Jahre damit verbracht hatte, darüber nachzudenken, wie anders alles hätte kommen können, wenn er die Uhr nicht gestohlen hätte. Erst jetzt, als er diese Frau in seinen Armen hielt und versuchte, ihren Schmerz zu lindern, merkte er, dass auch der seine ein wenig nachließ. Schuldbewusstsein und Reue hatten seinem Leben die Freude genommen, doch diese Frau gab sie ihm zurück. Es brach ihm das Herz, dass gerade sie unter Selbstvorwürfen litt.

»Als ich Elisabeths Worte las und erfuhr, was ihr widerfahren war, konnte ich es zuerst nicht glauben«, sagte Emma. »Ich dachte, es sei eine Geschichte, die sie sich ausgedacht hatte, oder ein Gerücht, das sie über irgendwelche Vorfälle in London aufgeschnappt hatte. Ich weinte, als ich schließlich den Tatsachen ins Auge sehen musste. Wie konnte jemand in Lord Rockberrys Position so niederträchtig sein? Er hat mit ihren Gefühlen gespielt, ihr das Herz gebrochen und ihr den Lebensmut genommen, und am Ende hat er sie gewissermaßen auch noch umgebracht.«

»Ich habe Leute aus allen Gesellschaftsschichten gekannt – von dem Bettler an der Straßenecke bis hin zu jenen, die in Gesellschaft der Königin diniert haben. Auf allen Ebenen habe ich Leute gesehen, die sich auf eine Art benahmen, die mir den Magen umdrehte. Aber ich habe auch auf allen Ebenen Leute gekannt, die Bewunderung verdienten. Feagan war ein Ganove, der mich bei sich aufnahm und mir beibrachte, ein Dieb zu sein. Ich wäre für ihn gestorben, Emma. Und Claybourne, ein hochrangiger Aristokrat mit Blut an seinen Händen. Ich bewundere keinen Mann mehr, als ich ihn bewundere. Selbst Jack Dodger, obwohl er ein Halunke ist, nimmt Jungen von der Straße auf und gibt ihnen einen Job, um sie aus Schwierigkeiten herauszuhalten. Die Gesellschaft besteht aus guten und schlechten Menschen, Emma. Du kannst nicht einen Teil davon aufgrund einiger weniger verurteilen.«

Sie schenkte ihm ein sanftes Lächeln. »Ich glaube, du hättest Elisabeth gemocht.«

»Ich weiß, dass ich es getan hätte.« Froh über ihr Lächeln und den nachlassenden Kummer in ihren Augen, zwickte er sie in die Nase. »Aber nicht mehr, als ich dich mag.«

Sie prustete vor Lachen, und James begann sich endlich zu entspannen. »Können wir jetzt vom Abgrund wegtreten?«

Sie lächelte noch breiter. »Magst du die Klippen nicht?«

»Ich mag es nicht, so nahe an ihnen dran zu sein.«

»Sie sind völlig ungefährlich.« Ihr Gesicht verzerrte sich vor Trauer. »Es sei denn, man will nicht, dass sie es sind.«

Er konnte sie nicht bitten, nicht über ihre Schwester nachzudenken, zumal es noch offene Fragen gab, doch er vermutete, dass er Emma eine Zeit lang ablenken könnte, besonders da er sie schon viel zu lange nicht mehr geküsst hatte. Selbst als er ihren Mund mit seinem bedeckte und sie ihm ihre Lippen bot, war er froh, dass nicht sie es war, die in der vergangenen Saison nach London geschickt worden war, um sich einen Ehemann zu suchen und dadurch die Zukunft ihrer Schwestern abzusichern. Die Vorstellung, dass Lord Rockberry ihr auch nur ein Haar gekrümmt hätte, brachte Swindlers Blut zum Kochen. Wie es schien, war Emma nicht die Einzige, die nicht aufhören konnte, an ihre Schwester zu denken.

Erst als sie sich auf seine Füße stellte, um ein bisschen mehr Größe zu erlangen, merkte er, dass auch sie barfuß war. Wie war es möglich, dass etwas so Banales und Kleines wie ihre nackten Fußsohlen ihn mit solch prickelndem Verlangen durchfluten konnten? Wie kam es, dass er sich so mühelos vorstellen konnte, sie in das kühle Gras zu legen, mit seinen Fingern ihren Fußknöchel zu umfassen und seine Hand an ihrer Wade hinauf, über ihr Knie und an ihrem Oberschenkel entlangwandern zu lassen?

Nur ein paar Stunden waren vergangen, seit er sie in seinem Bett gehabt hatte, und doch war er plötzlich erregt wie ein unerfahrener Junge, der bisher noch mit keiner Frau zusammen gewesen war. Er unterbrach den Kuss, sah die Sehnsucht in ihren blauen Augen und stellte beinahe erschrocken fest, dass sie genau die gleiche Farbe wie die See in der Ferne hatten. Sie gehörte hierher mit ihren bloßen Füßen, ihren blauen Augen und ihrer Sanftmut. Doch selbst während er noch darüber nachdachte, erinnerte er sich wieder, dass Emma genauso grimmig und tödlich wie der Sturm sein konnte. Er hatte ihre Entschlossenheit, was Gerechtigkeit anging, schon einmal unterschätzt – und würde es bestimmt nicht noch mal tun.

Er ließ seine Hand an ihrem Arm hinuntergleiten und verschränkte seine Finger mit den ihren, bis ihre Handflächen sich berührten. Ihm war noch nie der Gedanke gekommen, wie sinnlich es sein konnte, die Hand einer Frau auf solch intime Art zu halten. Ohne die Belastung dessen, was noch vor ihnen lag, wäre er vielleicht sorglos und leichtherzig gewesen – aber stattdessen wünschte er, der heutige Tag möge niemals enden und der morgige nie eintreffen.

Emma war es, die an seiner Hand zog und mit ihm zum Haus zurückzugehen begann. Und plötzlich kam ihm der Gedanke, dass er sich an diesen Ort und sie an seiner Seite gewöhnen könnte. Doch selbst bei solch einer harmlosen Überlegung kämpften Schuldbewusstsein und Bedauern in ihm. Es war London, wohin er gehörte, um für die Rechte der Unschuldigen zu kämpfen.

»Die Straßen werden schlammig sein«, sagte sie leise, als wüsste sie, in welche Richtung seine Gedanken gingen. »Es wäre besser, unsere Reise aufzuschieben, bis sie wieder trocken sind.«

»Und wie lange wird das dauern?«

Sie blickte zu ihm auf, und ihre Lippen verzogen sich zu einem schelmischen Lächeln, das den Wunsch in ihm weckte, sie erneut zu küssen. »Zwanzig, dreißig Jahre.«

Der Wind trug sein Lachen auf die Straße zu, die sie zum Dorf und von dort nach London zurückführen würde. Der Gedanke ernüchterte ihn. »Ich wünschte, es könnte sein, Emma.«

»Aber du bist ein Mann von Ehre, ein Mann des Gesetzes. Es ist eines der Dinge, die ich an dir bewundere, dass du an

Gerechtigkeit glaubst. Aber ich sehe nicht ein, warum Eleanor und ich beide für eine Tat bezahlen sollen. Verschone sie. Nimm mich und lass sie hier. Sie leidet auch so schon genug für das, was sie getan hat.«

Er blieb stehen und berührte ihre Wange. War er schon einmal jemandem begegnet, der so mutig und so selbstlos war wie diese beiden Schwestern, die beide bereit waren, die ganze Verantwortung für Lord Rockberrys Tod zu übernehmen und den höchsten Preis dafür zu zahlen? Er wusste, dass sie für niemand anderen eine Gefahr darstellten. Der Beweggrund ihrer Handlungsweise waren Kummer und Entsetzen gewesen über das, was der Marquess ihrer Schwester angetan hatte. Swindler hatte schon oft Jungen aus dem Gefängnis herausgeholt oder sie gar nicht erst verhaftet, wenn ihre Vergehen nur Bagatellen waren. Aber Mord?

»Eleanor hat mich um das Gleiche gebeten. Auch sie will, dass ich dich hierlasse. Aber das ist nicht so einfach, Emma. Wenn nur eine von euch da ist, wie erkläre ich dann, dass ich für dich gebürgt und dir ein Alibi gegeben habe? Mein Wort und mein Ruf werden infrage gestellt werden, und meine Position bei Scotland Yard wird gefährdet sein.«

»Dann nimm keine von uns mit zurück.«

»Sie haben bei Scotland Yard noch nie erlebt, dass ich ein Verbrechen nicht aufklären konnte.«

»Also ist es dein Stolz, der dich antreibt?«

Ihre Worte trafen ihn. Er hatte sich noch nie für stolz gehalten. Seine Arbeit war uneigennützig und verschaffte ihm die Genugtuung, für andere tun zu können, was er bei seinem Vater nicht gewagt hatte, weil er zu verängstigt gewesen war, um den Beweis zu erbringen, dass nicht er der Schuldige war. »Nein, aber durch meine Arbeit kann ich die Unschuldigen beschützen. Ich würde riskieren, die Möglichkeit zu verlieren, dafür zu sorgen, dass es die Schuldigen und nicht die Unschuldigen sind, die büßen. Ich bin mein Leben lang bestrebt gewesen, den Tod meines Vaters wiedergutzumachen. Ich kann dieses Versprechen, das ich mir gegeben habe, jetzt nicht einfach vergessen oder es entehren – egal, wie sehr ich wünschte, die Dinge lägen anders.«

Sie nickte und wich seiner Berührung so mühelos aus, wie Schatten sich zurückziehen, wenn sie von der Sonne berührt werden. Er spürte jedoch keine Verärgerung in ihr. Enttäuschung vielleicht. Oder eine widerwillige Akzeptanz seiner Entscheidung.

Sie machten sich wieder auf den Weg, nur dieses Mal nicht Hand in Hand. James empfand die Abwesenheit ihrer Berührung wie eine große, schmerzhafte Kluft in seiner Brust. Wie konnte er ihr verständlich machen, dass er keine Lebensaufgabe mehr hätte, wenn er Scotland Yard verlassen müsste? Und so gerechtfertigt er den Tod von Lord Rockberry auch hielt – weil dieser Mann ein Tier gewesen war –, konnte Swindler doch nur zwei Möglichkeiten sehen, Emma zu retten: den Mord unaufgeklärt auf sich beruhen zu lassen oder hinzunehmen, dass allein Eleanor den Preis dafür bezahlte. Letzteres würde jedoch seine eigenen Komplikationen mit sich bringen, wie er Emma bereits erklärt hatte: Er war nahezu sicher, dass es ihn Emma kosten würde. Sie würde ihm nicht verzeihen, dass er ihre Schwester festnahm und nicht sie. Und ehrlich gesagt, konnte er sich sogar sehr gut vorstellen, wie Emma ins Präsidium marschierte und behauptete, sie allein hätte die Tat begangen. Die Schwestern würden zusammenarbeiten, um die Gerichte zu verwirren – oder sie würden ihre Strafe akzeptieren.

Nachdem er Elisabeths Tagebuch gelesen hatte, gab es noch

etwas anderes, was Swindler keine Ruhe ließ. Eine Sache, die noch unerledigt war. Sie zu klären könnte die Rettung für beide Frauen sein, aber die damit verbundenen Gefahren durften auch nicht übersehen werden.

»In ihrem Tagebuch erwähnte Elisabeth einen silbernen Filigranschmuck, den Lord Rockberry ihr umlegte.«

Emma warf ihm einen Blick zu, an dem er sehen konnte, dass sie nicht über die Einzelheiten dessen sprechen wollte, was zwischen ihrer Schwester und Lord Rockberry vorgefallen war. Aber an ihrem trotzig vorgeschobenen Kinn erkannte er auch ihre Entschlossenheit, nicht vor etwas zurückzuschrecken, das sich sehr gut zu einem unerfreulichen Gespräch entwickeln konnte. »Ja.«

»Weißt du, ob sie die Kette aufgehoben hat? Hast du sie gesehen?«

Emma errötete. Wie leicht sie doch in Verlegenheit zu bringen war, selbst nach der unglaublichen Intimität noch, die sie miteinander erfahren hatten. Er fragte sich, ob Elisabeth wohl auch so schnell errötet war. Hatte Lord Rockberry seine Freude daran gehabt? Hatte er auch nur die kleinsten Dinge an ihr bemerkt, oder hatte er nur ein Opfer seiner rohen, bestialischen Männlichkeit in ihr gesehen?

»Eleanor und ich haben es zwischen ihren Sachen gefunden, nachdem ... danach.«

Nach ihrem Tod. Und Swindler konnte sich nicht vorstellen, dass sie das Schmuckstück in Ehren halten würden, nachdem sie das Tagebuch gelesen hatten. »Was ist daraus geworden?«

Sie näherten sich schon dem Haus. Emma blieb stehen und sah ihn an, als wünschte sie, dieses Gespräch im Freien zu beenden, um Eleanor nicht mit einem so schmerzlichen Thema zu belasten. Wieder einmal konnte er nicht umhin zu bemerken, wie rücksichtsvoll die Schwestern zueinander waren. »Wir haben es nach London mitgenommen und es Lord Rockberry zusammen mit einer Nachricht zukommen lassen.«

»Und was war der Wortlaut dieser Nachricht?«

Wieder errötete sie, nur war es ein viel dunkleres Rot, das ihr in die Wangen stieg, als er je gesehen hatte. *»Sie ist tot. Bald wirst du es auch sein.«*

»Ein bisschen melodramatisch, aber zweifellos sehr wirksam. Das ist der Grund, warum er bei Scotland Yard so steif und fest behaupten konnte, dass du die Absicht hattest, ihn zu töten.«

»Hat er ihnen die Nachricht gezeigt?«

»Nicht, dass ich wüsste – obwohl es durchaus möglich ist. Mein Vorgesetzter bestand darauf, dass ich dich im Auge behielt, deine Absichten herausfand und dich davon abbrachte.«

»Also war dein Interesse an mir auch nur Täuschung.«

Ihre Stimme enthielt keine Zweifel. Zudem hatte sie es nicht wie eine Frage klingen lassen, sondern eine Feststellung gemacht. Ihre Augen forderten ihn dazu heraus, die Wahrheit zu sagen, aber auch er war der Lügen zwischen ihnen genauso müde wie sie selbst. Und noch während er daran dachte, begriff er, dass es auch Täuschung gewesen sein könnte, als sie gestern Nacht zu ihm gekommen war. Ein Versuch, sein Herz zu gewinnen, damit er keine der Schwestern mitnahm, wenn er abreiste. Er wollte ihren Motiven trauen, doch die Enttäuschung über ihren anfänglichen Betrug schmerzte nach wie vor. Er fragte sich, ob sie einander je vollkommen vertrauen würden – und wenn sie es nicht taten, wie konnte sie dann glauben, dass er ihr wirklich sein Herz geschenkt hatte?

»Anfangs ja«, sagte er. »Mein Plan war, deine Gunst zu gewinnen und dich dazu zu verleiten, mir zu sagen, aus welchen Gründen du Lord Rockberry verfolgtest.« Er hätte sie gern berührt, wagte es jedoch nicht, weil sie plötzlich so zerbrechlich wirkte wie eine Figur aus mundgeblasenem Glas. »Aber ich bin deinem Zauber schnell verfallen.«

»Dann denkst du also, ich hätte dich verhext?«

»Ich beginne zu verstehen, dass du genauso dein Spiel mit mir getrieben hast wie ich mit dir das meine. Wir waren beide in verschiedene, allerdings genauso ausgeklügelte Schwindeleien verstrickt. Ich wollte dich dazu verleiten, mir dein Vorhaben zu offenbaren, und du wolltest mich dazu verführen, dir ein Alibi zu verschaffen.«

»Und gestern Nacht?«

»Ich hoffe, dass wir da vollkommen ehrlich zueinander waren. Aber mir ist auch klar geworden, dass wir beide zu solch geschickten Heuchlern geworden sind, dass wir womöglich beide die Wahrheit nicht mal dann erkennen würden, wenn sie uns in den Hintern bisse.«

Emma wandte ihren Blick von ihm ab und starrte zu den Klippen und dem Meer hinüber. »Das einzige Mal, wo ich immer aufrichtig zu dir war, war, wenn ich mit dir geschlafen habe.«

Sanft umfasste er mit einer Hand ihr Kinn und drehte ihren Kopf, um ihre schönen blauen Augen sehen zu können. »Der einzige Punkt, in dem ich nicht aufrichtig zu dir war, war der Grund, aus dem ich dich verfolgte.«

Sie schenkte ihm ein unsicheres Lächeln. »Wir haben eine sehr steinige Grundlage unter uns.«

»Aber es ist ein Fundament, Emma. Nur wir können entscheiden, was wir jetzt darauf aufbauen wollen.«

»Sei kein Träumer, James. Wir können gar nichts aufbauen. Wir sind uns uneins und stehen auf zwei verschiedenen Seiten.

Ich habe ein Verbrechen begangen, und du klärst Verbrechen auf.«

Verdammt! Wie konnte er es ihr verständlich machen? Sie gingen hin und her und deckten Boden ab, der bereits gepflügt worden war.

»Emma, nicht alles, was ich tue, ist im Sinne des Gesetzes.«

»Aber du bist Polizeiinspektor.«

»Und manchmal schaue ich eben weg. In dieser Sache kann ich es leider nicht, weil er ein verdammter Adeliger war, aber ich kann dir versichern, dass ich dich aus dem Gefängnis herausholen werde, falls dein Urteil nicht gerecht ist. Ich werde dafür sorgen, dass du ein neues Leben bekommst, doch vorher würde ich sehr gern zu erreichen versuchen, dass du zu diesem zurückkehrst.«

»Du hast gesagt, du hättest Einfluss.«

»Ich habe einen Herzog und einen Grafen in der Tasche.«

»Claybourne und Greystone.«

Er nickte. »Und Jack Dodger könnte ganz London kaufen, wenn er wollte. Sie haben Macht, Emma, und ich habe keine Bedenken, sie zu bitten, diese Macht auch auszuüben.«

»Und was ist mit dir, James Swindler?«

»Meine Macht ist nicht so offensichtlich wie ihre, aber ich habe sie. Ich habe sie mir verdient. Und jetzt zurück zu der silbernen Halskette. Kannst du dich noch genau erinnern, wie sie aussah?«

Sie nickte. »Ich glaube, ja. Sie ähnelte sehr einem eng anliegenden Halsband, aber sie war mit Silbersträngen versehen, die davon herabhingen. Sie war eigentlich recht hübsch. Welch eine Ironie, dass sie etwas derart Hässliches symbolisierte.«

»Kannst du mir helfen, eine Zeichnung davon anzufertigen?«

»Aber wozu das denn?«, fragte sie verblüfft.

»Weil Betrügereien meine Stärke sind und ich glaube, dass noch eine mehr benötigt wird, um diese Sache aus der Welt zu schaffen.«

Kapitel zwanzig

»Der Hauptteil war ein Netz aus winzigen Silbersträngen, das eng am Hals anlag«, sagte Emma, als sie mit James in der Küche saß und zusah, wie er zeichnete, was sie beschrieb. Sie liebte es, ihn so konzentriert zu sehen. Ob es die Zeichnung war oder sie, er schenkte allem, was er tat, seine volle Aufmerksamkeit. Sie wusste, dass ihre Handlungen in London ihn in eine unangenehme Situation gebracht hatten, was seine Gefühle für sie und seine Verantwortung seinen Pflichten gegenüber anging. Gerechtigkeit war ihm sehr wichtig, aber sie anscheinend auch.

»Und von beiden Seiten des Teils, das in der Halsgrube einer Frau ruht, hingen mehrere verknotete Stränge herab«, erklärte Eleanor. »Wo sie auf die Mitte zugingen, wurden sie länger, bis der in der Mitte lang genug war, um zwischen den …« Eleanor räusperte sich und schaute Emma an.

»Ich glaube, ich kann mir denken, wozwischen er herabhing«, sagte James ruhig, und Emma lächelte, als sie die Röte sah, die ihm in die Wangen stieg. Es kam nicht oft vor, dass er sich Unbehagen anmerken ließ, oder zumindest nicht in ihrer Gegenwart. Es war interessant, diesen Aspekt von ihm zu sehen und zu wissen, dass er sich Eleanor gegenüber tatsächlich anders fühlte als bei ihr. Er fühlte sich einfach nicht so wohl bei ihrer Schwester. »Was noch?«

»Es erinnerte mich mehr an ein Halsband als an eine Kette«, sagte Eleanor. »Und der Verschluss war sehr schwierig zu handhaben. Ich könnte mir gut vorstellen, dass man beim An- und Ablegen Hilfe brauchen würde.«

»Wir haben es nicht anprobiert«, sagte Emma. »Wir wollten es nicht mal anfassen, als uns bewusst wurde, was es war.«

»So etwas Schönes für etwas so Abscheuliches«, flüsterte Eleanor. »Wie konnte er ihr das antun?«

James hörte auf zu zeichnen und sah Eleanor prüfend an. Emma, die wiederum ihn beobachtete, war fasziniert, weil sie das Gefühl hatte, als ob sie tatsächlich seinen Verstand arbeiten sehen könnte. »Hat er in jener Nacht in seiner Bibliothek irgendetwas zu Ihnen gesagt?«

Emma hätte ihn küssen können für seine Wortwahl, mit der er Eleanor nicht des Mords an ihm bezichtigte. Emma hatte Eleanor heute kein einziges Mal beim Schrubben ihrer Hände erwischt. Vielleicht würden ihre Hände im Lauf der Zeit wieder verheilen.

Tränen traten Eleanor in die Augen und liefen ihr über die Wangen. »Er verspottete und verhöhnte mich. Sagte, es habe Elisabeth gefallen, sie habe es gewollt und sogar darum gebettelt. Ich habe in meinem ganzen Leben noch nie jemanden so sehr gehasst, verachtet und verabscheut. Ich wollte, dass er wenigstens Reue zeigte, bevor er starb.« Sie sah aus, als ob sie sich übergeben müsste. »Aber er … er brüstete sich auch noch damit.«

Sie begann fieberhaft ihre Hände aneinanderzureiben. Emma legte ihre darüber. »Es ist ausgestanden, Eleanor. Er kann keine großen Töne mehr schwingen.«

»Er war so gemein.« Sie wandte ihre Aufmerksamkeit wieder der Zeichnung zu. »Das ist ein sehr gutes Bild von der Halskette, nicht wahr, Emma?«

»Ja.«

»Es ist nicht wirklich eine Halskette«, sagte James. »Es ist, was Sie vorhin sagten – ein Halsband. Ich habe schon einmal so eines wie dieses gesehen. An einer Frau, die wir ermordet in Whitechapel aufgefunden hatten.«

»Meinst du, sie hätte auch bei diesen Ausschweifungen mitgemacht?«, fragte Emma.

Er nickte brüsk. »Aufgrund von diskreten Nachforschungen, die ich angestellt habe, glaube ich, dass es Geheimbünde gibt, die Rituale praktizieren wie die, die eure Schwester beschrieben hat. Da ich jedoch immer annahm, dass diese geheimen Gesellschaften aus übereifrigen Spielern bestünden, hatte ich kein Interesse daran, der Sache nachzugehen. Aber dieser eine, in den eure Schwester aufgenommen worden war, scheint eine finsterere Richtung eingeschlagen zu haben.«

»Hätten sie Elisabeth letztendlich umgebracht?«

»Falls sie glaubten, sie stellte eine Gefahr für die Geheimhaltung ihres Bundes dar …«

»Wäre es möglich …« Emma war nicht sicher, ob sie den Gedanken überhaupt zu Ende führen wollte. »Könnte es nicht sein, dass sie hier waren und Elisabeth getötet haben?«

James lehnte sich auf seinem Stuhl zurück. »Möglich wäre es, aber eher unwahrscheinlich. Ihrer letzten Tagebucheintragung in der Nacht ihres Todes wegen vermute ich« – Emma konnte sehen, wie er nach den richtigen Worten suchte –, »dass sie Frieden suchte, wo auch immer sie ihn finden konnte.«

Emma hätte ihn nicht mehr lieben können dafür, dass er nicht aussprach, was ihre Schwester wirklich getan hatte: sich das Leben genommen und sich gegen Gott versündigt. Die Familie hatte dem Pfarrer und den Dorfbewohnern gesagt, Elisabeths Sturz von den Klippen sei ein Unfall gewesen. Selbst untereinander hatten sie der Tatsache nicht ins Auge sehen und akzeptieren können, was wirklich geschehen war.

»Und wie geht es jetzt weiter, Inspektor Swindler?«, fragte Eleanor. Es war das erste Mal, dass eine von beiden ihn so ansprach und dadurch seine Autorität über sie anerkannte. Emmas Magen verkrampfte sich der Konsequenzen wegen. Sie hatte Mühe, Luft zu holen, doch sie wandte ihren Blick nicht ab und wartete auf seine Entscheidung und sein Urteil.

»Lord Rockberry hat Ihre Schwester missbraucht, aber er war nicht der Einzige, der es tat.«

Emma und Eleanor wechselten einen Blick. »Er war der Verantwortliche«, sagte Eleanor.

»Trotzdem müssen auch die anderen zur Rechenschaft gezogen werden.«

»Wir wissen nicht, wer sie sind«, sagte Emma. »Elisabeth erwähnte nur Lord Rockberry. Ich glaube nicht, dass sie wusste, wer die anderen waren.«

»Und ich habe nicht einmal daran gedacht, Lord Rockberry nach Namen zu fragen«, sagte Eleanor, der die Enttäuschung über sich selbst nur allzu deutlich anzuhören war.

»Er hätte Ihnen sowieso keine genannt«, sagte James, um ihr das Schuldgefühl zu nehmen.

»Wie sollen wir dann herausfinden, wer sie sind?«, fragte Emma.

»Erinnern Sie sich an jenen ersten Abend in Cremorne Gardens und an die Frau, mit der Lord Rockberry sprach?«

Eleanor nickte.

»Sie trug etwas um den Hals, das diese Art von Schmuck gewesen sein könnte«, sagte er und tippte auf die Zeichnung. »Es ist möglich, dass die Beziehungen dort beginnen. Falls es mir gelingt, den Halsschmuck von dem neuen Lord Rockberry zurückzuerlangen und eine Frau zu finden, die bereit wäre, es bei einem Spaziergang durch die Gärten zu tragen, wäre es möglich, dass jemand an sie herantritt …«

»Ich tue es!«, riefen Emma und Eleanor wie aus einem Munde, bevor er seine Erklärung beenden konnte.

»Sei nicht albern«, sagte Eleanor zu Emma. »Das ist meine Aufgabe, weil ich die Ältere bin.«

»Oh nein! Du hast schon das Risiko auf dich genommen, ihn zu töten. Jetzt bin ich an der Reihe, mehr zu tun.«

»Das werde ich nicht zulassen.«

»Und ich werde es mir nicht von dir verbieten lassen.«

»Emma …«

»Eleanor …«

»Meine Damen«, sagte James und stand auf. »Ich brauche jemanden, der sich mit den raueren Vierteln Londons auskennt und auf sich aufpassen kann.«

»Sie werden all die Damen kennen, die in ihre Gesellschaft eingeführt worden sind«, sagte Emma. »Und du brauchst jemanden, den sie erkennen. Wir haben nur Lord Rockberry gesagt, dass Elisabeth nicht mehr lebt. Es wäre möglich, dass er es niemand anderem erzählt hat. Und selbst wenn … Wenn die anderen jemanden sehen, der wie sie aussieht, werden sie wahrscheinlich denken, dass er falsch informiert oder belogen wurde. Es muss also eine von uns beiden sein, James.«

Er schüttelte den Kopf. »Es war keine gute Idee. Wir sollten es dabei bewenden lassen.«

»Das können wir nicht, weil du recht damit hast, dass wir etwas unternehmen müssen«, sagte Emma. »Wir waren total fixiert auf Lord Rockberry und haben nicht weitergedacht. Aber genau das hätten wir tun sollen. Zum Gedenken an unsere liebe Schwester. Um ihrer Seele Frieden zu schenken, müssen wir beenden, was wir begonnen haben.«

In ihrem Nachthemd saß Emma vor der Frisierkommode in Eleanors Zimmer und bürstete ihr Haar. Sie hatten die Frage, was getan werden musste, wenn sie nach London zurückkehrten, zunächst einmal unbeantwortet gelassen, da James versprochen hatte, über die ganze Sache und den besten Umgang mit ihr nachzudenken. Sie liebte ihn dafür, dass er weder sie noch Eleanor in Gefahr bringen wollte, aber er wusste, dass ihr Argument etwas für sich hatte – das hatte sie in seinen Augen gesehen.

»Du brauchst nicht zu warten, bis ich einschlafe, um zu ihm zu gehen«, sagte Eleanor, die an einen Berg von Kissen gelehnt auf ihrem Bett saß. »Ich hoffe nur, dass du weißt, was du tust. Wenn du schwanger wirst, könntest du wahrscheinlich zumindest das vor Gericht geltend machen. Sie erhängen keine schwangeren Frauen – oder jedenfalls hab ich das gehört.«

Emma erhob sich von der Bank, lief zu Eleanor hinüber und setzte sich auf die Bettkante, um ihre Hände zu ergreifen. »Wir werden nicht am Galgen enden, Eleanor. Das hat er mir versprochen.«

»Und wer hat ihn zum König ernannt?«

»Ich glaube, er hat Beziehungen und Einfluss. Wir müssen ihm vertrauen.«

Eleanor drückte ihr die Hände. »Und du musst mir vertrauen. Ich sollte es sein, die Elisabeths Rolle spielt, wenn wir diesen Trick anwenden.«

»Eleanor ...«

»Emma ...«

Schon wieder hatten sie einen toten Punkt erreicht, genau wie vorhin in der Küche, und schienen außerstande zu sein, mehr als den Namen der anderen hervorzubringen. Aber Emma wusste, dass James ein offenes Ohr für sie hatte. Sie würde dafür sorgen, dass nicht Eleanor diejenige war, die Gefahren ausgesetzt werden würde. »Lass uns einfach sehen, was geschieht, wenn wir nach London zurückkehren, ja?«

Eleanor nickte fast unmerklich.

»Sehr gut«, sagte Emma knapp. Sie würde einen Weg finden, Eleanor zu beschützen, ob sie das nun wollte oder nicht. Ihre Schwester hatte den Löwenanteil geleistet, was ihre Abrechnung mit Lord Rockberry anging, und jetzt war Emma an der Reihe. Sie ließ Eleanors Hände los, faltete ihre eigenen auf ihrem Schoß und betrachtete sie scheinbar interessiert, weil sie wusste, dass ihre Wangen dunkelrot geworden waren. »Könntest du dich nicht wenigstens umdrehen und so tun, als ob du schliefst?«

Zum Glück tat Eleanor, worum sie bat. Emma wusste, wie scheinheilig das war, aber es brachte sie in Verlegenheit, zu James zu gehen, wenn ihre Schwester ihr dabei zusah und Bescheid wusste. Was James und sie miteinander teilten, war für zwei Menschen gedacht, die ein Ehepaar waren. Doch dass sie beide heirateten, würde leider nie geschehen. Trotz ihrer tapferen Worte zu Eleanor und James' Versprechungen hielt Emma es für sehr wahrscheinlich, dass der Galgen sie erwartete. Und mit diesem Gedanken im Sinn war sie fest entschlossen, das Beste aus der wenigen Zeit zu machen, die ihnen vielleicht noch blieb.

Leise schlüpfte sie aus Eleanors Schlafzimmer und in ihr eigenes. Ob ihr Herz wohl immer so außer Kontrolle geraten würde, wenn sie James nach einer kurzen Trennung wiedersah?, fragte Emma sich. In dem halbdunklen Zimmer stand er am Fenster, aber schon bei dem leisen Klicken der Tür kam er zu ihr herüber. Emma, die ihm auf halbem Weg begegnete, stellte sich auf die Zehenspitzen und bot ihm ihren Mund zum Kuss. Doch anstatt darauf einzugehen, schob er seine Hände unter ihr Haar und hielt sanft ihren Kopf umfangen, während er sie so prüfend ansah, als ob ihm etwas schwer auf der Seele läge. Nach allem, was sie herausgefunden und geplant hatten, hätte sie nicht überrascht sein dürfen, aber sie hatte gehofft, in diesen wenigen Stunden so tun zu können, als hätte die Welt jenseits der Tür zu existieren aufgehört und es gäbe nur noch sie beide.

»In jener Nacht in meiner Pension, als ich dir alles bis auf die Perlenkette ausziehen wollte«, sagte er langsam, »hat dich das an das schreckliche Erlebnis deiner Schwester erinnert, nicht wahr? Hat es dir die Freude an der Nacht verdorben?«

Erleichtert, dass es etwas Belangloses war, weswegen er die Stirn in Falten legte, ließ sie den Atem aus, den sie ganz unwillkürlich angehalten hatte. »Nein. Überhaupt nicht. Die Perlen waren ein kostbares Geschenk und kein Symbol der Unterwürfigkeit. Nichts, absolut nichts an jener Nacht war auch nur annähernd wie das, was meine Schwester zweifellos erdulden musste.«

»Gut.«

Sie merkte, dass seine Hände sich bewegten, und plötzlich legte sich etwas Schweres, Glattes und Kühles an ihre Haut. Mit einem überraschten Ausruf berührte sie die Perlen um ihren Hals und lächelte. »Wie hast du das gemacht … ich habe sie nicht in deiner Hand gesehen.«

»Ich mag zwar nicht der Geschickteste mit meinen Händen gewesen sein, aber den einen oder anderen Trick habe ich gelernt.«

Emma konnte selbst kaum glauben, was für eine gewagte Antwort ihr dazu in den Sinn kam. Sie hätte sie auch fast für sich behalten, aber dann dachte sie, dass dieser Mann hier James war, der jedes ihrer Geheimnisse nicht weniger gut kannte als die ihres Körpers. »Ich finde, du hast sogar sehr geschickte Hände.«

Er schenkte ihr ein verführerisches Lächeln, und seine Augen glühten vor Begierde. »Sollen wir mal überprüfen, ob du recht hast?«

Bevor sie auch nur Atem holen konnte, schwebte ihr Kleid zu Boden, und James' Hose folgte ihm genauso schnell. Dann hielten sie sich, so wie Gott sie schuf, in den Armen und erforschten die vertrauten oder auch neu entdeckten Schätze ...

Ihr Liebesspiel war bittersüß, als wüssten beide, dass all das zurückbleiben würde, wenn sie morgen früh nach London aufbrachen. Dort würden sie wieder in der Welt des Anstands sein. Vor allem würden sie sich dort noch viel mehr darauf konzentrieren müssen, sich auf einen Plan zu einigen, als sich miteinander zu beschäftigen.

James nahm sich Zeit und berührte sie langsam und schon beinahe ehrfürchtig, als ob er sich jede Linie und Kurve ihres Körpers für die Nächte einprägen wollte, in denen sie nicht in seinen Armen liegen würde. Sie strich mit geschärften Sinnen mit ihren Fingern über seinen Körper, um sich später an die Festigkeit seiner Muskeln, die Straffheit und Glätte seiner Haut und die Rauheit seines Haars erinnern zu können.

Als die lustvollen Empfindungen unerträglich wurden und sie in ungestümer Leidenschaft entbrannten, vereinigten sie sich in einer wahren Feuersbrunst von Empfindungen, die sie in schwindelerregende Höhen trieben. Ihr Name kam wie ein

Knurren von seinen Lippen und der seine wie ein Schrei von ihren.

Später, als sie erschöpft und erfüllt in inniger Umarmung dalagen, konnte Emma die Tränen nicht mehr zurückhalten – und auch James' beruhigendes Gemurmel konnte die Ankunft des neuen Tages leider nicht verhindern.

Kapitel einundzwanzig

Emma hatte nicht erwartet, dass ihr erster Halt nach ihrer Ankunft in London der Wohnsitz des Dukes und der Duchess von Greystone sein würde. James, Eleanor und sie standen mit ihren Koffern in der Eingangshalle und warteten, während der Butler sie ankündigte.

»Ich finde, wir hätten wenigstens zuerst versuchen sollen, eine Unterkunft zu finden«, murrte Eleanor.

Emma nahm an, dass ihre Schwester ein bisschen verärgert war, weil James von dem Moment an, in dem sie ihr Haus verlassen hatten, keinen Zweifel daran hatte aufkommen lassen, dass er der Leiter ihrer kleinen Expedition war. Emma hatte das Gefühl, dass, je weiter sie sich von ihrem Zuhause entfernten, er auch immer mehr auf Distanz zu ihr ging. Sie wusste, dass er es tat, weil schwierige Entscheidungen getroffen werden mussten, aber es machte die Einsamkeit, die sie verspürte, nicht erträglicher.

»Jim!«

Emma blickte zum Flur hinüber und sah die Duchess auf sie zueilen. Emma hatte befürchtet, man könnte ihr anmerken, dass sie der Herzogin bis zu dem Ballabend noch nie zuvor begegnet war. Es war Eleanor gewesen, die in dem Wohnzimmer der Pension mit ihr gesprochen hatte. Spater hatte Eleanor sie ihr äußerst detailliert beschrieben, doch selbst ohne eine solch hervorragende Beschreibung hätte Emma die Herzogin an der Sanftheit erkannt, die in James' Augen erschienen war, als er sie auf dem Ball begrüßte. Die gleiche Freude ließ er auch jetzt erkennen, als die Herzogin ihm auf die Schulter klopfte, bevor sie an ihm vorbeiging, um Emma und Eleanor zu betrachten.

»Wie ich sehe, hast du herausgefunden, dass es doch zwei gab«, sagte sie. »Sie sind fast nicht zu unterscheiden. Stell dir bloß mal vor, was für Tricks sich Feagan für sie ausgedacht hätte.«

»Sie brauchen nicht über uns zu sprechen, als ob wir nicht hier wären«, sagte Eleanor.

»Und welche von beiden sind Sie?«, erwiderte die Duchess freundlich.

Als Eleanor ihre störrische Miene aufsetzte und keine Antwort gab, sagte Emma: »Sie ist Eleanor, und ich bin Emma.«

Die Duchess musterte Emma so eindringlich, als suchte sie etwas, von dem ihr Leben abhing. Dann lächelte sie. »Sie sind diejenige, die auf meinem Ball war und die Jims Gefallen fand. Aber es war Eleanor, mit der ich im Salon der Pension gesprochen habe.«

»Niemand kann uns auseinanderhalten«, gab Eleanor unfreundlich zurück.

»Bis auf Mr. Swindler«, erinnerte Emma sie leise.

»Ich wurde dazu erzogen, die sehr subtilen Unterschiede zwischen Menschen zu erkennen«, sagte die Duchess. »Wie hätte ich denn sonst entscheiden sollen, wen ich am besten schröpfte?«, schloss sie lachend und wandte ihre Aufmerksamkeit wieder James zu. »Was brauchst du, Jim? Was kann ich für dich tun?«

»Ich brauche eine Unterkunft für die beiden Damen«, sagte er.

Aufgrund der Sicherheit in seiner Stimme, dass er keine abschlägige Antwort erhalten würde, dachte Emma, er und die Herzogin wären vielleicht sogar Verwandte.

»Dazu müsste unser Haus genügen. Was noch?«, fragte die Duchess of Greystone.

Nachdem Emma sich in ihrem Zimmer eingerichtet hatte, ging sie über den breiten Gang zu dem Schlafzimmer hinüber, das Eleanor erhalten hatte. Es war fast das gleiche wie das ihre mit seinem breiten Himmelbett, einer Kommode, einem Sekretär, einem Waschtisch und einer kleinen Sitzecke am Fenster. Unter dem Fenster befand sich eine mit Kissen bedeckte Bank, auf der Eleanor saß und in den Garten hinausblickte.

»Worauf haben wir uns bloß eingelassen, Emma?«, fragte sie, ohne sich umzudrehen.

Emma setzte sich zu ihr. »Auf das Ärgste, würde ich sagen.«

»Ich dachte, die Duchess hätte den Duke erst vor kurzem geheiratet. Aber wenn das stimmt, wer ist der Junge dort?«

Als Emma hinausblickte, sah sie den Herzog und einen Jungen vor zwei Staffeleien stehen, wo sie, jeder mit einer Palette in der Hand, einen Teil der Blumen im Garten zu malen schienen. »James erwähnte, dass sie eines ihrer Waisenkinder aufgenommen hat. Peter heißt er, glaube ich.«

»Ich wollte schon immer Kinder.«

»Vielleicht wirst du sie ja noch bekommen.«

»Oh ja, ich bin mir sicher, dass ein Gentleman entzückt wäre, eine Frau zu heiraten, die keine Skrupel hatte, einem Mann einen Dolch ins Herz zu stoßen.« Eleanor begann wieder ihre Hände zu reiben, und Emma hinderte sie daran, indem sie ihre Hände über die ihrer Schwester legte.

»Ein Mann könnte sich glücklich schätzen, eine Frau wie dich zu haben.«

Ihre Schwester schenkte ihr ein schwaches Lächeln. »Ich

bereue nicht, was ich getan habe, Emma. Es ist einfach nur so, dass es ein bisschen schwieriger ist, damit zu leben, als ich erwartet hatte.«

»Was *wir* getan haben, Eleanor. Du darfst nie vergessen, dass wir es zusammen getan haben.«

Eleanor nickte widerstrebend und blickte wieder aus dem Fenster. »Der Herzog ist ein gut aussehender Mann.«

»Kaum zu glauben, dass er eine Diebin geheiratet hat.«

»Und was ist mit dir, Emma? Würdest du einen Dieb heiraten?«

»Auf der Stelle«, flüsterte sie. »Aber ich bezweifle, dass er mich je fragen wird.«

* * *

Um Mitternacht
bei Greystone.
– J. S.

Die Nachricht war an fünf Personen geschickt worden, aber nur vier antworteten.

»Graves schreibt, er bedauert sehr, dass er nicht kommen kann, aber er behandelt gerade die Königin«, sagte Claybourne. »Sie scheint zu glauben, sie hätte irgendein Leiden, das nur er kurieren kann. Wenn wir es ohne ihn jedoch nicht schaffen, sollen wir ihn benachrichtigen, und er wird sehen, was er tun kann.«

William Graves war ein weiterer Junge aus Feagans Kinderschar. Ein ehemaliger Grabschänder, der heute schnell zu einem der bekanntesten Ärzte Londons wurde.

Die anderen in der Bibliothek des Dukes waren Claybournes

Gattin Catherine, Jack Dodger, Frannie, Greystone, Emma und Eleanor. Als Swindler seine Freunde benachrichtigen ließ, hatte er nicht bedacht, dass er sich von Männern umringt sehen würde, die über unglaublichen Reichtum und enorm viel Macht verfügten. Auch ihm ermangelte es nicht an beidem, nur stellte er es nicht zur Schau. Zwei von ihnen besaßen das Einzige, das er nicht hatte: einen Titel.

Aber würde Emma sich mit einem Mann begnügen, der nie in die Aristokratie aufsteigen würde?, fragte er sich. Schaute sie vielleicht schon jetzt Greystone und Claybourne an und dachte, dass sie die Art von Männern waren, die sie zu heiraten verdiente?

»Ich nehme an, du hast uns nicht ohne Grund hierherkommen lassen«, sagte Claybourne. »Könnten wir also bitte dazu kommen?«

»Ja, natürlich«, antwortete Swindler, während er die Hände verschränkte und sich ein wenig vorbeugte. Bei ihrer Ankunft hatte er es ganz bewusst so eingerichtet, dass er Emma und Eleanor gegenübersaß. Er wollte einen guten Blick auf ihre Gesichter, um ihre Reaktionen einschätzen zu können und festzustellen, was sie dachten, falls sich herausstellen sollte, dass Ehrlichkeit hier nicht die richtige Vorgehensweise war. »Wie euch sicherlich bekannt sein dürfte, hat Lord Rockberry erst kürzlich diese Welt verlassen. Emma und Eleanor waren für seinen Tod verantwortlich.«

Als Emma merkte, wie Eleanor sich neben ihr versteifte und sich auf Beschuldigungen oder Gemeinheiten einstellte, die da kommen mochten, wurde auch ihre eigene Brust ganz eng. Es war das erste Mal, dass irgendjemand außer James die Wahrheit über sie und ihre Handlungen erfuhr. Sie hatte eigentlich erwartet, dieser Moment würde Scham und Erniedrigung mit sich bringen. Stattdessen war es jedoch so, dass sie nicht mehr wusste, was sie denken sollte, weil James' Worte und sein Tonfall sich so angehört hatten, als ob er von etwas so Alltäglichem spräche, wie einen Knopf an ein Hemd anzunähen.

»Ich nehme an, dass er es verdiente«, sagte Claybourne, der den Eindruck vermittelte, der Patriarch dieses ungewöhnlichen Clans zu sein.

Als Eleanor ihr unbarmherzig fest die Hand drückte, erschauderte Emma vor Furcht. Sie hasste es, diesen Moment ertragen zu müssen, in dem all die schmutzigen ...

James nickte knapp.

Claybourne erwiderte das Nicken. »Also gut. Wie sieht dein Plan aus? Willst du ihnen neue Namen verschaffen und ihnen helfen, sich woanders niederzulassen?«

»Warten Sie«, sagte Eleanor und lockerte ihren Griff um Emmas Hand. »Das ist alles, was Sie brauchen? Ein Nicken? Was für eine Sorte Mensch sind Sie denn?«

»Die beste, der du je begegnen wirst«, sagte James. »Sonst hätte ich sie nicht herkommen lassen.«

Aber das blinde Vertrauen, das die anderen James entgegenbrachten, war nicht alles, was Emma beschäftigte. »Du willst uns fortschicken?«, fragte sie ihn.

»Es könnte unser einziges Mittel sein, um deinen schönen Hals vor dem Strang zu bewahren«, sagte James. »Doch bevor wir die Einzelheiten ausarbeiten, wie wir euer Verschwinden am besten in die Wege leiten können, müssen wir uns um andere Dinge kümmern.« Er sah sich um und sah, dass noch immer alle Blicke auf ihm ruhten. »Zu meinen momentanen Plänen gehört auch, zu Ende zu bringen, was die beiden Damen hier begonnen haben. Lord Rockberry hat nicht allein gehandelt. Wir müssen also herausfinden, wer die anderen waren, und sie vor Gericht bringen.«

»Ich gehe mal davon aus, dass du die Einzelheiten schon durchdacht hast«, sagte Jack Dodger.

»In vernünftigem Rahmen und so weit in die Zukunftblickend, wie ich sehen kann – was nicht sehr weit ist.« Ohne irgendwelche der hässlichen Einzelheiten der Begegnung ihrer Schwester mit Lord Rockberry zu offenbaren, erzählte James ihnen von dem Geheimbund, der sie in die Falle gelockt hatte. Dann nahm er ein Blatt Papier aus seiner Rocktasche, entfaltete es und gab es Claybourne. »Diesen Halsschmuck legte Lord Rockberry Elisabeth bei einem Ritual um, durch das man sie in Hörigkeit und Unfreiheit willkommen hieß.«

»Das ist ein ganz exquisites Stück«, bemerkte die Duchess of Greystone, als sie sich die Zeichnung ansah. »Nicht leicht herzustellen. Und sehr hübsch. Wo ist es jetzt?«

»Hoffentlich in Lord Rockberrys Wohnsitz, denn ich habe die Absicht, es dort morgen Nacht zu suchen.«

Das war Emma neu. »In seinem Haus? Bist du verrückt?«

James sah sie mit ernster, aber auch entschlossener Miene an. »Wenn wir dich oder Eleanor vortäuschen lassen müssen, Elisabeth zu sein, die zu einer weiteren Kostprobe dieser ganz speziellen Art von sinnlichem Vergnügen in die Stadt zurückgekehrt ist, müssen wir den Halsschmuck finden. Und das Stadthaus des Marquess ist zwar groß, aber meistens neigen die Leute dazu, Dinge an ziemlich offensichtlichen Stellen zu verstecken. Zehn oder höchstens fünfzehn Minuten, und ich müsste den Schmuck gefunden haben.« Nun wandte er sich Mr. Dodger zu. »Ich dachte, vielleicht könntest du den neuen Lord Rockberry für morgen gegen Mitternacht zu einer privaten Spielrunde in deinen Club einladen.«

Mr. Dodger zuckte mit den Schultern. »Wenn Claybourne und Greystone bereit sind, mitzumachen.«

Da beide Männer es waren, wurden nun die Einzelheiten besprochen, wie unter anderem auch die Frage, womit sie den neuen Lord Rockberry am besten beschäftigt hielten, während James sein Haus durchsuchte. Emma gefiel das Ganze nicht. Wenn er erwischt wurde …

»Was ist mit seinen Bediensteten?«, fragte sie. »Glaubst du etwa, sie würden es nicht bemerken, wenn du in dem Haus herumspazierst?«

»Die meisten werden schon schlafen, und ich werde natürlich sehr diskret sein.«

Obwohl es ihr immer noch nicht gefiel, merkte sie schnell, dass Eleanor und sie nur aus Höflichkeit zu dem Gespräch geladen worden waren. Die Pläne machten die anderen. Und ihre Zusammenarbeit beim Austüfteln der Pläne und Details war so gut, dass Emma der Gedanke kam, dies sei nicht das erste Mal, dass sie sich miteinander verschworen hatten, um irgendeinen Plan zu verwirklichen. Wäre sie von Anfang an ehrlich zu James gewesen, hätte er Eleanor und ihr vielleicht eine andere Methode erklärt, um Lord Rockberry aus dem Weg zu räumen, ohne erwischt zu werden. Sie hatten sich für so schlau gehalten, sich im Grunde aber nur auf Spiele verlassen, mit denen sie sich als Kinder amüsiert hatten. Emma fragte sich, ob je eine Zeit kommen würde, in der sie nicht mehr von Naivität beherrscht wurden.

Nachdem die letzten Einzelheiten ausgearbeitet waren, verabschiedeten sich Mr. Dodger und Lord Claybourne und seine Frau. Die einzige Frage, die noch blieb, war, welche der Schwestern sich in Gefahr begeben würde.

»Ich muss es tun«, sagte Emma, als sie Arm in Arm mit James durch den Garten ging. Er hatte um ein paar Minuten Alleinsein mit ihr gebeten, nach denen auch er dann gehen würde.

Die Gaslaternen warfen ihren schwachen Schein auf den Pfad, auf dem sie gingen. Rosen, Hyazinthen und andere Blüten parfümierten die Luft um sie herum. Zu einem anderen Zeitpunkt, dachte Emma, hätte sie den Spaziergang als entspannende, beruhigende Ablenkung empfunden, aber heute waren ihre Nerven viel zu überreizt. Und zu allem Übel breitete sich auch noch ein tiefes Schweigen zwischen ihnen aus. »James?«

»Die Situation könnte lebensgefährlich werden. Eleanor zumindest hat bereits getötet. Sie würde vielleicht nicht zögern zu tun, was sie tun musste.«

»Oder es sich vielleicht auch anders überlegen. Wie du sehr wohl weißt, wird sie von schweren Schuldgefühlen heimgesucht. Und ich bin nicht zu schäbig in einer gefährlichen ...«

Bevor sie ihren Satz beenden konnte, hob James sie auf, drückte sie an sich und begann sie zu küssen, als wäre es die letzte Gelegenheit, die sich ihm je wieder bieten würde. Sie hatten auf der Herreise nur ein paar Minuten für sich allein gehabt. Vielleicht war das der Grund, warum sie seine Initiative begrüßte und sich schon fast verzweifelt an ihn klammerte. Jedenfalls wollte sie nicht einmal in Betracht ziehen, dass es so war, weil ihre gemeinsame Zeit sich so schnell ihrem Ende näherte.

Nach diesem kleinen Täuschungsmanöver, um an die anderen Mitglieder des Geheimbundes heranzukommen, würden Eleanor und sie nach wie vor für Lord Rockberrys Tod zur Rechenschaft gezogen werden. Was auch immer ihre Bestrafung sein mochte – Tod, Deportation oder Jahre in einem Frauengefängnis –, James würde dort nicht bei ihr sein. Er würde in London bleiben, Verbrechen aufklären und irgendwann auch heiraten. Sie wollte nicht einmal an eine andere Frau in seinen Armen denken, aber genauso wenig wollte sie an all die einsamen Jahre denken, die vor ihm lagen, falls er Junggeselle blieb. Oder – in ihrem Fall – an die vielen leeren, einsamen Jahre ohne seine Liebkosungen und Küsse, die wie immer auch jetzt wieder ihre Leidenschaften weckten.

Sie wünschte, sie könnten sich in seine Unterkunft zurückziehen, die Tür abschließen und die Räume nie wieder verlassen. Sie wollte in seinem Bett erwachen, umgeben von dem moschusartigen Duft ihres Liebesspiels und der Hitze seines schweren Körpers auf dem ihren.

Er strich mit seinen heißen, feuchten Lippen über ihre Wange und biss sie spielerisch ins Ohr. »Verlang nicht von mir zu riskieren, dich zu verlieren«, sagte er mit gequälter Stimme, die sie sehr traurig stimmte und zugleich frohlocken ließ. Sie bedeutete ihm wirklich viel. Aber egal, wie viel er auch ihr bedeutete, sie durfte nicht so egoistisch sein zu erlauben, dass ihre Schwester sich schon wieder in Gefahr begab. Diesmal war sie es, die das Risiko eingehen musste.

»Verlang nicht von mir, den Verlust einer weiteren Schwester zu riskieren!«

Er wurde so still, dass die Anspannung in seinem Körper wie ein stummes Trommeln war. Als er sie losließ, hatte sie das Gefühl, dass sich etwas von ganz erheblicher Bedeutung zwischen ihnen verändert hatte.

»Du würdest einfach alles aufgeben, was wir miteinander haben könnten?«, fragte er.

»Einfach ist nichts daran, aber du müsstest doch wissen, dass unsere Beziehung nur etwas Vorübergehendes ist. So schön es mit uns auch ist, James, es wird uns genommen werden, ob wir wollen oder nicht.«

Selbst in dem halbdunklen Garten war die Intensität seines Blicks entnervend.

»Du solltest dich jetzt zur Ruhe begeben«, sagte er tonlos. »Schlaf gut. Du wirst deine fünf Sinne beisammenhaben müssen, wenn es so weit ist.«

»Dann hast du also beschlossen, dass ich es sein werde?« Sie hätte nicht sagen können, ob das leichte Zittern ihrer Stimme Furcht oder Erregung war.

James würdigte sie keiner Antwort, sondern ging einfach weg und verschwand in der Dunkelheit.

Nachdem Swindler seinen Freunden aus Kindheitstagen eine Nachricht geschickt hatte, hatte er gleich danach noch eine andere versendet.

London Bridge
vier Uhr

Er war nicht überrascht, dass Sir David noch vor ihm am Themseufer unter der London Bridge erschienen war. Sie hatten sich dort so manche Nacht getroffen, wenn Swindler an Aktivitäten beteiligt war, die erforderten, dass er nicht mit Scotland Yard in Verbindung gebracht werden durfte. Wie üblich rauchte Sir David seine Pfeife.

»Sie sind also wieder in London, Swindler? Wozu dieses geheime Treffen? Muss ich davon ausgehen, dass Sie Lord Rockberrys Mörderin noch immer nicht in der Hand haben?«

»Es ist alles sehr kompliziert geworden.«

»Dann haben Sie sich wohl in sie verliebt?«

Es war nicht leicht zuzugeben, nicht einmal sich selber gegenüber, dass er sich unsterblich in Emma verliebt hatte – und noch schwerer, seit sie darauf bestand, ihre Schwester auf Kosten einer Zukunft mit ihm zu beschützen. Er wusste, dass er egoistisch war, aber er hatte verdammt noch mal sein ganzes Erwachsenenleben lang sein eigenes Glück für andere geopfert! Und jetzt wollte er ausnahmsweise einmal seine eigenen Bedürfnisse an die erste Stelle setzen.

All das erklärte er Sir David, ohne irgendetwas auszulassen. Emma war ja nicht da, um beschämt über die Wahrheit oder all die schmutzigen Details zu sein.

»Großer Gott!«, sagte Sir David, als Swindler seine Erzählung beendete. »Sind Sie sicher?«

»Ja, Sir. Die junge Dame hatte all das in ihrem Tagebuch beschrieben, und dann hat sie sich das Leben genommen. Sie hatte also keinen Grund zu lügen an diesem Punkt.«

»Und Sie glauben, auch andere Adelige könnten darin verwickelt sein?«

»Möglich ist es. Wir werden mehr wissen, wenn wir ihnen erst einmal die Falle gestellt haben. Ich hätte gerne Scotland Yard dabei ...«

»Nein«, fiel Sir David ihm scharf ins Wort, ehe Swindler auch nur zusammenfassen konnte, was er vorhatte. »Nicht, bevor wir wissen, wer Ihnen ins Netz gehen wird.«

»Werden Sie auch hineingeraten, Sir?«

Sir David fiel die Pfeife aus dem Mund, als er zu Swindler herumfuhr und ihn zum ersten Mal seit Beginn ihrer Besprechung direkt ansah. »Wie bitte? Haben Sie den Verstand verloren?«

»Auch auf die Gefahr hin, arrogant zu erscheinen, sollten Sie nicht vergessen, dass ich Ihr bester Mann bin. Und dennoch haben Sie mir die simple Aufgabe übertragen, eine junge Dame durch London zu verfolgen. Das war eine Vergeudung meiner Talente.«

»Im Gegenteil, Swindler. Bedenken Sie doch nur, was Sie aufgedeckt haben.«

»Falls Sie das die ganze Zeit vermutet haben, warum haben Sie mir dann nichts davon gesagt?«

Sir David bückte sich nach seiner Pfeife, hob sie auf und betrachtete sie prüfend. »Verdammt. Die kann ich mir ja wohl nicht wieder in den Mund stecken, oder?«, sagte er und warf sie in den Fluss. »Sie sind nicht der Einzige, der Befehle erhält, Swindler. Sagen wir einfach nur, dass meine von oben kommen, von sehr, sehr weit oben. Wir hatten schon den Verdacht, dass Lord Rockberry in etwas Zwielichtiges verwickelt sein könnte, als er zum ersten Mal zu uns kam. Warum er sich nicht einfach selbst um die Angelegenheit kümmerte, war mir ein Rätsel. Aber dieser arrogante Lackaffe erwartete, dass wir uns für ihn der Sache annahmen. Was alles in allem und aufgrund Ihrer Ermittlungen der Dame letztendlich zugutekam. Doch wie dem auch sei, es hat jedenfalls Gerüchte über diesen geheimen Bund gegeben. Üble Sache, zumal Königin Victoria und ihr Gatte einen sehr strengen Sittenkodex pflegen. Die Leute müssen sich mit viel mehr Anstand benehmen.« Er hielt inne und räusperte sich. »Verzeihen Sie mir meine Tirade, und fahren Sie fort mit Ihren Plänen, Mr. Swindler. Wenn Sie wissen, wer alles damit zu tun hat, setzen Sie sich mit mir in Verbindung. Dann werden wir überlegen und beschließen, wie die Sache mit einem Minimum an Skandal und Peinlichkeit gehandhabt werden kann.«

»Ja, Sir.« Swindler wandte sich zum Gehen.

»Swindler?« Er blickte sich noch einmal über die Schulter um. »Ja, Sir?«

»Gehen Sie mit äußerster Sorgfalt in dieser Sache vor. Nicht einmal ein geflüstertes Wort darüber darf die Runde machen. Seien Sie so diskret wie möglich, Mann. Es könnte sogar eine Erhebung in den Adelsstand für Sie drin sein.«

»Von so hoch oben kamen Ihre Anweisungen?«

Sir David erwiderte nichts und starrte nur schweigend auf den Fluss.

Kapitel zweiundzwanzig

Der Marquess hat unsere Einladung zu einem privaten Spiel um Mitternacht im Dodger's *angenommen.*
Genieße deine Freiheit.

–C

Claybournes Nachricht zufolge mochte der neue Marquess of Rockberry den Tod seines Bruders zwar betrauern, aber nicht genug, um all seine Vergnügungen und Laster aufzugeben. Swindler hatte gehört, dass der jüngere Lord Rockberry eine Schwäche für Glücksspiele hatte. Und kein Mann mit einer solchen Schwäche würde sich eine Gelegenheit entgehen lassen, sein Können an Claybournes, Greystones und Dodgers zu messen. Diese Männer waren berühmt dafür, oft zu gewinnen – wenn sie sich einmal ein Spiel erlaubten. Seit sie verheiratet waren, wurde alle drei jedoch nur noch selten dabei gesehen. Und wer könnte es ihnen auch verübeln, da ihre Ehefrauen die hinreißendsten waren, die London zu bieten hatte?

Mit Ausnahme von Emma natürlich, die nicht aus London stammte. Trotzdem war sie für James die Reizvollste von allen. Es amüsierte ihn heute, dass er einmal geglaubt hatte, er würde für niemanden je mehr empfinden können als für Frannie. Aber Emma war es gelungen, genau das zu erreichen.

Swindler wartete hinter den Hecken am Londoner Stadthaus des Marquess, bis er gegen halb zwölf Uhr nachts die Kutsche des Mannes vorbeirumpeln sah. Dann wartete er noch eine halbe Stunde, bis die Bediensteten sich nach dem Aufbruch des

Hausherrn zur Ruhe begaben. Erst dann ging er vorsichtig zum Dienstboteneingang, hockte sich davor und nahm eine kleine Kerze aus der Tasche, die er anzündete, um das Schloss zu untersuchen. Sekunden später stand er in der Küche.

Ein belastender Gegenstand wie die Halskette konnte eigentlich nur an zwei Orten sein: in der Bibliothek oder im Schlafzimmer des Hausherrn. Swindler beschloss, mit der Bibliothek zu beginnen, an deren Lage er sich erinnerte, nachdem er schon einmal hier gewesen war, um den Tatort zu untersuchen.

Im schwachen Licht seiner kleinen Kerze schlich er mit angehaltenem Atem und lautlos wie ein Gespenst über die Gänge. Kein Dienstbote begegnete ihm. Aber er hatte auch keinen erwartet. Wenn der Herr des Hauses nicht da war, gönnten sie sich ihren wohlverdienten Schlaf.

Leise öffnete er die Tür zur Bibliothek, trat hindurch und schloss sie wieder hinter sich. Die Kerze hochhaltend, ging er um die zahlreichen kleinen Sitzecken zu dem großen Schreibtisch, der auf der anderen Seite des Raumes stand. Er bemerkte, dass der Teppich ein anderer war als der, den er bei der Tatortbesichtigung gesehen hatte. Was jedoch nicht weiter überraschend war. Blut setzte nur selten einen hübschen dekorativen Akzent.

Nachdem er die Kerze auf dem Schreibtisch abgestellt hatte, begann er Schubladen zu öffnen und nach Riegeln oder Sperren für Geheimfächer zu suchen. Der frühere Marquess hatte ganz gewiss verhindern wollen, dass seine Geheimnisse leicht zu entdecken waren. Da das jedoch nichts Ungewöhnliches für den Adel war, hatte Feagan ihnen auch beigebracht, den Geheimnissen eines Schreibtischs auf die Spur zu kommen.

»Suchen Sie etwas, Inspector?«

Swindler hob abrupt den Kopf und sah den neuen Lord

Rockberry aus einer dunklen Ecke treten. In dem Glauben, er sei allein, hatte er sich nicht die Mühe gemacht, die seitlichen oder hinter ihm liegenden Bereiche des Raums zu überprüfen. Und da der neue Marquess nicht den unangenehmen Geruch seines Bruders an sich hatte, war er Swindler dummerweise auch nicht aufgefallen. Was für eine peinliche Situation. Während er noch nach einer halbwegs logischen Erklärung für seine Anwesenheit suchte, hob Lord Rockberry die Hand und zeigte Swindler eine silberne Halskette.

»Das vielleicht?«

Swindler merkte, dass er nicht in Bestform war. Er war so besessen davon, Emmas Freiheit zu garantieren, dass er nachlässig wurde, wenn es von entscheidender Bedeutung war, sehr gewissenhaft und vorsichtig zu sein. Er schloss die Schublade, die er gerade erst geöffnet hatte, und hob ergeben seine Hände. »Was hat Sie dazu veranlasst, mich hier zu erwarten?«

»Eine Einladung des berüchtigten Lord Claybourne zu einem privaten Spiel mit dem zwielichtigen Dodger höchstpersönlich, ganz zu schweigen erst von einem Herzog höchsten Ranges? An mich? Einen frischgebackenen Marquess, der sich seinen Titel erst noch ganz zu eigen machen muss? Außerdem weiß ich, dass Sie alle Beziehungen zueinander und zur Gosse unterhalten.« Er zuckte mit den Schultern. »Ich bin jung, aber nicht dumm. Ich hatte gleich den Verdacht, dass mich jemand aus einem bestimmten Grund aus meinem Haus heraushaben wollte.«

»Und deshalb schickten Sie eine leere Kutsche los.«

»In der Tat. Und ich kann nur sagen, dass ich das für ausgesprochen raffiniert von mir hielt.« Er trat einen Schritt näher. »Ich weiß, dass ich nicht gelogen habe bezüglich dessen, was ich in der Nacht des Mords an meinem Bruder sah – was bedeutet, dass *Sie* gelogen haben, was die Frau angeht, die angeblich bei Ihnen war.«

»Ich habe nicht gelogen.«

»Was wiederum nur bedeuten kann, dass Sie bei ihr waren und ihr halfen, ihn zu töten. Vielleicht haben Sie ja sogar selbst den Dolch geführt. Gut gemacht! Schenken Sie sich einen Drink ein, Mann. Den haben Sie sich verdient. Wie ich kürzlich herausfand, war mein Bruder eine abscheuliche, durch und durch bösartige Kreatur. Ich werde nicht die Schuld für einen Mord auf mich nehmen, den ich nicht begangen habe, aber ich werde tun, was ich kann, um Sie und die junge Dame außer Landes zu bringen.«

»Es war keine Lüge, als ich aussagte, dass meine junge Dame in jener Nacht nicht hier war. Und das kann ich auch beweisen.«

»Zwillinge!«, rief Lord Rockberry mit vollkommen verblüffter Miene aus.

»Drillinge«, sagte Eleanor spitz, »bis Ihr Bruder unsere Schwester zugrunde richtete.«

Swindler hatte Lord Rockberry zu Greystones Residenz gebracht, weil er wusste, dass die Damen noch wach sein würden und gespannt darauf warteten, ob er Erfolg gehabt hatte bei seiner Suche nach dem Silber. Auch die Herren waren in der Bibliothek, weil sie Ärger vermutet hatten und zurückgekehrt waren, als Lord Rockberry nicht zu ihrem privaten Spiel erschien.

Vom Aussehen her ähnelte der Marquess seinem Bruder kaum. Er war schlank, aber nicht so groß, und seine Gesichtszüge waren nicht von Arroganz gezeichnet. Er richtete seinen

Blick wieder auf Swindler. »Ich habe sein Tagebuch gefunden. Er hat seine beschämenden Taten bis ins kleinste Detail beschrieben. Warum er über sein verabscheuenswertes Benehmen auch noch Buch führte, ist mir unverständlich.« Er wandte sich wieder den Damen zu. »Bei welcher der beiden Damen muss ich mich für den Vorfall in Cremorne Gardens entschuldigen?«

»Bei mir«, sagte Eleanor in ihrem üblichen scharfen Ton.

»Mein Bruder sagte mir, Sie wären eine Prostituierte, die ihn einfach nicht in Ruhe lassen wolle. Und dann ermutigte er meine Freunde und mich dazu, unseren Spaß mit Ihnen zu haben.«

»Und Sie dachten, mir Gewalt anzutun, würde Spaß machen?«

Es sprach für ihn, dass er errötete und sich plötzlich sehr für den Glanz seiner Schuhe zu interessieren schien. »Vielleicht bin ich ja doch gar nicht so anders als mein Bruder. Ein Schuft, wenn es mir passt.«

»Sie sind ganz anders«, sagte Swindler, als er zu einem Tisch hinüberging, ein Glas Whiskey einschenkte und es Lord Rockberry anreichte. »Haben Sie das Tagebuch noch?«

Lord Rockberry schien überrascht zu sein über die Frage. »Nein, ich habe es mit dem größten Vergnügen verbrannt. Gibt es eine Möglichkeit zu verhindern, dass die ganze Sache in die *Times* gelangt?«

»Setzen Sie sich«, sagte Swindler, und obwohl er damit nur den Marquess meinte, folgten auch alle anderen dessen Beispiel. Swindler wünschte, er wäre näher bei Emma gewesen, um sich zu ihr auf das kleine Sofa setzen zu können. Stattdessen saß sie jetzt neben Eleanor und hielt ihre Hand. Doch er wollte derjenige sein, der sie tröstete. Er war wütend auf sie gewesen, als sie darauf bestanden hatte, dass er sie selbst und nicht ihre Schwester in Gefahr bringen sollte. Aber jetzt wollte er sie nur noch in den Armen halten.

Ein wenig vorgebeugt und die Ellbogen auf die Knie gestützt, fragte Swindler Lord Rockberry: »Hat Ihr Bruder je erwähnt, wo die Treffen stattfanden?«

»Nein. Aber ich hatte den Eindruck, dass es jedes Mal woanders war. Der Tag war jedoch stets der gleiche. Mittwochabends. Die Damen – falls man sie so nennen kann – mussten zu den Cremorne Gardens gehen und ihre silbernen Halsketten tragen. Jede wurde dann von einem Herrn angesprochen, der sie zu einer Kutsche führte. Ich nehme an, dass die Herren den Ort kannten, die Damen aber nicht. Je weniger es wussten, desto besser, dachten sie wahrscheinlich.«

»Wurden irgendwelche Namen in dem Tagebuch erwähnt?«

Lord Rockberry trank einen Schluck Whiskey. »Nein. Mein Bruder war viel interessierter daran, die Rituale und die Orgie zu beschreiben, als die Einzelheiten der Organisation des Ganzen. Ich weiß, dass sie gelegentlich Frauen in den Bund einführten und diese Frauen nicht immer willig waren. Erpressung und Nötigung waren da ein gutes Druckmittel, um sie davon abzuhalten, darüber zu sprechen, denn die Damen schämten sich und hatten Angst. Er schrieb auch über …« Lord Rockberry verstummte und schüttelte den Kopf.

»Was hat er geschrieben, Mylord?«, ermutigte ihn Swindler.

Lord Rockberry begann wieder seine Schuhe zu betrachten. »Er … er hat jemanden umgebracht. Eine Frau, bei der er zu brutal geworden war. Die Einzelheiten zu lesen, brachte ich nicht über mich, weil sie mich ganz krank machten.« Jetzt blickte er zu Swindler auf. »Was gedenken Sie mit diesen Informationen zu tun?«

»Wir haben die Absicht, uns auch die anderen zu schnappen. Und wenn sie sich mittwochs treffen, wird das morgen sein.«

»Ich bin bereit, Sie zu unterstützen, wo ich nur kann.«

»Dann erlauben Sie uns, die silberne Kette für ein paar Tage auszuleihen.«

»Sie können das verdammte Ding gern haben. Und wie sieht nun Ihr Plan aus?«

Swindler dachte, dass er dem Mann sein Interesse nicht verübeln konnte, und erklärte ihm, wie sie die anderen in eine Falle locken würden.

Eleanor merkte sofort, wie Emma sich neben ihr versteifte, als Mr. Swindler ankündigte, dass es Eleanor sein würde, die am Abend darauf durch die Cremorne Gardens spazieren würde. Das war nur fair. Immerhin war sie die Ältere der beiden, und wenn auch nur um wenige Minuten. Wenn der Inspektor sich nicht für sie entschieden hätte, wäre ihr nichts anderes übriggeblieben, als Emma einen Schlaftrunk zu verabreichen. Sie würde jedenfalls nicht erlauben, dass ihre jüngere Schwester in Gefahr gebracht wurde. Zumal Emma einen sehr an ihr interessierten Gentleman an ihrer Seite hatte. Mr. Swindler würde wahrscheinlich dafür sorgen, dass Emma nicht dafür büßen musste, was dem früheren Lord Rockberry zugestoßen war.

Nachdem alle Einzelheiten geklärt waren und die kleine Runde sich auflöste, schlüpfte Eleanor durch die Tür und in den Garten hinaus. Sie fühlte sich nicht annähernd so wohl in Gegenwart dieser Leute wie Emma, und sie war auch längst nicht so vertrauensvoll wie sie. Sie wollte einfach nur, dass die ganze Sache möglichst schnell erledigt war.

»Miss Watkins?«

Sie hatte gerade erst die Hyazinthen erreicht, als sie ihren Namen hörte. Sich in ihrem Vorsatz bestärkend, straffte sie die Schultern, schob das Kinn vor und drehte sich dann langsam zu Lord Rockberry um. »Mylord.«

»Sie waren es, die meinen Bruder ... umgebracht hat.«

»Es könnte auch meine Schwester gewesen sein.«

Sie verstand nicht, warum sie das gesagt hatte. Bis zu diesem Moment war sie stolz auf ihre Handlungsweise gewesen, aber bis heute hatte sie ja auch noch niemandem gegenübergestanden, der das Scheusal gerngehabt haben könnte. Ihr war nicht einmal in den Sinn gekommen, dass er Familie oder Freunde haben könnte. Für sie war nur er nur ein widerlicher Kerl gewesen, der ihr einen geliebten Menschen genommen hatte.

»Nein. Ihre Augen enthalten einen schwereren Kummer als die ihren.« Seine Stimme war beruhigend und anteilnehmend, und aus irgendeinem Grund verärgerte es sie.

»Sie missverstehen mich, Sir. Ich bedaure nicht, was ich getan habe. Ihr Bruder hat sich meine Schwester mit Gewalt gefügig gemacht, und als er mit ihr fertig war, hat er anderen erlaubt, sie zu missbrauchen, als ob sie nichts anderes wäre als ein Stück Fleisch, das er den Hunden vorwarf. Das Einzige, was ich bedaure, ist, dass er so schnell gestorben ist.«

Ein drückendes Schweigen breitete sich zwischen ihnen aus, als wüsste er nicht, was er zu ihren Anschuldigungen sagen sollte.

»Wollen wir?«, fragte er schließlich und zeigte auf den mit Kopfsteinpflaster versehenen Weg.

Eleanor war froh, weitergehen zu können, und er passte sich ihren Schritten an.

»Sie spielen die Tapfere, um den Eindruck zu erwecken, als kümmerte es sie nicht, aber ich glaube nicht, dass Mord in Ihrer Natur liegt«, sagte er leise.

»Sie wissen überhaupt nichts über mich oder meine Natur, Mylord.«

»Ach du liebe Güte! Ich glaube, mit Ihrer scharfen Zunge hätten Sie meinen Bruder auch in Stücke schneiden können.«

»Was unterstehen Sie sich!«, fauchte sie und fuhr herum, um mit ihren Fäusten gegen seine Schultern zu schlagen. »Sie haben ja keine Ahnung, was er getan hat!«

Er ergriff ihre Handgelenke und drückte sie an seine Brust. Trotz ihrer eigenen Aufgeregtheit konnte sie das schnelle Pochen seines Herzens hören.

»Ich weiß genau, was er getan hat, und das wahrscheinlich sehr viel detaillierter noch als Sie. Mein Bruder hat in seinen Aufzeichnungen nicht gespart mit Einzelheiten.«

Ihr Kampfgeist erlosch. Sie hasste den Gedanken, dass andere ganz genau wussten, was ihrer Schwester zugestoßen war. »Vielen Dank, dass Sie das Tagebuch verbrannt haben.«

»Ach was. Es ist ja nicht so, als ob es mir schwergefallen wäre – oder sich mit den Gefahren vergleichen könnte, denen Sie sich morgen Nacht gegenübersehen werden.«

»Ich tue es, weil ich den Gedanken nicht ertragen kann, dass noch jemand anderes das Gleiche wie Elisabeth durchmachen muss.«

»Ich dachte mir schon, dass Sie nicht so herzlos sind, wie Sie sich geben.«

Sie hatte nicht einmal bemerkt, dass er ihre Handgelenke losgelassen hatte, bis seine Hand an ihrem Hinterkopf war und ihn sanft an die Biegung seiner Schulter drückte. Und obwohl sie sich alle Mühe gab, konnte sie angesichts dieser Geste ihre Tränen nicht länger zurückhalten. Sie rollten ihr heiß über die Wangen und tropften in ihr Haar. »Es tut mir leid, wenn Sie ihn geliebt haben«, sagte sie.

»Habe ich nicht. Nicht, nachdem ich gelesen habe ... wie könnte jemand einen solchen Menschen lieben? Ich bin froh, dass er tot ist, Miss Watkins. Ich bedaure nur, dass Sie es sein mussten, die sich darum kümmerte.«

Seine Stimme klang erstickt, als ob er Mühe hätte, die Worte hervorzubringen, und unwillkürlich fragte Eleanor sich, ob vielleicht auch er weinte.

»Ich werde Trost schöpfen aus diesen Empfindungen, Mylord, wenn das Urteil über mich gefällt wird.«

Er trat zurück, und selbst im schwachen Laternenlicht des Gartens konnte sie Feuchtigkeit auf seinen Wangen glitzern sehen, als er mit seinen Daumen über ihr Gesicht strich, um ihre Tränen aufzufangen. »Nun sehen Sie sich doch nicht so schnell am Galgen, Miss Watkins! Viele Morde bleiben unaufgeklärt, und ich nehme an, dass dieser einer davon sein wird.«

Emma hatte kein einziges Wort gesagt, als James ankündigte, dass sie Eleanor für ihre List benutzen würden. Emma besaß zu viel Würde, um sich einen Wutanfall vor Menschen zu erlauben, die sie kaum kannte, und schon gar nicht, wenn so viele dieser Leute Adelige waren.

Als sie sich jedoch umzog, um zu Bett zu gehen, war sie rastlos und nervös. James war mit kaum mehr als einem »Gute Nacht« gegangen. Und so gern sie auch mit ihm geredet hätte, war sie sich doch sicher, dass sie ihn nicht von seiner Entscheidung abbringen könnte. Sie hatte ihn schon einmal hinters Licht geführt und befürchtete, dass das empfindliche Gleichgewicht ihrer Beziehung ins Wanken geraten könnte, wenn sie ihn dazu zu verführen versuchte, ihr zu geben, was sie wollte.

Aber sie konnte nicht verleugnen, wie enttäuscht sie darüber war, dass ihre Wünsche ihn so wenig kümmerten, dass er sie ganz und gar missachtete.

Das leise Klopfen an ihrer Tür überraschte sie. Wahrscheinlich war es Eleanor, die nicht schlafen konnte oder mit ihr darüber reden wollte, wie ihrer Meinung nach die morgige Nacht verlaufen würde. Oder vielleicht wollte Eleanor ja auch ihre Meinung zu dem neuen Lord Rockberry hören. Emma war nämlich nicht entgangen, wie die beiden einander angesehen hatten oder wie stark ihre Schwester errötet war, als die beiden von ihrem Spaziergang durch den Garten zurückkehrten. Er ähnelte seinem Bruder nicht allzu sehr, doch Emma konnte nicht darüber hinwegsehen, dass er mit Eleanor nichts Gutes vorgehabt hatte in jener ersten Nacht in Cremorne Gardens. Es gefiel ihr nicht, dass ihre Schwester den Angriff dort so leicht entschuldigen konnte.

Ihr stockte der Atem, als sie ihre Zimmertür öffnete und James davorstehen sah.

»Ich weiß, dass du mir böse bist, aber ...«

»Ich werde dir nur böse sein, wenn du sie nicht wohlbehalten zurückbringst.«

»Ich verspreche dir, dass ich alles in meiner Macht Stehende tun werde ...«

»Und wenn deine Macht nicht ausreicht?«

»Vertrau mir bitte, Emma. Ich bin mit dieser Art von Dingen aufgewachsen und habe mehr als genug Betrügereien, Tricks und Finten eingefädelt. Selbst nachdem ich schon bei Lukes Großvater eingezogen war, habe ich mich oft davongeschlichen, um Feagan bei der einen oder anderen Schwindelei zu helfen.«

»Ich vertraue dir ja, aber ich … ich kann sie nicht auch noch verlieren, James.«

Er nickte, als sei alles, was er dazu beitragen konnte, eine wortlose Bestätigung dessen, worum sie ihn bat.

»Und ich will auch dich nicht verlieren. Dir darf nichts zustoßen, hörst du?«, sagte sie beschwörend.

»Auch das werde ich mit aller Macht verhindern.«

Einen Moment lang standen sie schweigend da. Emma hörte die Uhr unten in der Halle zwei Mal schlagen.

»Ich dachte, alle wären schon zu Bett gegangen«, sagte sie schließlich.

Er schenkte ihr sein vertrautes Grinsen. »Das sind sie auch.«

Sie warf ihm einen strafenden Blick zu. »Ich glaube nicht, dass sie dir einen Schlüssel zu diesem Haus gegeben haben.«

»Nein, aber andererseits habe ich ja auch noch nie einen gebraucht.« Er berührte zärtlich ihre Wange. »Ich weiß, was ich von dir und deiner Schwester verlange, Emma. Und deshalb würde ich dich sehr gern heute Nacht in meinen Armen halten.«

Mit einem etwas schüchternen Lächeln lud sie ihn in ihr Zimmer und ihr Bett ein.

Einige Zeit später, als Emma glücklich und erfüllt in seinen Armen lag, sagte sie: »Gestern Nacht wurde davon gesprochen, uns wegzuschicken und in Sicherheit zu bringen. Ich hatte den Eindruck, dass das etwas war, was ihr vorher schon getan habt.«

Träge streichelte er ihr den Arm. »Gelegentlich haben wir Leuten geholfen, die es verdienten, ein neues Leben zu beginnen, und manchmal haben wir sie aus dem Gefängnis herausgeholt, bevor sie ihre Strafe abgesessen hatten.«

Emma stützte sich auf ihren Ellbogen, um zu ihm herabzublicken. Sein Haar war zerzaust, sein Gesicht hätte eine Rasur gebraucht, und er hatte den etwas moschusartigen Geruch von ihrem Liebesspiel an sich. Und sie – sie konnte nicht aufhören, ihn zu begehren. »Vorhin hast du auch von deinem Einfluss gesprochen.«

Er zuckte mit den Schultern. »Ich habe Zugang zu Akten, Dokumenten, Gefängnissen und anderen Strafanstalten. Wenn ich glaube, dass jemand ungerecht verurteilt wurde und ich ein Einschreiten für gerechtfertigt halte, hole ich sie vielleicht aus dem Gefängnis oder ersetze sie durch jemanden, der die Strafe verdient. Das Pentonville Prison ist ideal dafür, weil die Gefangenen nicht sprechen dürfen und bei jedem Verlassen ihrer Zelle Kapuzen tragen müssen. Und Überführungen bieten natürlich immer Möglichkeiten, eine Person gegen eine andere auszutauschen.«

»Tust du das regelmäßig?«

»Wohl kaum. Aber wenn die Begleitumstände günstig sind … Frannie hat eine sehr geschickte Hand. Sie kann jedes Dokument und alle Unterschriften fälschen. Ich wage sogar zu behaupten, dass sie mich zu einem Herzog machen könnte und nicht einmal die Königin erkennen würde, dass es nicht ihre Unterschrift auf den Dokumenten ist. Dodger versteckt oft Leute in seinem Spielsalon oder gibt ihnen Arbeit. Sauber, gut gekleidet und mit einem neuen Namen in einem Bereich Londons, wo sie niemand kennt, sind sie sicher. Graves, den du erst noch kennenlernen musst, war ein Grabräuber in seiner Jugend.

Falls wir je eine Leiche brauchen, ist er unser Mann. Claybourne beschafft das Geld für die Finanzierung und ist derjenige, der uns als Vermittler dient. Er versteht sich sehr gut darauf, nicht nur die Oberschicht der Gesellschaft, sondern auch die Mittelschicht um ihr Geld zu bringen. Wenn wir zusammenarbeiten, können wir jemandem die Gelegenheit geben, noch einmal von vorne anzufangen.«

»Das war es, was du ihrer Meinung nach für Eleanor und mich tun wolltest.«

Er strich mit dem Finger über ihre Wange, bis er dann einige Strähnen ihres Haars nahm und sie um seinen Finger wickelte. »Es ist noch immer eine Möglichkeit. Aber ich hoffe, dass dein früheres Vergehen womöglich übersehen wird, wenn wir ihnen all die anderen aus dem Geheimbund bringen.«

Sie legte ihren Kopf auf seine Brust. »Und wenn nicht?«

»Dann gehen wir nach Amerika.«

Ihr Kopf fuhr hoch. »Du wirst mit uns gehen?«

»Ich weiß, wie es ist, dich bei mir zu haben, und ich weiß auch, wie es ist, von dir verlassen zu werden. Also werde ich tun, was auch immer nötig ist, damit du mich nicht wieder allein lässt.«

Tränen brannten in Emmas Augen. »Dann lass es mich morgen sein statt Eleanor.«

»Das kann ich nicht.« Als sie Anstalten machte, von ihm abzurücken, verhinderte er das, indem er seine Finger in ihrem langen Haar verschränkte und sie festhielt. »Sie leidet, Emma. Ich weiß, dass du es auch sehen kannst. Sie muss diejenige sein, die nach Cremorne Gardens geht.«

Emma konnte die Klugheit seiner Worte nicht bestreiten, aber sie gefielen ihr dennoch nicht. Deshalb löste sie sich von ihm und rollte sich auf ihre Seite. James' Arm umschlang sie jedoch von hinten und zog sie an sich, sodass sie mit dem Rücken an seiner Brust zu liegen kam.

»Vertrau mir, Emma. Bitte hab Vertrauen zu mir.«

»Das habe ich«, flüsterte sie. Aber obwohl ihre Worte von Herzen kamen und ehrlich gemeint waren, konnte sie nicht aufhören, sich zu sorgen.

Als Eleanor sich am Abend darauf in dem großen Standspiegel betrachtete, konnte sie nicht bestreiten, dass sie ein gewisses Maß an Aufregung verspürte, die dem ähnelte, was sie in jener Nacht empfunden hatte, in der sie Lord Rockberry zur Rede gestellt hatte. Ein gewisses Risiko war dabei, und sie wusste nicht, was da auf sie zukam. Denn sosehr sie sich auch bemühte, alle möglichen Szenarien vorauszusehen, bestand doch immer noch die Möglichkeit, dass sich etwas Unvorhergesehenes ergab.

»Du solltest eine Waffe bei dir haben«, sagte Emma, die in der Nähe stand und sehr eingehend das rote Kleid betrachtete, das die Herzogin Eleanor geliehen hatte.

»Mr. Swindler sagte, er würde mir beim Einsteigen in die Kutsche eine zur Verfügung stellen.« Sie sah Emmas Stirnrunzeln und ihren vor Anspannung verkniffenen Mund. »Mach dir bitte keine Sorgen, Emma.«

»Ich sollte wenigstens mitfahren, um da zu sein, falls ich gebraucht werden sollte.«

Eleanor wandte sich vom Spiegel ab und umarmte ihre Schwester. »Ich wäre krank vor Sorge, wenn du irgendwo in der Nähe der Gärten wärst. Und Mr. Swindler sicher auch. Ohne dich wird er sich zumindest auf die anstehende Aufgabe konzentrieren.«

»Du könntest ihn auch James nennen, weißt du.« Es kam nicht oft vor, dass Emma so verdrießlich klang.

»Er ist dein Galan und nicht der meine, Emma.«

Eleanor ging zur Frisierkommode. Es wurde Zeit. »Würdest du mir die Kette umlegen?«, fragte sie nach einem tiefen Atemzug.

Emma kam so langsam und vorsichtig zu ihr hinüber, als graute ihr vor dem Anblick des Schmucks, den Lord Rockberry ihrer Schwester geschenkt hatte. »Wie kann etwas so Hübsches so etwas Böses darstellen?«

»Keine Ahnung«, sagte Eleanor.

Beide Schwestern starrten das zierliche, fein verarbeitete Schmuckstück eine ganze Weile an, aber keine hob es auf oder begann zu tun, was getan werden musste, um es Eleanor umzulegen.

»Wenn es nicht so hübsch wäre, würde es wirklich einem Hundehalsband ähneln, das getragen wird, um Unterwürfigkeit zu demonstrieren«, sagte Emma.

»Ich hasse es!«, sagte Eleanor.

»Dann trag es nicht.«

»Niemand wird mich ansprechen, wenn ich es nicht trage. Na, komm schon – bringen wir es hinter uns, Emma.«

Mit einem knappen Nicken hob Emma die Kette auf und legte sie ihrer Schwester behutsam um den Hals. Eleanor war überrascht, wie schwer sie sich anfühlte, obwohl sie so fein und zerbrechlich aussah. Emma hantierte ein paar Minuten mit dem Verschluss herum, bis Eleanor ihn schließlich einschnappen hörte.

»So, das war's.«

»Ich dachte schon, du würdest mich austricksen und sie dir selbst umlegen«, sagte Eleanor.

»Ich hätte es fast getan. Aber ich wusste auch, dass es mir nichts nützen würde, weil James es mir einfach abnehmen und dir umlegen würde.«

»Ich glaube, ihm liegt sehr viel an dir, Emma.«

Emma nickte und streckte die Hände nach ihr aus. Aber Eleanor hatte die Tränen in ihren Augen schon gesehen. »Bitte sei ganz, ganz vorsichtig, Eleanor«, flüsterte sie. »Ich würde es nicht ertragen, noch eine Schwester zu verlieren.«

»Keine Bange. Ich habe keine Heldentaten vor.«

Aber Eleanor wusste sehr gut, dass die Dinge nicht immer wie geplant verliefen, als sie das Zimmer verließ.

Kapitel dreiundzwanzig

Emma zupfte an ihrer Näharbeit herum und wusste nicht einmal, warum sie sich die Mühe machte. Sie hatte noch nie sehr gut mit Nadel und Faden umgehen können. Oder jedenfalls bis auf diese eine Mal, als sie die tiefe Schnittwunde an James' Kopf vernäht hatte.

Da sie im Wohnzimmer saß, konnte sie das Ticken der Uhr auf dem Kaminsims hören und dachte, dass dieses ständige *Tick, Tack, Tick, Tack* sie vermutlich noch in den Wahnsinn treiben würde. Sie waren jetzt schon zwei Stunden weg. Wie lange würde es wohl noch dauern? Und Eleanor – ging es ihr gut? Und James? Wie groß war die Gefahr, in der sie sich befanden? Emma stand auf, setzte sich dann aber sofort wieder hin.

»Das Warten ist immer das Schwierigste«, sagte die Herzogin ruhig. »Ich erinnere mich noch gut, wie langsam die Zeit zu vergehen schien, wenn Feagan einige der Jungs zu einem Einbruch oder Betrug mitnahm. Es schien jedes Mal eine Ewigkeit zu dauern, bevor sie wohlbehalten zurückkehrten.«

Emma wusste zu schätzen, dass die Herzogin sie von ihren eigenen quälenden Gedanken abzulenken versuchte, aber sie griffen immer mehr um sich und nahmen langsam überhand. »Ich fürchte, dass ich heute keine sehr gute Gesellschaft bin.«

»Sie brauchen mich nicht zu unterhalten, Emma. Ich weiß, dass Sie sich Sorgen um Ihre Schwester und Jim machen, aber Jim weiß, was er tut. Und die Jungs werden über Ihre Schwester wachen.«

Emma hätte fast gelächelt bei der Bemerkung der Herzogin

über die »Jungs«. Sie hatte inzwischen längst gemerkt, dass das ihre Bezeichnung für all die Männer war, die einmal zu Feagans Diebesbande gehört hatten. James. Claybourne. Jack Dodger …

»Sie stehen Ihnen allen sehr nahe, nicht wahr?«

Die Herzogin lächelte in liebevoller Erinnerung. »In meinem Herzen sind sie meine Brüder, auch wenn sie keine Blutsverwandten sind.«

»Sie haben großes Glück, Sie zu haben.«

»Im Gegenteil. Ich bin diejenige, die sich sehr glücklich schätzen kann. Und nun verraten Sie mir doch, ob es einen Platz für Jim in Ihrem Herzen gibt?«

Mit einem tiefen Seufzer schüttelte Emma den Kopf. »Im Augenblick bin ich so wütend auf ihn, dass ich mir nicht sicher bin. Eigentlich müsste ich mich geschmeichelt fühlen, weil er mich nicht in Gefahr bringen will, aber wenn ich noch eine Schwester verliere … würde ich vielleicht auch meinen Verstand verlieren.«

»Sie müssen ihm vertrauen.«

»Das tue ich. Ich mache mir nur Sorgen, dass er etwas missverstanden haben könnte.«

»Er ist der Allerbeste in seinem Beruf.«

»Aber er ist nicht unbesiegbar. Ich habe ihn schließlich getäuscht.«

»Weil sein Herz beteiligt war, vermutlich.« Die Herzogin blickte an ihr vorbei zur Tür. »Ja, Wedgeworth?«

»Lord Rockberry ist zu Besuch gekommen«, verkündete der Butler.

»Dann führen Sie ihn doch bitte herein.«

Emmas Magen kribbelte vor Aufregung, als sie sich zusammen mit der Herzogin erhob.

Lord Rockberry runzelte die Stirn, und auch seine Augen verrieten Besorgnis, als er eintrat und eine angedeutete Verbeugung machte. »Euer Gnaden – Miss Watkins«, begrüßte er die Damen. »Gibt es schon Neuigkeiten?«

Emma schenkte ihm ein ermutigendes Lächeln und schüttelte den Kopf. »Noch nicht.«

»Ich wollte Sie so spät am Abend nicht belästigen, aber ... ich konnte kaum noch stillsitzen zu Hause.«

»Sie können gern mit uns zusammen warten«, sagte die Herzogin. »Wir werden sicher bald schon etwas hören.«

»Danke. Das ist sehr freundlich von Ihnen.«

Die Herzogin deutete auf einen Sessel.

Lord Rockberry wirkte plötzlich ganz perplex. »Jetzt, da ich hier bin, bin ich mir nicht mehr sicher, ob ich länger als fünf Minuten stillsitzen kann. Ich glaube, ein Spaziergang durch den Garten würde mir einen besseren Dienst erweisen. Würden Sie so freundlich sein, mich zu begleiten, Miss Watkins? Ich war sehr angetan von Ihrer Schwester und würde mich sehr gern mit Ihnen über sie unterhalten.«

Emma lächelte ihn an. »Und mir würde es große Freude machen, über Eleanor zu sprechen.«

»Würden Sie uns entschuldigen, Euer Gnaden?«, fragte Lord Rockberry.

»Aber natürlich. Hier, Emma – Sie wollten vielleicht meinen Schal mitnehmen.«

Emma war dankbar für den Schal, als Lord Rockberry und sie hinausgingen und sie ihn sich um die Schultern legte.

»Es ist schon beinahe Mitternacht«, sagte sie leise, als sie die Hyazinthen erreichten. »Ich würde meinen, dass sie ihren Plan inzwischen schon ausgeführt haben müssten.«

»Ja, der Meinung bin ich auch. Mitternacht scheint die magische Stunde zu sein. Ich bin schon ganz gespannt darauf, das Ergebnis dieses nächtlichen Abenteuers zu hören.«

Abenteuer. Ein Anflug von Unbehagen beschlich Emma. Sekundenlang dachte sie daran, wieder umzukehren, schalt sich dann im Stillen jedoch dafür, so dumm zu sein, und fuhr deswegen fort: »Sie sagten, Sie wollten mit mir über Eleanor reden.«

»Nein.«

Sie sah zu ihm hinüber. Sein Blick war auf sie geheftet. Wenn Eleanor keine Loblieder auf ihn gesungen und ihr nicht erzählt hätte, dass er geweint hatte, als er erfuhr, was sein Bruder getan hatte, hätte Emma vielleicht Angst bekommen. Stattdessen war sie sich jedoch sicher, dass es Sorge um Eleanor war, die sie Gefahr in den Schatten seines Gesichts hatte sehen lassen. »Aber im Wohnzimmer sagten Sie, Sie wollten mit mir über meine Schwester reden.«

»Ja. Aber nicht über Eleanor, sondern Elisabeth. Ich war sehr angetan von ihr und frage mich, ob Sie genauso zufriedenstellend sein werden.«

Bevor sie reagieren konnte, hielt er ihr auch schon mit einer Hand den Mund zu und drückte sie mit dem Arm fest an sich. Sie konnte seine Entschlossenheit spüren. Dann tauchten plötzlich zwei weitere Männer auf, die sie ergriffen, hochhoben und sie auf eine Gasse trugen. Trotz ihrer tapferen Gegenwehr konnte sie sich nicht aus ihrem Griff befreien, und ihre erstickten Schreie verhöhnten sie.

Niemand würde sie hören. Niemand würde sie retten. Sie hegte kaum einen Zweifel daran, dass sie im Begriff war, das gleiche Schicksal wie Elisabeth zu erleiden.

Eleanor wurde ihres nächtlichen Abenteuers langsam müde, als sie auf den Eingang des Vergnügungsparks zuging. Es war weit nach Mitternacht. Niemand hatte sie angesprochen. Niemand hatte sie Elisabeth genannt, und niemand hatte etwas zu dem silbernen Filigranschmuck um ihren Hals bemerkt. Sie hatte das Gefühl, eine Menge Leute enttäuscht zu haben, aber sie wusste auch nicht, was sie noch mehr tun könnte.

Der Herr, dem sie auf dem Weg nach Cremorne Gardens vorgestellt worden war und der ihr folgte, während sie ohne Eile über den einen oder anderen Weg spazierte, trat jetzt neben sie. Er roch nach würzigem Pfeifentabak.

»Glauben Sie, dass Mr. Swindler recht hatte?«, fragte Eleanor.

»Ich fürchte, ja«, erwiderte Sir David.

»Dann bin ich offenbar eine noch schlechtere Menschenkennerin, als meine ältere Schwester es war.«

»Seien sie nicht zu streng mit sich. Männer wie Lord Rockberry – sowohl der vorherige Marquess als auch der jetzige – lernen zu verbergen, was sie sind.«

Es ließ sie sich nicht besser fühlen, das Wissen, dass Emma in Gefahr sein könnte.

»Vielleicht war es die falsche Nacht«, sagte sie.

»Vielleicht. Aber das bezweifle ich.«

»Ich hätte nichts dagegen, wenn Sie mir ein bisschen Hoffnung machten.«

»Tut mir leid. Ich fürchte, ich bin schon immer mehr ein Realist als ein Träumer gewesen.« Er gab ein Zeichen, und ein halbes Dutzend Männer trat aus dem Dunkel. Auch sie hatten sie so diskret verfolgt wie Sir David. Sie waren ihm unterstellt und gehörten zu einer Spezialeinheit von Kriminalbeamten, die er leitete. »Ihr Männer könnt jetzt gehen. Ich werde Miss Watkins selbst nach Hause bringen.«

Als die Männer leise den Park verließen, legte Sir David seine Hand unter ihren Ellbogen und begann sie auf eine wartende Droschke zuzuführen.

»Darf ich Sie etwas fragen, Miss Watkins?«

»Selbstverständlich, Sir.«

»Sind sie absolut sicher, dass Lord Rockberry in der Nacht, in der Sie ihn zur Rede stellten, tot war, als Sie sein Haus verließen?«

Eleanor verhielt abrupt den Schritt und blickte zu ihm auf. Er war nicht annähernd so groß oder breitschultrig wie Mr. Swindler, aber er war eine eindrucksvolle Erscheinung. Sie konnte nicht einmal versuchen, sein Alter einzuschätzen. Aus einigen Blickwinkeln wirkte er erheblich älter als aus anderen, aus denen er den Eindruck eines viel jüngeren Mannes machte. »Ich ... nun ja, ich ... ich dachte es. Als ich ihm den Messerstich versetzte, fiel er auf den Teppich. Dort wand er sich ein bisschen, und dann blieb er reglos liegen. Er rührte sich nicht mehr und gab auch kein Geräusch von sich. Außerdem war überall so viel Blut, dass ich mir sicher war, er müsste tot sein.«

»Sie haben ihm also nur einen Messerstich versetzt?«

»Ja. Direkt ins Herz.«

»Hm. Das ist interessant.«

»Wieso? Was macht es interessant?«

»Direkt ins Herz.« Er machte eine Bewegung, als stieße er mit einem Messer zu. »So? Sie haben den Dolch nicht verdreht, ihn nicht ein wenig herausgezogen und in einem anderen, besseren Winkel wieder hineingestoßen?«

»Nein. Warum sollte ich das alles tun?«

»Um ihn zu töten, Miss Watkins.«

»Ich verstehe nicht, Sir David. Ich habe ihn erstochen.«

»Das haben Sie getan, ja, aber mir kommt allmählich der Verdacht, dass nach Ihnen noch jemand anderes da war und ihm den Rest gab.«

Eleanor starrte ihn an. »Sie meinen, ich bin keine Mörderin?«

»Ich glaube es zumindest nicht, Miss Watkins.«

»Oh.«

Er hob sie in die Kutsche und setzte sich neben sie. »Das klingt enttäuscht.«

»Ich wollte meine Schwester rächen. Aber danach – oh Gott, da war es bei weitem nicht so leicht, damit zu leben, wie ich gedacht hatte.« Ein zutiefst erleichtertes Aufschluchzen entrang sich ihr, und ihre Augen füllten sich mit Tränen. »Oh, entschuldigen Sie ... es tut mir leid.«

Sir David nahm sie in die Arme und zog sie tröstend an seine Brust. »Schon gut, Miss Watkins. Es ist nichts passiert.«

Zum zweiten Mal in zwei Nächten fand sie sich in der Umarmung eines Mannes wieder, aber dieser war ganz anders als der von gestern Nacht. Seine Umarmung war ausgesprochen tröstend. Sir David war ein Mann von äußerlicher und innerlicher Kraft. Sie merkte es daran, dass er sie hielt, als ob er sie um jeden Preis beschützen wollte. Oder fantasierte sie mal wieder – weil sie so unbedingt für sich entdecken wollte, was Emma mit James Swindler hatte?

»Halten Sie es wirklich für möglich, dass ich ihn nicht getötet habe?«, fragte sie zögernd.

»Wären Sie froh, wenn es so wäre?«

Eleanor, die ihn nicht anzusehen wagte, kniff die Augen vor der Wahrheit zusammen und nickte.

»Dann wird sich wohl herausstellen, Miss Watkins, dass nicht Sie es waren, die ihm den tödlichen Stich versetzte.«

»Das ist eine enorme Erleichterung für mich. Vielen Dank, Sir David.«

»Gern geschehen, Miss Watkins.«

Swindler war stark versucht, aus der Kutsche zu springen, in der er saß, und zu der zu laufen, die sie verfolgten. Er hatte gehofft, sich bezüglich Lord Rockberry zu irren. Irgendetwas an dem Mann hatte ihn allerdings gestört und seine Sinne in erhöhte Alarmbereitschaft versetzt. Dass er den Mann doch richtig beurteilt hätte, hätte ihm eine gewisse Befriedigung verschaffen müssen, aber das Einzige, was er wollte, war, den Mann den Tag verwünschen zu lassen, an dem er geboren war.

Als er gesehen hatte, wie Lord Rockberry und das Lumpenpack seiner Komplizen Emma entführten, hatten ihn nur Claybourne und Dodger, die ihn festhielten und daran erinnerten, dass weit mehr auf dem Spiel stand, daran gehindert, sich zu zeigen. Im letzten Moment hatte er die Schwestern beinahe noch die Rollen tauschen lassen, doch natürlich hatte er auch gewusst, dass Lord Rockberry davon ausgehen würde, Emma würde sich in ihrer derzeitigen Unterkunft befinden.

Nachdem Swindler gestern Abend dort fortgegangen war, hatte er sich mit Sir David getroffen und ihm seine Pläne und seinen Verdacht erklärt. Sir David hatte sich freiwillig bereiterklärt, Eleanors Schutz in Cremorne Gardens zu übernehmen, während Swindler, Claybourne, Dodger und Greystone über Emma wachten.

Oder jedenfalls war das der Plan. Im Augenblick taten sie allerdings nichts anderes, als in diskretem Abstand Lord Rockberrys Kutsche hinterherzufahren.

»Entspann dich, Mann, mein Fahrer hat sie im Auge«, versicherte ihm Greystone. »Nach der Nacht, in der ich Frannie fast verloren hätte, habe ich Männer eingestellt, die die Fähigkeit besitzen, sie zu beschützen. Unser Fahrer weiß, was er tut. Er wird dafür sorgen, dass Miss Watkins heute Nacht nichts zustößt.«

»Ich kann nicht glauben, dass dieser Lord Rockberry dumm genug ist, so etwas zu tun«, sagte Dodger.

»Er ist ein arroganter Spinner«, sagte Claybourne. »Er hat den Titel gerade erst geerbt und hält sich schon für so unantastbar, wie es sein Bruder war.«

Swindler legte seine Hand um die Waffe in seiner Rocktasche. »Wenn ich ihn heute Nacht nicht töte, werde ich dafür sorgen, dass er hängt. Und falls er Emma etwas angetan hat ...«

Er konnte den Gedanken kaum ertragen, ohne das Gefühl zu haben, wahnsinnig zu werden.

»Sie werden ihr nichts tun, bis sie das Ritual vollzogen haben«, sagte Dodger.

»Und das soll mich beruhigen?«, entgegnete Swindler.

»Nein, das soll dir nur verdeutlichen, dass du ihn nicht zu töten brauchst, sobald du ihn zu Gesicht bekommst. Wir brauchen nicht unbesonnen und leichtfertig zu sein.«

»Du hast gut reden. Wenn es deine Frau wäre ...«

»Wäre er schon tot. Aber im Gegensatz zu dir pfeife ich auf jegliche Gerechtigkeit mit Ausnahme der meinen, während du immer die ganze Welt retten wolltest.«

Jetzt nicht mehr, dachte Swindler. Jetzt wollte er nur noch Emma retten.

Emmas Kopf fiel gegen den Kutschensitz. Zumindest dachte sie, sie sei noch in der Kutsche. Es war schwer zu sagen, weil alles so merkwürdig verschwommen war. Sie war sich einer schaukelnden Bewegung bewusst, die sie auf den Gedanken brachte, dass sie sich inzwischen in einem Zug befinden könnte.

Sie erinnerte sich, wie sie sie in die Kutsche gedrängt hatten und nach ihr eingestiegen waren. Drinnen hatten sie sie auf den Sitz gedrückt und festgehalten, ihr die Nase zugekniffen, bis sie den Mund zum Atmen öffnen musste, und ihr etwas süßen Wein verabreicht. Zumindest hatte sie gedacht, es sei Wein. Aber ihr wurde davon sehr schnell schwindlig, und er machte sie lethargisch und erschwerte ihr das Denken.

»Ich verstehe nicht.« Ihre Worte waren undeutlich, als ob sie aus großer Ferne kämen. »Sie können doch nicht glauben, dass Sie damit durchkommen werden.«

»Das ist der Zweck der Übung. Es geht uns um den Nervenkitzel, meine Liebe«, sagte Lord Rockberry. »Um die Aufregung und das Risiko, dass wir geschnappt werden könnten. Und wenn es so wäre …« Er zuckte mit den Schultern. »Wir haben Macht und Einfluss. Vielleicht würden wir einen Klaps auf die Hand kriegen, aber wen kümmert schon die Tochter eines Viscounts, dessen Titel mit ihm gestorben ist?«

»James Swindler beispielsweise.«

Lord Rockberry schnaubte verächtlich. »Der Sohn eines Diebs? Glauben Sie wirklich, dass sein Wort Gewicht hat? Schon gar nicht nach meiner Aussage, dass Sie es waren, die bei unserem Spaziergang durch Greystones Garten den Vorschlag machte, uns einen etwas intimeren Ort zu suchen. Dass Sie eine Nacht mit der Gesellschaft verbringen wollten. Dass Sie mich anbettelten …«

Emma versuchte den Kopf zu schütteln, doch er saß viel zu schwer auf ihren Schultern. »James wird wissen, dass Sie lügen.«

»Aber was ist mit meinesgleichen? Ich bin jetzt ein Lord und werde vor ein Gericht aus Adeligen wie mir selbst gestellt. Und auch das, meine Liebe, gehört zum Spaß, zum Vergnügen und der Aufregung. Die Leute zu beschwindeln, damit sie mir glauben.« Er stieß ein schroffes Lachen aus. »Wie Ihre Schwester Eleanor. Ich glaube, sie erwartete gestern Abend doch tatsächlich, ich würde auf den Knien um ihre Hand bitten. Und Elisabeth. Als mein Bruder sie zu uns brachte, fügte er unserem Spaß noch etwas Neues hinzu. Sie versuchte sich zu wehren, wie Sie es sicher auch tun werden. Aber am Ende ...« Er tat einen tiefen Atemzug, der sehr befriedigt klang.

Emma hätte ihm am liebsten die Augen ausgekratzt und ihm den Mund zerfetzt, damit er aufhören musste, diese hässlichen Dinge zu sagen. »James wird Sie umbringen.«

»Hm. Ja. Könnte sein, dass er es versucht, aber im Moment folgt er immer noch Eleanor durch die Cremorne Gardens. Dachte er wirklich, wir würden uns dort verabreden und dann woandershin gehen? Nein. Wir treffen uns stets am selben Ort am Stadtrand Londons, wo uns niemand stört. Und Ihr Inspector Swindler wird uns niemals finden.«

»Sie unterschätzen, wie gut er ist.«

Plötzlich setzte er sich neben sie und begann die Nadeln aus ihrem Haar zu entfernen. Emma wollte von ihm abrücken, aber ihr Körper gehorchte ihren Befehlen nicht.

»Nein, meine Liebe, Sie verkennen, wie geschickt er ist.«

Dann vergrub er sein Gesicht in ihrem Haar und schnupperte daran, worauf die beiden anderen Herren, die ihnen gegenübersaßen, leise lachten. Für Emma sahen ihre grinsenden Gesichter wie eine Art obszönes Gemälde aus. Sie hasste ihren Anblick und verachtete sie.

»Ich weiß nicht, warum mein Bruder zu Scotland Yard ging,

als er merkte, dass Sie ihn verfolgten. Oder war es Eleanor? Egal. Ich glaube, das Gewissen dieses Dummkopfs begann sich zu regen.«

In einem Hinterstübchen ihres Kopfes, wo sie sich immer noch um Klarheit bemühte, kam Emma plötzlich der Gedanke, dass er ihr zu viel erzählte. Als ob es keine Rolle spielte, was sie wusste. Dachte er, sie würde es vergessen?

Dann fiel ihr ein, dass sein Bruder eine Frau getötet hatte. Oder es zumindest doch behauptet hatte. Vielleicht war es der Mann, der sie festhielt, der die Tat begangen hatte. Und vielleicht gedachte er ja auch sie zu töten.

Irgendwie fand sie die Kraft, sich loszureißen und nach der Tür zu greifen, aber sie packten sie, rissen sie zu Boden und hielten ihr die Nase zu ...

Während sie an der süßen Flüssigkeit, die sie ihr einflößten, fast erstickte, griff sie nach ihren Erinnerungen an James – denn wenn sie starb, sollte er es sein, dem ihr letzter Gedanke galt.

Als sie in eine weniger besiedelte Gegend kamen, merkte Swindler, dass ihre Kutsche sich verlangsamte und der Fahrer den Abstand zwischen den beiden Fahrzeugen vergrößerte. Wohin zum Teufel waren Lord Rockberry und seine Freunde unterwegs?

Ihre Kutsche hielt ganz plötzlich an. Swindler wartete nicht, bis der Diener kam, um ihnen die Tür zu öffnen. Er tat es selbst, sprang auf den Boden hinunter und blickte sich in der öden, verlassen aussehenden Gegend um. Die anderen gesellten sich zu ihm.

»Sie sind in einiger Entfernung hinter uns durch ein Tor gefahren, Euer Gnaden«, berichtete der Kutscher, als er vom

Bock stieg und sich zu dem Diener stellte, der dabei war, die Laterne wieder anzuzünden, die sie vorher gelöscht hatten, um bei ihrer Verfolgung Lord Rockberrys nicht bemerkt zu werden.

»Dann lasst uns gehen«, sagte Swindler.

Claybourne ergriff seinen Arm, um ihn zurückzuhalten. »Haben wir einen Plan?«

»Emma lebendig dort herauszuholen – und ich pfeife darauf, wer zum Teufel dabei stirbt!« Swindler riss sich los und begann auf das Tor zuzulaufen.

»Ich hoffe, er meint nicht auch uns mit seinem *wer zum Teufel dabei stirbt*«, hörte er Greystone sagen.

»Da wäre ich mir an deiner Stelle nicht so sicher«, antwortete Dodger. »Ich glaube, der Mann ist tatsächlich verliebt.«

Liebe schien ein zu schwaches Wort zu sein für das, was Swindler für Emma empfand. Er wusste nur, dass er es sich nie verzeihen würde, falls ihr etwas zugestoßen war, und sein ganzes Leben sinnlos wäre, falls sie starb.

Es war ein schöner Wohnsitz. Zu schön für das, was hier geschah, wie Emma wusste.

Einer der Dandys hatte sie aus der Kutsche getragen, weil ihre Beine etwa so standfest wie Gelee gewesen waren. Lord Rockberry hatte gebrüllt, sie hätten ihr zu viel gegeben. Was immer es auch war, sie befürchtete, dass er recht hatte. Als sie sich in der Eingangshalle auf einen Stuhl setzte, drehte sich ihr der Magen um, und ihr war, als ob sie sich jeden Moment übergeben müsste.

»Kommen Sie mit, meine Liebe«, hörte sie eine sanfte weibliche Stimme sagen.

Woher war die Frau gekommen, die vor ihr stand? Eine zweite war bei ihr, die Emma auf die Beine half und sie auf der Treppe stützte. Die Blonde stellte sich als Helena vor, während die Dunkelhaarige Aphrodite hieß.

In einem Schlafzimmer im Obergeschoss begannen sie sie zu entkleiden. Sie versuchte, sich zu wehren, sie wegzustoßen, aber sie hatte keine Kraft in ihren Gliedern. Jemand bürstete ihr Haar. Warum taten sie das alles?

Sie versuchte, sich nicht vorzustellen, wie Elisabeth sich gefühlt haben musste und wie verängstigt sie zweifellos gewesen war. Oder hatte sie gedacht, sie würde darauf vorbereitet, Lord Rockberrys Braut zu werden? Oh, wie sie diese Leute verabscheute! Egal, wie viel Wein sie ihr gegeben hatten, sie konnten dieses bisschen Wissen, diese schmerzliche Überzeugung nicht im Alkohol ertränken. Diese Leute hatten Elisabeth sehr wehgetan. Und jetzt wollten sie ihr offenbar das Gleiche antun. Sie würde sich allerdings gegen sie zur Wehr setzen, so gut sie konnte.

Wenn sie doch nur klar denken und die Kontrolle über ihre Glieder zurückerlangen könnte! Sie wollte sich nur noch hinlegen und schlafen, aber die Frauen ließen sie einfach nicht in Ruhe.

Emma dachte an James. Würde er sie je wieder genauso ansehen wie zuvor, wenn Lord Rockberry sie anrührte? Würden Schuldgefühle ihn verzehren, weil er sie unbewacht zurückgelassen hatte? Er litt schon genug wegen seines Vaters, und sie wollte keine zusätzliche Belastung für ihn werden.

Als die Frauen – wie hießen sie doch noch? – sie zu ihrer Zufriedenheit vorbereitet hatten, kleideten sie sie in die feinste Seide. Es fühlte sich wundervoll an, fast so, als würde sie in eine Wolke eingehüllt, und sie vergaß schon fast, was all das ankündigte und erahnen ließ. Dann begannen sie, sie irgendwohin zu führen, wobei sie sich vage der von Kerzen erhellten Flure und Gänge bewusst war, die sie durchschritten. Sie wollte sich alles einprägen, was sie sah, um es James später beschreiben zu können. Vielleicht würde es ihm ja helfen, den Ort zu finden. Doch nichts schien in ihrem Gedächtnis haften zu bleiben. Wann immer sie etwas Neues sah, verschwand alles, was sie vorher gesehen hatte, aus ihrer Erinnerung.

Sie gingen nicht mehr weiter, sondern wiegten sich nur noch hin und her, als sie sich plötzlich in einem riesigen gewölbten Saal befanden. Überall lagen Berge von Kissen, und mehr Kerzen als draußen verbreiteten ein sanftes Licht. Manch einer hätte es vielleicht sogar romantisch gefunden. Emma konnte Gesang hören, und Männer in roten Roben, die Satansanbeter sein mussten, standen im Kreis um sie herum. Kapuzen hielten ihre Gesichter im Dunkeln. Emma hegte keinen Zweifel daran, dass sie die gottlosen Bestien waren, die Elisabeth missbraucht hatten – und jetzt das Gleiche auch mit ihr vorhatten.

Nur schwach war sie sich der an ihrem Körper herabgleitenden Seide bewusst. Sie wollte sie wieder hinaufziehen, aber der Boden war so weit entfernt ... und ihre Glieder schienen keine Befehle mehr ausführen zu können, als ob sie irgendwie losgelöst von ihren Gedanken wären.

»Hinknien«, befahl Lord Rockberry.

Sie konzentrierte sich auf seine Stimme und sein Gesicht. Er war einer der Männer, die Elisabeth geschändet und damit letztendlich vernichtet hatten. Emma kämpfte gegen ihre Lethargie an. »Nein.«

»Knie dich hin.«

»Nein.«

Er lachte höhnisch. »Deine Widerwilligkeit wird nicht verhindern, was jetzt kommt. Auf die Knie!«

»Fahr zur Hölle.«

Sie konnte die Wut sehen, die sein Gesicht verzerrte, und wusste, dass es jetzt wahrscheinlich noch viel schlimmer für sie kommen würde, aber das kümmerte sie nicht mehr. Sie würde ihm nicht freiwillig in die Hölle folgen. Nicht mal in den Himmel würde sie ihm folgen. Sie weigerte sich, seine Sklavin oder Konkubine zu werden. Was auch immer er anbot, sie wollte nichts damit zu schaffen haben.

Er schnippte mit den Fingern, und sofort wurde sie von starken Händen hinabgedrückt, bis ihre Knie schmerzhaft auf dem Boden aufprallten.

»Tochter des Eros …«

Sie sah, wie er den silbernen Halsschmuck in die Höhe hielt.

»Braut des Eros …«

Das Silber berührte ihren Nacken, so wie es Elisabeths berührt hatte. Es fühlte sich so kalt an ihrer Haut an, dass ein Frösteln nach dem anderen sie durchzuckte. Es war ein so hübsches, aber schweres Schmuckstück, ein Symbol der Unterwürfigkeit und ein Zeichen der Zugehörigkeit. Sie wusste nicht, woher sie die Kraft nahm, aber sie nahm die wenige, die ihr geblieben war, zusammen und stieß ihre geballte Faust zwischen Lord Rockberrys leicht gespreizte Beine …

Mit einem durchdringenden Aufschrei krümmte Lord Rockberry sich und fiel vor Emma auf die Knie. Irgendwo in ihrem Hinterkopf war ihr bewusst, dass sie ihm mit ihren Fingernägeln das Gesicht zerkratzte, sie seine Schreie hörte und die Hände spürte, die nach ihr griffen …

Und dann brach das Chaos aus, das Elisabeth in ihrem Tagebuch beschrieben hatte.

Kapitel vierundzwanzig

Swindler stürmte in den Raum, als ob er die Reiter der Apokalypse anführte. Er hatte große Mühe gehabt, das Schloss am Tor zu knacken. Ihre Bemühungen, Emma zu finden, waren noch weiter verzögert worden, als sie sich mit den Fahrern und Lakaien von Lord Rockberrys Kutsche und denen von zwei anderen befassen mussten. Die Haustür war nicht abgeschlossen, da die Leute drinnen sich anscheinend sicher und beschützt fühlten in ihrer kleinen Welt. Swindler und seine Gruppe hatten sich nur um einen Butler kümmern müssen. Andere Dienstboten waren nirgendwo zu sehen. Diese Anhänger oder Jünger von wem oder was auch immer hatten zweifellos beschlossen, dass es besser war, wenn es so wenig Zeugen wie möglich für ihre Perversionen gab. Aber den richtigen Raum in diesem monströsen Haus zu finden, hatte mehr Zeit in Anspruch genommen, als es Swindler lieb war. Es war der schallende Gesang, der sie schließlich in die richtige Richtung führte, und dann die schrillen Schreie, die ihnen bestätigten, dass sie den Raum gefunden hatten, den sie suchten.

Sie hatten Schüsse über die Köpfe hinweggefeuert, die mehr zur Ablenkung und Einschüchterung dienen sollten, als wirklich Schaden anzurichten. Sechs Männer in roten Umhängen und zwei Frauen – die entsetzt nach ihren Seidentüchern griffen – hatten sich auf den Boden mit dem Kopf nach unten fallen lassen wie die Schlangen, die sie waren, und ihre Köpfe bedeckt. Ein Mann wand sich bereits auf dem Boden und kämpfte gegen den Teufelsbraten an, der fest entschlossen zu sein schien, ihm ernsthaften körperlichen Schaden zuzufügen.

Swindler, der wusste, dass es Emma war, war versucht, sie weitermachen zu lassen und ihr ihre Genugtuung und ihren Triumph zu lassen, aber er musste sich vergewissern, dass ihr nichts zugestoßen war. Gott, aber sie war einfach fabelhaft in ihrem Zorn!

Er ergriff das auf dem Boden liegende Seidentuch und wünschte, er hätte etwas Besseres für sie, als er es ihr umlegte und sie sanft von Lord Rockberry wegzuziehen versuchte. Aber sie wehrte sich wie eine Irre, offenbar noch beherrscht von den Auswirkungen des Tranks, den sie ihr verabreicht hatten, oder von den Gräueln, die sie ihr zugemutet hatten. Swindler umschlang sie fest mit seinen Armen, hielt sie so still, wie er konnte, und zog sie weg und auf seinen Schoß.

Als Lord Rockberry sich auf sie stürzen wollte, stellte Claybourne ihm seinen bestiefelten Fuß auf die Brust und richtete seine Pistole auf seinen Kopf. »An Ihrer Stelle würde ich das lassen. Allein durch meinen Ruf sollten Sie wissen, dass ich kein Problem damit habe, Adlige zu töten. Und ich habe nichts dagegen, Sie meiner Liste hinzuzufügen.«

Lord Rockberry gab sich geschlagen und ließ sich wieder auf den Boden fallen.

Swindler wiegte Emma in seinen Armen, während ihr Tränen über die Wangen liefen und ein Zittern nach dem anderen sie überkam. »Es ist alles gut, mein Schatz. Du bist jetzt sicher.«

»Er ist noch schlimmer als sein Bruder«, schluchzte sie.

»Ich weiß.« Er fragte nur äußerst ungern, aber er musste es wissen. Sehr sanft drückte er sein Gesicht in ihr Haar und flüsterte ihr ins Ohr: »Hat er ... hat er dir wehgetan?«

Sie schüttelte den Kopf und entspannte sich ein wenig. »Er hat mir mehr Angst gemacht als sonst etwas. Wie konnten sie?«

»Sie sind abartig, pervers ... Ich kann es nicht erklären.« Er blickte sich über die Schulter um und sah, dass Greystones Kutscher und Diener den Männern und Frauen die Hände fesselten.

Mit abgewandtem Blick, um Emmas Schamgefühl nicht zu verletzen, kniete Greystone sich vor Swindler hin. »Es ist kaum zu glauben, aber wir haben hier drei Lords. Und eine dieser Damen ist die Tochter eines Herzogs.«

Nicht überrascht von der Entdeckung, nickte Swindler nur. Reiche Nichtstuer, die etwas suchten, um ihr Leben auszufüllen. Oder Leute mit Einfluss, die sich für unantastbar hielten. »Wir bringen sie zur Hintertür von Scotland Yard. Sir David wird entscheiden, wie wir die Sache am besten handhaben. Packt sie alle in ihre Kutschen – und warnt ihre Fahrer, dass sie sich vor Scotland Yard rechtfertigen müssen, wenn sie nicht kooperieren.«

»Genau.« Greystone warf Swindler einen raschen Blick zu, bevor er wieder wegsah. »Wie geht es Emma?«

»Sie ist erschüttert, aber tapfer.«

»Sie hat gekämpft wie eine Löwin, deine Emma.«

Seine Emma. Gott, er hoffte, dass es so war, doch er hatte keine Ahnung, ob sie ihm verzeihen würde, was heute Nacht geschehen war.

Emma hätte sich auch damit begnügt, nichts anderes zu tragen als die Seide, weil sie nur noch so schnell wie möglich aus diesem grässlichen Haus herauswollte. Aber James beharrte darauf, dass ihnen Zeit blieb, um ihre Kleidung zu suchen und sie ordentlich anzuziehen, während Greystones Fahrer ihre Kutsche holte.

Jetzt saßen sie allein darin, nachdem ihre Freunde beschlossen hatten, sich auf die anderen Kutschen zu verteilen, um dafür zu sorgen, dass die dicht gedrängt darinsitzenden Übeltäter ordnungsgemäß bei Scotland Yard abgeliefert wurden.

Emma, die erschöpft war von dem Betäubungsmittel und der Tortur, lehnte an James' Brust. Er hatte seinen Arm um sie gelegt und streichelte den ihren, was wunderbar beruhigend war. »Wie hast du mich nur gefunden? Woher wusstest du, wo du suchen musstest?«

Er versteifte sich neben ihr, als wappnete er sich gegen einen Schlag. »Wir haben Greystones Haus gar nicht verlassen.«

Sie schüttelte den Kopf. »Aber Eleanor …«

»Sie fuhr nach Cremorne Gardens, allerdings begleiteten Sir David und mehrere Männer von Scotland Yard sie. Ich kann es nicht erklären, Emma. Ich hatte einfach nur so ein Gefühl, als ob wir etwas übersähen. Lord Rockberry war so entgegenkommend mit Informationen gewesen, und trotz der Abscheulichkeiten, die sein Bruder begangen hatte, schien der neue Marquess es schon fast zu genießen, uns zu erzählen, was für ein Ungeheuer sein Bruder gewesen war.« Er wandte sich Emma zu und hob mit einer Hand ihr Kinn ein wenig an, um ihr in die Augen sehen zu können. »Verzeih mir, Emma, aber ich konnte dir nichts von dem Verdacht erzählen, den ich hatte. Ich wusste, dass sie dir irgendwas zur Beruhigung geben würden, wie sie es bei Elisabeth getan hatten, und dieses Zeug hätte dich Dinge sagen lassen können, die sie darauf gebracht hätten, dass wir ihnen auf den Fersen waren.«

Sie hob die Hand und berührte seine geliebten Züge. »Glaubst du, dass je der Tag kommen wird, an dem wir völlig aufrichtig zueinander sein und keine Geheimnisse mehr voreinander haben werden?«

»Von heute an wird es so sein, das schwöre ich dir.«

Emma nickte, barg ihren Kopf an seiner Schulter und konnte nur hoffen, dass er auch wirklich ehrlich meinte, was er sagte.

Später erinnerte sie sich nicht, irgendwann eingeschlafen zu sein. Das hatte sie wirklich nicht gewollt, sondern das bisschen Zeit, das ihnen noch blieb, in seinen Armen genießen wollen. Aber sie erwachte erst wieder von dem Kuss, den er auf ihre Schläfe drückte, während er sie leicht anstieß, um sie zu wecken.

»Wir sind da, Emma.«

Seufzend versuchte sie, die Augen zu öffnen. Es war der Schlaftrunk, nahm sie an, der sie immer noch so träge machte. Dann wurde sie plötzlich hellwach von der Erkenntnis, dass sie jetzt die Wahrheit über Eleanors Schicksal erfahren würde. Aber ihre Wachheit verließ sie schnell wieder, und wenn James' Arm nicht um ihren Rücken gelegen und sie die Treppe hinaufgeführt hätte, wäre sie vielleicht auf der Stelle wieder eingeschlafen.

Der Butler öffnete die Tür. James hatte sie soeben erst in den Salon geführt, als Eleanor auch schon vom Sofa aufsprang – wer war der Mann, der neben ihr saß? –, durch das Zimmer eilte und sie umarmte, als ob ihr Leben davon abhinge, dass sie es tat.

»Oh Emma, liebste Emma, anscheinend geht es dir gut! Hat er dir etwas angetan?« Sie lehnte sich zurück und sah ihrer Schwester prüfend ins Gesicht, berührte ihre Wange und ihr Haar, als ob sie sich vergewissern müsste, dass Emma lebte und es ihr so gut ging, wie man unter den gegebenen Umständen erwarten durfte. »Was haben sie dir getan?«

Emma zwang sich zu lächeln und versuchte erneut, die lästige Trägheit abzuschütteln. »Nichts.«

Eleanors Blick glitt zu James.

»Sie haben ihr ein Schlafmittel oder so was gegeben, um sie willfähriger zu machen, nur um dann festzustellen, dass sie nicht so leicht zu manipulieren ist«, sagte er. »Sie hat sich allerdings noch nicht vollständig von dem Zeug erholt.«

»Oh, dann musst du dich aber hinsetzen«, befahl Eleanor ihrer Schwester.

»Ja, gern. Ich bin noch furchtbar unsicher auf den Beinen.«

Eleanor geleitete sie zu einem Sessel, der sich wunderbar gemütlich anfühlte, als sie sich darin niederließ.

»Emma«, sagte Eleanor, die vor ihr kniete und nun wieder ihr Haar berührte, »ist auch wirklich alles in Ordnung mit dir?«

Emma nickte.

»Sie hat ihn angegriffen und ihn abgewehrt«, sagte James mit unüberhörbarem Stolz in seiner Stimme. »Sie war wirklich sehr bemerkenswert.«

»Das war sie schon immer.« Eleanor drückte Emmas Hände.

»Was ist mit Sterling?«, fragte die Herzogin, und erst da bemerkte Emma, dass sie auch im Zimmer war.

»Es geht ihm gut, Frannie. Er hat die Schurken zu Scotland Yard gebracht und müsste eigentlich bald nach Hause kommen«, sagte James zu ihr.

»Gott sei Dank!«

»Dann sollte ich wohl besser gehen, um mich um sie zu kümmern«, sagte eine tiefe Stimme.

Eleanor lächelte, blickte auf und wandte ihre Aufmerksamkeit dann wieder Emma zu. »Das ist Sir David. Er war mit mir in den Cremorne Gardens.«

Ein sehr distinguiert aussehender Herr mit dunklem Haar und dunklen Augen machte eine angedeutete Verbeugung vor Emma. »Es freut mich sehr, Ihre Bekanntschaft zu machen, Miss Watkins. Es tut mir leid, dass Sie heute Nacht so viel durchmachen mussten, aber wir sind Ihnen sehr dankbar für Ihre Hilfe, diese Schurken vor Gericht zu bringen.«

»Gerne.« Kaum hatte sie die Worte ausgesprochen, erschienen sie ihr albern. Alles, was sie getan hatte, war aus Vergeltung für Elisabeth geschehen. Aber dummerweise arbeitete ihr Verstand noch ziemlich langsam, sodass sie gar nicht wusste, was sie sonst noch gesagt haben könnte.

»Emma«, sagte Eleanor mit einem Anflug freudiger Erregung in ihrer Stimme, »Sir David glaubt nicht, dass ich Lord Rockberry getötet habe.«

»Das ist gut. Je weniger Leute . . .«

»Nein, nein. Er glaubt wirklich nicht, dass ich es war! Er sagte, anscheinend war Lord Rockberry noch am Leben, als ich ging, und jemand kam danach und hat den Dolch noch tiefer in ihn hineingetrieben.«

»Oh mein Gott! Du hast ihn also nicht ermordet?«

»Nein. Höchstwahrscheinlich ist der Schuldige sein Bruder. Das alles klingt doch ganz vernünftig, nicht wahr?«

Obwohl Emma noch immer ein wenig angeschlagen war, hörte sie den verzweifelten Wunsch in Eleanors Stimme, dass es so sein könnte, wie Sir David sagte, und sie am Tod des Mannes unschuldig sein könnte. Deshalb nickte sie. »Oh ja, das klingt sogar sehr vernünftig.«

Eleanor beugte sich vor und umarmte sie ganz fest. »Oh Emma, vielleicht wird ja doch noch alles gut.«

Als sie über Eleanors Schulter zu den beiden Männern hinüberblickte, die mit undurchdringlichen Mienen dastanden, dachte Emma, dass ihre Schwester vielleicht recht hatte.

»Miss Watkins, ich muss jetzt leider gehen«, sagte Sir David. »Aber ich hoffe, dass Sie mir gestatten werden, Sie morgen Nachmittag zu besuchen, um mich zu vergewissern, dass Sie sich von den Aufregungen dieser Nacht erholt haben.«

Eleanor drehte sich zu ihm um und blickte lächelnd zu ihm

auf. »Oh ja, Sir. Ich wäre sehr erfreut über einen Besuch von Ihnen.«

»Schön, dann ist es also abgemacht. Und Sie, Swindler, werde ich draußen erwarten. Aber nur fünf Minuten, Mann. Wir müssen zusehen, dass wir die Sache mit diesen verdammten Schurken regeln.«

»Ich werde Sie hinausbegleiten, Sir David«, erbot sich Eleanor und sprang eifrig auf.

James nahm ihren Platz ein und kniete sich vor Emma. »Wirst du zurechtkommen?«

Sie glaubte, dass sie nickte, und fragte sich, wie viel länger es noch dauern würde, bis sie wieder im Vollbesitz ihrer Fähigkeiten war. »Ich bin nur so schrecklich müde.« Sie berührte sein Gesicht, und er drückte es an die Innenfläche ihrer Hand und gab ihr einen Kuss darauf.

»Ich wünschte, ich müsste dich jetzt nicht allein lassen«, sagte er.

Sie wünschte ebenfalls, er könnte bleiben, aber sie wusste, es war nicht seine Entscheidung. Und sie merkte auch, dass sie ihn beruhigen musste. »Sie müssen bestraft werden. Sie sollen bezahlen für das, was sie getan haben.«

»Ich werde dafür sorgen, das verspreche ich dir.«

»Das weiß ich, James.«

Sie hörte eine Tür aufgehen, gefolgt von schnellen Schritten in der Halle. Und dann stürmte Frannie durch den Salon zur Tür.

»Sterling!«

Emma sah zu der Herzogin hinüber, die ihre Arme um den Duke schlang und ihn fest an sich drückte, während er sein Gesicht in der Biegung ihres Nackens barg. Auch James blickte sich nach dem wiedervereinten Paar um, als der Herzog seine Frau aus dem Zimmer zu führen begann.

»Glaubst du, dass sie ungestört sein wollen?«, flüsterte Emma.

»Vielleicht wollen sie ja uns Ungestörtheit verschaffen«, erwiderte James mit leiser Stimme. Daraufhin legte er sanft eine Hand unter ihr Kinn, beugte sich vor und hauchte die zartesten Küsse auf einen ihrer Mundwinkel und dann auf den anderen, als ob sie irgendwie zerbrechlicher wäre, als sie es je gewesen war, obwohl sie sich auf eine etwas seltsame Art und Weise stärker fühlte als je zuvor.

Bevor er sich ganz zurückziehen konnte, drückte sie ihre Lippen auf seine und küsste ihn tief und leidenschaftlich, um ihm zu zeigen, dass sie nichts von dieser schrecklichen Nacht für seine Schuld hielt und ihm glaubte, dass es keine Täuschungen oder Geheimnisse mehr zwischen ihnen geben würde.

Frannie bestand darauf, dass Swindler und Sir David Greystones Kutsche nahmen, um ihre nächtliche Arbeit zu beenden. Während die Kutsche in einem gleichmäßigen Tempo durch die Straßen fuhr, betrachtete Swindler im Dunkeln Sir Davids Silhouette, da sein Chef ihm gegenübersaß.

»Glauben Sie wirklich, dass Eleanor Lord Rockberry nicht getötet hat?«

Seufzend wandte Sir David den Kopf, um aus dem Fenster zu schauen. »Sie ist eine zierliche junge Frau, Swindler. Ich glaube nicht, dass sie die Kraft gehabt hätte, den Dolch tief genug in seine Brust zu treiben.«

Swindler dachte an Emma, die den neuen Lord Rockberry in die Knie gezwungen hatte. »Rache zu nehmen für eine Schwester, die man sehr geliebt hat, ist etwas sehr Motivierendes und könnte auch einer Frau Kräfte verleihen, die sie normalerweise vielleicht nicht hat.«

»Tut mir leid, Swindler, aber so sehe ich das nicht. Ich halte es für viel wahrscheinlicher, dass sie ihn niederstach und Lord Rockberry vor Schock darüber in Ohnmacht fiel. Und dann kam sein Bruder auf seinen allnächtlichen Brandy herein und beschloss, dass er eigentlich doch nichts gegen den Titel hätte. Und so beendete er, was Miss Watkins begonnen hatte. Sie sind mein bester Mann, Swindler. Es überrascht mich, dass Sie nicht die gleichen Schlussfolgerungen ziehen. Denken Sie mal gut darüber nach.«

Swindler spürte Sir Davids ernsten Blick auf sich. »Der neue Lord Rockberry ist aus dem gleichen Holz geschnitzt wie sein Bruder.«

»Na also«, sagte Sir David.

»Ein Messerstich in die Brust ist nichts, wovon man sich so leicht erholt. Selbst wenn sein Bruder nicht hereingekommen wäre und die Tat zu Ende gebracht hätte, ist es gut möglich, dass Lord Rockberry trotzdem an der Verletzung gestorben wäre. Und falls sie seine Lunge traf …«

»Vielleicht oder vielleicht auch nicht. Das ist schwer zu sagen.«

»Nur um mir Klarheit zu verschaffen, Sir – Sie haben vor, den neuen Lord Rockberry des Mordes an dem vorherigen Lord Rockberry zu bezichtigen?«

»Das kommt drauf an, Swindler. Glaubt mein bester Mann, dass es so geschehen ist, wie ich es beschrieben habe?«

Swindler erinnerte sich, die klaffende Wunde untersucht zu haben, und erinnerte sich auch an Eleanors Worte, dass sie einmal zugestochen hatte und dann zurückgetreten war. Das von Sir David beschriebene Szenario war möglich. Und wenn es nicht so abgelaufen war, konnte er sich nicht vorstellen, dem einen oder anderen Lord Rockberry die Macht zu geben, einer weiteren Schwester das Leben zu ruinieren. »Ja, Sir. Ich kann Ihnen nur beipflichten, dass es so geschehen sein könnte, wie Sie sagen.«

»Sehr gut! Dann werde ich meinen Bericht schreiben, und wir werden es so bezeugen, falls wir vor das Oberhaus zitiert werden.«

»Ja, Sir.«

»Und nun, da wir diese hässliche Geschichte aus dem Weg geräumt haben, erzählen Sie mir doch bitte alles, was Sie über Miss Eleanor Watkins wissen – über die wahre Eleanor, meine ich.«

Mit einem leisen Lachen begann Swindler genau das zu tun.

Sie behandelten Emma wie eine Prinzessin. Eleanor und die Herzogin badeten sie und wuschen ihr das Haar. Nachdem sie es trocken gerieben hatten, flochten sie es und halfen ihr beim Überziehen ihres schönsten Nachthemds. Als Emma ins Bett kroch, legte Eleanor sich zu ihr, und sie hielten sich so fest in den Armen, wie sie es als junge Mädchen getan hatten und auch in der Nacht, nachdem sie Elisabeth am Fuß der Klippen aufgefunden hatten.

Kurz nach dem Tod ihres Vaters hatten sie aufgehört, sich ein Zimmer zu teilen, und Eleanor war in sein Schlafzimmer umgezogen. Aber heute Nacht mussten sie zusammen sein. Und trotzdem hatte das Bett etwas Leeres.

»Sie fehlt mir so sehr«, sagte Eleanor, als könnte sie Emmas Gedanken lesen.

»Eleanor, ich ...« Sie beendete den Satz nicht.

»Was ist denn, Schwesterherz?«

»Ich hatte heute Nacht das Gefühl, als ob sie bei mir wäre. Dass sie auch da war in diesem fürchterlichen Raum, mich anfeuerte und mir die Kraft gab, Lord Rockberry anzugreifen. Wenn ja, verzeiht sie mir vielleicht, dass ich sie angeschrien habe.«

»Ach, Emma.« Eleanor drückte sie an sich. »Sie weiß, dass du es nicht so gemeint hast.«

»Das hoffe ich. Ich würde alles dafür geben, sie wiederzuhaben!«

»Ich weiß. Ich auch, Emma.«

Ein paar Minuten lagen sie schweigend da, jede in ihre eigenen Erinnerungen an Elisabeth versunken. An ihre liebenswürdige Natur, ihre Abenteuerlust ...

Nach einer langen Weile sagte Emma: »Erzähl mir von Sir David, Eleanor.«

Eleanor lachte leise. »Ist er nicht einfach wunderbar?«

»Wie hast du ihn kennengelernt?«

»Mr. Swindler ...«

»Du kannst ihn James nennen.«

»Also gut. James führte mich zu der Kutsche und hob mich hinein, und da saß dieser Mann im Halbdunkel. Sir David. James' Vorgesetzter. James sagte mir, dass Sir David sich im Park um alles kümmern würde. Ich war schrecklich nervös, aber Sir David beruhigte mich mit leisen Worten und Versicherungen, dass ich es schaffen würde. Er hatte solches Vertrauen in mich. Er erklärte mir, er habe noch andere Männer in Cremorne Gardens, die mich im Auge behalten würden. Ich sollte dort einfach nur herumspazieren, bis mich jemand ansprach. Aber niemand tat es. Ich weiß nicht, was Lord Rockberry sich dabei gedacht hat, dich von hier zu entführen. Er muss doch gewusst haben, dass sie ihn verdächtigen würden. Er gab sich ja nicht mal Mühe zu verbergen, was er tat.«

Emma versuchte sich an die Gespräche in der Kutsche zu erinnern. »Es war Teil des Spiels, glaube ich, so kühn und arrogant zu sein. Und dann einen Weg zu finden, damit davonzukommen. Er dachte, niemand könne ihm etwas anhaben.«

»Ich frage mich, was sie gegen ihn unternehmen werden.«

»Und die anderen«, flüsterte Emma. »Sie müssen alle für ihre Untaten bezahlen. Ich weiß, dass James und seine Freunde über Mittel verfügen, jemanden zu bestrafen, der es verdient, indem sie ihn gegen jemanden austauschen, der es nicht verdient. Wir hätten ihm von Anfang an vertrauen sollen, Eleanor.«

»Aber wir vertrauen ihm jetzt. Das müsste doch auch zählen.«

Wieder schwiegen sie einige Minuten, bis Eleanor sagte: »Die Herzogin hat angeboten, uns in die Gesellschaft einzuführen.«

»Ich will nichts anderes mehr, als heimzukehren, Eleanor.«

Kapitel fünfundzwanzig

Sir Davids Büro lag wieder einmal im Halbdunkel. Trotzdem war sich Swindler, der vor seinem Schreibtisch stand, der Person in der Ecke jedoch nur zu gut bewusst, obwohl der Duft, der ihn erreichte, diesmal ganz entschieden weiblich war.

»Wir haben die Männer identifiziert, die Sie vorgestern Nacht verhaftet haben«, sagte Sir David. »Die Damen wurden freigelassen und ihren Vätern übergeben, aber mit den Herren – sosehr es mir auch widerstrebt, sie als solche zu bezeichnen – müssen wir uns noch befassen. Lord Rockberry wird von seinesgleichen für den Mord an seinem Bruder gerichtet werden. Die anderen fünf würden wir am liebsten einfach deportieren, aber da zwei von ihnen Adlige sind, müssen die Dinge mit etwas mehr Feingefühl gehandhabt werden. Sie müssen verschwinden, doch wir möchten nicht, dass ihnen dabei etwas zustößt.

Mir ist sehr wohl bewusst, Swindler, dass Sie die Fähigkeit besitzen, unerwünschte Personen verschwinden zu lassen, und dass Sie oft Leute aus dem Gefängnis herausholen, die dazu verurteilt worden waren, dort ihre Strafe abzusitzen. Wir würden es gern so aussehen lassen, als ob die Adligen gestorben wären, damit ihre Erben die Zügel übernehmen können. Fühlen Sie sich dieser Aufgabe gewachsen?«

Swindler nickte knapp. Manchmal war es besser, die Dinge nicht auszusprechen.

»Und Sie erwartet eine Erhebung in den Adelsstand, Swindler«, sagte Sir David.

Swindler wandte sich der dunklen Ecke zu, ließ sich auf ein

Knie nieder und senkte den Kopf. »Ich brauche keinen Ritterschlag, um Ihrer Majestät treu zu dienen. Ich möchte nur die Bitte äußern, dass die beiden Schwestern Emma und Eleanor Watkins für alles begnadigt werden, was ihnen jetzt oder in Zukunft in Verbindung mit diesem Vorfall vorgeworfen werden könnte.«

»So soll es sein«, erwiderte eine sanfte weibliche Stimme.

Swindler blickte nicht auf, als das Rascheln von Röcken den Aufbruch der Königin ankündigte.

»Sie wollten sich wohl nicht darauf verlassen, dass ich mich darum kümmere, Swindler?«, fragte Sir David.

»Nichts für ungut, Sir, aber vor langer Zeit habe ich gelernt, mir keine Gelegenheit entgehen zu lassen, um das zu bekommen, was ich will.«

»Schon gut, Swindler. Erzählen Sie mir lieber, wie Sie mit den Lords vorgehen wollen?«

»Sie sind ein schönes Paar, nicht wahr?«, fragte Emma.

Swindler und sie spazierten in nur kurzer Entfernung hinter Eleanor und Sir David durch den Hyde Park. In der vergangenen Woche hatte Emma ein wenig zugenommen und die dunklen Schatten unter ihren Augen verloren. Heute sah sie ruhig, zufrieden, ja beinahe sogar glücklich aus.

»Sir David ist ein guter Mensch«, sagte Swindler. Er hatte sich noch nicht ganz an die Idee gewöhnt, dass Sir David Interesse an Eleanor hatte, aber so, wie es aussah, war sein Vorgesetzter ganz vernarrt in die junge Dame.

»Er hat Eleanor versichert, dass wir nicht verhaftet werden.«

»Dazu besteht ja auch kein Grund. Wie wir die Sache sehen – und vor Gericht bezeugen werden –, hat Lord Rockberry seinen

Bruder ermordet. Die Tatsache, dass Eleanor ihn zuerst niedergestochen hat, ist nebensächlich.« Er konnte ihren Blick auf sich spüren, starrte aber weiter geradeaus, weil sie nichts in seinen Augen sehen sollte, das darauf hinweisen könnte, dass Kompromisse gemacht worden waren.

»Dann können wir also jederzeit nach Hause zurückkehren, nehme ich an?«

Der Gedanke löste ein schmerzhaftes Gefühl der Leere in ihm aus. In der vergangenen Woche hatte er sie jeden Nachmittag besucht und zweimal mit ihr bei Frannie zu Abend gegessen. Er konnte nicht bestreiten, dass die anfänglichen Gründe für ihr Zusammensein nicht die ehrlichsten gewesen waren – beide hatten den anderen belogen und getäuscht. Aber genauso wenig konnte er bestreiten, dass ihm sehr, sehr viel an Emma lag. Dass trotz seiner Gründe, sie zu observieren, und ihrer, sich erwischen zu lassen, etwas sehr Kostbares zwischen ihnen entstanden war.

»Ich bin mir sicher, dass Frannie hocherfreut wäre, dir und Eleanor eine Ballsaison zu schenken, wenn ihr möchtet«, sagte er, während er einerseits hoffte, dass sie das Angebot annehmen und länger in London bleiben würde, wo er Gelegenheit hätte, sie wiederzusehen – und andererseits aber auch die Hoffnung hegte, dass sie gar nicht den Wunsch hatte, umworben zu werden.

»Ich will keine Ballsaison«, erwiderte sie ruhig. »Ich glaube nicht, dass irgendein Ball sich je mit dem letzten vergleichen ließe, an dem ich teilgenommen habe.«

Swindler blieb stehen, und Emma tat es auch. Sie sah ihn an, und ihre blauen Augen wichen nicht mehr von den seinen.

»Ich werde nie ein vermögender Mann sein, Emma. Ich beziehe nur ein recht gutes Gehalt. Claybourne und Dodger haben mir die Möglichkeit geboten, mit ihnen ein Geschäft zu gründen. Aber das Risiko war mir zu hoch, denn am Ende hätte ich vor dem Nichts stehen können. Sie sind unvorstellbar reich, und ich habe gerade genug, um zufrieden sein zu können.«

»Geld interessiert mich nicht«, sagte sie.

»Es ist sehr gut möglich, dass ich in den Adelsstand erhoben werde. Es wurde davon gesprochen, aber ...«

»Auch der Rang eines Menschen interessiert mich nicht.«

Du liebe Güte, diese Frau war unmöglich zufriedenzustellen. Was wollte sie? Was konnte er ihr bieten?

»Emma ...«

Sie trat näher an ihn heran. »Du hast mir einmal gesagt, mir gehöre dein Herz.«

»So ist es auch.«

»Wirst du mich dann so einfach gehen lassen? Um zu meinem Haus am Meer zurückzukehren?«

»Ich möchte, dass du glücklich bist.«

»Dann frag mich, ob ich dich heiraten will.«

Es war ein schöner Frühlingstag in dem Dorf nahe dem kleinen Cottage an der See. Es hieß, der Himmel sei noch nie so blau gewesen, die Brise nie so sanft wie heute. Alle, die im Dorf oder in der Nähe lebten, saßen aufgeregt und in freudiger Erwartung in der Kirche. Ihre kleine Gemeinde hatte noch nie eine solche Ansammlung von prominenten Persönlichkeiten erlebt.

Der Herzog und die Herzogin von Greystone, der Graf und die Gräfin von Claybourne. Hinzu kam ein Mann, der keinen Titel hatte, aber an der Art, wie Jack Dodger sich kleidete und verhielt, war für alle deutlich zu erkennen, dass er ein Mann von immensem Reichtum war. An seiner Seite befand sich eine

Dame, die ganz offensichtlich zur Aristokratie gehörte. Es gingen Gerüchte um, dass der letzte Ankömmling, Dr. William Graves, der Leibarzt der Königin persönlich war.

All das Geflüster über die illustren Gäste legte sich, und Stille trat ein, als die Bräute Seite an Seite durch den Mittelgang auf den Altar zuschritten. Kein Vater und auch keine Brautjungfern begleiteten sie. Die Schwestern waren, was sie ihr Leben lang gewesen waren: die besten Freundinnen. Doch während sie früher nicht mehr als einander gebraucht hatten, brauchten – und wollten – sie jetzt die beiden Männer, die sie am Altar erwarteten.

Während Eleanor ihren Platz neben Sir David einnahm, lächelte Emma zärtlich und nahm den Arm, den Sir James ihr reichte. Sie konnte fast nicht glauben, dass dieser wundervolle Mann sie heiraten würde.

Als der Vikar über Liebe zu sprechen begann, hörte sie kaum zu, weil es nichts gab, das er hätte sagen können, das sie nicht schon wusste, und nichts beschreiben könnte, das wundervoller war als das, was sie in James' Augen sah.

In ihren grünen Tiefen sah sie grenzenlose Liebe und aufrichtigen Stolz. Dieser Mann wollte sie für immer als seine Ehefrau, und sie wollte ihn als ihren Ehemann. Sie wollte nie wieder aufhören, ihn anzusehen, wollte nie, nie wieder ohne ihn an ihrer Seite sein. Wie groß und gut aussehend er war, wie souverän und selbstbewusst. Ein Junge mit Schuldgefühlen, der zu einem Mann herangewachsen war, der entschlossen war, seine kindlichen Fehler wiedergutzumachen, ein Mann, der sie akzeptierte, wie sie war, mit all ihren Mängeln und ihren Schwächen.

An seiner Weste konnte sie die goldene Kette der Uhr sehen, die er in seine Tasche gesteckt hatte. Sie war ihr Hochzeitsgeschenk an ihn gewesen. Auf der Rückseite hatte sie *Liebe, über die hinaus es keine größere gibt* eingravieren lassen.

»Zu Ehren deines Vaters«, hatte sie zu James gesagt. »Weil ich dich ohne sein Opfer nicht hätte.«

In James' Augen waren Tränen aufgestiegen. Er hatte nichts gesagt – wahrscheinlich, weil seine Kehle wie zugeschnürt war vor Gefühl. Aber er hatte seine starken Finger um die Uhr geschlossen. Und nun trug er sie zum ersten Mal – als sie seine Frau wurde.

Emma hörte zu, als Eleanor und Sir David sich das Jawort gaben. Eleanor und sie würden von nun an in London leben, in Häusern, die nicht zu weit voneinander entfernt waren. Emma war sich nicht sicher, wie James und Sir David das geschafft hatten, aber ihr begann allmählich klar zu werden, dass es nichts gab, was James nicht erreichen konnte, wenn er der Meinung war, dass es so sein sollte, wie er dachte.

Dann waren James und sie an der Reihe, sich zu ihrer Liebe zu bekennen und ihre Gelübde abzulegen. In guten wie in schlechten Zeiten. In Reichtum und in Armut. In Gesundheit und in Krankheit. Anders wollte sie es auch gar nicht haben. Sie würde diesem Mann zur Seite stehen, bis sie ihren letzten Atemzug tat, und wusste, dass auch er ihr immer beistehen würde.

Als der Geistliche sie zu Mann und Frau erklärte, schien die Sonne, die durch die Buntglasfenster fiel, noch ein bisschen strahlender zu werden, und Emma stellte sich vor, dass es Elisabeth war, die lächelnd zu ihnen hinunterblickte.

Eleanor und Sir David machten sich kurz nach der Zeremonie nach London auf und überließen dem jungen Ehepaar das

Cottage. Nun, nachdem James abgeschlossen hatte, stand er in der Tür des Schlafzimmers und beobachtete Emma, die auf dem Fensterbrett sitzend mit der Bürste durch ihr Haar fuhr.

»Wusstest du, dass ich dich in jener Nacht beobachtet habe, als du am Fenster deiner Pension dein Haar bürstetest?«, fragte er.

Mit einem spitzbübischen Lächeln blickte sie zu ihm hinüber. »Ich glaubte dich dort spüren zu können, aber sicher war ich mir nicht. Eleanor sagte, damit unser Plan funktionierte, müsse ich dich verführen. Und ich wusste nicht einmal, wo ich beginnen sollte.«

Er hatte sein Jackett, seine Weste und seine Schalkrawatte schon vorher abgelegt und ging nun zu ihr hinüber, um ihr die Bürste aus der Hand zu nehmen. »Und ich hatte mich so schnell und unsterblich in dich verliebt, dass ich es dir viel zu einfach machte, mich zu verführen. Ich stand draußen vor deinem Fenster wie ein rettungslos vernarrter junger Bursche und stellte mir vor, das hier zu tun.« Er zog die Bürste durch ihr Haar und genoss das Gefühl der seidigen Strähnen zwischen seinen Fingern, während er glücklich dachte, dass er noch ein ganzes Leben davon vor sich hatte.

»Ich saß an jenem Fenster und stellte mir auch vor, dass du es tatst.«

»Ich liebe dein Haar«, sagte er. »Ich liebe deine Augen. Ich liebe alles an dir, Emma.«

Sie glitt von dem Fensterbrett herab und schlang ihre Arme um seinen Nacken. »Ich liebe auch alles an dir. Und ich habe dich ganz schrecklich vermisst in diesen letzten paar Monaten.«

Eleanor und sie waren nach Hause zurückgekehrt, um mit den Vorbereitungen für ihre Hochzeit zu beginnen, und obwohl

Swindler zu Besuch gekommen war und sie gelegentlich nach London gefahren waren, hatte Swindler keinen Moment des Alleinseins mit Emma arrangieren können – oder zumindest doch für nichts Intimeres als einen Kuss.

Und deshalb warf er die Bürste jetzt beiseite, nahm Emma in die Arme und senkte seinen Mund auf ihren. All die Zurückhaltung, die er in letzter Zeit bewiesen hatte, begann sich zu entfesseln und ihn an jene erste Nacht zu erinnern, in der er hier gewesen war, als der Wind ums Haus geheult und der Regen gegen die Fenster getrommelt hatte. Die glutvolle Leidenschaft, mit der er Emma küsste, griff auch auf sie über, und ihre Reaktion darauf verstärkte sein Verlangen. Er fragte sich, ob es wohl immer so sein würde – so machtvoll und so stark. Ihr Rosenduft umwehte ihn, ihre nackten Füße suchten Wärme auf den seinen. So viel an ihr war liebenswert und ihm schon so vertraut.

Als er den Kuss beendete, schaute er ihr tief in die Augen, die glühten und halb geschlossen waren vor Verlangen. Ihre Lippen waren feucht und leicht geschwollen von seinem Kuss. Und obwohl ihr Nachthemd ihren Körper bedeckte, konnte es nicht verbergen, wie hart ihre zarten Brustwarzen geworden waren. Er beugte sich vor und nahm eine von ihnen durch den Stoff zwischen die Lippen und biss ganz sanft hinein. Emma stöhnte leise, bog sich ihm entgegen und krallte ihre Finger in seine Schultern.

Es war zu lange her. Viel zu lange. Er begehrte sie mit einem schon fast überwältigenden Ungestüm, obwohl er gleichzeitig auch jeden Moment auskosten wollte. Sie war seine Frau, seine große Liebe. Die heutige Nacht musste etwas Besonderes für sie und ihn sein – schließlich war sie die erste Nacht ihres Ehelebens.

James schob sich an Emma vorbei und öffnete ein wenig das

Fenster, um die kühle Frühlingsluft hereinzulassen. Die Gardinen blähten sich ein wenig.

Dann hob er sie hoch, trug sie freudig lachend zum Bett und legte sie darauf. Während er sich schnell seiner restlichen Kleidung entledigte, streifte sie verführerisch langsam ihr Nachthemd ab. Sie stieß einen kurzen Schrei aus, als er auf das Bett sprang und sie unter sich zog, um die Weichheit ihrer Haut an der seinen zu genießen.

»Wie ich das vermisst habe – dich vermisst habe«, murmelte er, als er mit seinen Händen und seinem Mund auf Entdeckungsreise ging, wieder einmal ihren wunderschönen Körper erkundete und sich an all den zarten Rundungen und der Weichheit erfreute, die sie so einzigartig und zu etwas so Besonderem für ihn machten.

Auch Emma ließ ihre Hände über ihn gleiten und bewunderte die Festigkeit seiner straffen Muskeln und die Länge seiner Glieder. Als sie seinen mit Narben übersäten Rücken streichelte, fragte sie sich, ob ihre Augen wohl immer so brennen würden, wenn sie diesem Andenken daran, wie grausam seine Kindheit gewesen war, begegnete.

»Wie war der Name deines Vaters?«, fragte sie plötzlich.

James hob den Kopf von der Mulde zwischen ihren Brüsten, die er gerade noch geküsst hatte, schaute ihr fest in die Augen und sagte: »Geoffrey Harrison.«

Emma fuhr mit ihren Fingern durch sein dunkles Haar. Es war kürzer als sonst, weil er es sich für die besondere Gelegenheit hatte schneiden lassen. »Wir werden unseren ersten Sohn nach ihm benennen.«

James grinste sie an. »Das fände ich schön.«

»Vielleicht wird es ja heute Nacht geschehen. Ich möchte dir Kinder schenken, Liebster.«

Mit einem Augenzwinkern wandte er seine Aufmerksamkeit wieder ihren Brüsten zu, und wohlige Schauer durchrieselten ihren Körper, als er seine aufreizenden Liebkosungen wieder aufnahm. Nachdem sie zu Beginn so oft zusammen gewesen waren, dachte sie, es gäbe nichts Neues mehr zu entdecken, und trotzdem war es immer noch etwas intensiver, wenn sie sich liebten, weil sie sich inzwischen so vertraut waren. Eine gesteigerte Sensibilität, gewagtere Berührungen.

Swindler benutzte seine Hände, seine Finger und seinen Mund, um jede noch so kleine Körperstelle von ihr zu erforschen, als ob er ein altes Revier wiederentdeckte und bemerkte, dass es sich ein wenig verändert hatte, ihm deswegen aber nicht weniger gefiel als früher. Sie hatte wieder einige Pfunde zugenommen, die sie nach ihrer Abreise zunächst verloren hatte. Ihre Hüften waren etwas runder, ihre Brüste ein wenig voller. Er nahm sich Zeit, als er die etwas andere Form ihrer Brüste nachstrich, bevor er seinen Mund darauf senkte und sie mit seinen Lippen und seiner Zunge liebkoste und erregte.

Von nun an würde er jede Nacht diese bemerkenswerte Frau in seinem Bett haben. Er würde von ihrem süßen Duft umgeben einschlafen und sie in seinen Armen halten, wenn der Schlaf sie übermannte.

Er würde sehen, wie ihr Körper sich veränderte, wenn ihre Kinder auf die Welt kamen, und er würde alles an ihr genauso reizvoll finden wie auch jetzt.

Als ihr Seufzen und Stöhnen lauter wurden, als sie sich unter ihm wand und sich ihm einladend entgegenbog, drang er mit einer kraftvollen Bewegung in die samtene Hitze ein, die ihn begrüßte und umschloss.

Mit einem tiefen Seufzer der Zufriedenheit verhielt er sich für einen Moment ganz still und kostete das Gefühl aus, endlich wieder so intim mit ihr vereint zu sein. »Ich liebe dich, Emma«, flüsterte er, bevor er ihr Gesicht zwischen seine großen Hände nahm und sie küsste.

Emma dachte, dass sie nie genug davon bekommen würde, diese Worte von ihm zu hören. Oder von der Art und Weise, wie er ihre Körper miteinander verschmelzen ließ. Er küsste ihr Kinn, ihre Wange, ihren Nacken … und erst dann bewegte er sich wieder, ganz langsam zunächst nur, sodass es schon beinahe eine Qual für beide war.

Ihr Körper glich sich seinem Rhythmus an, und die wonnevollsten Gefühle begannen sich in ihr aufzubauen, bis der Ansturm wilder, freudiger Emotionen schließlich nicht mehr aufzuhalten war. Sie rief seinen Namen, während er zwischen zusammengepressten Zähnen den ihren hervorstieß, als sie zusammen den Moment höchster Ekstase erreichten.

Danach lagen sie eine Weile ruhig da und ließen die Hitze der Leidenschaft in wohlige Ermattung übergehen. Erschöpft, aber ihre Körper und Herzen immer noch in inniger Umarmung, schlief Emma zufrieden ein.

Swindler erwachte einige Zeit später, von einer angenehmen Trägheit und Zufriedenheit erfüllt. Die Ehe, beschloss er, würde wirklich etwas ganz, ganz Wundervolles sein.

Als er die Augen öffnete, sah er Emma, die in eine Decke gehüllt, um sich vor dem kalten Seewind zu schützen, der ins Zimmer drang, vor dem Fenster stand.

Leise stand er auf und ging zu ihr, schlang die Arme um sie und drückte seine Lippen auf ihr Haar. »Komm zurück ins Bett, Emma.«

Sie lehnte sich an ihn, und ihr Kopf fand sogleich seinen vertrauten Platz an der Biegung seiner Schulter. »Ich habe mich nur bei Elisabeth für dich bedankt.«

Er senkte den Kopf und küsste ihren Nacken. »Hast du?«

»Sie sollte dafür sorgen, dass Eleanor und ich Ehemänner fanden. Und auf eine ironische, verdrehte Art und Weise hat sie das ja auch getan.«

Emma drehte sich in seinen Armen um und blickte zu ihm auf. Er war froh, nur ein Lächeln – und keine Tränen – in ihrem Gesicht zu sehen, weil ihr Leben von heute an mit nichts anderem als Freude und Glück erfüllt sein sollte.

»Ich werde diesen Ort vermissen«, sagte sie leise.

Morgen würden sie das Haus verschließen und ihre Reise nach London beginnen.

»Wir werden irgendwann zurückkehren«, versicherte er ihr. »Ich mag es, wie es hier draußen riecht.«

Im Mondschein sah er einen Anflug von Zweifel auf ihrem Gesicht erscheinen.

»Was hast du, Emma?«

»Glaubst du, dass du dich in Eleanor verliebt hättest, wenn sie es an jenem Nachmittag im Hyde Park gewesen wäre?«

»Nein. Niemals. Vom ersten Mal an, als du mich anlächeltest, hast du angefangen, mir das Herz zu stehlen.«

Epilog

Aus dem Tagebuch von Sir James Swindler

Lord Rockberry hatte »seinesgleichen« falsch beurteilt. Sie dagegen hatten ihn ganz richtig eingeschätzt. Er ging den Weg zum Galgen nicht mit der Würde, die mein Vater bewiesen hatte, was mich in meinem Glauben bestärkte, dass ein Titel kein Maßstab für einen Mann war.

Was die anderen Mitglieder des Geheimbundes betraf, die in jener Nacht zugegen waren, so heiratete die Tochter des Herzogs einen adligen Herrn, der die andere Frau zu seiner Mätresse machte – obwohl es auch Gerüchte gab, dass die beiden Damen einander sehr zugetan waren. Die übrigen Männer verbrachten fortan ihr Leben auf der anderen Seite der Welt, obwohl gewisse Indizien darauf hinzudeuten schienen, dass die beiden anderen Lords unter mysteriösen Umständen ums Leben gekommen waren. William Graves, der Leibarzt der Königin und der Armen, erwies sich als sehr nützlich, weil er Leichen beschaffte, die bis zur Unkenntlichkeit entstellt waren. Zwei Männer, die für ein Armengrab vorgesehen waren, ruhten nun in der vornehmsten Umgebung.

In jüngeren Jahren herrschte eine Finsternis in meiner Seele, eine Mischung aus Schuldgefühlen, Reue und Entschlossenheit, mich des Opfers meines Vaters würdig zu erweisen. Es war eine schwer zu ertragende Last, doch aus Dankbarkeit für jeden Atemzug, den ich noch tat, ertrug ich sie. Ich denke oft an ihn, wie er ungebrochen und erhobenen Hauptes auf dem Galgen stand, mit der Andeutung eines Lächelns um die Lippen, und an sein letztes Augenzwinkern. *Wir haben sie hereingelegt, Junge. Sie alle hereingelegt.*

Und das hatten wir.

Ich bin mir nicht sicher, ob ich verstand, wie er so bereitwillig hatte sterben können – bis ich eigene Kinder hatte. Ich kam mir ganz klein vor angesichts des Vertrauens, das meine blonden Töchter in mich setzten, als sie nur Momente nach ihrer Geburt ihre kleinen Hände um meine Finger legten. Diese Berührung ging mir sehr zu Herzen. Ah, und was für Streiche sie uns heute spielen, unsere Zwillingstöchter! Sie werden nur noch von ihrem Bruder übertroffen, der zwei Jahre später zur Welt kam und das Lächeln seines Großvaters hatte.

Ich wünschte, mein Vater hätte meine Emma kennenlernen können. Ich bin mir ziemlich sicher, dass er sie genauso ins Herz geschlossen hätte wie ich. Sie bringt Licht ins Dunkel meines Lebens. Sie und meine Kinder.

Als ich jetzt in dem kleinen Cottage an der See sitze und an meinem Tagebuch schreibe, kann ich sie in der Nähe der Klippen lachen hören. Bald werde ich zu ihnen hinübergehen.

Ich habe meine Emma in all diesen Jahren sehr geliebt und werde es für den Rest meines Lebens tun. Sie ist das Licht meines Lebens, diese Frau, die die Finsternis aus mir vertrieb und mich vervollständigt.

Emma ist es, die dem verlorenen und einsamen Waisenjungen, der in mir lebte, endlich ein wahres Zuhause gab.

– ENDE –